Karen Kliewe

Blinder Zorn: Ostsee

Karen Kliewe wurde 1970 in Westfalen geboren, ist verheiratet und Mutter einer Tochter. Nach ihrer Ausbildung zur Fotografin studierte sie Visuelle Kommunikation, arbeitete als Illustratorin, Grafik-Designerin und Fotografin. Ihr Debüt erschien 2020 und bildete den Auftakt einer Serie um die Journalistin Johanna Arnold.

Karen Kliewe

Blinder Zorn: Ostsee

Ein Fall für Journalistin Arnold

PIPER

Mehr über unsere Autoren und Bücher:
www.piper.de

Wenn Ihnen dieser Krimi gefallen hat, schreiben Sie uns unter Nennung des Titels »Blinder Zorn: Ostsee« an empfehlungen@piper.de, und wir empfehlen Ihnen gerne vergleichbare Bücher.

Ein Fall für Journalistin Arnold bei Piper:
Letzte Spur: Ostsee
Feuchtes Grab: Ostsee
Toxische Tiefe: Ostsee
Kalter Sog: Ostsee

Wir produzieren nachhaltig
www.piper.de

ISBN 978-3-492-50821-6

Dieses Werk wurde vermittelt durch die Literarische Agentur Peter Molden.
Redaktion: Sandra Lode
Satz auf Grundlage eines CSS-Layouts
von digital publishing competence (München)
mit abavo vlow (Buchloe)
Covergestaltung: Traumstoff Buchdesign traumstoff.at
Covermotiv: Bilder unter Lizenzierung von Adobe Stock genutzt
Printed in the EU

Prolog

Die Jagd war vorbei.

Sie war tatsächlich tot.

Zu Asche verbrannt.

Unwiderruflich.

Eine Art von Traurigkeit erfasste ihn. Er hatte den Moment verpasst, Mutter und Tochter zu vereinen, sich an ihren Reaktionen sattsehen zu können, wenn sie begriffen, wen sie vor sich hatten.

Vorsichtig beugte er sich vor, um besser sehen zu können. Von dem Spitzboden der kleinen Kapelle aus hatte er einen guten Blick auf das schlichte Kreuz und den von niedrigen Buchsbäumen umfriedeten Urnengarten.

Als wiege der hässliche Pott mit ihren Überresten mehrere Zentner, mühte sich der Zug der Trauernden quälend langsam vorwärts. So viele Menschen! Als wäre der Reriker Friedhof der neueste *Place to be.* Sie waren ihm egal. Die, für die er das Risiko eingegangen und hergekommen war, führte den Lindwurm der Ahnungslosen an.

Er hob das Fernglas an die Augen, tastete jeden Millimeter ihres Gesichts, ihres Körpers ab. Er versuchte, Ähnlichkeiten zu entdecken. Ihr Duft – er hatte ihn immer in sich getragen. Ob sie heute noch so roch? Er drängte sein Gehirn, sich an die Berührungen zu erinnern. Was davon war echt, was sehnsuchtsvolle Fantasie, die er mit jedem vergangenen Jahr mehr ausschmückte?

Ihr verzerrtes Gesicht, die roten Augen. Sie so voller Schmerz zu sehen, brachte ihn in Aufruhr. Ob sie jemals wegen ihm geweint hatte? Natürlich hatte sie das. Und er genoss jede Träne, als hätte er sie selbst fallen sehen. Die Suche mochte vorbei sein, ihre gemeinsame Zeit war es nicht. Sie begann genau jetzt – hier – von Neuem.

Er ließ das Fernglas weiterwandern. Da war ihr Mann, der Versager! Er hatte kein Recht, neben ihr zu stehen. Er war nichts wert. Unfähig, eine Familie zu beschützen. Wie alt er aussah! Der Tod seiner Tochter würde ihm den Rest geben, ihn zum Greis werden lassen.

Vier junge Leute erschienen im Fokus der Linse. Anrührend, wie sehr die beiden Frauen um ihre Freundin trauerten. Der Krüppel im Rollstuhl dagegen und sein Freund, der Bulle, starrten wie in Trance vor sich hin.

»Wie lebt es sich mit all den Selbstvorwürfen? Verreckt dran!«, murmelte er. »Wegen euch liegt sie jetzt da unten, als ein Haufen Dreck. Dabei hatte ich noch so viel vor mit ihr.«

Jetzt war es so weit. Der Pastor hatte zu Ende lamentiert. Die Urne wurde langsam in das Grab herabgelassen.

Er sah, wie sie, die Frau, die ihn jede Minute seines Lebens begleitete, in sich zusammensackte. Ihr Mann mühte sich vergebens. Die Umstehenden kamen den trauernden Eltern eilig zu Hilfe.

»Ja, fühl den Schmerz! Du weißt, dass du schuld bist. Hättest du dich nicht so feige davongestohlen, wäre deine Tochter noch am Leben. Du hättest dich nur für mich entscheiden müssen!« Er lachte heiser.

Dann suchte er die Gesichter der wartenden Menschen ab. Wo war er? Der Hauptkommissar aus Rostock ... Ein weiterer Mann im Leben der beiden Frauen, der nichts anderes konnte, als hilflos zuzusehen. Da! Herzzerreißend, wie betroffen er dreinblickte.

Ein letztes Mal wandte er sich dem Loch zu, in dem kurz zuvor die Urne verschwunden war. »Tja, das war's dann wohl. Schade, dass wir nicht mehr Zeit miteinander hatten.

Ich hätte zu gern die Facetten deines Charakters erkundet, vor allem die deiner psychischen Grenzen. Wer weiß, vielleicht wäre aus uns doch noch eine richtige kleine Familie geworden. Ruhe in … was auch immer, Johanna Arnold!« Die letzten Worte brachten ihn derart zum Lachen, dass er fürchtete, entdeckt zu werden. Leise hustend mahnte er sich zur Vorsicht. »Und jetzt werde ich mir die Frau zurückholen, die für das alles hier verantwortlich ist, die uns zu dem gemacht hat, was wir sind!«

Kapitel 1

Rerik, zwei Wochen zuvor

Nachdenklich stand Ann am Fenster der kleinen Wohnung und blickte in den blassblauen Morgenhimmel. Es würde heiß werden, wie die vergangenen Tage auch. Was die Urlauber freute, brachte die Vegetation an ihre Grenzen. Schon das Frühjahr war viel zu trocken gewesen. Nachts fielen die Temperaturen nur noch knapp unter die Zwanzig-Grad-Marke. Verrückt – dabei lebten sie im Norden Deutschlands und nicht in Südeuropa.

Nachdenklich entfernte sie den Teebeutel aus der Tasse.

Noch drei Tage, dann waren sie endlich wieder zu zweit. Marc hatte sich Urlaub genommen. Urlaub vom BKA. Ann fühlte die Aufbruchstimmung. Sie hatte keine Lust mehr auf eine Fernbeziehung, auf stundenlange Videocalls. Jetzt, da sie das Journalistik-Studium beendet hatte und auf Jobsuche war, stand ihr die Welt offen. Schreiben konnte sie überall, solange es eine funktionierende Internetverbindung gab. Warum nicht von Wiesbaden aus? Wiesbaden, so weit weg vom Meer. Dabei war sie gerade erst hierhergezogen. Nach Rerik – ausgerechnet! An den Ort, der ihr Leben auf so schreckliche wie gleichzeitig schöne Art auf den Kopf gestellt hatte.

Ihr Blick folgte einer kleinen Meise, die in den Mauerritzen nach Fressbarem suchte. Doch so sehr der Vogel sein niedliches Köpfchen auch drehte, die Larven schienen sich dorthin verkrochen zu haben, wo die zu erwartende Hitze des Tages sie nicht erreichen konnte.

Manchmal musste man eben tiefer graben.

Ann wandte sich dem Laptop zu, der aufgeklappt auf dem Küchentisch stand, und holte ihn aus dem Ruhemodus.

Sie hatte gegraben. In den letzten Wochen immer mal wieder. Und doch hatten die Archive der Regionalzeitungen nichts hergegeben. Weder die von Neustadt in Holstein, dem Ort, an dem sie aufgewachsen war, noch die der Hamburger Region, aus der ihre Eltern stammten. Sie wusste natürlich, wie unwahrscheinlich es war, auf Spuren einer Vergewaltigung von vor achtundzwanzig Jahren zu stoßen. Möglich, dass niemand darüber berichtet hatte. Möglich, dass sie nicht einmal zur Anzeige gebracht worden war. Wobei, das glaubte sie weniger, da der Täter verbrannt war, es sogar einen DNA-Abgleich gegeben hatte. Es musste also eine offizielle Dokumentation der damaligen Vorgänge geben.

Ann nippte an ihrem Tee und starrte auf die Tastatur. Sie sah Oma Rose vor sich, in dem Moment, in dem sie ihr gebeichtet hatte, was ihre Eltern seit knapp dreißig Jahren zu vergessen versuchten. Hörte ihre vom Alter gezeichnete Stimme, als säße ihre Großmutter jetzt gerade direkt neben ihr. *»Ich werde dir jetzt ein Versprechen abnehmen, Johanna, und wenn dir irgendetwas an mir liegt, dann hältst du dich daran, ist das klar? Du wirst niemals, ich betone – niemals mit deiner Mutter über das sprechen, was ich dir jetzt erzählen werde. Keine Andeutungen, keine Fragen, nichts! Sie hat so lange gebraucht, um dort hinzukommen, wo sie heute ist. Solltest du diese Büchse öffnen, wird das Loch sie verschlingen. Noch einmal hält deine Mutter das nicht aus«*, hatte Rose gemahnt. *»Der kleine Junge ist dein Halbbruder. Es war keine einvernehmliche Sache, das zwischen dem Monster und deiner Mutter.«* Keine einvernehmliche Sache. Was für eine nüchterne Umschreibung für eine grausame, folgenschwere Tat. *»Die Schwangerschaft wurde viel zu spät entdeckt. Susanne* *war gezwungen, das Kind auszutragen. Der Kleine kam zu Pflegeeltern, wurde später adoptiert.«*

Das waren die einzigen Informationen, die Ann hatte. Das, ein paar nebulöse Erinnerungsfetzen aus Bildern und Gerüchen, und einen Vornamen: Joris. Sie atmete tief aus. Joris – ihr Halbbruder. Die Worte klangen immer noch fremd in ihren Ohren.

Wie oft hatte sie sich in den letzten Monaten gefragt, wie es einem Menschen gehen konnte, der von Anfang an nicht gewollt war. Ungeliebt und verstoßen. Spürten Embryos im Mutterleib nicht, wie es um die Schwangere bestellt war, ob sie ihr Ungeborenes liebte, in welcher Gemütslage sie sich befand? Wenn ja, war es ein Segen, dass Mutter Natur die Menschen schützte, ihnen diese Erinnerungen verwehrte. Vielleicht führte Joris ja ein glückliches, unbeschwertes Leben, eben weil er nicht wusste, dass er das Ergebnis eines grausamen Verbrechens war? In einer Familie, die ihn liebte, die ihm das Gefühl gab, dass er untrennbar zu ihnen gehörte. Dann wäre es unverantwortlich, ihn aufzuspüren.

Ann schüttelte unmerklich den Kopf. Sie sollte es dabei belassen!

Bisher war sie eh nur gegen Behördenwände gerannt. Der Schutz adoptierter Kinder war nicht ohne Grund so hoch. Es gab sogar einen Paragrafen, den § 1758 BGB, in dem das Ausforschungsverbot verschriftlicht worden war. *Die Suche nach Adoptierten ist gesetzlich nicht zulässig.* Adoptierte hingegen konnten ihre Akten ab einem gewissen Alter einsehen und sich auf die Suche nach den leiblichen Eltern machen. Hätte Joris das gewollt, hätten sie längst davon erfahren.

Ann fuhr sich durch die langen Haare. Hätte sie das wirklich? Die Information über die Existenz ihres Halbbruders war von ihren Eltern besser gesichert und tiefer vergraben als Europas Atommüllhalden. Was, wenn er versucht hatte, Kontakt aufzunehmen? Was, wenn sie ihn abgewiesen hatten? Ann dachte an das Versprechen, dass sie Rose hatte geben müssen. Keine dieser Fragen würde sie je laut stellen dürfen.

Nicht zum ersten Mal spulten ihre Gedanken zurück zu dem Punkt, als ihre Oma vom Ende des Vergewaltigers, des *Monsters* erzählt hatte. *»Die Polizei hat seine Identität nie ermitteln können. Er ist verbrannt. Aufgrund des Jungen konnte man die DNA eindeutig zuweisen. Aber wer er war …«*

Er ist verbrannt. Verbrannt. Ein Unbekannter vergewaltigte ihre Mutter und verbrannte, bevor man ihn identifizieren konnte. Was war passiert? Hatte sie sich gewehrt und bei ihrer Flucht ein Feuer ausgelöst? Einer Flucht von wo? Oder war *das Monster* im Nachhinein gestorben? Woher aber wusste man dann, dass es sich um Susannes Vergewaltiger gehandelt hatte? Wenn niemand ihn identifizieren konnte?

Ann gab einen Unmutslaut von sich und eilte aus der Wohnung. Die Fragen nagten an ihr wie das Meer an Rügens Kreidefelsen. Sie musste einen Weg finden, der Wahrheit näherzukommen, ohne dass ihre Eltern, Susanne und Jürgen, davon erfuhren.

DAMALS, Ockholm, Nordfriesland

Gesas Hände ziehen die Wollstrickjacke dichter um ihren Körper. Sie sind rau und von der Kälte gerötet. Draußen pfeift der Wind. Sie spürt den Luftzug, egal in welchem Raum sie sich aufhält. Die morschen Fenster sind schon lange nicht mehr dicht, und die alte Räjne, das Reet auf dem Dach, müsste dringend erneuert werden, aber ihnen fehlt das Geld. Manchmal fragt sie sich, ob es besser gewesen wäre, den Kinderwunsch nach hinten zu stellen. Aber wer konnte ahnen, dass Lysbet und Jasper so überraschend und kurz nacheinander sterben würden?

Ihr Vater hatte viele Gebrechen gehabt und ihre Mutter war schon immer kränklich gewesen, das schon, trotzdem hatte sie der Krebs und die Aggressivität, mit der er Jasper dahingerafft hatte, kalt erwischt. Drei Monate von der Diagnose, bis dass sie vor seinem Grab gestanden hatten, mehr war es nicht. Zwei Monate später war Lysbet tot zusammengebrochen. Ihr Herz wollte, trotz sofortiger Reanimationsmaßnahmen des Notarztes, nicht mehr schlagen. Gesas Eltern wurden nur knapp über sechzig.

Und so trat sie mit neunundzwanzig das Erbe an: die Übernahme des alten, maroden Hofs in einer Region Nordfrieslands, die zu den strukturschwachen gehört. Die Windlasten sind gleichmäßig hoch und erschweren die Nutzung der landwirtschaftlichen Flächen, die Verkehrsinfrastruktur ist mehr als bescheiden, was es für die Industrie unattraktiv macht. Kurz gesagt – sie sitzen auf Land, das sich nicht verkaufen lässt, in einem Haus, das ihnen in den nächsten Jahren über dem Kopf zusammenbrechen wird. Und Hennings Geld reicht nicht einmal für die notwendigsten Reparaturen.

Henning!

Gesa prüft, ob der Boiler das Wasser endlich auf Temperatur gebracht hat, und lässt etwas in eine Plastikschüssel laufen. Ein Spritzer Spüli, dann beginnt sie mit dem Abwasch.

Henning und sie waren glücklich, in ihrer kleinen Wohnung in Elmshorn. Das Geld, das er als städtischer Angestellter mit nach Hause brachte, reichte für ihr damaliges Leben. Sie hatten Glück, die Miete war günstig. Also entschlossen sie sich, es zu wagen, auf Gesas Gehalt zu verzichten. Ein Kind sollte ihr Leben perfekt machen. Und tatsächlich – es dauerte nicht lange und Gesa war schwanger.

Als sie an den Moment denkt, an dem sie es Henning erzählte, füllt sich ihr Brustkorb mit Wärme. Gott, war das schön. Sie würden die besten Eltern werden, die die Welt je gesehen hat. Sie liebten dieses Kind schon, bevor es seinen ersten Herzschlag tat.

Der erste Teil der Schwangerschaft verlief ohne Probleme. Die begannen erst, als Lysbet und Jasper starben, die ihr Enkelkind nicht einmal kennenlernen durften. Und sie blieben, als Rieke geboren war.

Gesa versteht noch immer nicht, was mit ihr los war. Die Ärzte diagnostizierten eine Wochenbettdepression. Wie kann man etwas Derartiges entwickeln, obwohl man sich wie verrückt auf ein Kind freut?

Gesa stellt das Glas neben die anderen auf das Ablaufgitter und schaut durchs Fenster. Sie versucht, das Grau da draußen nicht in ihr Herz zu lassen, aber es fällt ihr schwer. Denn die meiste Zeit sind sie und das Baby allein. Henning arbeitet noch immer in Elmshorn. Es gibt keine freien Stellen in der Nähe und beides konnten sie nicht halten, den Hof der Eltern und die Wohnung. Also lebt er zur Untermiete bei einer alten Dame, hundertsechzig Kilometer entfernt, und sie sehnt die Wochenenden herbei, wenn er kommt und ihr die Einsamkeit nimmt.

Sie schnappt sich das Trockentuch und müht sich mit dem ersten Teller ab. Das Wasser ist nicht richtig heiß, die Textilien in diesem Haus sind irgendwie immer klamm. Das Geschirr lässt sich kaum trocknen. Es ist alles so hoffnungslos!

»Reiß dich zusammen!«, schilt sie sich. Jetzt heißt es, an Rieke zu denken. An ihr Traumkind, das einen Raum weiter friedlich schläft. Sie braucht starke Eltern, die ihr ein glückliches, sorgenfreies Leben ermöglichen.

Wie soll das gehen? Ihr Vater ist nie da. Und wenn, dann rackert er sich an dieser Bruchbude ab! Gesa hasst ihre Eltern für dieses Erbe. Dafür, dass sie sie so früh im Stich gelassen haben, mit all dem. Dafür, dass sie nicht härter dafür gearbeitet haben, ihnen ein besseres Heim zu hinterlassen.

Rerik

»Na, schau mal einer an! Schön, dass Sie uns mit Ihrer Anwesenheit beehren, gnäd'ge Frau.« Fredde stand auf, verbeugte sich und wedelte überschwänglich mit dem rechten Arm, als wäre er bei Hofe.

»Hey Lutz!« Ann betrat die Reriker Wache und lächelte Freddes Kollegen freundlich zu.

Der lugte hinter seinem Rechner hervor und hob grüßend die Hand.

Dann zog sie sich einen Stuhl heran und setzte sich Fredde gegenüber. »Lass mal ne Runde Kaffee springen!« Sie raschelte verheißungsvoll mit einer Brötchentüte. »Es gibt Croissants.«

»Kommt sofort!« Er verschwand in der kleinen Kaffeeküche.

Ann hörte ihn gut gelaunt pfeifen, lehnte sich zu Lutz herüber und hielt ihm die Tüte hin.

»Bin auf Diät.« Der Polizist rieb sich den Bauch und deutete auf einen Apfel, der einsam seinen Schreibtisch zierte. Gleichzeitig lag so viel Sehnsucht in dem Blick, mit dem er das Backwerk fixierte, dass Ann sich nicht zurückhalten konnte.

»Sagt wer?«

»Seine Frau.« Fredde balancierte mit drei Kaffeebechern auf sie zu.

»Och, komm! Wir können schweigen wie ein Grab!« Sie rutschte näher, sodass der Duft der köstlichen Butterhörnchen direkt in Lutz' Nase schweben musste.

Der seufzte, griff in die Tüte und lächelte selig. »Eins wird schon nicht schaden.«

»Und was hast du heute vor? Lass mich raten! Das geniale Wetter nutzen, an den Strand gehen, lesen und faul in der Sonne liegen.« Fredde stellte den beiden den Kaffee vor die Nase, schnappte sich ein Croissant und ließ sich in seinen Bürostuhl fallen. »Isabelle hat Spätschicht. Ruf sie doch an!«

»Hört sich verlockend an. Aber ich hab noch ein paar Dinge, die ich klären muss.«

Fredde nickte und sah sie nachdenklich an.

Er ahnte mit Sicherheit, worum es ging. Frederik Steinmann kannte sie gut, er war jemand, auf den Ann sich immer und überall verlassen konnte. Er hatte ihr schon in vielen Situationen geholfen.

»Und ich hätte eine Bitte.«

Er wedelte mit dem angebissenen Blätterteigstückchen. »Du hast bezahlt, ich bin ganz Ohr.«

Sie beugte sich vor. »Die Vergewaltigung meiner Mutter.« Sie sprach gedämpft. »Es muss eine Akte geben. Entweder in Neustadt oder in Hamburg. Der Täter, er soll verbrannt sein. Die Leiche wurde identifiziert, indem seine DNA mit der meines Halbbruders verglichen wurde. Also *muss* in irgendeinem Polizeiarchiv ein Vorgang dazu schlummern.«

Fredde hob die Augenbrauen und rieb sich die Stirn. »Puh, ich weiß echt nicht, ob ich dir da helfen kann. Leider bin ich immer noch kein BKA- oder LKA-Ermittler, sondern einfacher Polizist. Und selbst die Leute von der Kripo bräuchten einen triftigen Grund, um eine derartige Anfrage bei den Kollegen in Hamburg zu stellen.«

»Ich weiß. Aber du hast doch bestimmt Kontakte. Kennst wen, der wieder wen kennt … Fredde, ich will doch nur wissen, was damals passiert ist. Ich mein, bis heute weiß keiner, wer der Typ war. Trotzdem sind sie sich sicher, dass er verbrannt ist. Wie kann das sein? Wo kam der her? Wie und wo ist er auf meine Mutter getroffen? Wie und warum ist es zu diesem Brand gekommen?«

Fredde saß nur da und sah ihr in die Augen.

»Bitte! Ich kann Susanne nicht fragen.«

»Ich weiß.« Er schnaubte und biss in sein Croissant. »Ich werd sehen, was ich tun kann.«

*

Er kam genau richtig. Die Cafés, Restaurants und Eisbuden an der Haffpromenade hatten ihre Pforten gerade geöffnet. Die letzten Schirme wurden aufgespannt, noch ein paar

Speisekarten ausgelegt und Stühle mit Sitzkissen versehen. Trotz der morgendlichen Uhrzeit war der Haffplatz gut besucht. Die einen wollten noch schnell eine Luftmatratze, einen Wasserball oder Sandspielzeug erstehen, die anderen gönnten sich ein Frühstück außerhalb der Ferienwohnung. Ihm wäre es lieber gewesen, sie hätten alle noch in ihren Betten gelegen. Aber egal! Zielsicher steuerte er das *Casa di Mare* an und wurde nicht enttäuscht. Da lief sie, emsig wie immer. Seit einem Jahr erarbeitete er sich ihr Vertrauen. Seit die Artikel über Johanna Arnold ihn hierhergeführt hatten. Er blieb stehen, tat, als blicke er unschlüssig umher.

»Ciao!« Sie winkte ihn zu sich. Ihr Lächeln überstrahlte alles, in ihren Augen las er echte Sympathie.

Er hob schüchtern die Hand.

»Komm, ich hab einen schönen Platz für dich!« Sie lotste ihn zu einem kleinen Tisch am Rand der Fläche, der zudem noch von einer großen Pflanze abgeschirmt wurde. Sie wusste genau, was er mochte.

»Danke!« Seine schlanken Finger schlossen sich vorsichtig um ihre zarte Hand. »Sie sind mit Geld nicht zu bezahlen.«

»Ilenia und du!« Sie sah ihn rügend an.

Er ließ den Zehneuroschein in ihre Hand gleiten und zog seine zurück.

»Oh, das sollst du doch nicht immer!«

Er hob beschwichtigend die Hände. »Das ist vollkommen in Ordnung. Wer sich so herzlich um einen abgewrackten Typen kümmert, der hat sich den Extraeuro verdient.«

Sie schüttelte den Kopf, ließ das Geld in die Bauchtasche ihrer Schürze gleiten. »Du bist nicht abgewrackt. Nur ein bisschen ... dünn.« Geschickt wedelte sie mit einem Tuch imaginäre Staubteilchen vom Tisch. »Was darf ich bringen? Wie wär's mit einer heißen Schokolade mit Sahne und einem Schokocroissant?«

Ihm wurde schon beim Zuhören übel. »Das hört sich köstlich an, gern.« Der jahrelange Raubbau an seinem Körper, die schlechte Ernährung und Drogen hatten ihn abmagern lassen. Ihr hatte er erzählt, das wären die Folgen einer schweren Krankheit. Und dass er nun wieder zulegen müsse, Fett- und Zuckerreiches brauche, um zur alten Form zurückzufinden. Dabei war er das Essen so leid. Seinen Geschmackssinn hatte er an die Drogen verloren. Hunger hatte er selten. Trotzdem, es war die beste Möglichkeit, ihr Vertrauen zu gewinnen. Und – in der Welt der Menschen unsichtbar zu werden.

Als er vor einem Jahr nach Rostock gezogen war, war er aufgefallen wie ein bunter Hund. Ein Hund, dem man besser aus dem Weg ging. Ungesunde Hautfarbe, zerschlissene Kleidung, nur noch Haut und Knochen – ein Junkie. Er war angestarrt, beschimpft und bespuckt worden. Oder es wurde ein großer Bogen um ihn gemacht. Letzteres störte ihn nicht. Lieber aber war es ihm, wenn er in der Masse unterging. Wenn niemand sich an ihn erinnern konnte. Und dafür musste er normaler – beliebiger – aussehen. Er war auf einem guten Weg. Ein paar Kilos waren schon dazugekommen. Und er hatte *sie* kennengelernt, Ilenia Barbieri.

Schon Ilenias Mutter hatte in diesem Café gearbeitet. Jeden Sommer, sieben Tage die Woche. Bis Johanna Arnold gekommen war und in der Vergangenheit herumgeschnüffelt hatte. Das hatte die arme Frau mit dem Leben bezahlt. Ein wirklich glücklicher Umstand.

Ilenia stellte die Schokolade und das Croissant vor ihn hin. »Lass es dir schmecken.«

»Vielen Dank. Ich nehme an, du hast keine Zeit, dich für einen Moment zu mir zu setzen?«

»Für eine Pause ist es noch ein bisschen früh.« Unschlüssig blieb sie stehen.

Er tat, als nähme er einen genussvollen Schluck und sorgte dafür, dass ein dicker Tupfer Sahne an seiner Nase hängen blieb. Obwohl sie sonst immer auf derartig komödiantische Einlagen reagierte, blieb sie starr und schweigsam. Er lächelte ihr aufmunternd zu. Sie hatte etwas auf dem Herzen, das war eindeutig. Er hatte gelernt, geduldig zu sein. Das musste er, wenn er wollte, dass sie sich ihm öffnete.

Ein Ruck ging durch ihren Körper, sie wandte sich ab und ging. Stoppte und kam zurück. »Sie ist hier. So richtig. Nicht nur für ein Wochenende oder einen Urlaub.«

Er verstand sofort und hätte am liebsten vor Freude aufgeschrien. Adrenalin und wusste der Geier was noch für Hormone rauschten durch ihn hindurch, dass er Mühe hatte ruhig und unbeteiligt zu wirken. Mitfühlend berührte er ihren Arm, als er den verdächtigen Glanz in ihren Augen bemerkte. »Wer ist hier, Ilenia?«

»Die Mörderin meiner Mutter – Johanna Arnold!«

»Ich weiß, wie belastend das für dich ist, aber sie wird auch wieder fahren.«

»Du verstehst nicht. Sie ist hierhergezogen.« Die ersten Tränen kullerten über Ilenias Wange.

»Nein!« Er setzte ein fassungsloses Gesicht auf und schob ihr einen Stuhl hin, auf den sie sich fallen ließ.

»Es ist so, wie ich es immer erzählt habe – sie merkt nicht einmal, was sie uns angetan hat. Oder es ist ihr egal!«

Er schob ihr ein Paket Taschentücher hin. »Und wenn du mit ihr redest? Ihr sagst, was in dir vorgeht?«

»Das kann ich nicht. Ich will ihre Ausflüchte und Rechtfertigungen nicht hören. Sie hätte die Vergangenheit einfach ruhen lassen sollen. Aber nein, sie musste ja unbedingt jeden Stein umdrehen, um *die Wahrheit* herauszufinden.« Aufgebracht zog Ilenia die Worte in die Länge. »Am Ende waren vier unschuldige Menschen tot. Vier! Meine Mutter hatte nichts Unrechtes getan!«

»Ich weiß«, murmelte er. »Und das tut mir unsagbar leid. Woher weißt du, dass sie hergezogen ist?«

»Rerik ist ein kleiner Ort. Und die Arnold kennt hier jeder. Kein Wunder, bei dem, was sie verbrochen hat. Manche feiern sie noch dafür, weil sie einem Mörder auf die Schliche gekommen ist.« Ilenia schnaubte verächtlich. »Für welchen Preis? Die meisten Opfer würden heute noch leben, hätte sie sich nicht eingemischt.«

Er atmete tief und hörbar ein und nickte verständnisvoll. »Schon erstaunlich, dass die Frau ausgerechnet an den Ort zieht, an dem sie selbst nur knapp dem Tod entkommen ist. War doch so, oder?«

Jetzt nickte Ilenia.

Er kannte diesen Gesichtsausdruck. Sie wünschte sich, Johanna wäre damals gestorben, schämte sich aber gleichzeitig für den Gedanken. Dummes Ding.

»Ihr Freund hat eine kleine Wohnung im Ort«, fuhr sie fort. »Warum versteht keiner, denn er selbst arbeitet irgendwo in Süddeutschland, glaube ich. Sollen sie doch einfach da hinziehen!« Sie schnäuzte verhalten in das Taschentuch. »Er sitzt im Rollstuhl. Du hast ihn sicher schon mal gesehen. Wenn er da ist, steht er oft drüben am Steg und schaut auf das Haff. Oder er fährt wie ein Bekloppter mit so einem Sportrolli. Ist wohl eine Art Training.«

Wie süß, Johanna hatte ihr Herz an einen Krüppel verloren. »Weshalb sitzt er im Rollstuhl? War das auch sie?«

Verwirrt sah sie ihn an.

»Hat *sie* seine Behinderung zu verantworten?«

»Nein, er ist Polizist. Wurde angeschossen. Ich glaub, das war vor ihrer Zeit, aber ... ach, keine Ahnung.« Sie sprang auf, als hätte sie sich erinnert, weshalb sie die Schürze trug.

»Weißt du, wo die beiden wohnen? Vielleicht wäre es doch gut, Kontakt aufzunehmen. Zeig ihr, wie schlecht es dir damit geht. Das würde dir guttun.«

»Nein. Keine Ahnung, wo die hausen. Will ich auch gar nicht wissen.« Das Letzte war nur noch ein Flüstern. Dann streckte sie den Rücken durch, atmete einmal tief und rang sich ein Lächeln ab. »Genug davon! Was darf ich dir noch bringen? Wie wäre es mit einem englischen Frühstück? Mit ordentlich Speck und Bohnen?«

DAMALS, Ockholm, Nordfriesland

Gesa streift die Regenjacke über und schlüpft in die Gummistiefel. Aus dem Innern der Stube kommt ein kurzes Jammern. Rieke war die ganze Nacht unruhig. *Mit drei Monaten können das doch noch nicht die Zähne sein, oder doch?* Wie zum Beweis wird aus dem abgehackten Quengeln ein erster kläglicher Schrei. *Ich sollte mich beeilen.* Gesa läuft über den von Schlaglöchern übersäten Hofplatz, umrundet, trotz des passenden Schuhwerks, die tiefsten von ihnen und eilt den matschigen Weg entlang bis zur Landstraße, wo der Briefkasten steht. Der Wind drückt von hinten, feine Tropfen wehen an ihr vorbei. Was ist das nur für ein Sommer? Trockene und sonnigen Tage kann man an einer Hand abzählen, die Wetterfrösche aus Radio und Fernsehen liegen mit ihren Prognosen ständig daneben. Dabei wünscht sie sich so sehr etwas Wärme. Wärme, die durch die dicken Steinmauern, bis zu Rieke und ihr in die Stube dringt.

Gesa zieht die Klappe des Kastens auf und nimmt die Briefe heraus. Feuchtigkeit hat ihr Papier wellig werden lassen. Am liebsten hätte Gesa sie gar nicht geholt. Es sind ja doch nur Rechnungen. Aber Henning mahnt jeden Tag. Sie müssen aufpassen, dass ihnen die Verpflichtungen nicht über den Kopf wachsen, dass sie die Rechnungen nicht zu lange liegen lassen. Es darf zu keiner Pfändung kommen. Und er beteuert immer wieder, dass sie das schaffen. Gesa glaubt das nicht. Eine Durststrecke, einen zeitlich begrenzten Kraftakt, den könnte sie durchstehen. Aber es gibt kein *Wenn wir das geschafft haben, dann.* Es gibt nur ein unendliches *Weiter so.* Das verdammte Haus verschlingt alles. Niemand hat gefragt, ob sie es haben wollen.

Gesa schließt den Kasten, drückt die Briefe an ihre Brust und dreht sich in den Wind. Regenschwaden legen sich über ihr Gesicht, die Kapuze klappt nach hinten. Gesa fängt an zu rennen. Wie lange soll das noch gehen? Sie will hier nicht sein, allein und nutzlos. Darauf wartend, dass die nächste Katastrophe passiert, ein Wasserrohrbruch vielleicht oder ein Schaden an den veralteten Stromleitungen oder am Dach. Sie will das Leben mit ihrer kleinen Tochter genießen, diese wichtige erste Zeit zusammen mit ihrem Mann erleben und sich mit anderen jungen Müttern treffen. Stattdessen nichts als Sorgen und Einsamkeit.

An der Haustür angekommen, hört sie Rieke aus Leibeskräften schreien. Schnell streift sie die Gummistiefel ab, huscht in die Stube und wirft die Briefe auf den Tisch. Die Kleine ist krebsrot im Gesicht. Die Anstrengung, Schreien und Atmen unter einen Hut zu bringen, scheint enorm. Gesa lässt den nassen Mantel fallen und hebt Rieke vorsichtig aus dem Stubenwagen.

»Schsch, was ist los? Schon wieder Hunger?« Sie versucht, das Kind anzulegen. Doch Rieke schreit einfach weiter. Der Rotton ihrer Haut wird immer dunkler. Gesa legt sie über ihre Schulter, geht schuckelnd durch den Raum. »Komm schon, kleine Sprotte, Mama ist doch da.« Es hilft nicht, sie will sich nicht beruhigen. Ob sie Koliken hat? Gesa will nicht schon wieder beim Arzt anrufen. Am Ende denken alle, sie sei als Mutter unfähig. Also legt sie ihre Tochter bäuchlings auf ihren Unterarm, schaukelt sie beruhigend hin und her. Die Minuten kommen ihr endlos vor. Mischt sich da ein Blauton in das Dunkelrot der Säuglingswangen? Riekes hektisches Einatmen zwischen den Schreiphasen schmerzt beim Zusehen. Bekommt sie überhaupt genug Luft? Ob sie sogar ersticken könnte?

Anderthalb Stunden später ist die Kleine endlich eingeschlafen. Wahrscheinlich vor Erschöpfung. Gesa lässt sich in den

Sessel plumpsen und greift nach der Fernbedienung des Fernsehers. Nur ein bisschen berieseln lassen. Ohne Ton, damit das Baby nicht wach wird. Es dauert keine fünf Minuten und der Bildschirm ist schwarz. Stromausfall, wieder einmal. Henning und sie vermuten, dass es an der Nässe liegt. Immer, wenn der Wind den Regen gegen eine bestimmte Wand drückt, springt nach einer gewissen Zeit der FI-Schalter raus. Gesa zieht die Wolldecke bis ganz nach oben zum Hals. Keiner ihrer Schulfreunde ist in der Gegend geblieben. Alle leben ihr Leben an Orten, die sie sich selbst ausgesucht haben. Warum klappt bei anderen, was sie sich so sehr wünscht? Sie will nicht mehr. Sie kann nicht mehr. Die Tränen kommen, ohne dass sie etwas dagegen tun kann.

Erschrocken fährt Gesa hoch. Sie ist eingeschlafen! Rieke … was ist mit ihr, atmet sie noch? Gesa eilt zum Stubenwagen, horcht nervös. Da, die Kleine zieht im Schlaf das Näschen kraus. Aufatmen. Ein Blick zur Uhr. Zwei Stunden war sie weg, in einem traumlosen Ruhemodus, trotzdem fühlt sie sich erschöpft. Sie sollte sich etwas zu Essen machen, stattdessen setzt sie sich an den Esstisch und starrt auf die Briefe. Ihr fehlt die Kraft, sie zu öffnen, die Kraft, in die Küche zu gehen, um sich etwas zu kochen, sich um die Wäsche zu kümmern oder das Haus zu saugen. Sie ist wie eine leere Heliumflasche. All ihre Leichtigkeit ist verflogen.

Das Schrillen des Telefons lässt sie aufschrecken. Sie beeilt sich, hofft, dass Rieke nicht aufwacht, und hält sich den Hörer ans Ohr.

»Moin, mein Schatz. Ich wollte mich kurz melden. Wie geht es denn den beiden hübschesten Frauen auf diesem Globus?« Die Liebe in Hennings Stimme … Und sie kann ihm nichts zurückgeben. Nicht einmal irgendwelche Worte. Ihre erbärmliche Antwort ist ein Heulkrampf.

Bevor Ann zu Oma Rose in die Straße Zur Liebesschlucht einbog, wandte sie sich dem kleinen Wäldchen zu, dessen hagere Bäume verhinderten, dass es zu Bodenerosionen kam, die Steilklippen abbrachen und ins Meer stürzten. Vor dem Eingang in den Wald blieb sie stehen, legte das alte Rad einfach auf den Boden. Das Unbehagen war noch immer da. Sie mied die Klippen und den Bereich, der vom Ort wegführte. Dank vieler Therapiesitzungen bei ihrem Traumadoc hatte sie es geschafft, ihre Dämonen in die Schranken zu weisen, meistens jedenfalls. Albträume waren selten geworden, die Panikattacken, die absurderweise gerade in banal alltäglichen Situationen über sie gekommen waren, auch.

Lächerlich, wie schwer es ihr fiel, den einen Schritt nach vorn zu machen, in den Wald hinein. Dabei war der an dieser Stelle licht und nur ein paar Meter breit. Ann spürte, wie sie den Atem anhielt und zügig bis zum Strandabgang lief. Kein Blick nach rechts, auf den Weg, der irgendwann an der Hütte vorbeiführen würde. Flucht.

Sie rannte die Holztreppen hinunter, bis zu der ersten Plattform, die den Blick aufs Meer freigab. Atmen. Mit klopfendem Herzen lehnte sie sich an das Geländer und genoss die Weite, das Blau des Himmels und das Glitzern der Ostsee. Jetzt drangen auch die Umgebungsgeräusche zu ihr durch. Lachende Menschen, kreischende Kinder, die Laute eines unbeschwerten Strandtages.

So sehr sie das alles liebte, die Natur, das Meer, ihre Freunde und Oma Rose, vielleicht war es Zeit, woanders neu anzufangen? Es gab Erinnerungen, die mit Rerik verbunden waren, die sie nicht losließen. Todesängste, Schmerzen und Hoffnungslosigkeit. Und es gab die Schuldgefühle. Dr. Hase hatte ihr immer wieder klargemacht, dass nicht sie für den Tod der vier Menschen verantwortlich war, sondern ihr

Mörder. Ihr Gehirn hatte das begriffen. Ihr Herz fühlte etwas anderes.

Ann atmete tief durch. Sie würde zu Marc nach Wiesbaden ziehen. Entschlossen drehte sie um und folgte den Holztreppen zurück auf die Klippe, marschierte die wenigen Meter durch den Wald, ohne nach rechts oder links zu sehen, und stand einige Minuten später vor Roses Haus. Auch hier fühlte sich alles nach Abschied an. Der ehemals liebevoll gepflegte Garten war längst zu einem *Hauptsache praktisch* geworden. Immergrüne Bodendecker, die weit davon entfernt waren, ihrem Namen gerecht zu werden, ersetzten die ehemals bunte Blumenpracht. Die alten Obstbäume trugen kaum noch, zu viele Wassertriebe bevölkerten ihre Äste.

Ann klingelte und dachte daran, wie schön es hier früher gewesen war. Wie gern sie zu Rose und Johann, zu Oma und Opa Rerik gefahren war. Es hatte keine herzlicheren Menschen gegeben. Ann war lieber bei ihnen gewesen als zu Hause. Als Opa Johann vor fünfzehn Jahren gestorben war, waren sie noch enger zusammengerückt, Ann und Rose. Jeden Sommer hatte Ann hier verbracht. Ihre Eltern waren nur für kurze Stippvisiten vorbeigekommen. Für Ann aber war es ihr Sehnsuchtsort, ihre Heimat. Bis zu diesem Sommer vor drei Jahren. Und jetzt? Oma Rose verschwand mit jedem Monat ein wenig mehr. Und mit ihr der Zauber dieses Hauses.

Ann klingelte erneut, sah durch ein kleines Fenster neben der Eingangstür.

Dann umrundete sie das Haus und blickte durch die Terrassenscheibe. Rose lehnte in ihrem Ohrensessel. Ihr Kopf war zur Seite weggerutscht.

Ann klopfte behutsam gegen das Fensterglas.

Wie schwach und gebrechlich Rose wirkte. Keine Apfelbäckchen mehr, nur noch fahle Haut und hervorstehende Knochen. Für einen kurzen, schrecklichen Moment dachte

Ann, sie wäre tot. Doch dann hob die Seniorin langsam den Kopf. Sie schien verwirrt.

Ann lächelte und winkte. Sie ertappte sich dabei, wie sie betete, Rose möge es unbeschadet bis zur Terrassentür schaffen, so instabil wirkte ihr Gang. Doch dann war der Riegel oben und der Weg frei.

»Hey, ich wollte dich nicht beim Schlafen stören. Ich dachte, ich schau mal vorbei. Wie geht es dir?«

»Johanna, mein Herz, schön, dass du da bist. Wo hast du …« Sie stockte kurz. »… deinen Freund gelassen?«

»Marc. Er ist noch in Wiesbaden. Kommt Mittwochabend. Ich setze Tee auf, ja?«

»Marc, weiß ich doch.«

»Setzen wir uns nach draußen, oder ist es dir schon zu warm?«

»Nein, nein. Die Sitzkissen …«

»Bringe ich mit, beweg dich nicht vom Fleck!«

Ein paar Minuten später saßen sie sich gegenüber. Ann goss Tee ein. »Oma, glaubst du nicht, es wäre eine gute Idee, ein bisschen Hilfe anzunehmen?«

»Der Nachbar mäht den Rasen.«

»Du brauchst jemanden, der regelmäßig nach dir sieht.«

»Das machst du doch.«

»Jeden Tag.«

»Papperlapapp! Ich komme ganz gut zurecht.«

»Du könntest stürzen. Niemand würde es bemerken.«

»Bist du gekommen, um mir zu sagen, dass ich ins Seniorenheim gehöre?«

»Wäre das denn so schlimm? Es gibt bestimmt ganz schöne in der Nähe. Du bräuchtest dich nicht mehr jeden Abend die Treppe hochzuquälen, müsstest nicht einkaufen gehen oder kochen. Und es gäbe andere Bewohner, mit denen du dich unterhalten könntest.«

»Das hier ist mein Zuhause. Und wenn es einmal so weit ist, werde ich hier sterben und zu meinem Johann gehen.«

»Red nicht vom Sterben! Bis dahin ist es noch ein Weilchen.« Ann sah in Roses Augen, wie wenig sie ihr glaubte.

»Nun denn, erzähl mal, wie und wo soll es für dich weitergehen? Ich nehme an, du wirst Rerik den Rücken kehren?«

»Den Rücken kehren. Das hört sich an, als gingen der Ort und ich im Streit auseinander.«

»Sagen wir so ... ihr hattet nicht nur gute Zeiten.«

»Das stimmt, aber denk an unsere Jahre mit Opa Johann, an die vielen schönen Sommer.«

Roses Blick wurde melancholisch. »Ja, daran erinnere ich mich gern. Wäre es doch nur so geblieben.«

Ann legte ihre Hand auf die ihrer Oma.

»Ich bin alt, Ann. Mein Leben ist gelebt. Ich kann den Tod schmecken.«

»Oma, bitte, das stimmt doch ni...«

»Still! Natürlich stimmt das und wir wissen das beide. Ich werde dieses Haus deinen Eltern vermachen. Mit der Bedingung, dass sie es nicht ohne deine Zustimmung verkaufen dürfen und nach ihrem Ableben dir vermachen müssen. Was du dann damit machst, ist dir überlassen. Ich weiß, wie eng du mit Rerik und diesem Haus verbunden bist, auf wundervolle, aber auch schmerzhafte Weise. Deshalb soll es dir kein Klotz am Bein sein. Wenn du mit alldem abschließen willst, verkaufe es. Das ist für mich in Ordnung. Oder macht ein Ferienhaus draus, ihr wisst, wie begehrt die Lage hier ist.«

Ann spürte die Tränen aufsteigen. »Das ist lieb, danke. Ich hoffe, bis dahin haben wir noch ein wenig Zeit.«

Rose lächelte. Allein das Reden schien sie zu ermüden.

»Ich werde dich hier nicht allein lassen. Das mit dem Umzug hat Zeit.«

»So weit kommt es noch, dass du dich an eine tattrige Frau kettest. Erzähl mir lieber, wie du dir deine berufliche Laufbahn vorstellst. Wie geht es weiter?«

»Ich habe einige Bewerbungen laufen. Ich würde gern im

Bereich Wissenschaftsjournalismus tätig werden. Die ersten Anfragen sind verschickt. Nicht nur an Verlagshäuser von Zeitungen, Zeitschriften und Magazinen, sondern auch an Produktionsfirmen im Bereich Film- und Fernsehen.«

Rose nickte anerkennend. »Du wirst viel unterwegs sein.«

»Ja, ein Aspekt, der mich reizt.«

»Wird Marc das aushalten?«

»Vieles kann auch online recherchiert werden, über Internetquellen und Gespräche via Videokonferenz. Bis ich für Themen gebucht werde, für die ich durch die ganze Welt jetten muss, wird es sicher noch eine Weile dauern.« Sie zwinkerte ihrer Oma zu.

Die führte mit zitternder Hand die Teetasse an ihre Lippen.

»Wie war Papa, als er klein war?«

Rose wirkte, als hätte sie gar nicht gehört, was Ann gesagt hatte.

»Oma?«

»Wie meinst du das?«

»Deine Söhne, er und Stephan, wie waren sie so? Haben sie sich gemocht oder ständig gezankt? Papas Bruder lebt schon so lange in der Schweiz, ich weiß gar nicht, wann wir den zuletzt zu Gesicht gekriegt haben. Ich glaube, der könnte mich umrennen, ich würde den nicht erkennen.«

»Sind beide sehr verschieden.«

»Wie alt ist Stephan noch mal?«

»Könntest du den Sonnenschirm aufstellen? Meine alten Augen sind empfindlich geworden. Es blendet.«

Stirnrunzelnd tat Ann, wie ihr geheißen. Konnte es sein, dass Rose vergessen hatte, wann ihr erster Sohn geboren worden war? War es ihr peinlich, wich sie ihr deshalb aus?«

»Ich weiß, die Schweiz ist verdammt weit weg, trotzdem seltsam, dass Papa und er so wenig Kontakt haben. Hätte ich einen Bruder …« Sie biss sich auf die Lippe. *Shit, Ann, erst denken, dann reden!* »Wann war Stephan denn das letzte Mal hier und hat dich besucht?«

»Lass gut sein, Ann! Ich glaube, ich würde mich gern ein bisschen hinlegen.« Mühsam drückte sie sich hoch.

»Klar, kein Ding!« Ann begleitete sie bis zum Sofa, half ihr beim zurechtlegen der Kissen und setzte sich neben sie. »Ich kann ihn für dich kontaktieren, wenn du möchtest, dass er noch mal … dass er dich besuchen kommt.«

»Du meinst, bevor ich sterbe? Bemüh dich nicht. Lass am besten alles so, wie es ist.« Ihre trüben Augen starrten sie an. »Johanna, du hast es mir versprochen! Deine Eltern sind feine Menschen. Sie haben ein glückliches Leben verdient. Die Vergangenheit ist Vergangenheit. Lass es dabei!«

Was hat das denn jetzt mit Onkel Stephan zu tun? Anns Mund klappte auf und wieder zu.

»Und jetzt würde ich gern ein wenig schlafen.«

Ihr Fahrrad klapperte bei jeder Unebenheit. *Deine Eltern sind feine Menschen.* Redete man so von seinem eigenen Sohn? Er *ist ein feiner Mensch.* Respektvoll, distanziert. Für Ann fühlte es sich an, als ob Rose von Nachbarn oder entfernten Bekannten sprach. Oder lag es einfach daran, dass sie einer anderen Generation angehörte? Auf jeden Fall war es Zeit, sich mit Papas Bruder in Verbindung zu setzen. Das hätte sie längst tun sollen. Vielleicht war der ja gesprächiger und scheute sich nicht, ihr von der Zeit der Vergewaltigung zu erzählen. Ann beugte sich weiter nach vorn und trat entschieden in die Pedale.

Kapitel 2

DAMALS, Husum, Nordfriesland

Die Wolken ziehen eilig über den Himmel, lassen hier und da die Sonne durchblitzen. Rieke hockt im Tragetuch. Ihre Augen folgen den markantesten Reizen. Gesas Rücken tut weh. Die Fahrt mit Baby in den öffentlichen Verkehrsmitteln war anstrengend. Würde sie das wirklich mehrmals auf sich nehmen wollen? Wenigstens regnet es nicht. Suchend geht sie durch die Straßen. Sie mag Husum. Es ist lebendig. Die Häuser sind hübsch, nichts ist kaputt. Wenn Henning hier eine Stelle finden würde, das wär's.

Nummer sechzehn, neunzehn, wo ist die einundzwanzig? Ratlos blickt sie auf die Hausnummer dreiundzwanzig. Wenn das mal kein Zeichen ist! Ausgerechnet das Haus, in dem sich die Praxis befinden soll, existiert nicht. Hennings Idee, einen Psychiater aufzusuchen, eine Schnapsidee. Niemand geht zu einem Idiotenarzt, außer der, der in die Klapse gehört. Dass sie ständig weint, ihr alles über den Kopf wächst, liegt nicht an ihr, sondern an der verdammten Situation. Daran kann so ein Nervenarzt auch nichts ändern. Und was der kostet! Das Geld können sie gut für was anderes verwenden.

Gesas Blick fällt auf einen schmalen Gang, der sie zwischen zwei Häusern hindurch, zu einem dritten führt. Das große weiße Schild lässt keinen Zweifel, sie ist angekommen. Frau Dr. Henriette Steinmetz, Fachärztin für Psychiatrie und Psychotherapie. Gesa atmet tief durch. Hennings

Stimme hallt in ihren Ohren: »Es ist nur ein Erstgespräch. Hör dir doch mal an, was sie zu sagen hat. Vielleicht hat sie ein paar Tipps, wie du das alles nicht so an dich ranlässt?«

Das alles. Er hat gut reden, er ist ja nie da. Wohnt die ganze Woche in einem Zimmer, warm und sicher. Und wenn er vor die Tür geht, sind da Menschen. Ist doch kein Wunder, dass sie anfängt, mit sich selbst zu reden. Rieke kann es ja noch nicht.

Gesa steigt die drei Stufen hoch. Ihr Baby gibt lustige Blubbertöne von sich.

So ein Quatsch! Was macht sie hier? Sie sollte umdrehen, sich von einem Teil des Geldes einen Cappuccino gönnen, den flanierenden Menschen zusehen und durch Husum streifen, sich also einen rundherum schönen Tag machen, statt einer fremden Frau … ja was eigentlich zu erzählen? Gesa spürt, wie sich alles in ihr sträubt, wie der Cappuccino immer begehrenswerter erscheint. Aber was ist mit Henning? Soll sie ihm vormachen, sie hätte an dem Erstgespräch teilgenommen? Ihm erklären, dass Frau Doktor ihr gute Tipps gegeben und ihr gesagt habe, dass sie keinen Psychiater brauche? Ist sie in der Lage, ihren Mann auf diese Weise zu belügen? *So selten, wie der da ist.*

Gesa schließt die Augen. Sie findet ihr Leben immer unerträglicher. Sie will Henning nicht anlügen müssen. Sie will nicht mehr zurück nach Ockholm. Und sie will erst recht nicht zu dieser Psychotante und ihr erbärmliches Leben vor ihr ausbreiten, ihr all ihre Ängste und Defizite anvertrauen. Anvertrauen – Vertrauen! Wieso zum Teufel soll sie einer Fremden überhaupt vertrauen? Das kann Henning nicht von ihr verlangen!

Die Tür der Praxis wird aufgerissen. Gesa zuckt schuldbewusst zusammen. Eine ältere Frau tritt ihr entgegen, hält ihr beim Hinausgehen die Tür auf. Sie lächelt. Ihre Gesichtszüge sind sanft. Gesa kann nicht anders und macht zwei Schritte nach vorn.

Dreh dich um, geh einfach wieder raus!

»Frau Jessen, richtig?« Die Frau mit dem kurzen blonden Zopf, die hinter dem Empfangstresen sitzt, ist in ihrem Alter. Ob sie ihrem Freund heute Abend von Gesa erzählen wird? Von der bekloppten Frau, der man das Baby wegnehmen sollte, weil sie anscheinend nicht in der Lage ist, sich darum zu kümmern? »Setzen Sie sich doch bitte noch einen Moment ins Wartezimmer! Frau Doktor hat sofort Zeit für sie.«

Gesa folgt dem richtungsweisenden Zeigefinger und atmet auf. Der Wartebereich ist leer. Nun gut – jetzt ist sie also hier. Sie wird dieses alberne Erstgespräch über sich ergehen lassen, der Psychologin ein paar harmlose Brocken vor die Füße werfen, von wegen Wochenbettdepression und so und dann wieder gehen.

Die Arzthelferin betritt den Raum, hält ihr ein Klemmbrett mit Kugelschreiber hin. »Würden Sie den Anamnesebogen bitte ausfüllen? Sie können beides einfach am Empfang abgeben, wenn Sie fertig sind.«

Gesa blättert nervös die Fragen durch. Persönliche Daten, wie Name, Adresse, Geburtsdatum und Beruf. Dann soll sie die wichtigsten Probleme niederschreiben, weshalb sie zur Therapie kommt. Sie wählt die Wochenbettdepression. *Wie belastend empfinden Sie Ihre Probleme?*

Darunter eine Skala von eins bis zehn. Sie beschließt, die Sache nicht unnötig aufzubauschen und kreuzt eine Zwei an. Sie verneint, schon mal beim Psychiater gewesen zu sein und Medikamente zu nehmen, ebenso die Einnahme von Alkohol und anderer Drogen. Dann ein Bogen über die lebensgeschichtliche Entwicklung. Stirnrunzelnd liest Gesa die Fragen durch.

Wie war das Befinden Ihrer Mutter während der Schwangerschaft und des Geburtsverlaufs? Was bitte hatte die Gemütslage ihre Mutter während ihrer Geburt mit Gesas heutigen Problemen zu tun? Glauben die etwa, die Probleme werden vererbt? Oder mit der Muttermilch weitergegeben? Woher soll Gesa wissen, wie es Lysbet bei ihrer Geburt ging? Kopfschüttelnd liest sie weiter. *Welche Besonderheiten prägten Ihre Kindheit (Nägelkauen, Albträume, Bettnässen, Stottern …)? Wie haben Sie Ihre Kindheit erlebt?* Wieder eine Skala von eins bis zehn, von unglücklich bis sehr glücklich. Geht es darum, herauszufinden, ob Lysbet ihre Probleme auf ihre Tochter übertragen hat?

Gesa lehnt sich zurück, streichelt unbewusst Riekes Köpfchen. Puh, ja, es war jetzt keine auf Rosen gebettete Kindheit. Sie hatten nicht viel Geld und der Hof war damals schon kein Palast. Ihre Eltern arbeiteten viel. In den Urlaub fuhren sie nie. Dafür kamen Gesas Schulkameraden gern, es gab genug Platz für Abenteuerspiele und Kindheitsfantasien. War sie glücklich? Sie hat nie einen Gedanken daran verschwendet. Jasper und Lysbet haben getan, was sie für richtig hielten. *So wie ich jetzt mit Rieke.* Geht es darum? Einmal schlechte Mutter, immer schlechte Mutter – über alle Generationen hinweg?

Gesas Herz klopft aufgeregt. Wenn sie nicht aufpasst, wird man ihr Rieke wegnehmen. Was hat Henning sich nur dabei gedacht, sie in diese Falle laufen zu lassen? Hastig bescheinigt sie sich eine glückliche Kindheit, ihrer Mutter einen unauffälligen Geburtsverlauf und beantwortet auch die anderen Fragen nach ihrer Kindheit so, dass es nach ihren Kriterien einer normalen entspricht.

Beschreiben Sie die Persönlichkeit Ihrer Mutter. Hat sich jemand in Ihre Lebensplanung eingemischt? Fragen zur Sexualität, zu Ängsten, Depressionen und Alkoholsucht anderer Familienmitglieder. *Erinnern Sie sich an sogenannte Doktorspiele?* Bitte? Je weiter Gesa sich durch den sogenannten Anamnesebogen arbeitet, desto mehr sinkt die Bereitschaft, irgendetwas in die Zeilen zu schreiben. Nach jedem Detail ihrer Beziehung zu Henning wird gefragt, nach ihrer Lebenssituation, ob sie zusammenleben, wie viel Geld ihnen zur Verfügung steht.

Dann geht es um ihre eigene Persönlichkeit. Sie soll sich selbst beschreiben, erklären, wie es aussieht, wenn sie die Kontrolle verliert. Natürlich verliert sie nie die Kontrolle! Andernfalls wäre sie als Mutter untragbar. Hektisch blättert sie bis zum Ende. *Nennen Sie Ihre Erwartungen an die geplante Psychotherapie.* Wütend wirft Gesa das Klemmbrett auf den Nachbarstuhl. »Da Sie nichts an meiner Lebenssituation ändern können – keine!«

»Frau Jessen, folgen Sie mir bitte?« Die Arzthelferin! Wie lange steht die schon im Türrahmen? Fordernd streckt sie ihr die Hand entgegen. »Den Anamnesebogen dürfen Sie mir geben.«

Gesa folgt dem nervös hüpfenden Zopf in das nächste Zimmer, betet im Stillen, dass die Mitarbeiterin keinen Blick auf die Papiere wirft. Verrückt, Gesa fühlt sich wie früher, in der Schule, wenn sie dachte, sie hätte die Klassenarbeit verhauen und hoffte, die Lehrerin möge nicht schon beim Einsammeln bemerken, wie dumm Gesa war.

»Frau Jessen, schön, dass Sie den Weg zu mir gefunden haben.« Henriette Steinmetz ist schätzungsweise Mitte vierzig, hat blondierte Strähnchen in ihrem voluminös geföhnten Bob und eine kobaltblaue Brille auf der Nase. »Und wen haben wir da? Wie heißt denn die süße Maus?«

»Rieke.«

»Schön, setzen Sie sich bitte.«

Der hüpfende Zopf verlässt das Zimmer, schließt die Tür hinter sich.

Henriette Steinmetz würdigt den Anamnesebogen keines Blickes.

Gesa entspannt sich leicht.

»Was führt Sie zu mir?«

»Ehrlich gesagt, weiß ich das auch nicht. Mein Mann dachte, es würde nicht schaden, sich ein paar Tipps zu holen.« Gesa studiert Henriettes Mimik. Doch die bleibt unergründlich freundlich.

»Tipps in Bezug auf was?«

»Ich glaube, ich bin ein bisschen nah am Wasser gebaut.« Sie versucht ein Lächeln. »Die Hormone, Sie wissen schon. Der Körper muss sich ja nach der Schwangerschaft erst mal wieder umstellen. Das hab ich Henning auch gesagt, dass sich das von allein wieder einrenkt. Aber er ist immer so besorgt um mich. Ansonsten kommen wir gut klar.« Gesa erhebt sich. »Ich glaube, ich stehle nur Ihre Zeit. An mir, an uns ist alles so, wie es sein sollte. Deshalb ... diese Fragen ...« Sie weist auf den Anamnesebogen. »Ich hab irgendwann aufgehört. Bei meinen Eltern war alles in Ordnung, zwischen meinem Mann und mir passt auch alles und Rieke ist ein absolutes Wunschkind. Es sind die Hormone.« Gesa zuckt entschuldigend die Schultern.

»Sie haben ein Elternteil verloren?«

Gesa muss schlucken. »Wie kommen Sie darauf?«

»Weil Sie von Ihren Eltern in der Vergangenheit sprechen.«

»Beide, sie sind beide tot. Aber das ist okay. Für meinen Vater wäre jeder weitere Tag eine Quälerei gewesen. Krebs, Sie verstehen?« Gesa ärgert es, wie zittrig ihre Stimme klingt.

Frau Steinmetz nickt, als stimme sie ihr zu. »Wie lange ist das her?«

»Neun Monate. Der Tod von Jasper ist neun Monate her.« Sie muss unbedingt verhindern, dass sie anfängt zu heulen.

»Und ihre Mutter?«

»Starb zwei Monate nach ihm. « Verstohlen wischt Gesa sich mit dem Finger unter ihrer Nase lang.

»Möchten Sie sich nicht doch kurz setzen?«

»Das sind nur die Hormone«, bekräftigt Gesa, während ihre Augen tränen, als hätte jemand einen Hahn aufgedreht.

»Sehen Sie? Das meine ich. Wegen Nichts fange ich an zu heulen. Obwohl doch alles gut ist.«

»Der Tod der eigenen Eltern ist nicht Nichts. Dazu noch die Schwangerschaft, das kann schon Einiges ins Wanken bringen.«

»Aber deswegen bin ich doch nicht verrückt.«

Frau Steinmetz lächelt nachsichtig. »Sich in einer emotionalen Ausnahmesituation zu befinden, hat nichts mit Verrücktsein zu tun.«

»Ich bin eine gute Mutter.«

»Mit Sicherheit sind Sie das. Wie wäre es, wenn wir uns die nächsten zwei Monate regelmäßig sehen und wir danach eine Zwischenbilanz ziehen? Sie überlegen sich bis zum nächsten Mal, welches Ergebnis Sie sich wünschen würden.«

»Aber die Kosten ...«

»Manches wird von der Krankenkasse übernommen. Wo sind Sie versichert? Das lässt sich ganz schnell klären.«

Gesa schweigt verunsichert. Vielleicht tut es ihr doch ganz gut, mal mit jemandem zu reden, der von außen auf ihr Leben blickt.

»Welche Frequenz wäre Ihnen lieb? Einmal die Woche? Wie sieht es bei Ihnen mit dem nächsten Donnerstag aus? Und so süß die kleine Maus auch ist, und so brav wie sie das heute hier gemeistert hat, gibt es die Möglichkeit, Ihre Tochter für die fünfzig Minuten in vertrauensvolle Hände zu geben?«

Rerik

»Hallo Papa, na, wie geht's euch so?«

»Johanna, schön, dass du anrufst. Uns geht's gut. Na ja, wir freuen uns auf das lange Wochenende. Du weißt schon, unser jährliches Wellnessprogramm.«

Sie hörte ihn lachen.

»Stimmt! Wann fahrt ihr?«

»Übermorgen. Mittwochmorgen.«

»Wieder ins selbe Hotel?«

»Ja, da gefällt es uns einfach am besten.«

»Na dann … Ich war heute übrigens bei Oma. Ihr müsst euch jetzt keine Sorgen machen, da brennt nichts an, aber auf Dauer sollten wir uns was überlegen.«

»Was meinst du?«

»Sie ist echt gebrechlich geworden.«

»Ich weiß. Susanne und ich haben das auch schon durchgesprochen. Ist nicht so einfach. Sie will in dem Haus bleiben.«

»Keiner kriegt mit, wenn sie stürzt.«

»Das ist so. Deswegen soll sie an das Hausnotrufnetz angeschlossen werden. Es gibt verschiedene Anbieter. Die alten Leute bekommen ein Armband oder eine Kette mit einem integrierten Knopf, den sie drücken können, falls sie gestürzt sind und es nicht mehr bis zum Telefon schaffen. Wir wollten nächste Woche zu euch nach Rerik kommen, um Rose davon zu überzeugen.«

»Hört sich gut an. Trotzdem, glaubst du, das reicht? Mir wäre echt wohler, wenn es jemanden gäbe, der – am besten täglich – bei ihr vorbeischauen könnte. Für sie einkauft und kocht. Ihr die Wohnung putzt. Solange ich noch in Rerik bin, kann ich das gern übernehmen, aber auf Dauer … Sie wird immer weniger, Papa.«

»Lieb, dass du nach ihr siehst, Schatz. Pass auf, ich erkundige mich, was es für Möglichkeiten gibt. Ich denke, zunächst muss sie eine Pflegestufe beantragen. Und dann müssen wir sie dazu kriegen, dass sie eine Pflegekraft akzeptiert, die sie unterstützt. Das kriegen wir schon hin.«

»Was ist mit einer Patientenverfügung?«

Die Stille in der Leitung machte Ann wütend. Es ging um seine Mutter. »Habt ihr eine?«

»Nein«, musste Jürgen zugeben. »Aber du hast recht, die brauchen wir unbedingt. Rose will garantiert nicht, nur von Maschinen am Leben gehalten, im Krankenhaus vor sich hinvegetieren. Nächste Woche! Ich bringe die Unterlagen mit.«

Ann spürte den Kloß, bevor sie die Worte ausgesprochen hatte. »Ihr solltet sie fragen, wie sie beerdigt werden will. Das ist wichtig. Und es sollte ein Testament geben, eins, das bestand hat. Schließlich sollten wir ihren letzten Willen respektieren. Gibt es eins?«

»Ann, ich weiß das alles nicht.«

Er hörte sich überfordert an.

»Warum nicht? Oma ist fast neunzig, wie lange willst du noch warten? Ich versteh euch nicht!«

»Schatz, du bist ja richtig aufgewühlt. Bist du sicher, dass es Rose gutgeht?«

»Sicher im Sinn von: *Wir können noch seelenruhig ins Wellnesswochenende fahren?* Nein. Auf mich wirkt sie, als fließe das Leben aus ihr heraus. Ob ich konkrete Anzeichen sehe, dass sie klinische Probleme hat? Ebenfalls nein. Welche Konsequenz du daraus ziehst, musst du mit dir selbst ausmachen.«

Wieder war es still in der Leitung.

»Was ist mit Onkel Stephan?«, fragte sie.

Jürgen schwieg.

»Papa? Sollte er nicht Bescheid wissen?«

»Ich rufe ihn an.«

»Wann habt ihr das letzte Mal miteinander gesprochen?«

»Ist lange her.«

»Warum eigentlich?«

»Die Entfernung ist groß.«

»Zwischen der Schweiz und der Ostsee oder zwischen euch als Brüder?«

»Wir haben die Verbindung verloren. Es passte einfach nicht mehr.«

»Und zwischen Oma und ihrem Sohn, da passte es auch irgendwann nicht mehr? Warum ist der Kontakt abgebrochen?«

»Du, lass uns da nächste Woche drüber reden, ja? Ich hab noch einen Termin, beim Zahnarzt, und ich bin schon spät.«

»Lebt Stephan eigentlich immer noch in Zürich?«

»Nächste Woche, Schatz, ich muss los. Hab dich lieb.«

Aufgelegt.

Ann lehnte sich zurück und zupfte nachdenklich an den Fransen ihrer Sofadecke. Weder Oma Rose noch ihr Vater schienen erbaut von der Idee, Kontakt zu Onkel Stephan aufzunehmen. Dabei würde sie ihn zu gern über Joris und das Verbrechen an ihrer Mutter ausquetschen, auch wenn fraglich war, inwiefern sie ihn überhaupt informiert hatten. Ob sie sich wirklich weigern würden, Ann seine Adresse und Telefonnummer mitzuteilen?

Tatsächlich konnte sie sich nur an ein einziges Treffen mit ihrem Onkel erinnern. Da musste sie zwölf gewesen sein. Ein Überraschungsbesuch in Neustadt in Holstein. Ihr Vater hatte sich wie irre gefreut. Susannes Reaktion war ihr nicht mehr präsent. Die Männer waren abends noch durch die Kneipen gezogen. Das wusste Ann deshalb noch so gut, weil sie sich an ihre Enttäuschung erinnerte, nicht mehr Zeit mit dem unbekannten Onkel aus der exotischen Schweiz verbringen zu können. Alles andere beruhte auf Erzählungen von Jürgen. Die Telefonate zwischen den Brüdern waren seltener geworden. Irgendwann war Stephan aus dem Gedächtnis der Familie verschwunden. Kinder hatte er keine. Ann wusste nicht einmal, welchem Beruf er nachging. Irgendwas mit Elektrik oder so.

Sie ging zum Küchentisch, auf dem nach wie vor der Laptop stand. Sie setzte sich, tippte *Stephan Hofmann Zürich* in die Suchmaschine. Wie viele Stephan Hofmanns gab es bitte? Und wie viele davon allein in Zürich? Das war ja Wahnsinn!

Sie ließ sich Bilder anzeigen. Vielleicht konnte sie ihn darüber identifizieren und dann, im nächsten Schritt, dem Konterfei eine Adresse zuordnen. Sie klickte sich durch die Porträtfotos, sortierte die aus, die vom Alter her nicht passen konnten. Dann versuchte sie, sich an den Mann zu erinnern, der sie vor gut siebzehn Jahren besucht hatte. Unmöglich! Sie wusste nicht einmal mehr, welche Haarfarbe er gehabt hatte. Einen Bart, den schon … meinte sie. Sicher war sie nicht. Fotos von Jürgen und Stephan gab es im Haus ihrer Eltern nur wenige und nur aus Kindertagen. Um zu sagen, ob einer der Herren, die sie von ihrem Monitor aus anblickten, Ähnlichkeiten mit den Jugendfotos hatte, würde sich, wenn überhaupt, nur durch einen direkten Vergleich feststellen lassen. Noch ein Grund mehr, nach Neustadt zu fahren.

Sie zog ihr Handy zu sich und rief die Fotogalerie auf, ging zurück zum Jahr 2017, in den November. Damals hatte sie das Haus ihrer Eltern auf den Kopf gestellt, auf der Suche nach Antworten. Noch nicht ahnend, was Rose ihr einen Sommer später beichten würde: das ungeheuerliche Verbrechen an Susanne und die Existenz von Joris, Anns Halbbruder.

Damals, im November 2017, war sie nur ihrem Gefühl gefolgt, hatte geahnt, dass da was nicht stimmte. Kaum Fotos von Susanne und Jürgen vor ihrer Zeit in Neustadt, gar keine von der Zeit als Ann ein Kleinkind war. Ausflüchte, wenn sie Fragen zu dieser Zeit gestellt hatte, bis hin zu hässlichen Streitigkeiten. Dazu die Gefühlskälte ihrer Mutter. Im Nachhinein konnte Ann sie verstehen. Es musste der Horror sein, das Kind eines Vergewaltigers auszutragen. Zu akzeptieren, dass es trotzdem ihr Kind war, dass dieses Wesen nichts dafürkonnte, wie es gezeugt worden war. Mit den Schuldgefühlen zu leben, ein unschuldiges Kind weder lieben noch um sich haben zu können – es weggegeben zu haben. Susanne musste vollkommen traumatisiert gewesen sein, dass sie die Anzeichen der Schwangerschaft verdrängt hatte. Nicht ungewöhnlich nach so einer Tat. Ein Ausbleiben der Regel konnte schließlich viele Gründe haben, der Schock, den das Verbrechen nach sich zog, zum Beispiel. Und dann war Ann gekommen und hatte in alten Wunden herumgewühlt, hatte Fragen gestellt, hatte gemeint, ein Recht auf die Wahrheit zu haben.

Jetzt war sie schlauer. Sie würde nur so weit gehen, nur so lange recherchieren, wie sie garantieren konnte, Susanne aus allem heraushalten zu können. Ihre Mutter durfte nichts mitkriegen. Ihre psychische Gesundheit war mehr wert als Anns vermeintliches Recht auf Antworten.

Sie betrachtete das Foto auf dem Handydisplay. Die abgebildeten Gegenstände, die sie, in besagtem November, gut versteckt, an der Rückseite des Kopfteils eines Bettes gefunden hatte. Des Ehebettes ihrer Eltern. Die umgeklappte Klarsichthülle war mit mehreren Lagen Klebestreifen befestigt worden, beziehungsweise war es immer noch, denn Ann hatte sie wieder zurück an Ort und Stelle geklebt. In der Klarsichthülle hatten sich eine weiße Plastikkarte, ähnlich einer Scheckkarte, nur ohne Aufdruck, ein Streifen Papier, beschrieben mit einer Nummer, und ein kleiner silberner Schlüssel befunden. Marc und Ann waren sich einig, Schlüssel, Karte und Nummer gehörten zu einem Bankschließfach. Die Blanko-Karte sollte es unmöglich machen, herauszufinden, bei welchem Geldinstitut. Solche unbedruckten Plastikkarten waren eine Zeit lang von einigen Banken an besondere Kunden ausgegeben worden. Für die, denen eine gewisse Geheimhaltung wichtig war.

Um herauszufinden, ob in besagtem Schließfach Antworten auf Anns Fragen zu finden waren, musste sie zuallererst ausmachen, wo es sich befand. Marc hatte ihr den entscheidenden Tipp gegeben. Bankschließfächer wurden angemietet. Das hieß, es musste eine Abbuchung über die Kosten geben. Sobald Susanne und Jürgen ins lange Wellnesswochenende abgereist waren, hätte Ann genug Zeit, sich durch ihre Kontoauszüge zu wühlen.

Sie schloss die Fotoapp ihres Handys und rief Freddes Nummer auf. »Fredde? Hey! Du hättest Mittwoch nicht zufällig dein Auto über?«

*

Es wäre einfacher, wenn er statt in Rostock, in Rerik wohnen würde. Aber er war froh, den Job bei der Rostocker Zeitung zu haben. Jede Nacht fuhr er die gedruckten Nachrichten aus. Den klapprigen alten Wagen bekam er gestellt. Den Tag hatte er dann ganz für sich und seine Jagd. Er kam mit wenig Schlaf aus. Das Geld reichte für eine winzige Sozialwohnung. Er brauchte nicht viel. Außer die Knete, um Ilenia bei der Stange zu halten. Um im *Casa di Mare* essen zu gehen, Informationen einzuholen und die Saat des Hasses weiter zu schüren. Vielleicht würde er die junge Frau irgendwann noch brauchen, um gegen Johanna Arnold vorzugehen, ihr eine Falle zu stellen ... Wer wusste das schon? Es war immer gut, sich Optionen offen zu halten.

Um sich in Rerik intensiv und gründlich umzusehen, Augen und Ohren überall zu haben, wäre eine Übernachtungsmöglichkeit vor Ort natürlich super gewesen. Er hatte sich sogar schon nach Zeltplatzpreisen erkundigt. Während der Hauptsaison ganz schön teuer. Ein Zelt hatte er auch nicht, also verwarf er diesen Plan wieder, fuhr nach wie vor mit dem Bus her, blieb so lange, wie es sein Job und seine Kraft erlaubten, und kehrte dann nach Rostock zurück. Irgendwann würde er seine Chance schon noch bekommen.

Langsam flanierte er über den Haffplatz, sah in die Schaufenster der kleinen Boutiquen, nicht, um die Auslage zu bestaunen, sondern, um die Gesichter der Menschen im Innern abzugleichen. Dann folgte er der Dünenstraße bis zur Reriker Kurverwaltung, warf einen Blick hinein, tat, als beschäftige er sich mit den Flyern für Ausflugsangebote und ging wieder. Gegenüber lag das *Café Olé*. Kein Rollstuhlfahrer unter den Gästen. Er durchquerte den Grüngürtel, der die Johanneskirche umgab, und hielt auf das Heimatmuseum zu. Weiter ging es die Dünenstraße, vorbei am Eiscafé *Sanremo*. Wäre das schön, wenn Johanna sich just in diesem Moment dort ein Eis kaufen würde ... Wie viele junge Frauen es gab, die sein Herz hochschlagen ließen, bis zu dem Moment, in dem sie sich umdrehten und ihn enttäuscht weiterziehen ließen!

An einem weiteren Café bog er rechts in die Kröpeliner Straße ein. Jetzt wurde selbst ihm warm. Die Sonne, das Herumlaufen – sein Körper antwortete entsprechend. *Normal*, dachte er zufrieden. Die ersten Monate in Deutschland hatte er frierend zugebracht. *Wenn ich so weitermache, gehe ich bald als deutscher Durchschnittsbürger durch.* Er lachte. Ein Getränkemarkt, eine Bushaltestelle, links von ihm ein großer Parkplatz, eine Bäckerei und ein Laden für Angelbedarf. Vor ihm sein nächstes Ziel: zwei Discounter. Einkaufen musste jeder.

Er betrat den ersten Laden, streifte einmal durch die Gänge, kaufte ein normales Brötchen und ein Wasser und positionierte sich für die nächste halbe Stunde auf dem Parkplatz. Länger nicht! Das wäre zu riskant, er wollte nicht, dass man auf ihn aufmerksam wurde. Viele Menschen kamen und gingen. Kein Mann im Rollstuhl, keine Frau, die *seiner* Johanna ähnlichsah.

Also schlenderte er auf die Apotheke zu, betrachtete interessiert die Schaufensterauslage, besser gesagt die Spiegelungen in der Scheibe, wandte sich nach ein paar Minuten der Sparkasse zu und lief unverrichteter Dinge die Kastanienallee herunter bis zu dem Wäldchen, das Siedlung und Meer trennte. Er folgte dem Trampelpfad bis zur Holztreppe des nächsten Strandabgangs und der Wasserlinie zurück zur Seebrücke. So viele Menschen. Nur die zwei, nach denen er suchte, schienen nicht unter ihnen zu sein.

Auf der Höhe eines DLRG-Beobachtungspostens ließ er sich in den feinen Sand fallen. Den gesamten Marsch lang hatte er sich den Kopf zermartert, wie er ihre Adresse herausbekommen könnte. Johanna war in Rerik nicht gemeldet, den Namen ihres Freundes kannte er nicht. Er hätte herumfragen können. Das hätte bedeutet, aus dem Schatten zu treten und gesehen zu werden. Dann hätte er sich ebenso gut auf den Haffplatz stellen können, mit einem Schild um den Hals, dass er Johanna Arnold suchte. Nein, das kam nicht infrage.

Seine, wie er fand nicht unbegründete Hoffnung, lag auf dem nächsten Wochenende. Donnerstag war Fronleichnam, hier oben kein Feiertag, aber im erzkatholischen Süddeutschland sehr wohl. Sollte Ilenia sich nicht geirrt haben und Anns Freund arbeitete wirklich irgendwo da unten, lockte ihn ein langes Wochenende vielleicht in seine alte Heimat. Einen Mann im Rollstuhl würde man über eine große Entfernung hinweg entdecken können, egal wie viele Menschen um ihn herumstanden. Und man würde ihm sehr leicht folgen können, ohne aufzufallen.

DAMALS, Ockholm, Nordfriesland

Gesa lächelt in die Sonne. Das erste Mal seit Langem fühlt sie so etwas wie Leichtigkeit. Das zweite Treffen mit Dr. Steinmetz ist gerade vorüber. Die anfängliche Befangenheit war schnell verflogen. Henriette kann gut mit Menschen, sie ist einfühlsam und drängt sie zu nichts. Sie haben über Gesas Kindheit gesprochen, wie es war, auf dem Hof aufzuwachsen und über Lysbet und Jasper. Die Zeit ist wie im Flug vergangen.

Gesa schlendert durch Husum. Allein. Ohne sich nach Riekes Rhythmus richten zu müssen. Ohne Geschrei, umständliches Kramen nach Schnuller, Räppelchen, dem Mützchen oder einem Regenschutz. Gesas Bluse ist immer noch sauber, obwohl sie sie bereits vier Stunden trägt. Sie schämt sich dafür, wie gut es sich anfühlt. Ist sie doch eine schlechte Mutter? Weil sie die kurze Zeit ohne Baby genießt?

Rieke ist bei Lene, einer alten Bekannten der Familie. Eigentlich der besten Freundin von Lysbet. Sie wohnt am anderen Ende von Ockholm. Gesa hat Muttermilch abgezapft und Rieke dort gelassen. Lene hat fünf Kinder großgezogen, sie weiß, was zu tun ist, in jeder Situation. Trotzdem ist es Gesa schwergefallen, ihre Tochter bei Lene zu lassen. Es ist das erste Mal, dass sie und Rieke getrennt sind.

Und jetzt? Genießt Gesa jeden einzelnen Moment. Sie lächelt den Menschen zu und die lächeln zurück. Es fühlt sich an, als sei sie eine von ihnen, als gehöre sie dazu. Nein, sie ist keine schlechte Mutter, sie ist eine Frau, die kurz durchatmet, um dann wieder voll und ganz für ihre Tochter da zu sein. Wenn sie das nun jede Woche einmal schafft, wird sich das positiv auf die anderen Lebensbereiche auswirken. Bestimmt! Auch Rieke wird davon profitieren.

Eine halbe Stunde später spürt Gesa, wie die innere Unruhe zunimmt. Ihre Brüste schmerzen, normalerweise hätte Rieke sie längst um einige Milliliter erleichtert. Mit den Schmerzen wächst die Sorge, dass bei Lene und der Kleinen wirklich alles gut ist. Gesa ist froh, dass es nur noch elf Minuten dauert, bis der Bus kommt.

So lieb und pflegeleicht Rieke laut Lene gewesen ist, zurück auf Gesas elterlichem Hof zeigt sich ihre Tochter von der anstrengenden Seite. Die Umgebung neu, andere Menschen, andere Eindrücke – wahrscheinlich muss die Kleine das alles erst verarbeiten. Das Geschrei zerrt an Gesas Nerven. Sie ist nur froh, dass Henning morgen kommt. Ungeduldig dreht sie, das Mädchen schaukelnd, Runden um das Telefon. Eigentlich dürfte er sich jeden Moment melden, wie jeden

Abend um diese Zeit. Dann kann sie ihm endlich von ihrem Tag in Husum erzählen.

Die Sonne steht tief, als er anruft. Henning klingt genervt, erzählt von seinem anstrengenden Tag, von unfreundlichen Bürgern und unfähigen Kollegen. Bevor Gesa ihm von ihrem Erfolg berichten kann, zerstört er alles.

»Ich kann morgen nicht kommen. Sie haben mich dazu verdonnert, an einem Beratungseinsatz teilzunehmen. Wir haben einen Stand auf der Fußgängerzone. Das ganze Wochenende.«

Rieke schreit wie am Spieß.

In Gesas Brust mischt sich Enttäuschung mit Wut. Sie murmelt etwas von er solle sich nicht ärgern lassen und dass sie ihn vermisst.

»Wir reden morgen. Vielleicht solltest du dich jetzt besser um Rieke kümmern. Gib ihr einen Kuss von mir.« Dann ist die Leitung tot.

Was glaubt er, was sie den ganzen Tag macht? Da sind sie wieder, die Tränen. Sie fühlt sich unfassbar allein. Während er an seinem Stand stehen wird, mit hübschen Passantinnen flirtet, abends mit den Kollegen rausgeht und jede Möglichkeit hat, sich auszutauschen, wird sie einen einsamen Monolog mit einem Baby und sich selbst führen.

Wie auf Autopilot probiert sie alle denkbaren Positionen und Schaukelbewegungen, die das Kind beruhigen könnten. Aber Rieke ist *vollkommen drüber*, so hätte Lene es formuliert.

Mit jeder Minute, die vergeht, wird Gesa wütender. Macht Henning sich das nicht ein bisschen einfach? Schließlich ist das auch sein Kind, sein Zuhause. Ob er nicht sogar froh ist, nicht kommen zu müssen? Die Bruchbude seiner Schwiegereltern, eine unzufriedene, ständig heulende Ehefrau und ein Kind, das immerzu schreit, wer will das? Henning ist charmant und gutaussehend, er bekommt jederzeit was Besseres.

Ob sie ihn schon verloren hat? Ob es den Informationstisch der Stadt Elmshorn in der Fußgängerzone überhaupt gibt? Oder ist das ein Vorwand, um sich ein schönes Wochenende zu machen?

Gesa denkt an die letzten, anstrengenden Wochen. Henning und sie, sie haben sich voneinander entfernt. Es geht immer nur um Rieke und den maroden Hof. Ist da überhaupt noch Liebe? Die tiefe Zuneigung, die ihre Beziehung so besonders gemacht hat? Gesa ist sich sicher, Henning macht sie für ihre missliche Situation verantwortlich. Die schrottreife Immobilie, die ihre Eltern auf ihnen abgeladen haben, die sie finanziell erstickt. Ein Kind, das so viel schreit, dass ein harmonisches Beisammensein unmöglich ist. Er glaubt sicher, sie hat als Mutter versagt. Warum soll er sich so etwas antun, wenn er in der Stadt alles haben kann, wonach ihm der Sinn steht?

Gesas Gesicht ist vom Weinen rot und aufgedunsen. Das von Rieke auch.

Sie hasst sich, hasst ihr Leben und hat wahnsinnige Angst davor, die Liebe zu ihrer Tochter zu verlieren.

Rerik

»Morgen kann ich leider nicht vorbeikommen.« Ann räumte die Einkäufe in Roses Vorrat. Nachdem sie gestern gesehen hatte, wie gebrechlich die alte Frau geworden war, hatte sie sich vorgenommen, regelmäßiger nach ihr zu sehen.

»Das musst du auch nicht, ich bin nicht krank. Und verhungern kann ich ja jetzt auch nicht mehr.« Rose schob ihr einen Fünfeuroschein hin. »Für deine Hilfe.«

»Kannst du vergessen. Ich mach das hier nicht für Geld, sondern für dich.«

»Das weiß ich. Nimm schon, ich hab genug und was soll ich mir schon noch kaufen?«

»Ein gutes Buch.«

»Lesen wird immer anstrengender. Die Augen wollen nicht mehr.«

»Wie wäre es mit einem Hörbuch?«

»Worauf soll ich das abspielen?«

»Ich könnte dir einen CD-Player besorgen. Und Hörbuch-CDs. Es wird nicht mehr alles auf CDs gebrannt, aber ein paar gibt es noch.«

»Ach, lass mal, lohnt sich nicht.«

»Oder du triffst dich mal wieder mit deinen Frauen. Ich kann dich zum Café begleiten. Oder richte das Kaffeetrinken doch einfach hier bei dir aus. Ich besorge alles und bewirte euch.«

»Lieb von dir, aber seit Helga tot ist und Gerda im Seniorenheim liegt und nichts mehr mitbekommt ... Inge hat sich sehr zurückgezogen.«

»So wie du. Vielleicht freut sie sich, wenn du ihr ein Treffen vorschlägst.«

»Ich glaube nicht, dass sie Gerhard allein lassen kann. Der ist so dement, der stellt ihr die Bude auf den Kopf, während sie weg ist.« Rose runzelte die Stirn, als sie sah, wie Ann einen Topf hervorkramte und auf den Herd stellte. »Was machst du?«

»Ich koche dir was. Wie wäre es mit Möhrencremesuppe? Die kannst du dir ganz einfach warm machen.«

»Draußen sind fast dreißig Grad.«

»Einen Gemüseauflauf? Oder ich mach dir eine Bolognesesoße. Dann brauchst du morgen nur noch die Nudeln kochen.«

Rose lächelte. »Seh ich wirklich so schlimm aus?«

»Was? Nein! Aber noch bin ich hier und kann dir zur Hand gehen. Sei nicht so stur, Oma, und lass dir helfen!«

»Das mit dem Kochen kriege ich noch ganz gut hin. Ich mache mir was für mehrere Tage und friere den Rest ein. So brauche ich mir oft nur was warmmachen. Wenn du unbedingt was tun willst, schnapp dir den Staubsauger und geh einmal durchs Haus.«

Als Ann fertig war und nach ihrer Oma sah, fand sie sie schlafend in ihrem Ohrensessel. Neben ihr das kleine Beistelltischchen mit Telefon und Adressbuch. Das war *die* Chance, an Stephans Schweizer Telefonnummer zu kommen! Ohne Rose aus den Augen zu lassen, zog sie das Büchlein vorsichtig zu sich heran. Rose hatte jeden Eintrag handschriftlich vorgenommen. Ihre Art zu schreiben, so etwas sah man nur noch selten.

Ann blickte einen flüchtigen Moment auf den Eintrag A, wie Arnold. Jürgen und Susanne stand da. Und Johannas Nummer aus Paderborn, wo sie bis vor Kurzem gelebt hatte. Dass ihr Vater bei der Hochzeit den Namen seiner Frau angenommen hatte, erfüllte Ann immer noch ein bisschen mit Stolz. Schließlich war das damals eher die Ausnahme gewesen. Stephan hieß Hofmann wie seine Eltern. Erstaunt hielt Ann inne und sah die Einträge durch, die unter H zu finden waren. Kein Stephan, keine Schweizer Nummer. Ob Rose ihren Sohn unter seinem Vornamen einsortiert hatte? Ann blätterte bis zum Buchstaben S. Viele alt klingende Namen, kein Stephan.

Verwirrt blickte sie auf das Notizbuch. Es war uralt, aus Kunstleder und mit einem Plastikregister versehen, das schon bessere Tage gesehen hatte. Viele Einträge waren durchgestrichen und im Laufe der Jahre korrigiert, also mit aktualisierten Adressen oder Telefonnummern versehen worden. Nachnamen waren durch neue ergänzt worden, immer dann, wenn jemand geheiratet hatte. Und ausgerechnet der Sohn, der am weitesten weggezogen war, dessen Vorwahl mit einer Länderkennung versehen werden musste, tauchte im Verzeichnis nicht auf? Warum? Weil Rose die Nummer im Kopf hatte? Unwahrscheinlich. Weil sie ihren

Sohn nie anrief und es nicht einmal auf dem Papier vorhatte?

Ann sprang wieder ganz nach vorn und blätterte jede einzelne Seite durch. In dem gesamten Büchlein fand sich kein einziger Stephan.

Sie verstand die Welt nicht mehr. Nachdenklich beobachtete sie Roses Gesichtszüge.

Nach ein paar Minuten schob sie das Büchlein zurück neben das Telefon und schlich hoch in Roses Schlafzimmer. Im Nachttischchen auf ihrer Seite befanden sich Taschentücher, Augentropfen und ein kleines Kreuz. In der Schublade auf Opa Johanns Seite lag nur eins: seine alte Armbanduhr. Ann konnte sich nicht erinnern, ihn je ohne gesehen zu haben.

Sie wandte sich dem Kleiderschrank zu. Auf Omas Seite, Blusen, Röcke, Kleider, Hosen, auf seiner ein Anzug, von dem sich Rose scheinbar nicht trennen konnte, und eine große Kiste mit Weihnachtskram.

Ann ging durch den Flur. An den Wänden hingen Fotos von ihr selbst als kleines Kind und Teenager und eines in Schwarz-Weiß von Rose und Johann als junge Erwachsene.

Wenn sie an die Fotoalben heranwollte, musste sie den Wohnzimmerschrank durchsehen. Der stand in dem Raum, in dem Rose gerade schlief.

Ann hockte sich vor den Ohrensessel. »Oma?« Sie versuchte es ein wenig lauter. »Oma? Ich würde gleich gehen.« Bis auf ein unregelmäßiges Schnarchen tat sich nichts.

Ann schlich zum Schrank und öffnete die Türen. Es quietschte leise. Rose rührte sich nicht. Ann zog das Album heraus, das am ältesten aussah. Viele Schwarz-Weiß-Bilder mit weißem Rand. Sie erkannte den jugendlichen Johann. Dann waren das andere wahrscheinlich seine Eltern und Geschwister. Das nächste Album zeigte Johann und Rose, immer schick gekleidet, vor Autos, die heute Oldtimer wären. Mal vor Bergkulissen, mal an einem Strand. Mal allein, mal in einer Gruppe, inmitten ihrer damaligen Freunde. Ann sah die beiden nächsten Bücher durch. Die Mode veränderte sich, die Frisuren auch. Aus Schwarz-Weiß wurde bunt. Doch etwas fehlte vollends: Die Babybilder von Stephan und Jürgen. Es gab nicht eins. Auch keine Kleinkind- oder Einschulungsfotos der Jungs, keine Konfirmationsbilder oder welche mit der gesamten Familie. Die Urlaube, die Rose und Johann unternommen hatten, wirkten, als wären sie als kinderloses Ehepaar unterwegs gewesen.

Wie kann das sein?

Irritiert suchte Ann weiter. Die ersten Bilder von Jürgen fand sie in einem Album, in dem auch sie selbst als Kleinkind zu sehen war. Da Rose die meisten Fotos mit einer Bildunterschrift versehen hatte, konnte Ann sich sicher sein: In all den Alben gab es kein Kind, keinen Jungen und keinen Mann mit Namen Stephan. Waren Stephan und Jürgen nicht bei ihren Eltern aufgewachsen?

»Was machst du da?«

Ann zuckte zusammen und seufzte. »Du bist wach! Ich dachte, ich schaue mir ein paar alte Fotos an. Durfte ich doch, oder?« Lachend drehte sie das Album herum. »Guck dir diese Frisur bitte an! Was haben sich Mama und Papa dabei gedacht, mich so zu verschandeln?« Das Bild zeigte die siebenjährige Ann mit einer Prinz Eisenherz-Frisur.

»Das ist noch gar nichts! Du solltest mal die Kinderfotos aus den Achtzigern sehen. Zu unserer Zeit sagte man Pottschnitt dazu. Man bekam einen passenden Topf übergestülpt und alles, was hervorlugte, wurde abgeschnitten.«

»Ich hätte Schmerzensgeld verlangen sollen.«

»Tröste dich, du wirst nicht die Einzige gewesen sein, die von ihrer Mutter so einen Haarschnitt verpasst bekam.«

Die nächste Stunde verbrachten die beiden damit, anhand der weiteren Bücher und Bilder bis in die Jetztzeit zu wandern. Oma Rose gab die eine oder andere Geschichte zum Besten. Fast war es so wie früher.

»Das hat Spaß gemacht. Waren das alle?« Ann packte das Letzte zurück in den Schrank.

Rose nickte lächelnd.

Ann wollte die Stimmung nicht kaputtmachen, trotzdem, die Fragen brannten ihr derart unter den Nägeln ... »Warum gibt es eigentlich kein einziges Bild von Stephan? Und wo sind die Fotos von Papa als Säugling, als Kleinkind? Oma, warum kommen eure Söhne in euren Alben nicht vor?«

Kapitel 3

Neustadt in Holstein

Ann sah besorgt auf die Tanknadel. Freddes alter Volvo, Baujahr ’86, schluckte ganz schön was weg.

Endlich kam die Abfahrt in Sicht. Gleichzeitig klingelte ihr Handy. Sie traute sich nicht, eine Hand vom Lenkrad zu nehmen, die Blechkiste auf vier Rädern lag nicht richtig in der Spur, sie zog gewaltig nach links.

Erst als sie in der Straße ihres Elternhauses einen Parkplatz gefunden hatte, riskierte sie einen Blick auf das Handy. Der Anruf kam von Marc. Sie schaltete den Motor aus und zog den Zündschlüssel ab. Während sie das Haus beobachtete, startete ihr Telefon den Rückruf.

»Hey! Was gibt’s?«, begrüßte sie ihren Freund.

»Bist du schon los?«

»Stehe vorm Haus.«

»Sorry wegen gestern. Musste lange arbeiten, danach bin einfach nur wie tot ins Bett gefallen. Ich hab’s nicht mehr geschafft, dich zurückzurufen. Was ist mit deiner Oma und diesem Onkel aus der Schweiz?«

»Oma und ich haben gestern in Fotoalben gestöbert. Stell dir vor, es gibt keine Bilder ihrer Söhne!«

»Du meinst, deine Großeltern haben kein einziges Foto ihrer eigenen Kinder?«

»Papa taucht erst auf, als ich schon geboren war. Vorher nichts.«

»Wirklich ungewöhnlich! Vielleicht hatten sie nicht das Geld für eine Kamera?«

»Doch hatten sie, von ihnen selbst gibt es ja etliche Bilder. Und von mir, ihrer Enkeltochter auch. Nur von ihren eigenen Söhnen nicht.« Am Haus ihrer Eltern tat sich nichts. Gut so. Das hieß, dass sie bereits auf dem Weg in ihr langes Wochenende waren.

»Hat man Kinder damals schon ins Internat geschickt?«

»Nein, ich denke nicht. Außerdem erklärt das nicht die fehlenden Säuglingsbilder.«

»Vielleicht sind dein Onkel und dein Vater woanders großgeworden?«

»Du meinst, weil die Mutter überfordert gewesen sein könnte, wachsen die Kinder bei Verwandten auf? So was kenne ich eigentlich nur aus der Nachkriegszeit und nur von sehr kinderreichen Familien. Also, wenn Rose irgendwo anders aufgewachsen wäre, statt bei ihren Eltern, aber Kinder aus den Fünfzigern ...?«

»Moment, wie alt ist dein Vater?«

»Einundsiebzig.«

»Und deine Oma?«

»Wird neunzig.«

»Dann war sie aber sehr jung, als sie deinen Vater bekommen hat. Erst recht, als sie schwanger geworden ist.«

»Ja, gerade mal achtzehn.«

»Und sein Bruder, dein Onkel?«

Ann runzelte die Stirn. »Ist älter. Ein oder zwei Jahre. Du meinst ...«

»Ich glaube nicht, dass deine Urgroßeltern very amused waren, als deine Oma Rose mit fünfzehn oder sechzehn schwanger geworden ist. Nicht zu der damaligen Zeit. Und dann nach zwei Jahren gleich wieder. Zwei uneheliche Sprösslinge, das war eine Schande, die nicht nach außen getragen werden durfte. Vielleicht haben sie ihr die Kinder weggenommen? Weißt du, wann deine Großeltern geheiratet haben?«

Ann versuchte, sich an die goldene Hochzeit der beiden zu erinnern. Die war kurz vor Opa Johanns Tod gewesen. »Das muss 1953 gewesen sein. Ich meine, wir haben ihre goldene Hochzeit ungefähr ein Jahr vor Opas Tod gefeiert.«

»Lass mich rechnen! Da war Rose dreiundzwanzig, richtig?«

»Und ihre Jungs schon fünf und sieben!« Mein Gott, das war es! Sie hatten Rose die Kinder weggenommen. Vielleicht gab es deswegen keinen Kontakt zwischen Stephan und seiner Mutter. Sie hatten nie die Chance, sich richtig kennenzulernen.

»Ich wette, die beiden sind bei deinen Urgroßeltern aufgewachsen. Hat dein Vater nie etwas über seine Kindheit erzählt?«

»Doch schon. Aber nicht viel und immer nur von irgendwelchem Unsinn, den er und Stephan zusammen ausgeheckt haben.«

»Und von deinen Urgroßeltern?«

»Weiß ich, ehrlich gesagt, nichts.« Ann stieg aus dem Auto, schloss leise die Tür und hielt auf das Anwesen ihrer Eltern zu.

»Was hat eigentlich Rose zu den fehlenden Fotos von Stephan und Jürgen gesagt? Oder hast du nicht gefragt?«

Ann durchquerte den Vorgarten. »Du solltest mich besser kennen! Sie wollte nicht drüber reden. Ehrlich gesagt war sie ziemlich sauer. Sie meinte, meine Schnüffelei in der Vergangenheit bringe Unglück.« Ann schloss die Haustür auf. »Begleitest du mich bei meiner Suche? Dann ruf ich dich noch mal über Videocall an.«

»Würde ich gern. Muss noch die letzten Sachen packen und dann los, wenn ich den Zug kriegen will. Lass uns weiter telefonieren, wenn ich drinsitze, ja?«

»Okay, bis später.« Sie drückte ihn weg und betrat den Flur ihres Elternhauses. »Papa? – Mama, seid ihr da?« Laut rufend steuerte sie die Küche an. Die Rollläden waren zu Zweidrittel heruntergelassen, die Räume dunkel und leer.

Ann war allein. Sie drückte auf den Lichtschalter des Wohnzimmers und machte sich unverzüglich auf die Suche.

Hinter den Türen des Sockels, der dem alten Mahagonischrank seine Standfestigkeit verlieh, waren neben den Fotoalben auch diverse Ordner, das wusste sie. Kontoauszüge waren nicht dabei, das war schnell klar. Ann hielt sich nicht länger mit den Ordnern auf, sondern begab sich in den kleinen Raum, der gegenüber dem Gäste-WC lag. Jürgens Büro. Seit er in Rente war, lagerte hier sein Papierkram. Den Kopf schräg haltend, wanderte Ann am Regal vorbei. Bingo! Nach Jahreszahlen geordnet standen sie da, die Rechnungs- und Kontoauszugsordner. Super, wenn der eigene Vater in der Verwaltung tätig war. Da war Ordnung vorprogrammiert.

Sie zog den aktuellsten Ordner heraus und sah jeden Posten rückwärts, vom neuesten bis zum letzten durch. Beim dritten Ordner war sie sich sicher, sie hatte den richtigen Posten gefunden. Ein Betrag, der von einem Geldinstitut abgebucht wurde, in immer gleicher Höhe. Erhoben einmal im Jahr. Von einer Bank hier in Neustadt in Holstein. Ann griff nach ihrem Handy und ließ sich im Internet die Telefonnummer des Geldinstituts anzeigen. Dann wählte sie durch.

»Arnold, guten Tag. Sagen Sie, wenn ich bei Ihrer Bank ein Schließfach anmieten möchte, wie viel würde mich das kosten?«

»Sie sind schon Kunde bei uns?«

»Noch nicht, ich hoffe aber, es bald zu werden.«

»Das würde uns sehr freuen. Die Kosten eines Schließfaches hängen davon ab, wie viel Platz Sie benötigen. Es bemisst sich nach der Höhe. Für fünf Zentimeter berechnen wir achtundzwanzig Euro, für sieben bis zehn Zentimeter vierzig Euro, für fünfzehn Zentimeter zweiundfünfzig Euro, für zwanzig Zentimeter zweiundsechzig und so weiter. Das geht dann hoch bis siebenunddreißig Zentimeter für hundertdrei Euro im Jahr.«

Zweiundfünfzig Euro, genau der Betrag, der die letzten drei Jahre von dem Konto ihrer Eltern abgebucht worden war.

»Und dann bekomme ich von Ihnen einen Schlüssel, und wenn ich an meine Sachen möchte, begleiten Sie mich hinunter in den gesicherten Tresor, Sie mit Ihrem, und ich mit meinem Schlüssel?«

Die Bankmitarbeiterin lachte. »Sie meinen so, wie in den amerikanischen Kriminalfilmen? Nein, ganz so ist es nicht. Sie bekommen eine Bankkarte und eine PIN. Mit beidem können Sie jederzeit an Ihr Schließfach.«

»Ist das denn sicher?«

»Natürlich sollten Sie gut auf beides aufpassen und die Nummer an einer anderen Stelle aufbewahren als die Karte. Und die PIN nicht weitergeben, ähnlich wie bei Ihrer Scheckkarte. Aber keine Angst, jeder, der durch die Schleuse in den Sicherheitsbereich kommt, wird gefilmt. Außerdem sind Ihre Wertgegenstände bis zu einer Summe von zweitausendfünfhundert Euro versichert.«

»Es gibt also keine Schlüssel mehr?«

»Ein paar unserer alten Fächer sind noch schlüsselbasiert. Das trifft auf Ihres aber nicht mehr zu. Möchten Sie vielleicht vorbeikommen? Dann kann ich Ihnen alles zeigen.«

»Sehr gern, leider bin ich nur heute in der Stadt. Der Umzug steht erst noch an. Ich würde mich zu gegebener Zeit melden.«

»Wir können Ihnen dabei behilflich sein, Ihre Konten zu unserer Bank zu transferieren, wenn Sie das wünschen. So brauchen Sie sich um nichts kümmern. Bei wem sind Sie zurzeit Kunde?«

»Bei der Volksbank in Paderborn.«

»Ah, von Ostwestfalen-Lippe zu uns an die schöne Ostsee. Gar kein Problem. Wie gesagt, wir übernehmen das gern für Sie.«

»Sehr freundlich. Ich komme auf Sie zurück, Frau ...«

»Heinzmann.«

»Frau Heinzmann! Bis hierher schon einmal vielen Dank. Ich melde mich. Auf Wiederhören.«

Ann stellte den Kontoauszugsordner wieder ordentlich ins Regal. Sie betrachtete die anderen und ging in den Jahreszahlen zurück. Der älteste war etwas über zehn Jahre alt. Sie zog ihn heraus und suchte nach dem Abbuchungsposten. Der Betrag war geringer, aber eindeutig zu identifizieren. Sie seufzte. Sie hätte zu gern gewusst, wann das Schließfach angemietet worden war. Wenn das Anfang der Neunziger gewesen wäre, würden die Chancen steigen, in ihm etwas über Joris zu finden. Leider war ihr Vater kein Messi und hatte das alte Zeug längst entsorgt.

Sie machte sich daran, die anderen Fächer und Schubladen durchzusehen. Ein analoges Adressbuch würde sie nicht finden, ihre Eltern liebten ihre Handys und machten längst alles digital. Aber vielleicht gab es alte Briefe, einen Gruß von Stephan aus der Schweiz? Doch sie fand nur den üblichen Kram, der sich in jedem Haushalt ansammelte. Versicherungsunterlagen, Steuererklärungen und Belege von der Rentenkasse.

Ann ging zurück ins Wohnzimmer und zog ein kleines, zerfleddertes Büchlein aus dem Schrank. Wenn sie sich richtig erinnerte, fanden sich hierin einige wenige Fotos aus Jürgens Jugend. Gleich das erste ließ ihren Puls höherschlagen. Auf dem Foto war ein altmodischer Kinderwagen zu sehen, in dem ein Kleinkind mit blonden abstehenden Haaren saß und in die Kamera grinste. Eine Schwarz-Weiß-Aufnahme. Dieses Bild hatte sie gar nicht mehr auf dem Schirm gehabt. Das musste Jürgen sein. Also gab es doch Babyfotos von ihm. Die Hauswand im Hintergrund sagte ihr nichts. Leider gab es keine Bildunterschrift. Sie blätterte weiter. Jürgen beim Fußballspielen. Und da, Jürgen und Stephan Arm in Arm. Ann schätzte die Jungs auf zehn bis zwölf. Beide wirkten ausgelassen. Im Hintergrund eine Landstraße mit angrenzenden Feldern. Unter dem Bild stand mit ungelenker Schrift das Wort Stephan.

Es folgten ein paar Fotos von einem Schulausflug. Lehrer, Schüler, Tiere in einem Tierpark. Dann Stephan auf einem Moped. Leider von vorn, sodass das Kennzeichen nicht zu sehen war. Und Jürgen mit einem kleinen schwarzen Hund. Das war's. Nicht ein Bild, auf dem Jürgen oder Stephan mit einem Elternteil, mit Rose oder Johann, zu sehen war. Leider aber auch keines mit irgendeinem anderen Erwachsenen. Wo immer die zwei aufgewachsen waren, dort hatte man nicht viele Fotos geschossen.

Oder sie sind nur nicht in Jürgens Besitz. Oma und Opa Rerik hatten von ihren eigenen Kindern jedenfalls keine. Ann schüttelte den Kopf. Da war dieses Foto von Jürgen im Kinderwagen. Warum besaß Rose davon keinen Abzug? Man hatte ihr die Kinder genommen und nicht einmal den Besitz von Fotos gewährt? Möglich wäre natürlich, dass es zuerst in Roses Besitz gewesen war und später, im Erwachsenenalter, von Jürgen mitgenommen wurde.

Ann schaute sich den Inhalt des Mahagonischrankes noch einmal genauer an, doch seit ihrer letzten Suche war nichts Neues hinzugekommen. Sie schaltete das Wohnzimmerlicht aus. Blieb nur noch, ins Elternschlafzimmer zu gehen und sich die Zugangsvoraussetzung für das Bankschließfach zu besorgen.

Ann atmete tief durch und machte sich auf, in die obere Etage. Marc war nach wie vor der Meinung, sie solle Jürgen einfach fragen, was in dem Schließfach war. Sie sah das ganz anders. Das würde einen Riesenkrach nach sich ziehen. Sie müsste erklären, wie sie das Versteck des Schlüssels und der Bankkarte gefunden, dass sie im Schlafzimmer ihrer Eltern herumgeschnüffelt hatte. Und so, wie ihre Eltern bislang gemauert hatten, wäre die einzig zu erwartende Reaktion, dass sie Karte, Schlüssel und PIN woanders verstecken würden. Dann wäre Anns letzte Chance Vergangenheit.

Sie betrat den Raum. Der altbekannte Duft des Waschmittels lag über der Bettwäsche, dazu ein Hauch von Vanille. Susannes Parfum.

Ann zog das Bettgestell von der Wand und betete, die Klarsichtfolie möge noch an Ort und Stelle kleben. Noch ein kleines Stück, dann konnte sie einen Blick auf die Rückseite werfen.

»Ja!« Da war sie – mit komplettem Inhalt. Ann quetschte sich zwischen Bett und Wand und zog die Folie ab. Wenn sie jetzt zur Bank fuhr, konnte sie die Sachen in ein bis zwei Stunden wieder zurücklegen. Länger bräuchte sie bestimmt nicht.

Wenn die Bankfrau recht hat und man mit der Karte und der PIN bis zu dem Schließfach vordringen kann, ohne dass man sich anderweitig legitimieren muss! Etwas mulmig war ihr schon.

Leise drangen Stimmen von draußen durch das geschlossene Fenster. Was war das? Es hörte sich an, als ob jemand im Vorgarten ihrer Eltern stand und laut rief. Von der Seite her schlich Ann ans Fenster. Oh nein – ihre Mutter! Susanne schritt mit energischem Schritt den gepflasterten Weg zur Haustür hoch. Hatten die beiden etwas vergessen? Was? Irgendetwas aus dem Schlafzimmer? Hektisch klebte Ann die Klarsichtfolie mit Schlüssel, Bankkarte und PIN wieder an ihre Stelle.

Unten war zu hören, wie die Haustür geöffnet wurde.

Mit zusammengebissenen Zähnen und so leise wie irgend möglich, schob Ann das Bett wieder an seinen Platz. Sie huschte zur Tür und lauschte.

Ihre Mutter murmelte vor sich hin. Es hörte sich verärgert an. Die Laute, noch immer kamen sie aus dem Dielenbereich.

Das Motorengeräusch eines anfahrenden Wagens.

Ann schlich zurück ans Fenster, sah gerade noch, wie das Heck aus ihrem Blickfeld in Richtung Haus verschwand.

Mist! Jürgen fuhr in die Garage! Warum? Hatten die beiden ihr Wellnesswochenende gecancelt?

Zügig sah sie sich um. War alles so, wie sie es vorgefunden hatte? Das Bett stand an seinem Platz, Decken und Kissen waren glatt, die Nachtschränkchen wirkten wie immer. Gut, dann raus hier! Sie hoffte nur, dass der Klebestreifen die Folie mit der Schließfachkarte an ihrem Platz hielt. Einmal abgezogen, klebten sie oft nicht mehr so gut.

Ann pirschte zur Tür, horchte und eilte dann hinüber in ihr ehemaliges Kinderzimmer. Was jetzt? Nervös ging sie die Optionen durch. Susanne und Jürgen wussten genau, dass Ann den Termin ihres Wellnesswochenendes kannte, ihr Vater und sie hatten gerade erst darüber gesprochen ... Wie erklärte sie also, dass sie sich trotzdem hier aufhielt? Eingelagerte Dinge ihrer Jugendzeit gab es kaum noch, ihr Zimmer war, bis auf ein paar lieblose Möbel, die nicht ihr gehörten, leer.

»Ich bin zufällig in der Gegend gewesen«, war auch nicht überzeugend. *Lass dir was einfallen, Ann, komm schon! Warum könntest du hier sein?*

Nervös trat sie an die Tür, öffnete sie einen Spalt und horchte. Das Haus lag verräterisch ruhig da. Auf Zehenspitzen schlich sie durch den Flur bis an den Treppenabsatz. Es gelang ihr nicht, auszumachen, wo Susanne und Jürgen steckten.

Ich sage ihnen die Wahrheit. Jedenfalls einen Teil davon. Ich bin hier, um Onkel Stephans Adresse ausfindig zu machen. Er hat ein Recht darauf, zu erfahren, wie es um seine Mutter steht. Ja, das war es! Der Grund, der ihr zwar Fragen und Ärger einbringen, das Vertrauen zu ihren Eltern aber nicht endgültig zerstören würde. Etwas entspannter, jedoch immer noch so geräuschlos wie möglich, ging sie die Treppe hinunter.

Stimmen, wie weit entfernt, drangen zu ihr. Ann wandte sich der Haustür zu, neben der ein kleiner Gang zur Nebeneingangstür führte. Die Verbindung zur Garage. An der Ecke blieb sie stehen. Die Unterhaltung wurde lauter. *Wahrscheinlich sind beide am Auto und laden aus.* Warum waren sie zurückgekommen?

»Du hast nicht abgeschlossen!«, hörte sie ihre Mutter vorwurfsvoll sagen.

»Klar hab ich das.«

»Die Haustür war aber *nicht* verschlossen.

Ann wurde es heiß und kalt. Natürlich war sie das nicht! Weil ihre Tochter sie aufgeschlossen hatte, um in Haus zu gelangen …

»Entschuldige. Manche Dinge passieren so automatisch, dass man sich sicher ist, man hätte sie erledigt.«

Das war typisch für ihren Vater. Er gab immer sofort klein bei. Sie hörte, wie etwas Schweres auf dem Betonboden abgesetzt wurde. Es raschelte. Dann ein tiefer Seufzer. Jürgen.

Ob Ann es wagen konnte, am Gang und der geöffneten Verbindungstür vorbei zur Haustür zu huschen? Wenn beide am Kofferraum des Autos standen, würde es niemand bemerken. Wenn nicht …

»Es wäre nur ein Wochenende gewesen! Ich verstehe nicht, warum du uns das nimmst! Es hätte keinen Unterschied gemacht, ein paar Tage später zu fahren.«

»Wir sind es ihr schuldig!«

»Ich glaube, wir haben unseren Kredit mehr als großzügig zurückgezahlt.«

»Sag so was nicht. Du weißt, was sie für uns getan haben.«

Der dumpfe Knall einer zufallenden Autotür.

»Sie haben viel dafür zurückbekommen, oder? Ich denke, sie haben jeden Moment mit ihrer Enkeltochter genossen.«

»Du bist ungerecht, Susanne. Wir können das Wellnesswochenende jederzeit nachholen. Rose braucht uns jetzt.«

Ann hätte längst einen Versuch gewagt, wäre schon über alle Berge. Doch jedes Wort ihrer Eltern ließ sie länger verharren.

»Ich sage doch gar nicht, dass wir nicht für sie da sein werden. Aber zwei Tage, Jürgen, zwei Tage, auf die wir uns so gefreut haben! Und wer weiß, ob Ulli und Rainer noch einmal mit uns fahren, nachdem wir sie so kurzfristig versetzt haben.«

»Was, wenn Ann recht hat und Rose so schlecht beieinander ist, dass sie das Wochenende nicht überlebt? Wir würden uns ewig Vorwürfe machen.«

Ann stutzte. Hatte sie die Lage wirklich so dramatisiert?

»Ann! Drama kann sie.« Susanne schnaubte. »Sie schafft es immer wieder! Seit sie auf der Welt ist, bestimmt sie unser Tun.«

»Natürlich tut sie das. Sie ist unsere Tochter. Kinder mischen die Karten des Lebens immer neu.«

»Manchmal denke ich, wir hätten warten sollen.«

Ann spürte das unangenehme Kribbeln, wie es sich wellenartig ausbreitete. Was meinte sie? Womit warten? Ein Kind zu zeugen? Ihre Tochter auf die Welt zu bringen?

»Niemand konnte ahnen, was passieren würde. Daran hätte sich auch nichts geändert, wenn wir gewartet hätten.«

»Doch!« Susanne hatte das Wort fast geschrien. »Ich wäre arbeiten gegangen. Ich wäre eine emotional stabile, fröhliche Frau gewesen.«

Erschrocken hörte Ann ihre Mutter flüstern. »Es wäre nie passiert.«

Was wäre nie passiert? Es geht nicht um die Vergewaltigung, oder? Gibt sie etwa mir die Schuld an …? Nein, das … das wäre doch vollkommen unsinnig. Wie sollte ich schuld sein an … so was?

Jürgens Stimme wurde lauter, als nähere er sich der Verbindungstür. »Sie kann nichts dafür, Susanne, das weißt du. Und was gewesen wäre, lässt sich nicht sagen. Lass uns an die Zukunft denken. Ich liebe sie und du tust das auch. Das ist das Wicht…«

Ann eilte an der Öffnung des Gangs vorbei, drückte vorsichtig die Haustür auf, huschte hindurch und schloss sie so leise wie möglich. Dann rannte sie, rannte, bis sie außer Hör- und Sichtweite war. Um eine Hausecke, bis zu einer Bretterwand, hinter der sich die Mülltonnen eines Mehrfamilienhauses versteckten. Daran angelehnt, blieb sie stehen und versuchte zu begreifen, was sie gerade gehört hatte.

Nachdem Herzschlag und Atem sich beruhigt hatten, war sie sich sicher, sie konnte die Worte ihrer Eltern nur falsch gedeutet haben.

DAMALS, Elmshorn, Nordfriesland

Gesa weiß, wie unsinnig ihr Vorhaben ist. Sie hat Geld ausgegeben, das sie dringend für andere Sachen benötigen. Sie weiß nicht einmal, wo Rieke schlafen soll. Und trotzdem fühlt sie sich so beschwingt wie schon lange nicht mehr. Zwei Tage raus aus dem kalten, nassen Loch. Zwei Tage, die wahnsinnig anstrengend werden und ihr doch so viel Kraft geben könnten. Sie freut sich auf sein Gesicht und gleichzeitig hat sie Angst, unerwünscht zu sein.

Ein junger Mann hilft ihr, den vollbepackten Kinderwagen aus der Bahn zu tragen. Sie lächelt. Und dann steht sie da, am Hauptbahnhof von Elmshorn, weiß nicht wohin. Sie sucht nach Schildern, die ihr den Weg zum Zentrum weisen. Erst einmal losschieben. Wird schon.

Dann fragt Gesa doch nach dem Weg. Eine grauhaarige Frau, die sie an ihre ehemalige Klassenlehrerin erinnert, weiß tatsächlich, wo es zur Fußgängerzone geht.

Eine Viertelstunde später kommen die ersten Geschäfte in Sicht. Rieke schläft noch immer. Bahnfahren scheint sie zu beruhigen.

Aufgeregt betrachtet Gesa die Ladenschilder, achtet auf große Schirme und Stehtische. Aber die Einzigen, die sie entdecken kann, sind die eines Restaurants. In der dichten

Wolkendecke erscheinen erste Lücken. Lange Strahlen, die bis auf den Boden reichen. Blauer Himmel, der ihr Vorhaben beflügelt. Gesas Augen suchen die lange Passage ab. Sie ist kerzengerade. Eigentlich müsste der Stand der Stadt von Weitem zu sehen sein. Ob Henning sie angelogen hat? Ob die Sonderschicht am Wochenende nur vorgeschoben ist, um Ruhe vor ihr und Rieke zu haben?

Gesa fühlt sich schlecht. Weil sie Henning Dinge unterstellt, die er nie tun würde und weil sie gleichzeitig fürchtet, sich in ihm zu täuschen.

Dann … Ihr Herz macht einen kleinen Hüpfer. Unmittelbar an den Häuserfronten, am Zugang einer schmalen Gasse, stehen sie. Große Weiße Schirme mit dem dunkelblauen Schriftzug und dem roten Wappen der Stadt, ein Dreimaster unter vollen Segeln. Mit einem Mal ist Gesa warm. Während sie auf die beiden Stehtische zuhält, prüft sie ihr Spiegelbild in einem der Schaufenster. Henning soll sich vor seinen Arbeitskollegen nicht für sie schämen müssen. Gut, der Kinderwagen gleicht eher einem vollbepackten Umzugswagen, aber sonst …

Da, mein Gott, da ist er! Er steht mit zwei Frauen zusammen. Sie hören ihm zu.

Ja, reden kann er, ihr Henning. Und erklären. Es gibt nichts, zu dem er nicht eine Antwort parat hat. Gesa verlangsamt ihren Schritt. Noch hat er sie nicht entdeckt. Sie sieht ihn lächeln, nicken und den Frauen mehrere Info-Flyer reichen. Die ziehen, ebenfalls freundlich nickend, von dannen. Henning wendet sich einem älteren Herrn zu.

Gesa öffnet ihre Jacke. Die Sonne treibt ihr Schweißperlen aufs Gesicht. Auch Rieke scheint zu warm, unter den Decken jammert es leise. Als Gesa endlich so weit ist, das Kind aus einigen Lagen Stoff befreit und auf den Arm genommen hat, steht Henning plötzlich neben ihr.

»Das gibt's doch nicht! Was macht ihr zwei denn hier?

Meine Frauen auf großer Fahrt?« Überschwänglich nimmt er sie in den Arm.

Gesa hätte auf der Stelle losheulen können. Vor Glück, vor Erleichterung und vor Scham. Was hat sie ihm alles unterstellt? Dabei arbeitet ihr Henning sich die Finger krumm, um für Rieke und sie zu sorgen. »Wir wollten nicht noch länger ohne dich sein.«

Sein glückliches Lachen, er sieht so gut aus, wenn er lacht!

Henning nimmt ihr Rieke ab und geht zu seinen Kollegen. »Darf ich vorstellen? Meine Tochter Rieke!«

Wie stolz er ist.

»Und das hier ist Gesa, meine Frau.«

Sie schüttelt Hände, sieht in freundliche Gesichter. Irgendjemand reicht ihr ein Glas Wasser.

»Ihr habt gutes Wetter in Elmshorn.« Gesa wischt sich unauffällig den Schweiß von der Stirn.

Henning nimmt sie beiseite. »Ich muss aber noch ein paar Stunden.«

»Kein Problem, wir bummeln derweil ein bisschen durch die Stadt.« Sie verzieht entschuldigend das Gesicht. »Gibt es einen Ort, wo ich die Kleine stillen kann?«

»Warte.«

Henning steuert eine schlanke Frau in einem enganliegenden Kostüm an. Ihre blonden Haare umrahmen voluminös das hübsche Gesicht. Die Dauerwelle steht ihr außerordentlich gut. Gesas Haare machen bei so etwas leider nicht mit. Die letzte Dauerwelle endete in einem Fiasko.

Sie sieht, wie Rieke von ihrem Mann an diese Frau übergeben wird. Warum tut er das? Vertraut er ihr so sehr? Gesa will nicht, dass sie Rieke betatscht.

Der rot geschminkte Mund lächelt, als die Blonde auf sie zuhält. »Kommen Sie. Ich wollte eh gerade aufs Klo.«

»Ich nehme Ihnen die Kleine wieder ab. Dann ruinieren

wir Ihnen nicht Ihr hübsches Kostüm.« Gesa streckt erwartungsvoll die Arme aus.

»Gar kein Problem, ich nehm sie gern.« Wieder dieses Lächeln. »Sie sehen aus, als könnten Sie eine Pause gebrauchen.« Die Blonde hebt Rieke vor sich in die Höhe. »Du Süße!« Ihre Arme lassen das Kind hin und her schwingen. »Da hat Henni aber was ganz Zauberhaftes zustande gekriegt.«

Henni?

Und die Kleine? Quietscht vor Vergnügen.

Gesa trottet neben den beiden her. *Henni.* Als ob Gesa am Zeugungsakt und der Schwangerschaft nicht beteiligt gewesen wäre. Als ob sich einzig die Gene ihres Mannes durchgesetzt hätten ... »Sie arbeiten also mit meinem Mann zusammen? Darf ich fragen, was Sie bei der Stadt genau machen?«, wechselt Gesa das Thema.

»Henning erzählt zu Hause wohl nicht viel? Kein Wunder, da geht's bestimmt nur um dich, oder?« Wieder schleudert sie Rieke durch die Luft. »Sie macht Ihnen bestimmt viel Freude. Hach, das muss schön sein, den ganzen Tag kuscheln und spielen. Sich nicht aufstylen und in enge Pömps zwängen zu müssen. Einfach in den Tag zu leben.«

»Sie ist nicht immer so gut gelaunt ...«

»Das kann ich mir gar nicht vorstellen.« Hennings Kollegin holt Rieke ganz nah zu sich heran, sodass ihre Nase die des Babys berührt. »Du bist ein Schatz, oder?«

Dass Rieke bei dem Geschuckel und Geschleuder nicht schlecht geworden ist. So ein Kötzerchen mitten ins Gesicht ... Gesa verwirft den Gedanken.

Das Rathaus kommt in Sicht. Die Blonde führt sie in ein Büro, übergibt ihr das Kind und verschwindet.

Eigentlich müsste Gesa Rieke dringend anlegen, ihre Brüste schmerzen, aber die Neugier überwiegt. Dass sie sich in Hennings Büro befindet, hat sie sofort erkannt. Die Tasse, die sie ihm geschenkt hat, seine Regenjacke am Haken hinter der Tür, und die ziemlich vernachlässigte Topfpflanze, die bislang in jedem seiner Büros stand, sprechen eine eindeutige Sprache.

Gesa geht um den Schreibtisch herum, sieht das gerahmte Bild von ihr und Rieke. Sie setzt sich in seinen Stuhl, streicht über die Armlehne. Routiniert schiebt sie sich Pullover und Kind zurecht und lässt Rieke trinken. Währenddessen zieht sie die Schubladen auf. In einer findet sie einen Vorrat an Schokolade, was ihr ein verliebtes Lächeln ins Gesicht zaubert. Ihr hatte er gesagt, er wolle auf Süßes verzichten. Sie weiß, wie sehr er die Nervennahrung braucht.

Eine Schublade tiefer findet sie Fotos. Sie erkennt die Büros des Rathauses. Irgendjemand hat Geburtstag oder ist befördert worden. Feiernde Kollegen. Henning mit der Blonden im Arm, wie sie fröhlich in die Kamera blicken. Nichts Verfängliches. Es gibt Fotos mit anderen Kollegen, auch hier liegen Arme freundschaftlich über Schultern oder um Hüften. Das Bild mit *Henni* und der Blonden hinterlässt trotzdem einen faden Beigeschmack.

»Klappt alles?« Die Kollegin steht im Türrahmen.

Gesa drückt erschrocken die Lade zu, lässt den Pullover herunterfallen und legt sich Rieke über die Schulter. Ihre Hand klopft etwas zu hektisch auf den Rücken des Kindes. »Nur noch die andere Seite.«

»Gut.« Die Blonde setzt sich an den zweiten Schreibtisch, der Hennings gegenübersteht, und sieht ihr unverblümt zu.

Gesa dreht sich ein wenig zur Seite, kramt verschämt, bis sie den Still-BH so weit hat, dass Rieke trinken kann, und streift sich eine Haarsträhne hinters Ohr. »Sie dürfen ruhig schon gehen.«

»Geht nicht. Muss wieder abschließen.«

Gesa meint, erkennen zu können, dass der Blonden die Geduld ausgeht. »Es tut mir leid, Säuglinge lassen sich leider nicht zur Eile antreiben.«

»Wenn sie schlau sind! Sollte ich auch mal versuchen.«

Sie lehnt sich vor, zieht eine Schublade auf und holt einen Stapel Aktenmappen hervor. Diese studiert sie eingehend.

Ist das ihr Schreibtisch? So eng arbeiteten die beiden zusammen? Warum hat Henning mir nie von ihr erzählt? »Bestimmt nicht so einfach, so nah aufeinander zu hocken, wenn beide ständig telefonieren müssen.« Gesa lässt Rieke ein Bäuerchen machen und hofft, dass ihre Kleidung unversehrt bleibt.

»Mit Henning lässt's sich prima aushalten. In unserem Büro gibt es den meisten Spaß. Ich müsste dann mal wieder!« Sie steht auf und geht voran.

Gesa legt Rieke in den Wagen. Das Kind ist noch auf ihrem Arm eingeschlafen. Während des Gehens versucht Gesa, sich wieder herzurichten. Die paar Sekunden hätte die Blonde ruhig noch warten können. Aber daran merkt man, dass sie keiner Kinder hat, keine Ahnung vom Leben als Mutter.

Henning hat erst abends für sie Zeit. Der Bus bringt sie zu seiner Bleibe. Sie lassen sich eine Pizza kommen, sitzen an seinem kleinen Tisch und erzählen sich die Erlebnisse des Tages. Gesa sieht ihm die Müdigkeit an. Nach dem Essen legen sie sich zu dritt auf sein Bett. Die Kleine brabbelt zufrieden vor sich hin. Es ist eng und selbst, wenn Rieke später in ihrem Kinderwagen schlafen wird, werden sie keine ruhige Nacht haben. Trotzdem sind das die schönsten Stunden seit Langem.

Rerik

Es war eine echte optische Offenbarung! Er musste sich zusammenreißen, um nicht zu offensichtlich zu ihnen hinüberzustarren.

Nachdem er gestern so lange wie erfolglos gesucht hatte, hatte es heute keine drei Stunden gedauert. Johanna Arnold, da saß sie! Zusammen mit ihrem behinderten Freund. Und dem Polizisten und seiner aufgetakelten Schnecke. Ob sie alle zusammen den Krüppel getragen hatten? Über die vielen hölzernen Treppenstufen des Strandzugangs bis auf die Picknickdecke? Dann noch mal hoch, um den Rolli zu holen. Echte Freunde!

Er war nur froh, sie endlich gefunden zu haben. Zu gern hätte er ihrer Unterhaltung gelauscht. Aber nein, jetzt nur nicht gierig werden! Der Anfang war gemacht. Alles andere würde sich fügen. Er durfte sie nur nicht aus den Augen verlieren! Dank des auffälligen Rollstuhls, kein Problem. Auch, wenn er selbst mehr als fünfzehn Meter entfernt saß. Für die Nachtschicht hatte er sich krankgemeldet. Das hier war wichtiger. Er konnte jetzt nicht zurück nach Rostock, um Zeitungen auszufahren. Endlich hatte er nicht nur die Spur, sondern die begehrte Trophäe direkt und live vor Augen. Ab jetzt musste er standhaft und geduldig bleiben, durfte nicht nachlassen, sonst war das Objekt der Begierde weg. Und man wusste nie, wie lange es dauerte, es wieder vors Visier zu kriegen.

Ob er den letzten Bus nach Rostock noch bekommen würde? Das lag daran, wann seine Johanna den Rückweg antreten und ihn zu ihrer Bleibe führen würde. Wo er schlafen würde, wenn kein Bus mehr fuhr? Das war ihm so was von egal! Und wenn er unter freiem Himmel kampierte! Allein die Vorstellung, schon bald zu wissen, wo sie schlief, wo sich ihr geschützter Ort befand, ließ seinen gesamten Körper angenehm prickeln. Er war *so* nah dran, ein Teil ihres Lebens zu werden! Die Vorfreude entlockte ihm einen tiefen Seufzer.

Da bemerkte er, dass die grell geschminkte Frau und der Polizist aufstanden und in Richtung Seebrücke stapften.

*

»Ich Depp! Ich hätte die Schließfachkarte und den Schlüssel

einfach nehmen, zur Bank fahren und es durchziehen sollen! Ich hatte sie in der Hand! Stattdessen bin ich genau so schlau wie vorher!«

Marc fuhr Ann durch das windzerzauste Haar. »Ich bin immer noch dafür, dass du mit ihnen redest. Sag ihnen, du bist durch Zufall drauf gestoßen. Meinetwegen benutz eine Notlüge! Behaupte, die Folie mit Karte, PIN und Schlüssel hätte auf dem Boden unter dem Bett gelegen. So ein Klebestreifen kann durchaus an Haftkraft verlieren. Frag sie ganz unbefangen!«

Ann befreite sich aus seinen Armen und drückte sich hoch. »Ach, und dann habe ich sie wieder an Ort und Stelle festgeklebt, oder was? Nicht sehr durchdacht, deine Notlüge! Nein, es bringt auch nichts, mit ihnen zu reden. Wenn ich was gelernt habe, in den letzten Jahren, dann das!«

»Sind deine Eltern denn schon hier, bei Rose?«

Ann zuckte mit den Schultern. »Gut möglich. Sie haben sich noch nicht gemeldet.«

Sie sahen Isabelle und Fredde mit vollen Händen zurückkommen.

Ann sprang auf und lief ihnen entgegen, um beim Tragen zu helfen.

»So, der Herr, einmal Pommes mit allem.« Fredde hielt Marc den Pappteller hin.

»Sehr freundlich.« Marc schob seine Beine in eine andere Position.

Isabelle fegte Sand von der Decke und setzte sich neben Ann. »Dann Prost! Auf ein schönes langes Wochenende! Ich kann's immer noch nicht fassen, vier Tage am Stück frei!« Sie hob ihre Bierflasche und prostete den anderen zu.

Fredde ließ sich neben sie fallen, gab ihr einen langen Kuss und trank einen großen Schluck. »Ich hab echt bis zum Schluss gedacht, sie würden dir den Urlaub streichen, so unterbesetzt, wie ihr seid.«

»So schlimm?« Ann zog eine besonders lange Pommes durch die Mayonnaise.

»Es fehlt an allen Ecken und Enden. Immer mehr Kolleginnen schmeißen hin. Die Belastung ist einfach zu groß. Eine Krankenschwester, oder korrekt gesagt, eine Pflegefachfrau, ist tagsüber mittlerweile für dreizehn oder fünfzehn Patienten zuständig. Der Idealfall wäre sieben.« Isabelle schüttelte frustriert den Kopf. »Ich kann die Kolleginnen ja verstehen, aber je mehr aufgeben und sich was anderes suchen, desto angespannter wird die Lage für uns.«

»Und du? Hast du auch schon mal darüber nachgedacht, zu gehen?«

»Nicht ernsthaft. Ich wüsste nicht, was ich stattdessen machen sollte. Ich mag das, was ich gelernt hab.«

Der Strand füllte sich langsam. Die Sonne stand tief, der Himmel war nahezu wolkenfrei. Ein perfekter Abend, um den Tag mit Freunden am Meer ausklingen zu lassen.

»In meinem Rucksack ist ein Pulli. Könntest du ...?« Marc wies auf seinen Rollstuhl.

»Klar.« Fredde sprang auf.

»Die Abendtemperaturen könnten noch ein bisschen zulegen«, fand auch Isabelle und wickelte sich in ihre Strickjacke.

Ihr Freund reichte Marc den Pullover und setzte sich eng neben Ann. »Meine Recherchen waren leider erfolglos«, murmelte er.

»Gab es niemanden, der dir helfen wollte?« Ann konnte ihre Enttäuschung kaum verbergen.

»Nein, daran liegt es nicht. Es gibt keine Akte, es existiert kein Fall, der zu deinen Daten passen würde. Weder zu einem Vergewaltigungsfall in Verbindung mit einer männlichen Leiche noch zu einem Toten, der im Zusammenhang mit einem Hausbrand geführt wird. Nicht im Jahr 1990. Nicht in Neustadt in Holstein und auch nicht in Hamburg. Die Kollegen waren gründlich, da bin ich mir sicher.«

»Kein Toter durch einen Brand?« Ann runzelte verständnislos die Stirn. Dass die Vergewaltigung nicht angezeigt worden war, das konnte sie sich vorstellen, aber der Mann, der ihrer Mutter das angetan hatte, der laut Rose verbrannt war und nur durch einen DNA-Abgleich mit Joris identifiziert werden konnte … Der musste doch in irgendeiner Akte auftauchen! Vielleicht war er erst später …?

»Und 1991? Vielleicht kam der Vergewaltiger erst Monate nach seiner Tat ums Leben?« *Fragt sich nur, wieso sich dann alle so sicher sind, dass der Tote Susannes Vergewaltiger war. Verdächtigt man längere Zeit nach einer Tat eine bestimmte Person, kennt man im Allgemeinen ihren Namen, oder?*

»1991 auch nicht. Ich war so schlau und hab die Suche auf drei Jahre, ein Jahr vor der mutmaßlichen Tat und ein Jahr danach, ausdehnen lassen.«

»Mutmaßlich? Du glaubst, Rose lügt?«

»Nein, nein, das will ich damit nicht sagen, aber du musst verstehen … bislang haben wir nur die Aussage deiner Oma! Wir wissen nicht, was wirklich passiert ist und was an Fehlinformationen, vielleicht sogar an deine Oma, geflossen sind. Deine Mutter könnte uns da bestimmt Aufschluss geben.«

Irrte Ann sich, oder fasste Fredde sie gerade mit Samthandschuhen an? »Die kann ich nicht fragen.«

»Ich weiß. Aber so … die Informationen sind zu spärlich.«

»Es *kann* aber nur 1990 oder 1991 gewesen sein! Auf der Aufnahme ist Joris ungefähr drei Jahre alt. Das hat auch unsere ehemalige Nachbarin bestätigt. «

»Welche Aufnahme?«

»Hedda hat sie gemacht. Sie und ihre Familie wohnten in Neustadt in Holstein damals neben uns. Auf einem Foto, das sie von Dominik, ihrem Sohn, geschossen hat, sieht man im Hintergrund Papa mit einem kleinen Jungen an der Hand.« Sie nahm einen Schluck Bier. »Außerdem kann ich mich ganz schwach an Eigil erinnern.«

»Eigil?«

»Joris, sorry. Ich habe jahrelang mit einem imaginären Ich namens Eigil gesprochen. In Gedanken. Ich dachte, ich wäre ein bisschen plemplem. Dabei hatte mein Unterbewusstsein diesen Namen abgespeichert, weil meine Mutter meinen Halbbruder so genannt hat, in der kurzen Zeit, als er bei uns war. Echte Erinnerungen an ihn hatte und habe ich nicht. Ich war noch *so* klein.«

»Wieso nannte sie ihn Eigil?«

»Das kommt aus dem Nordischen und heißt so viel wie *Der, der Angst einflößt.* Rose sagt, Mama hätte es versucht. Sie hätte das Kind nicht für etwas bestrafen wollen, das ein Erwachsener ihr angetan hatte, aber sie konnte es nicht. Das Kind ihrer Vergewaltigung lieben, es täglich ansehen. Also sei Joris zu Pflegeeltern gekommen.«

Fredde schwieg mit betroffenem Gesichtsausdruck.

»Es *muss* eine Akte über den verbrannten Toten geben! Warum sollte Rose mich diesbezüglich anlügen?«

Er zuckte mit den Schultern.

Irgendwas verschwieg er ihr doch!

»Fredde? Was ist los?« Sekundenlang starrte Ann auf seinen gesenkten Kopf.

Er seufzte. »Natürlich hab ich nicht nur nach verbrannten Toten oder Vergewaltigungsfällen im Raum Hamburg und Neustadt suchen lassen. Ich hab den Namen deiner Mutter durch unsere Vorgangsdatenverwaltung gejagt, Ann.«

»Und?«

»Eine Vergewaltigung mit ihr als Opfer wurde nie zur Anzeige gebracht. Ihr Name steht in keinem Zusammenhang mit einem Verbrennungsopfer oder überhaupt mit dem irgendeines Toten. Es gibt keinen Eintrag über einen DNA-Abgleich. Der Name deiner Mutter taucht schlichtweg nicht auf.«

»Vielleicht war sie gar nicht zu Hause, als es passierte? Vielleicht vertun wir uns mit dem Ort?«

»Die Einträge sind personenbezogen, Ann. Egal, wo es passiert ist, wenn die Polizei involviert war, gäbe es einen Vermerk.«

Irritiert schob Ann ihre langen Haare nach hinten. »Das heißt ja wohl, dass meine Familie die Vergewaltigung nie angezeigt hat.«

»Das heißt es.«

»Und dass der verbrannte Tote, wenn es ihn überhaupt gegeben hat, nicht mit meiner Mutter in Verbindung gebracht wurde, zumindest nicht offiziell.«

Fredde nickte.

»Aber wie und wer hat dann diesen DNA-Abgleich machen lassen?«

»Jeder kann einen Vaterschaftstest durchführen lassen. Da reicht eine Speichelprobe.«

Anns Gesicht verfinsterte sich immer mehr. »Speichelproben! Wie sollen meine Eltern an die Speichelprobe eines unbekannten Mannes gekommen sein? Am besten noch, nachdem er verbrannt ist. Das ist doch verrückt!« Nachdenklich kneteten ihr Daumen- und Zeigefinger ihre Unterlippe. »Da gibt es ja wohl nur zwei Möglichkeiten. Entweder, sie haben sie sich gegen seinen Willen geholt und ihn danach ...«

Erschrocken sah sie erst Fredde, dann Marc und Isabelle an, die sie mit ihrem lauten Ausruf aus ihrem Gespräch gerissen hatte. »Nein, garantiert nicht! Dann doch eher die zweite Variante: Irgendwas an Omas Geschichte stimmt nicht. Die Vergewaltigung, der DNA-Test und oder der verbrannte Täter.«

Kapitel 4

DAMALS, Husum, Nordfriesland

Der Regen zieht in langen Fäden durchs Land, aber das kann Gesa nicht davon abbringen, diesen Nachmittag nach allen Regeln der Kunst zu genießen.

Das Wochenende bei Henning war super. Das würden Rieke und sie jetzt öfter machen. Raus aus Ockholm, aus der Ruine und Einsamkeit, hinein in das bunte Leben von Elmshorn, Husum ... egal wo, Hauptsache unter Leute und in die Nähe ihres Mannes. Gesa ist sich sicher, dass auch er die gemeinsame Zeit genossen hat. Auch wenn sein Zimmerchen eigentlich viel zu klein für Übernachtungsgäste ist. Enge hat sie und Henning noch nie gestört. Gesa denkt an ihr altes Zelt. Ihre Dackelhütte, wie er sie nennt. Sie haben mehr aufeinander als nebeneinander gelegen.

Das Lächeln über die Erinnerung umspielt noch immer ihren Mund, als sie den schmalen Weg zwischen den Häusern entlangläuft, um zu Frau Dr. Steinmetz zu gelangen. Heute ist Gesas freier Tag. Heute hat sie Ausgang. Einmal Auftanken bei der netten Psychiaterin. Rieke ist bei Lene gut versorgt. Mit den beiden klappt es mit jedem Mal besser. Sodass Gesa beschließt, es noch langsamer angehen zu lassen als sonst. Lene weiß Bescheid, dass es später wird. Ein Besuch im Theodor-Storm-Museum sollte drin sein.

Gesa ist voller Vorfreude, als sie den jungen Mann bemerkt. Er steht vor dem Haus der Psychiaterin und knetet seine Hände. Aus den dunklen Haaren fallen Tropfen, die

Jeanshose an seinen Oberschenkeln ist klitschnass. Als er sie registriert, dreht er sich weg. Seine Bewegungen sind fahrig. Er wirkt, als wolle er sich in Luft auflösen.

Genau so muss ich vor Kurzem ausgesehen haben. Zerrissen. Zweifelnd.

Gesa ist Fremden gegenüber meist zurückhaltend, vorsichtig, ja sogar argwöhnisch. Sie käme nie auf die Idee, jemanden einfach so anzusprechen. Aber hier ... Der arme Kerl braucht Hilfe. Hilfe, die Henriette Steinmetz ihm sicher geben kann. Er muss nur über diese Schwelle treten!

Doch bevor Gesa sich überlegt hat, was sie sagen kann, um ihn zu überzeugen, ist der junge Mann verschwunden. Mit eiligen Schritten den Weg hinunter und um die Ecke.

Sie ärgert sich über sich selbst. Warum braucht sie so lange, um die richtigen Worte zu finden? Sie hofft, dass er den Mut aufbringt und noch einmal zurückkommt. Dass er Hilfe findet. So wie sie.

Einmal tief durchatmend stößt sie die Tür zur Praxis auf.

Fünfzig Minuten später verlässt Gesa nachdenklich die Räumlichkeiten der Psychiaterin. Heute ging es viel um Henning. Um ihre Beziehung. Und Gesa fühlte sich nicht richtig verstanden. Irgendwie scheint Henriette Steinmetz zu glauben, er trage eine gewisse Schuld an Gesas seelischen Problemen. Aber was soll er denn tun? Er muss das Geld heranschaffen, um Rieke und sie zu versorgen. Natürlich hat Gesa viele Dinge gesagt, um Hennings Tun zu rechtfertigen. Aber Henriette hat ihn immer wieder infrage gestellt. Hat gefragt, ob er es sich nicht ein bisschen einfach macht, indem er sie auf dem alten Hof mit Rieke und all den Baustellen allein ließe. Dabei tut er das gar nicht. So oft, wie es geht, ist Henning da, repariert, restauriert und packt mit an.

Steinmetz meint, es gäbe immer einen Weg, wenn man ihn nur wolle. *Henning sieht, wie unglücklich Sie sind, Gesa. Trotzdem zeigt er Ihnen keine Perspektive auf, holt Sie da nicht raus Warum nicht?* Die Stimme der Psychiaterin klang ungewohnt hart. Wollte sie Gesa provozieren? Wie eine Löwin hatte Gesa ihren Mann verteidigt. *Nehmen Sie Ihr Schicksal selbst in die Hand, Gesa,* riet Henriette ihr. *Werden Sie aktiv. Tragen Sie Ihrem Mann Lösungsvorschläge vor.*

Welche Lösungen? Für Lösungen wichtiger Dinge ist Henning zuständig. Wenn Gesa Lösungen hätte, wäre sie nicht hier.

Wenn Sie den Hof nicht verkaufen können, lassen Sie ihn verfallen! Stecken Sie das Geld in eine gemeinsame Zukunft in Elmshorn, in eine gemeinsame Wohnung in der Stadt!, schlug Steinmetz vor.

Den Hof ihrer Eltern verfallen lassen? Was für eine ungeheuerliche Idee!

Aber das ist er doch längst, antwortete die Psychiaterin. *Sie sind Ihren Eltern nichts schuldig. Sie bekommen es nicht mehr mit.*

Die würden sich im Grab umdrehen.

Und wer weiß, ergänzte Henriette Steinmetz noch, *mit ein bisschen zeitlichem Abstand gibt es vielleicht doch noch Interessenten, die das Objekt kaufen wollen.*

Bei ihr hört es sich alles so einfach an.

Gesa atmet die feuchte Luft ein. Der Regen hat aufgehört. Die dichte, schnell dahinziehende Wolkendecke aber ist geblieben. Als sie die Windjacke bis zum Hals zuzieht, sieht sie ihn. Der junge Mann hockt auf den nassen Stufen des Kellereingangs eines Nebengebäudes. Eindeutig in der Hoffnung, man möge ihn dort nicht so schnell entdecken.

Gesa geht an dem Treppenloch vorbei, bis zu der Stelle, an der die Fassade bis in die Tiefe reicht, und beginnt zu reden. Sie hofft, wenn sie sich nicht sehen, ist seine Scham weniger groß. »Frau Steinmetz ist kein Doktor für Irre. Sie gibt einem lediglich Tipps, wie man sein Leben auf die Kette kriegt. Wie sich schlimme Dinge, an denen man selbst keine Schuld trägt, verbessern lassen. Und sie ist gut darin. Bekloppt wäre man nur, wenn man diese Hilfe nicht annehmen würde.«

Gesa wartet kurz. Ob sie wirklich die richtigen Worte gefunden hat? Zweifelnd geht sie weiter. Er braucht Raum, um ungesehen in die Praxis zu gelangen.

Sie ist längst um die Ecke gebogen, da hört sie schnelle Schritte hinter sich. Als sie sich umdreht, hat der junge Mann sie eingeholt.

»Danke! Ich hock hier schon seit Tagen, weißt du?« Sein Grinsen ist irgendwie schief. Seine Finger zappeln nervös, streichen und tippen immer wieder über und auf seine Unterarme. »Wie ist sie so, die Steinmetz?« Seine Augen blicken voller Hoffnung.

Gesa wirft ihre Zweifel, Fremden gegenüber über Bord. Sie kann helfen, kann einem hoffnungslosen Menschen vielleicht sogar den nötigen Stups geben und damit ein Leben retten. Oder zumindest verbessern.

»Henriette Steinmetz ist ein toller Mensch. Sehr herzlich und verständnisvoll. Sie stellt die richtigen Fragen. Sie belächelt oder beurteilt dich nicht. Sie hört geduldig zu und schafft es, mit einem anderen Blick auf deine Situation zu schauen.

»Das hört sich toll an.« Er läuft unruhig vor ihr auf und ab. »Entschuldige, ich kann ganz schlecht stillstehen. Mir geht es besser, wenn ich mich bewege. Können wir vielleicht ...?« Er bedeutet Gesa, ein paar Schritte zu gehen.

»Klar.«

»Aber haben solche wie Henriette wirklich eine Lösung für das Problem? Labern die nicht nur irgendwas, von dem sie denken, dass du es hören willst – und kassieren dann dick ab?« Sein Gesicht verdunkelt sich. Er muss wirklich verzweifelt sein.

»Natürlich bekommt sie Geld. Das ist ihr Job und von irgendwas muss sie ja leben. Ich finde das vollkommen legitim. Sie hat studiert, investiert viel Zeit und Kraft in die Sitzungen mit ihren Patienten. Mir helfen die Gespräche mit ihr jedenfalls.«

»Vielleicht sind deine Probleme leicht zu beheben. Bei mir aber ... Ich kann mir nicht vorstellen, wie das Gerede mit einer Psychotante mir helfen sollte.«

»Gib ihr eine Chance! Darf ich fragen, wie du heißt?« Sie spazieren einen schmalen Schotterweg entlang, der sie zunächst über einen Kinderspielplatz und dann an Schrebergärten vorbeiführt.

»Andreas«

Gesa findet, er wirkt schon viel ruhiger. »Wollen wir zurückgehen, Andreas? Ich unterstütze dich dabei, hineinzugehen und einen Termin zu machen.«

»Das würdest du tun? Du kennst mich doch gar nicht.«

Wie dankbar er wirkt! Gesa fühlt sich stark. Und glücklich. Sie kann noch was anderes, außer Windeln wechseln und Kleinkinder schuckeln.

»Klar, warum nicht? Wir Hilfesuchende müssen doch zusammenhalten.« Sie lächelt ihn enthusiastisch an.

Rerik

Das Schlafzimmer der kleinen Wohnung lag dunkel da. Huschende Lichter, die durch Fenster blinzelten, gab es keine mehr. Rerik schlief.

»Wie wäre es, wenn du die Augen schließt? Dann klappt das mit dem Schlafen besser.« Marc zog Ann zu sich.

Die hatte auf dem Rücken gelegen und Löcher an die Decke gestarrt. »Ich versteh es nicht.«

»Ich weiß. Deswegen solltest du gleich morgen früh zu Rose fahren und deine Fragen loswerden.«

»Wenn meine Eltern da sind, kann ich das vergessen.«

»Sie werden sicherlich auch mal einen Spaziergang machen.« Er gab ihr einen langen Kuss. »Und jetzt versuch, dich abzulenken! Wir haben vier Uhr.« Er drehte sich auf die Seite.

*

Die Ahnung eines Geräuschs hatte ihn geweckt. Ohne sich zu bewegen, lauschte er in die matte Dunkelheit hinein. Ein paar der Gegenstände, mit dem der schäbige Campinganhänger ausgestattet war, zeichneten sich vage ab. Das Licht der Wegbeleuchtung drang sanft durch eine der Seitenscheiben.

Er sah auf die Uhr. Drei Stunden Schlaf hatte er hinter sich. Mehr wurden es meist eh nicht. Eine Stunde würde er sich noch gönnen. Einfach liegen bleiben und von dem träumen, das zum Erreichen nah war.

Kurz nach Mitternacht hatten Johanna und ihre Freunde den Strand verlassen. Da hatte der sich bereits so weit geleert, dass er Angst haben musste, auf sich aufmerksam zu machen, wenn er ihnen folgte. Also war er besonders vorsichtig gewesen. Hatte großen Abstand gehalten und sich nur ins Licht getraut, wenn andere Menschen ihm Deckung gaben. Seine Befürchtungen waren unbegründet gewesen, die Gruppe war zu sehr mit sich selbst beschäftigt, um ihn zu bemerken.

Irgendwann hatten die Pärchen sich getrennt. Und kurze Zeit später war er an seinem Ziel angekommen. Johanna und ihr Freund waren in einem Sechs-Parteien-Haus verschwunden. Geduldig hatte er gewartet, in welchen Fenstern das Licht anging. Dann hatte er die Schilder neben den Postschlitzen begutachtet. Nur zwei Namen konnten dem Erdgeschoss zugeordnet werden. Welcher dem Krüppel gehörte, war zweitrangig. Er wusste nun, in welche Wohnung er einsteigen würde.

Auf dem Campingplatz nahe der Feuerwehr gab es sie, wie auf allen anderen Plätzen auch, die uralten Wagen, die niemand mehr bewegte. Die Besitzer kamen, wenn das Wetter gut oder die Zeit passend war. Die übrige Zeit fristeten die Anhänger ein einsames Dasein. Ob ein Wagen bewohnt war, konnte er mittlerweile zielsicher bestimmen. Nur wenige räumten all ihr Zeug jeden Abend penibel auf. Die Enge der Behausung, das Gefühl im Urlaub Fünfe gerade sein zu lassen, das Leben spielte sich draußen ab. Je älter der Wagen, desto einfacher gewährte er ihm Zutritt.

Er würde weg sein, bevor der erste Frühaufsteher mit seinem Fifi Gassi ging.

DAMALS, Ockholm, Nordfriesland

Henning steht vor Lenes Tür und klingelt.

Die Tür wird aufgerissen. Die rüstige Rentnerin baut sich vor ihm auf. »Henning, bei aller Liebe, so geht das nicht. Ich passe wirklich gern auf Rieke auf, aber Gesa sollte sich an Abmachungen halten oder zumindest zu erreichen sein, wenn etwas ist. Rieke braucht bald wieder etwas zu essen und mir geht die Milch aus.«

»Es tut mir leid, Lene. Ich nehme Rieke mit.«

»Du siehst müde aus.«

»Ich komme direkt aus Elmshorn.«

»Warum kommt Gesa nicht? Ist was passiert? Ist sie krank?«

»Wann wollte sie Rieke denn abholen?«

»Spätestens gegen sechs.«

»Und weißt du auch, um wie viel Uhr sie den Termin in Husum hatte?«

Lene schüttelt den Kopf.

Rieke quengelt leise, als sie Henning in den Arm gelegt wird.

»Danke Lene. Gesa wird sich bei dir melden.«

»Rieke sollte zügig was zu trinken bekommen«, mahnt Lene noch und schließt die Tür.

Henning packt seine kleine Tochter in den Kindersitz und fährt zu ihrem alten Bauernhaus. Dort ist alles dunkel. Er sieht auf die Uhr. Zweiundzwanzig Uhr.

Zügig bestückt er den Kamin. Er kann Rieke nicht einmal aus ihrer dicken Jacke pellen, dafür sind die Räume zu sehr ausgekühlt.

In der Praxis von Dr. Henriette Steinmetz hat Henning schon mehrfach angerufen. Keine Chance. Natürlich sind die Mitarbeiterin und die Ärztin längst zu Hause.

Bis vor zwei Stunden war Henning nur sauer gewesen. Gesa hatte ihm am letzten Wochenende so seltsame Fragen gestellt. Ob er sie noch hübsch fände. Ob er auch froh wäre, wenn sie beide mal wieder etwas Zeit für sich hätten. Ob es Spaß machte, mit der netten Kollegin in einem Büro zu arbeiten. Er versteht ja, dass Gesa eine schwere Zeit durchmacht. Beide Eltern tot. Der marode Hof. Aber irgendwann sollte sie sich Dingen widmen, die ihrer beider Leben verbessern. Er tut schließlich auch alles dafür, dass es ihnen gut geht. Er ist wild entschlossen, den Hof wenigsten so weit herzurichten, dass man ihn bewohnen kann, bis ein Käufer gefunden ist. Er kann sich nicht auch noch um die depressive Stimmung seiner Frau kümmern. Er war froh, dass Gesa seinen Vorschlag, einen Psychiater aufzusuchen, in die Tat umgesetzt hat. Und es scheint ihr gutzutun. Sie berichtet begeistert von den Treffen.

Henning sieht die Briefe durch, die auf dem Esstisch liegen – ungeöffnet. Dabei haben Gesa und er eine Abmachung. Rechnungen werden sofort aufgemacht, mit dem Fälligkeitsdatum versehen und in genau dieser Reihenfolge abgelegt. So vermeiden sie Mahngebühren oder Schlimmeres.

Wo ist sie nur? Er sucht in den Papieren, die sie griffbereit neben dem Telefon aufbewahren, nach dem Fahrplan. Der letzte Bus ist vor zwanzig Minuten in Ockholm angekommen. Er schnappt sich Rieke und fährt wieder los. Die Unruhe breitet sich aus. Rieke scheint zu spüren, dass etwas nicht stimmt. Sie schreit. Erst noch verhalten, dann drängender.

An der Bushaltestelle angekommen, steigt die Verzweiflung. Weit und breit kein Mensch. Nicht mal einer, den Henning nach Gesa fragen kann. Er greift zum Telefon und wählt die Eins-Eins-Null. Dann fährt er weiter zum nächsten Krankenhaus nach Niebüll. Als er der Schwester in der Notaufnahme erklärt, dass er Milch für Rieke braucht und seine Frau verschwunden ist, schreit Rieke wie am Spieß und er ist den Tränen nahe.

Rerik

Ann sah den Wagen ihrer Eltern schon von Weitem. Sie stieg vom Fahrrad und schob es durch Roses Tor. Von der Terrasse her waren Stimmen zu hören, also ging sie einmal ums Haus herum, bis in den Garten.

»Hey, was macht ihr denn hier? Ich dachte, ihr seid längst in eurem Wellnesswochenende.« Sie versuchte sich in dem passenden Gesichtsausdruck und hoffte, er wäre überzeugend.

Dann nahm sie ihren Vater in den Arm. Susanne schenkte gerade Tee aus.

»Du hast deine Eltern ganz wild gemacht.« Rose wirkte verärgert. »Was hast du ihnen denn erzählt? Ich läge im Sterben?«

Ann hob entschuldigend die Hände. »Nichts von alledem. Ich habe nur gesagt, dass du in nicht allzu ferner Zeit jemanden haben solltest, der täglich nach dir sieht. Der dir zur Hand geht, für dich einkauft und kocht.«

»Sie hat recht, Rose. Mit beidem. Sie hat nichts dramatisiert. Und du brauchst Hilfe.«

»Ich gehe in kein Seniorenheim.«

»Musst du nicht. Es gibt Dienstleister, die zu dir nach

Hause kommen. Lass uns in den nächsten Tagen nach der richtigen Möglichkeit schauen, ja?«

»Und dafür lasst ihr euer Entspannungswochenende sausen?« Zischend ließ sie die Luft durch ihre Lippen streichen.

Ann registrierte den vorwurfsvollen Blick ihrer Mutter. »Sie machen sich einfach nur Sorgen, Oma. Wir alle wollen, dass es dir gut geht.«

»Tut es«, bekräftigte die alte Dame und griff prompt neben die Armlehne, auf der sie sich abstützen wollte, strauchelte und sank zurück in ihren Stuhl. »Och, nun guckt nicht alle, als wäre euch das noch nie passiert!«

Als ihr Vater ins Haus ging, folgte Ann ihm. »Ihr hättet ruhig fahren können. Die paar Tage. Du weißt doch, dass ich hier bin.«

»Du hast recht, sie sieht gebrechlich aus. Und sie vergisst Sachen. In den Küchenschränken und im Kühlschrank sieht es Gott sei Dank noch ganz manierlich aus.«

»Ich habe aussortiert.«

Ihr Vater zog die Augenbrauen hoch. »Wir bleiben, bis alles geklärt ist. Bis Rose sicher versorgt wird. Zur Not fahre ich deine Mutter zurück nach Neustadt und komme noch mal wieder.«

»Und Stephan?«

Es war nur ein kurzes Innehalten, mitten in der Bewegung, gewesen, Ann hatte es trotzdem bemerkt.

»Rufe ich an.«

»Lass uns das zusammen machen. Ich bin neugierig. Wie lange habt ihr euch nicht gesprochen? Ich, für mich, muss sagen, hab da einiges an Nachholbedarf.«

»Später, ja? Ich wollte einmal durchs Haus gehen und prüfen, welche baulichen Maßnahmen wir unternehmen sollten, damit Rose bis zum Schluss hier wohnen bleiben kann.«

Ann folgte ihm die Treppe hoch. »Wie alt ist Onkel Stephan eigentlich?«

»Dreiundsiebzig.«

»Also ist Oma fünfzehn gewesen, als sie schwanger wurde. Und das in der damaligen Zeit. Heftig!« Leider konnte Ann das Gesicht ihres Vaters nicht sehen. »Und zwei Jahre später, mit achtzehn gleich noch mal mit dir. Roses Eltern waren bestimmt nicht begeistert.«

»Das ist alles lange her.«

Sie waren an der obersten Stufe angekommen.

»Wie haben sie reagiert?«

Jürgen steuerte das Bad an, öffnete die Tür und inspizierte die Dusche. »Der Einstieg ist viel zu hoch. Eine echte Stolperkante. Ich hol mir morgen ein Angebot für eine bodentiefe Dusche ein. Schön breit, antirutsch, mit Sitz und Griffen.«

»Wo bist du aufgewachsen, Papa?«

Er begutachtete die Toilette. »Hier könnten wir auch einen Griff anbringen. Daran kann sie sich hochziehen und festhalten.«

»Warum macht ihr aus eurer Vergangenheit so ein Geheimnis?«

Ihr Vater drehte sich zu ihr um, schob sie lächelnd zur Seite und untersuchte die Durchgangstür zum Flur. »Die Einzige, die überall Geheimnisse wittert, bist doch wohl du, oder? Ich überlege, ob wir die Türen verbreitern sollten. Falls Rose einen Rollstuhl braucht. Andererseits wäre dann schon der Weg ins Obergeschoss ein Problem.« Er schüttelte den Kopf. »Wenn, dann macht es nur Sinn, alles ins Erdgeschoss zu verlegen. Schlafzimmer, Badezimmer ... Dann bräuchte sie gar nicht mehr nach oben, kein Treppensteigen mehr. Vielleicht die vernünftigste Idee.« Er wechselte ins Schlafzimmer, drehte sich einmal herum und wollte wieder hinausgehen.

Doch Ann blieb mit vor der Brust verschränkten Armen im Türrahmen stehen. »Oma hat nicht *ein* Foto von Stephan, ihrem ältesten Sohn. Warum nicht?«

Ihr Vater atmete tief durch und sah sie einen Moment lang

schweigend an. »Weil Johann und Rose nicht unsere genetischen Eltern sind. Stephan ist nicht einmal mein leiblicher Bruder.« Er ging zurück ins Zimmer und sah durch das Fenster auf die Straße, den Wendehammer.

Ann folgte ihm und setzte sich auf die Bettkante.

»Wir sind in Pflegefamilien großgeworden. So haben wir uns kennengelernt, Stephan und ich. Meine leibliche Mutter war alleinerziehend, mein genetischer Vater hatte kein Interesse an mir. Er lebte zum Schluss irgendwo in Süddeutschland. Ist aber auch längst tot.« Er grinste sie gequält an. »Ich war auch mal so jung und neugierig wie du. Ich wollte wissen, wie er so ist. Warum er sich nie für mich interessiert hat.«

Als ihr Vater schwieg, hakte Ann vorsichtig nach. »Hast du? Es rausgefunden?«

Jürgen schüttelte den Kopf. »Ich hab ihn ausfindig gemacht, bin sogar mit der Bahn hingereist und hab vor seiner Adresse gestanden. Aber dann ... Mir fehlte der Mut. Er hatte uns verlassen, da war ich nicht einmal geboren, also, was sollte das bringen? Wir waren uns vollkommen fremd, hatten keine gemeinsamen Erinnerungen, auf denen man hätte aufbauen können. Und als ich älter war, war es nicht mehr so wichtig.«

»Und deine Mama, meine leibliche Oma?«

»Ist bei einem Autounfall ums Leben gekommen. Da war ich neun.«

Ann wusste nicht, was sie sagen sollte.

»Wir hatten nie vor, dir vorzugaukeln, Johann und Rose wären Blutsverwandte, aber für sie warst ... *bist* du ihre kleine Enkeltochter. Wir stehen uns sehr nahe. Die beiden sind für mich wie Eltern. Du hast sie immer Oma und Opa genannt und wir haben es dabei belassen. Und Stephan?« Jürgen lachte, bei der Erinnerung daran. »Als er hörte, dass ich Vater werde, ist er vor Freude ausgeflippt. Er wollte dein Patenonkel sein. Er hatte sich viel vorgenommen, wollte uns regelmäßig besuchen und kontrollieren, ob du auch kräftig wächst. Tja, dann haben sich unsere Leben einfach zu weit voneinander entfernt.«

»Aber in der Schweiz lebt er schon, oder?«

Jürgen nickte. »Ja, seit vielen Jahren. Und er hat sich … *wir* haben uns wohl sehr verändert. Das letzte Mal, als ich ihn angerufen hab, wussten wir nicht einmal mehr, worüber wir uns unterhalten sollen.«

»Du hättest es mir sagen können.«

»Das stimmt. Du musst mir glauben, dass wir dir das Ganze nicht absichtlich unterschlagen haben! Als du klein warst, war das kein Thema. Rose und Johann waren der perfekte Großelternersatz. Sie waren glücklich, haben dich geliebt wie ihr eigenes Enkelkind und du warst es auch, glücklich. Und dann hat es sich verselbstständigt. Du hast sie als Großeltern nie infrage gestellt und wir haben da einfach nicht mehr drüber nachgedacht.« Er drehte sich erneut zum Fenster. »Und dann warst du erwachsen. Ein-, zweimal war ich kurz davor, es dir zu erzählen. Ich hab nach dem richtigen Moment gesucht, nach den richtigen Worten. *Ach und übrigens, wusstest du eigentlich, dass Oma Rose und Opa Johann gar nicht deine richtigen Großeltern sind?*, fand ich falsch. Sie waren richtiger, als viele Großeltern es je sein werden. Und die Wahrheit über meine Kindheit hätte doch nichts geändert. Also hab ich mich ein ums andere Mal gedrückt und es vor mir hergeschoben.«

»Ich hab euch so oft gesagt, dass ich das Gefühl habe, dass da was nicht stimmt. Ich hab euch Fragen zu den verschwundenen Fotos gestellt. Wäre das nicht ein perfekter Moment gewesen?« Ann dachte an die Fotoalben, daheim bei ihren Eltern. In der Reihe klaffte eine große Lücke. Sie betraf die Jahre 1991 bis 1995. Es gab keine Fotos von der kleinen Ann, wie sie laufen lernte, in den Kindergarten ging oder mit ihren Sachen spielte. Nicht von ihren Eltern, nicht von den Oster- und Weihnachtsfesten, einfach nichts. Jürgen und Susanne behaupteten stets, die Fotos, inklusive Negative, wären bei einem Wasserschaden zerstört und dann entsorgt worden. Ein Wasserschaden, den Ann, aufgrund ihrer Recherchen, für erfunden hielt. Sie glaubte eher, dass alle Erinnerungen an die schwangere Susanne, an ihren Halbbruder Joris, vernichtet werden sollten, weil ihre Mutter alles, was mit der Vergewaltigung zusammenhing, am liebsten ausgelöscht hätte.

»Die Fotos haben damit gar nichts zu tun«, protestierte Jürgen dann auch vorsichtig. »Aber ja, aus deiner Sicht wäre das ein perfekter Zeitpunkt gewesen, um Dinge richtigzustellen, um aufzuräumen. Aber du warst so voller Zorn, so misstrauisch, so anklagend. Wenn wir dir da gebeichtet hätten, dass Rose und Johann nicht mit uns verwandt sind, dass wir dich so viele Jahre ...« Er seufzte. »... angelogen ist nicht das richtige Wort, im falschen Glauben gelassen haben, dann ...« Er schüttelte den Kopf. »Du hättest alles in Zweifel gestellt. Du hättest uns nichts mehr geglaubt. Du hättest dich vollends abgewendet. Es war eh schon schwierig genug. Das ganze Misstrauen.« In einer hilflosen Geste hob er die Arme hoch und ließ sie gegen seine Oberschenkel schlagen.

Ich weiß von Joris, von der Vergewaltigung. Ann hätte diesen Satz unfassbar gern laut gesagt. Jetzt, wo sie dabei waren, Dinge klarzustellen. Gleichzeitig hörte sie die Stimme ihrer Om... von Rose, die sie davor warnte, die Büchse der Pandora zu öffnen. *Ich hab nur versprochen, nicht mit Mama darüber zu reden,* dachte sie. Wie würde ihr Vater reagieren? Ann beschloss, noch ein wenig darüber nachzudenken, ob oder ob nicht, und wenn, wie sie ihn auf Joris ansprechen sollte. »Wie habt ihr euch kennengelernt?«

Jürgen sah sie verständnislos an.

»Rose, Johann und ihr.«

»Wie? Ja, also, auf dem Amt. Johann und ich hatten eine Zeit lang intensiv miteinander zu tun. Daraus wurde

Freundschaft. Rose und er hatten keine Kinder. Dann hat eins das andere ergeben. Sie haben uns viel unterstützt, als du noch klein warst. Sie waren immer für uns da.«

Auch, als Mama überfallen wurde? Als sie mit der ungewollten Schwangerschaft klarkommen musste? Als es darum ging, Joris zu behalten oder wegzugeben? Ann biss sich auf die Lippe. Sie brachte die Worte einfach nicht heraus.

»Deshalb werden wir auch jetzt alles dafür tun, dass Rose eine gute letzte Zeit hat.«

»Was macht ihr hier oben?« Susanne tauchte im Türrahmen auf.

Anns Mutbarometer sank. Diese Chance war vertan.

*

Er zwang sich zur Langsamkeit, zur Ruhe und Vorsicht. Je näher er seinem Ziel kam, desto schwieriger war es, sich in Zurückhaltung zu üben. Johanna Arnold war ihm an diesem Morgen davongeradelt. Und ihr Freund hatte ihn, eine halbe Stunde später, mit einem Spezialrollstuhl, einem sportlich aussehenden Teil, das man mithilfe einer Handkurbel antrieb, ebenfalls abgehängt.

Er wäre so gern in ihre Wohnung eingestiegen! *Erst wird observiert,* tadelte er seine Ungeduld. Nichts wäre schlimmer, als dass einer der beiden ihn beim Stöbern überraschte. Er brauchte mehr Informationen. Wann waren sie wie lange fort? Schwierig, da beide keinen festen Tagesrhythmus hatten. Urlaub eben. Trotzdem. Je mehr er aus seinen Beobachtungen lernen konnte, desto besser. Also kaufte er sich ein belegtes Brötchen und ein Wasser und suchte sich einen unauffälligen Beobachtungsposten. Die nächsten drei Tage hatte er sich krankgemeldet. Irgendeinen Schlafplatz würde er immer finden.

»Herr Lange, gehen wir die Punkte noch einmal gemeinsam durch.« Der Kommissar, dessen Namen Henning schon wieder vergessen hat, setzt sich ihm gegenüber. Die Wanduhr hinter ihm tickt. So laut, dass sich Henning schwerlich auf irgendetwas anderes konzentrieren kann. So viel Zeit. Es ist so viel Zeit vergangen, seitdem Gesa verschwunden ist. Er denkt an Rieke. Er muss hin und sie holen. Zum Krankenhaus. Sie ist doch noch nie allein, ohne Gesa, ohne ihn, ohne Lene, ohne eine Bezugsperson gewesen. Ob sie die künstliche Milch überhaupt angenommen hat, die die Schwester ihr geben wollte? Was, wenn seine Tochter sich weigert zu trinken?

»Herr Lange?«

Hat der Polizist mit ihm gesprochen? »Ich muss zu meiner Tochter. Ins Krankenhaus.«

»Ihre Tochter wird gut versorgt. Das Krankenhaus hat meine Kontaktdaten. Es würde sich umgehend melden, wenn etwas nicht in Ordnung wäre, glauben Sie mir.«

Henning blinzelt nervös. »Ich muss meinem Arbeitgeber Bescheid sagen, dass ich heute nicht komme. Und morgen … Für wie lange? Sie werden Gesa doch finden, oder?«

»Wer ist Ihr Arbeitgeber?«

»Die Stadt Elmshorn. Die Verwaltung.«

»Wir machen das.« Er sieht, wie der Kommissar einem Beamten zunickt, der daraufhin den Raum verlässt. »Ihre Frau hat also psychische Probleme? Seit wann ist sie bei Dr. Steinmetz in Behandlung?«

»Drei. Drei Wochen. Was hat sie gesagt? Sie muss doch wissen, wo Gesa ist!«

»Frau Steinmetz konnte uns bestätigen, dass Ihre Frau bei ihr war. Zum verabredeten Termin. Von vierzehn Uhr bis vierzehn Uhr fünfzig.«

»Und dann? Wohin wollte sie? Hat die Psychologin was gesagt?«

Der Kommissar schüttelt den Kopf. »Ihre Frau hat sich ihr gegenüber nicht geäußert. Fällt Ihnen denn ein, wo sie noch hingegangen sein könnte? Zu Freunden, Verwandten?«

»Nein, wir haben in Husum niemanden. Sie wird sich in den Bus gesetzt haben und zu unserer Tochter zurückgefahren sein. Warum sollte sie Rieke länger als nötig bei Lene lassen?«

»Lene Gericke sagt, Ihre Frau habe vorgehabt, etwas später als sonst von ihrem Termin mit Frau Dr. Steinmetz zurückzukehren.«

Henning hat das Gefühl, sein Kopf muss jeden Moment platzen.

»Herr Lange? Warum könnte Gesa das gesagt haben? Was hatte sie noch vor?«

»Ich weiß es nicht.«

»Weswegen ist Ihre Frau bei Frau Dr. Steinmetz in Behandlung?«

»Gesa ist durch eine harte Zeit gegangen. Meine Schwiegereltern, Lysbet und Jasper, sind kurz hintereinander gestorben, während Rieke unterwegs war. Und jetzt haben wir diesen Hof. Er ist sehr baufällig und kostet uns viel Kraft und vor allem Geld. Es ist schwer, in der Nähe einen Job zu finden, also bin ich während der Woche in Elmshorn.«

»Ihre Frau ist also die meiste Zeit mit dem Kind allein. Oder hilft Frau Gericke Ihnen?«

Henning schüttelt den Kopf. »Nein. Nur die drei Male, als Gesa bei der Therapie war. Da konnte sie Rieke nicht mitnehmen.«

Er registriert ein Nicken des Kommissars. »Darf ich das also so verstehen, dass Ihre Frau unter dem Tod ihrer Eltern, ihrer Einsamkeit und den Geldsorgen leidet?«

»Sie ist immer so traurig, weint ständig. Im Krankenhaus,

nach Riekes Geburt, hieß es, Gesa hätte Wochenbettdepressionen. Ich wusste gar nicht, dass es so was gibt!«

»Wie hat sich das geäußert?«

»Dauernd redet sie sich ein, keine gute Mutter zu sein. Und diese ständige Angst und das Grübeln. Sie hat ihre Freude am Leben verloren. Wenn etwas gut läuft, weint sie, weil sie kein Vertrauen hatte oder meint, es nicht verdient zu haben. Wenn was daneben geht, sucht sie die Schuld bei sich. Ich dachte, es sei eine gute Idee, einen Fachmann zu fragen, wie sie aus dieser Krise herausfinden könne.«

»Die Idee, einen Psychiater aufzusuchen, kam also von Ihnen?«

Henning nickt. Seine Augen verfolgen den rasenden Sekundenzeiger der Wanduhr. »Suchen Sie überhaupt nach ihr?«

»Natürlich. Was hielt Ihre Frau davon, zu einer Psychiaterin zu gehen?«

»Nichts. Sie meinte, sie sei doch nicht plemplem.«

»Aber Sie konnten sie überzeugen ...«

Wieder nickt Henning. »Schon nach der ersten Sitzung war Gesa begeistert.«

»Worüber?«

»Sie fühlte sich ernstgenommen, verstanden, besonders, weil man ihr sagte, sie wäre nicht die Einzige mit solchen Problemen.«

»Hielt der Effekt?«

»Was meinen Sie?«

»Weinte sie weniger? Gab es Fortschritte im alltäglichen Leben?«

»Schon. Sie hatte Hoffnung. War auch mal positiv gestimmt. Natürlich nicht immer. Es gibt Tage, da versinkt sie in Selbstzweifeln, da wird ihr alles zu viel.«

»Wenn sie so richtig down ist, ihr, wie Sie sagen, alles zu viel wird, kommen ihr da schon mal Gedanken, aus dem Bekannten auszubrechen?«

»Was meinen Sie mit ausbrechen?«

»Alles stehen und liegen zu lassen und zu gehen zum Beispiel.«

»Sie glauben, Gesa ist abgehauen? Hat mich verlassen – ohne Rieke?« Henning schüttelt energisch den Kopf. Der Typ spinnt doch! »Never! Wir lieben uns. Sie hätte vorher mit mir geredet. Und sie wäre nie, *niemals* ohne Rieke gegangen. Mein Gott, meine Frau stillt. Sie weiß genau, was es für Rieke bedeutet, wenn sie verschwindet.«

»Und dass sie freiwillig aus dem Leben ... Könnte Ihre Frau so verzweifelt gewesen sein, vielleicht unter dem Einfluss einer besonders schlimmen Depression, dass sie sich etwas angetan hat?«

Henning kann nicht mehr. Er will sich nicht mit solchen Gedanken beschäftigen müssen. Sie kennen Gesa nicht. Sie sollen einfach nach ihr suchen! »Nein, kann sie nicht. Sie hat ein paar Probleme, ja, aber sie liebt uns, sie liebt unsere Tochter und würde sie nie einer solchen Situation aussetzen. Nicht freiwillig!«

Kapitel 5

Rerik

Ann sah zweifelnd auf die E-Mail, die sie an die Zentrale Adoptionsstelle in Hamburg geschrieben hatte. Die war in jedem Fall zuständig. Fragte sich nur, ob sie auch willig war. Joris war erwachsen, das würde es vielleicht erleichtern. Ann bat in dem Brief darum, sie bei der Suche nach ihrem Halbbruder zu unterstützen und zu vermitteln. Sie atmete tief durch und drückte auf *Senden,* als es klingelte.

Marc war einkaufen. Hatte er den Schlüssel vergessen?

Ann erhob sich widerwillig und ging zur Tür. Sie drückte auf den Summer und öffnete die Flurtür. Eilige Schritte und dann …

»Marie!«

Die fiel ihr kreischend in die Arme. »Ann, liebste und untreuste Ex-Mitbewohnerin!«

»Was machst du denn schon hier? Ich dachte, ihr kämt erst morgen!«

Marie und sie hatten sich jahrelang eine Wohnung im ostwestfälischen Paderborn geteilt. Bis zum Ende von Anns Studium. Hinter Marie tauchte Fynn auf, hob schüchtern die Hand zum Gruß.

»Schlimm? Wir hatten Sehnsucht nach dem Meer.«

»Nur nach dem Meer?«, beschwerte Ann sich lachend und winkte die Gäste hinein.

»Wo ist Marc? Mein Gott, ich hab ihn so lange nicht gesehen.« Maries rote Locken tanzten aufgeregt um ihren Kopf, während ihre vollen Lippen unermüdlich Worte formten. »Ihr habt umgeräumt.« Sie eilte durch die Wohnung. »Kommen wir sehr ungelegen? Wir können auch erst zum Campingplatz und uns anmelden. Ich hatte nur solche Sehnsucht. Ist das schön, dich wiederzusehen.« Schon stand sie wieder neben Ann und nahm sie überschwänglich in den Arm.

Ann sah Fynn grinsend den Kopf schütteln.

»Ich freu mich auch. Kaffee? Wie war die Fahrt?«

»Oh, können wir erst ans Meer? Ich *muss* einmal die Füße reinhalten!«

»Klar! Die Sachen könnt ihr hierlassen. Ich schreib Marc nur schnell, wo er uns findet. Trinken wir den Kaffee eben im *Casa di Mare.*«

*

Er folgte den dreien bis zur Seebrücke, sah, wie die Rotgelockte, vor Vergnügen kreischend, bis zu den Knien ins Wasser rannte. Sie wedelte wild mit den Armen, wollte wohl, dass ihr Freund und Johanna es ebenso machten. Die Stimmung zwischen den Frauen war vertraut und über die Maßen fröhlich. Eine Tatsache, die ihn äußerst interessierte. Wo war der Krüppel, von dem er mittlerweile wusste, dass er Marc Wendt hieß?

Er beschloss, sich in der Nähe der Seebrücke in den Sand zu setzen und aufs Meer zu sehen. So, wie es viele andere Touristen auch taten.

Es dauerte nicht lange, da lief die Truppe zurück in Richtung Haffplatz. Er war froh, nicht länger in der Sonne sitzen zu müssen, und folgte ihnen.

Sie würden doch nicht …? Doch, tatsächlich! Johanna und ihre Freunde suchten sich einen Tisch im *Casa di Mare.* Währenddessen plapperten sie ausgelassen. Arme Ilenia! Sein Mund verzog sich zu einem spöttischen Lächeln. Was sollte er machen? Einen Tisch suchen? Im Außenbereich des *Casa di Mare*? Oder zu riskant? Lieber im Café nebenan?

Noch während er seinen nächsten Schritt abwog und so tat, als studiere er die aushängende Speisekarte, sah er aus dem Augenwinkel heraus den Rollstuhl näherkommen. Marc Wendt kurvte geschickt um Tische, Stühle und Beine herum. Wieder kreischte die Rothaarige, warf sich auf den Schoß des Krüppels und herzte ihn ausgiebig. Die anderen lachten.

Jetzt kam es darauf an, was sie bestellten. Ein Eis, ein Getränk oder ein warmes Gericht von der Speisekarte? Er müsste hören können, was sie sagten. Dafür müsste er sich gefährlich nah an die Gruppe heranwagen. Was, wenn er einem von ihnen in Erinnerung blieb? Egal! Das war seine Chance!

Der Kellner kam von der einen Seite, er selbst von der anderen. Er passte seine Schrittlänge so an, dass er den Tisch passierte, als die Bestellung aufgegeben wurde. Er hörte die Getränkewahl und wie die Rothaarige meinte, sie hätte einen Bärenhunger und eine Pizza bestellte.

Die Entscheidung war gefallen! Er würde die Zeit nutzen, um sich in Johannas Wohnung ein wenig umzusehen.

DAMALS, Ockholm, Nordfriesland

Henning steht auf, stellt sich neben den Polizisten, merkt, dass er im Weg steht und setzt sich wieder.

Sie wühlen in Gesas Sachen. Sie schauen in jede Schublade, ziehen Schränke und Türen auf.

Henning schämt sich. Der Hof kommt ihm noch baufälliger vor als sonst. Und dreckig. Es hat so viel geregnet in letzter Zeit. Gesa hätte bestimmt bald Fenster geputzt. Wenn Rieke sie gelassen hätte. Und an die zersprungenen Küchenfliesen wollte er sich nächstes Wochenende machen.

»Wie viel Geld hat Ihre Frau bei sich?« Der Kommissar tritt neben ihn.

Henning zuckt mit den Schultern. »Nicht viel. Wir haben nie viel Bargeld bei uns.«

»Sie hat eine eigene Scheckkarte?«

Henning nickt.

»Auch ein eigenes Konto?«

Er schüttelt den Kopf.

»Haben Sie einen aktuellen Kontoauszug für uns?«

Henning sieht den Kommissar hilflos an.

»Der Kollege hier wird sie zur Bank begleiten. Seien Sie so nett …!«

Als Henning und der Beamte zurück sind, suchen die Polizisten sich durch die Nachbargebäude, die alten Ställe und Schuppen.

Der Kommissar sieht seinen Kollegen fragend an. Der schüttelt den Kopf. Nein, so hat auch Henning mit Verzweiflung feststellen müssen. Es gab keine Kontobewegungen in den letzten zwei Tagen. Dass Gesa kein Geld abgehoben hat, ist ein schlechtes Zeichen. Das glaubt er in dem Gesicht des Polizisten gelesen zu haben. Wer Geld abhebt, wer genug Geld bei sich hat, der ist freiwillig und gut versorgt in den Tag gestartet.

Henning folgt den Geräuschen in den Schuppen. Die Polizisten stapeln Bauholz um. Warum? Was glauben sie, dahinter zu finden? Sie leuchten in Schächte, ehemalige Güllegruben und in Kellerräume. Lassen das Licht ihrer starken Taschenlampen über Wände und Erdhügel gleiten.

Erst langsam begreift Henning, was da gerade passiert. Sie suchen nach ihrer Leiche. Sie glauben, er hätte sie auf ihrem Elternhof verschwinden lassen. Unter Holzstapeln versteckt, in der Wand eingemauert, in der matschigen Erde vergraben.

Wut und Verzweiflung lassen ihn zittern. Er schreit auf.

Der Kommissar und zwei seiner Kollegen sind alarmiert, beobachten genau, welchen Schritt er als Nächstes macht.

»Bitte, Sie müssen sie finden! Ich weiß nicht, wie ich ...«

Ein Mann in Uniform eilt zu ihnen in die Scheune. Er wedelt mit einem kleinen Heftchen.

»Das ist Gesas! Da dürfen Sie nicht reinsehen!« Henning versucht, dem Polizisten das Heft zu entreißen. Keine Chance.

Der Kommissar beginnt zu blättern. »Ein Tagebuch?«

»Nein, Frau Steinmetz wollte, dass sie täglich aufschreibt, was sie belastet und was sich verbessert hat. Ein Therapie-Tagebuch. Niemand darf hineinsehen. Das hat Gesa ausdrücklich gesagt, auch ich nicht.«

»Haben Sie sich daran gehalten?« Der Kommissar liest die letzten Einträge.

»Natürlich. Alles andere wäre ein Vertrauensbruch.«

»Ihre Frau schreibt hier von einer Blonden. *Die Blonde ist scharf auf ihn. Das macht mir zu schaffen. Ich möchte Henning ja trauen, aber mit so einer Verführung direkt vor seiner Nase? Wie soll er da widerstehen? Zu Hause wartet seine heulende Frau mit dem plärrenden Kind. Die keine Zeit hat, zum Friseur zu gehen, mit viel zu vielen Pfunden auf den Hüften und schmerzenden Brüsten. Die ihn immer wieder vertröstet, weil sie den Sex nicht genießen kann. Was mache ich, wenn Henning sich für sie entscheidet?*« Der Ermittler schaut Henning fragend an.

Oh Gott, Gesa!

Rerik

Elektropick, Schlagschlüssel, Schlange oder Hook, er hatte sie alle – und jede Menge Übung. So hatte er auch die Tür zu Johannas Wohnung in wenigen Minuten geöffnet. Schnell verschaffte er sich einen Überblick. Was gehörte ihr, was dem Krüppel? Im Flur stapelten sich Rucksäcke, Isomatten und Schlafsäcke. Das Zeug, mit dem die Rothaarige und ihr Freund angerückt waren.

Er huschte ins Schlafzimmer, öffnete die Schranktüren. Die meisten Kleidungsstücke gehörten einer Frau. Er machte einen Schritt nach vorn, trat ganz dicht an die Bügel heran. Dann atmete er tief ein. Ihr Duft! So roch sie also, seine Johanna! Der besondere Moment hinterließ ein prickelndes Gefühl auf seiner Haut. Seine langgliedrigen Finger zitterten leicht. Noch vor Kurzem hätte er nicht für möglich gehalten, ihr so nah zu sein. Noch einmal sog er ihren Duft in sich auf, dann trennte er sich schweren Herzens und schloss die Schranktüren. Alles musste so sein wie vorher. Er achtete darauf, so wenig wie möglich anzufassen. Er musste vorsichtig bleiben. Trotz des gemütlichen Beisammenseins konnten die vier das Treffen jederzeit beenden.

Er ging ins Bad, öffnete mit spitzen Fingern den Allibert. Zahnpasta, Bürste, Zopfgummis, Cremes, eine Wimperntusche. Nichts, das ihn interessierte. Ab in die kleine Küche. Am Kühlschrank hingen Fotos. Von verschiedenen Menschen, aber nur ein Gesicht zog ihn magisch an. Sie! Sie war es tatsächlich! Über fünfundzwanzig Jahre war es her, dass diese, seine Augen sie zuletzt gesehen hatten. Ihr Duft durch seine Nasenflügel bis in sein Herz gekrochen war. Der zarte Hauch von Vanille. Ob sie nach wie vor so roch? Ob sie ihn erkennen würde? Ob er einen Platz in ihrem Herzen, in ihren Erinnerungen hatte? Natürlich hatte er! Er musste aufhören, dieses Foto anzustarren. Doch er konnte nicht. Er wollte sich jedes Muttermal, jede Falte, jeden Haarwirbel einprägen. Wie gern hätte er die Fotografie mitgehen lassen.

Schwerfällig, als müsse er sich in eine starke Windböe hineindrehen, wandte er sich ab. Die Uhr tickte! Auf dem Tisch stand ein aufgeklappter Laptop. Er holte den Rechner aus dem Ruhemodus. Passwortgeschützt! Daneben lagen etliche Papiere und handschriftliche Notizen. Zügig sah er sie durch, immer darauf bedacht, sie wieder genauso übereinanderzufächern, wie sie gelegen hatten. Es gab Ausdrucke, die sich mit Adoption beschäftigten. Die gekritzelte Adresse einer Adoptionsstelle in Hamburg. Er zog einen Block aus seiner Hosentasche und machte sich Notizen. Seine Aufmerksamkeit blieb an einem weiteren Blatt hängen. Es handelte sich um eine chronologische Auflistung.

- *1986: Hochzeit Mama und Papa*
- *1990: meine Geburt*
- *90/91: Vergewaltigung*
- *kurz davor oder danach: Umzug nach Neustadt*
- *vierzig Wochen nach V.: Geburt Joris (direkt zu Pflegeeltern)*
- *93/94: Joris kommt zu uns (wie lange?)*
- *Joris wird endgültig weggegeben (Jahr der Adoption 94 oder 95?)*

Wie gebannt starrte er auf die Zeilen, schrieb jedes Wort, jeden Doppelpunkt und jedes Fragezeichen genau ab. Er mahnte sich zur Professionalität. Die Gedanken schweifen lassen konnte er später. Jetzt musste er erst einmal hier raus.

Ein letzter prüfender Blick, dann war er aus der Wohnung, ließ das Schloss zurück in seine Ursprungsstelle gleiten und huschte leise aus dem Mehrfamilienhaus.

*

»Sie weiß, dass Rose und Johann nicht ihre Großeltern sind.« Jürgen drehte den Korkenzieher tief in den Weinkorken. Dann begann er, mit Kraft zu ziehen.

»Was?« Susanne hielt mitten in der Bewegung inne. »Woher?«

»Sie wollte unbedingt Kontakt zu Stephan aufnehmen, um ihn auf Roses Lage aufmerksam zu machen. Ich musste es ihr sagen.«

»Und?« Susannes Gesicht versteinerte.

»Wie sie es aufgenommen hat? Ich denke, ganz gut. Ich konnte alle ihre Fragen beantworten.«

Sie sagte nichts, aber er spürte, wie sie ihm langsam entglitt. Er kannte diesen Blick.

»Keine Fragen.« Er nahm sie in den Arm.

Doch sie versteifte sich.

»Es ist alles gut. Wir hätten es ihr längst sagen sollen.«

DAMALS, Husum, Nordfriesland

Die Polizei hat jeden Stein umgedreht. Bei ihnen auf dem Hof, bei Henning auf der Arbeit und bei seinen Freunden. Alle wurden befragt. Auch die Kollegen. Zu seiner und Gesas Beziehung. Welchen Eindruck sie von ihnen haben. Wie eng sein Verhältnis zu seiner Arbeitskollegin Petra ist. Ob sie schon einmal intim waren, ob sie ein sexuelles Verhältnis haben.

Wenn die Polizei nur halb so gründlich dabei wäre, Gesa zu suchen, wäre seine Frau längst wieder bei ihm. Er kann sich lebhaft vorstellen, welche Gespräche in der Verwaltung gerade die Runde machen. Ob sie glauben, dass er Gesa getötet hat, um Platz für Petra zu machen?

Henning ist unendlich müde. Fast eine Woche ist es her, dass Gesa verschwand. Seine Gesa! Rieke bekommt seitdem Ersatzmilch. Lene kümmert sich, wenn Henning befragt wird oder einfach nicht mehr kann. Er ist beurlaubt. Der Blick seines Chefs war schwer auszuhalten. Irgendetwas zwischen Mitleid und Ekel. Als sei er froh, ihn endlich aus dem Haus zu haben.

Zum x-ten Mal läuft er die Straßen ab, die Gesa genommen haben muss. Von der Praxis bis zur Bushaltestelle. Er fragt Busfahrer, die Mitarbeiterinnen der Therapiepraxis, klingelt bei Anwohnern und läuft kopflos durch die Stadt. Zweimal schon ist es ihm passiert, dass er dachte, er würde Gesa erkennen, sie die Fußgängerzone entlanggehen, in einem Kaufhaus verschwinden sehen. Er ist hinterhergerannt, hat die eine Frau zu sich herumgedreht und enttäuscht in das erschrockene Gesicht gesehen. Der anderen ist er in das Kaufhaus gefolgt, wo er sie verloren hat. Wie ein Irrer ist er durch die Abteilungen gelaufen, hat in jede Kabine geschaut, bis ein paar Mitarbeiter drohten, die Polizei zu rufen.

Die hat was anderes zu tun. Nämlich mich zu verdächtigen.

Er beschließt, ein Foto von Gesa zu besorgen, einen Text zu verfassen und ein paar Hundert Kopien zu erstellen. An jeder Bushaltestelle, an allen öffentlichen Plätzen wird er sie aufhängen. Irgendwer muss Gesa doch gesehen haben.

Rerik

»Ich starte einen zweiten Versuch.«

Marc schnipste sich eine Erdnuss in den Mund und stellte den Fernseher leiser. »Was meinst du?«

»Meine Eltern sind hier, damit beschäftigt, Roses letzten Lebensabschnitt zu planen. Sie werden vor Sonntag nicht nach Neustadt zurückkehren. Ich werde mir die Karte und den Schlüssel holen und nachsehen, was in diesem verdammten Schließfach ist. Da muss es einen Hinweis auf Joris geben. Was sonst sollten sie so gut verstecken?«

»Willst du nicht erst mal abwarten, was die Adoptionsstelle antwortet?«

Ann löste sich aus seiner Umarmung, um ihn anzusehen. »Ach komm, du weißt, was sie antworten werden! Du bist lange genug bei der Bereitschaftspolizei gewesen. Behörden gehen strikt nach Vorschrift vor.« Sie nahm die Fernbedienung und stellte den Ton leiser. Die Werbung nervte.

»Willst du ihn wirklich kontaktieren, Ann? Und dann?«

»Er hat ein Recht darauf, zu erfahren, dass er eine Halbschwester hat. Vielleicht freut er sich, mich kennenzulernen.« Sie wusste selbst, wie bockig sie klang und wie unsinnig ihre

Worte waren. Joris hatte ein Recht darauf, ein glückliches und unbeschwertes Leben zu führen. Ohne die Gewissheit, das ungewollte Kind einer Vergewaltigung zu sein.

Marc brauchte gar nichts weiter zu sagen, er kannte sie genau und ihr Gesicht sprach garantiert Bände.

»Ich werde ihn nicht kontaktieren, das weißt du.«

»Deine Vermittlungsanfrage an die Adoptionsstelle könnte den Ball bereits ins Rollen gebracht haben – und das weißt *du*!«

»Wir werden sehen«, murmelte sie.

DAMALS, Ockholm, Nordfriesland

Die Polizei hat sicher recht. Gesa ist einfach alles zu viel geworden. Sie ist aus freien Stücken weg. Und jetzt weiß sie nicht, wie sie zurückkommen soll. Wie früher, als sie noch Kinder waren. Wenn man irgendetwas so richtig verbockt hatte und sich nicht traute, zurückzugehen und den Fehler einzugestehen. Je länger man wartete, desto schwieriger wurde das mit der Entschuldigung.

Gesa wusste, Rieke war bei Lene gut versorgt und er, ihr liebender Mann, würde sich um alles kümmern. Ganz klar: Eine Kurzschlussreaktion nach der Sitzung bei Frau Steinmetz! Die hat immerhin preisgegeben, dass sie Gesa geraten hat, ihr Leben selbst in die Hand zu nehmen und an der misslichen Situation etwas zu ändern. Na bitte! Die Frau hat Gesa auch noch ermutigt. Da liegt es doch klar auf der Hand, was passiert ist.

Dass ihr Leben alles andere als rund läuft, weiß Henning auch. Doch das wird sich jetzt ändern! Er wird sich den Hof vornehmen. Nicht für ein paar Stunden am Wochenende, nein! Er wird Tag und Nacht arbeiten. Bis zu Gesas Rückkehr wird ein gemütliches Heim entstanden sein. Er wird sie glücklich machen. Und er wird ihr verzeihen.

Die *MS Ostseebad Rerik* pflügte gemütlich durch das ruhige dunkle Wasser des Salzhaffs. Marc und Fynn standen an der Reling und sahen zur Halbinsel Wustrow hinüber. Gerade fasste der Kapitän die bewegte Geschichte zusammen. Die ehemaligen Bewohner hatten viel Leid erleben müssen. Eine schwere Sturmflut, die 1625 alles überschwemmte und zerstörte, die Cholera, einen Großbrand und immer wieder Sturmfluten während des neunzehnten Jahrhunderts. An dessen Ende wurde aus der Insel eine Halbinsel, indem man den Deich Wustrower Hals baute. 1933 schlug die Reichswehr ihre Zelte auf der Insel auf und machte daraus eine Ausbildungsstelle der deutschen Flakartillerie. 1945 ging sie an die sowjetische Armee. Vier Jahre später mussten alle Zivilisten die Insel verlassen, die seitdem der Sowjetarmee vorbehalten war. Erst 1993 zog sie ab. Danach eroberte nur noch eine dieses außergewöhnliche Stück Erde: die Natur. Gebäude und Technik verfielen. Was blieb, war eine Geisterstadt.

»Erstaunlich, dass sich die Tourismusbranche dieses Premiumstück noch nicht unter den Nagel gerissen hat.« Fynn drehte sich in den Wind, um seine wilde Mähne aus dem Gesicht pusten zu lassen.

»Das würden sie nur zu gern. Es hat Versuche gegeben. Es gab Pläne für einen Golfplatz, für eine Ferienanlage und natürlich für einen Rückkauf von der Investorengruppe durch das Land. Ganz so einfach ist es aber nicht. Der Verkehr, zunächst für die Unmengen an Baufahrzeugen und danach für die Touristen, könnte nur über eine Stelle geführt werden, den Wustrower Hals. Was das für Rerik und die Natur bedeuten würde, kann man sich vorstellen. Also wurden alle bisherigen Bemühungen niedergeklagt. Die Menschen hier sind sehr wehrhaft.«

»Super, die gefallen mir.« Fynn strahlte. »Wir sollten der

Natur viel mehr Raum zugestehen. Wir können nur profitieren!«

Der Kapitän ging auf die besondere Pflanzen- und Tierwelt der Insel ein.

»Ich hoffe, du langweilst dich nicht zu Tode. Du hast diese Tour bestimmt schon hundertmal gemacht.« Wieder strich Fynn sich wild wehende Locken aus dem Gesicht.

»Gar nicht! So oft bin ich nicht mehr hier. Wiesbaden liegt leider nicht an der Ostsee.« Marc grinste.

»Wie ist es so, für das BKA zu arbeiten?«

»Super interessant – und super anstrengend. Die verlangen da echt ne Menge! Und ich bin ja noch in der Ausbildung. Zweite und letzte Chance.« Er zwinkerte Fynn zu.

Der sah automatisch auf den Rollstuhl, auf Marcs Beine. »Wie viel hat der Kerl eigentlich gekriegt?«

»Der Hooligan, der nach dem Fußballspiel eigentlich nur ein bisschen Stimmung machen wollte? Der ist längst wieder draußen und lebt sein Leben. Ein paar Jahre auf Bewährung. Er konnte glaubhaft machen, dass keine Absicht vorgelegen hat. Seiner Aussage nach hat sich der Schuss aus Versehen gelöst.«

»Und?« Fynn sah ihn zweifelnd an.

»Drauf geschissen, ich war dabei. Der hat es darauf angelegt, jemanden zu verletzen. Ein paar Bullen fertigzumachen.«

»Und die Schwere der Folgen für dich wurden gar nicht berücksichtigt? Immerhin musstest du deine Laufbahn bei der Polizei aufgeben, kannst nicht mehr laufen, kannst viele Dinge nicht mehr, die für alle anderen selbstverständlich sind. Nur weil so ne Flachpfeife sein Testosteron nicht unter Kontrolle hat! Das ist doch Bullshit!«

»Tja, als Polizist gehst du eben ein höheres Risiko ein, verletzt oder getötet zu werden. Das weiß jeder von uns. Trotzdem glaubt man nie, dass es ausgerechnet einen selbst trifft. Heißt ja nicht, dass mein Leben nach dem Schuss zu Ende ist, es ist nur anders.«

Fynn schien immer noch zu hadern. »Die Gesetzgebung in Deutschland ist viel zu sehr täterorientiert. Jeder Furz von den Idioten wird berücksichtigt. Ob sie eine schwere Kindheit hatten, ob sie was getrunken oder gekifft haben, ob sie in der Schule oder auf der Arbeit gemobbt wurden, und zack – steht da *vermindert schuldfähig*! Wegen psychischer Probleme. Klar tickt der nicht ganz richtig! Um das zu diagnostizieren, braucht man keinen psychologischen Gutachter. Der hat ne Waffe mit zu einem Fußballspiel genommen! Aber das heißt doch nicht, dass der nicht weiß, was er tut. Das weiß der ganz genau, aber es ist ihm egal! Und – keine Absicht? Allein, dass der ne Waffe dabeihatte, zeugt doch schon von Absicht.«

Marc klopfte ihm beruhigend auf den Rücken. »Ein bisschen komplizierter ist unser Rechtssystem schon. Egal. Es ist, wie es ist.« Er drehte den Rolli in Richtung Bug. »Gleich nähern wir uns Langenwerder. Einer Vogelschutzinsel mit Eisvögeln und sogar Seeadlern. Die in freier Wildbahn zu sehen, muss toll sein.«

»Sag mal, die Sache, der die Mädels da heute auf den Grund gehen ...« Fynn setzte sich auf eine der langen Bänke. »Ganz verstanden hab ich das nicht. Warum wollen sie unbedingt in dieses Schließfach gucken? Das gehört doch Anns Eltern, oder?«

»Was hat Marie dir bislang erzählt?«

»Nur, dass Ann rausgefunden hat, dass sie einen Halbbruder hat, aber nichts über ihn weiß, also keinen Aufenthaltsort und Nachnamen und so.«

»Das war's?« Marc schenkte ihm einen ungläubigen Blick. Marie war eine tolle Frau, aber sie konnte nur schwer etwas für sich behalten. So schien es zumindest. Sie redete wie ein Wasserfall.

»Der Sex war nicht einvernehmlich«, flüsterte Fynn mit

Blick auf die anderen Bootstouristen. »Aber du darfst nicht wissen, dass ich es weiß. Ich musste es Marie versprechen.«

»Ehrlich gesagt sind wir uns bei alldem nicht sicher. Rose, die ...« Marc stockte kurz, wollte es aber nicht zu kompliziert machen. »Rose, Anns Oma, hat erzählt, Anns Mutter sei vergewaltigt und infolgedessen schwanger geworden. Du kannst dir den psychischen Druck vorstellen. Schlussendlich haben Jürgen und Susanne das Kind zur Adoption freigegeben. Sagt Rose! Was davon stimmt? Wir wissen es nicht. Die Polizeidatenbank sagt, es gibt keine Einträge zu einer Susanne Arnold. Vielleicht wurde die Vergewaltigung nie zur Anzeige gebracht. Vielleicht wurden die Daten mittlerweile gelöscht, was nach zehn Jahren erlaubt ist, aber oftmals nicht geschieht. Vielleicht hat uns Rose aber auch, bewusst oder unbewusst, eine Lüge aufgetischt.«

»Warum sollte sie das tun? Also eine Vergewaltigung der eigenen Tochter ... Schwiegertochter zu erfinden, ist schon ziemlich heftig.«

»Und wenn auch Rose angelogen wurde?«

Neustadt in Holstein

»Es muss an deiner Familie liegen.« Marie versuchte, mit Ann Schritt zu halten, als sie auf Freddes orangefarbenen Volvo zuhielten.

»Was meinst du?« Ann sprang hinein. Zum wiederholten Mal tasteten ihre Finger nach dem kleinen silbernen Schlüssel und der weißen Karte, die sich in ihrer rechten Jackentasche befanden.

»Dass dein Leben ständig so spannend, so mysteriös ist. Dein Leben könnte man verfilmen. Meins dagegen ...«

»Ich hätte es auch gern ruhig und beschaulich, glaub mir.«

»Natürlich, entschuldige!«

Keine zwei Minuten später parkte Ann den Wagen vor der Bank. »Warte hier!«

»Solltest du dich nicht verkleiden? Mit großem Sonnenhut und dunkler Brille?«

»Um das Ganze noch auffälliger zu gestalten?«

»Sie können auf den Filmaufnahmen doch sehen, wer den Schließfachbereich betritt.«

»Na und? Ich bin eine Kundin, die zu ihrem Schließfach geht. Das passiert jeden Tag zigmal. Glaubst du, die Bilder werden jedes Mal mit den Gesichtern der Mieter verglichen?« Ann stieg aus und überquerte die Straße.

Ihre größte Sorge war, dass sie sich zu blöd anstellte, den Eingang zu den Schließfächern nicht gleich fand und sie so Aufmerksamkeit erregte. Sie betrat den Vorraum. Tat, als krame sie in ihrer Tasche nach der Karte und sah sich unauffällig um. Hinten rechts, das musste die Schleuse sein. Sie klopfte die Jackentaschen ab und zog die Karte heraus. Rechts neben der Schleuse war der Scanner mit dem Tastenfeld. Nur nicht auffällig in die Kamera blicken! Sie hielt die Karte, wie auf der Abbildung beschrieben, vor den Schlitz und sah, wie sie eingezogen wurde. Dann tippte sie betont ruhig die auswendiggelernte PIN ein. Mit einem leisen Scharren fuhr die Schleusentür zur Seite.

Ruhig bleiben! Denk an die Karte!

Sie betrat den Raum.

Da waren sie also, die Fächer, in denen sich die wichtigen und kostbaren Dinge der Neustädter Bürger befanden. Ann hätte gern in jedes einzelne hineingesehen. Und wie fand man nun heraus, welches das Eigene war? Nicht jeder konnte sich gut Nummern merken. Ann nahm den kleinen Schlüssel aus der Tasche. Sie erinnerte sich, dass nicht alle Fächer einen hatten. Nur die ganz alten. Sie verglich die lange Nummer auf der Karte mit dem dreistelligen Wert auf dem Schlüssel. Die letzten drei Ziffern der Karte waren identisch.

»Also gut. Null, drei, sieben.« Anns Augen suchten die Reihen ab. Das richtige Kläppchen war schnell gefunden. Die Bankmitarbeiterin hatte recht gehabt. Nur noch die Schließfächer an dieser Wand verlangten nach einem Schlüssel. Mit leicht zittriger Hand steckte Ann den kleinen schimmernden Zackenbart in das Loch und drehte. Tatsächlich, die Klappe sprang auf! Zügig ließ sie den Inhalt in ihren Rucksack gleiten, schloss das Fach und verließ die Bank. Bis jetzt hatte sie Glück gehabt. Sie war noch immer allein. Bis auf die Videokameras hatte niemand ihr Eindringen bemerkt.

Als sie sich neben Marie in den Autositz fallen ließ, musste sie erst einmal tief durchatmen.

Fynn stellte das Bier auf den Tisch und setzte sich wieder. Das Motorengeräusch der *MS Ostseebad Rerik* stampfte beruhigend monoton vor sich hin.

Am Große Wieck vor Poel hatte der Dampfer gewendet und befand sich mittlerweile auf dem Rückweg nach Rerik.

»Ich hoffe, meine Kinder werden mal anders.« Fynn trank einen großen Schluck.

Marc sah ihn verständnislos an.

»Ich mein, Marie und Ann, die klauen sich die Bankkarte und verschaffen sich Zutritt zu einem Schließfach, das ihnen nicht gehört! Ich hab Marie gesagt, dass das nicht in Ordnung ist. Der Inhalt geht die beiden nichts an!«

»Ann ist ihre Tochter.«

»Ja und? Heißt das, weil man blutsverwandt ist, darf man keine Geheimnisse voreinander haben? Kinder haben also ein angeborenes Recht darauf, alles über ihre Eltern zu wissen? Auch über die Zeit, in der das Kind noch gar nicht existierte? Es gelten also nur noch die Regeln der Familie, nicht mehr die des Einzelnen?«

»Es geht um Vertrauen.«

»Genau. Vertrauen, das Marie und Ann gerade ganz schändlich missbrauchen.«

»Susanne und Jürgen haben Ann schon sehr oft belogen und ihr viele Dinge verschwiegen. Auch nicht gerade vertrauenswürdig.«

»Ich mein ja nur. Sollte Anns Mutter wirklich missbraucht worden sein, hat sie dann nicht das Recht, damit umzugehen, wie *sie* möchte? *Sie* ist das Opfer. Es ist *ihr* Schmerz. Und wenn sie beschlossen hat, nie wieder darüber zu sprechen, dann sollte das Umfeld ihren Wunsch respektieren.«

»Da hast du vollkommen recht. Deshalb macht Ann das Ganze heimlich, statt ihr die Karte auf den Tisch zu knallen und sie zur Rede zu stellen. Susanne darf davon nichts erfahren.«

»Warum muss Ann überhaupt wissen, was ihrer Mutter zugestoßen ist?«

»Du vergisst den Bruder.«

»Der Bruder …« Fynn seufzte. »Jetzt mal ganz ehrlich? Das ist ein erwachsener Mann, richtig?«

»In etwa so alt wie ich. Falls Roses Geschichte stimmt.«

»Ab wann hat man Einblick in seine Adoptionsunterlagen? Ab achtzehn, ab sechzehn? Wenn der Typ Interesse hätte, seine leibliche Mutter und eventuelle Halbgeschwister kennenzulernen, hätte er das längst gemacht. Vielleicht hat er die Akten ja eingesehen und sich ganz bewusst gegen einen Kontakt entschieden? Sie soll ihn einfach in Ruhe lassen.«

Marc sah Fynn nachdenklich an. Im Prinzip dachten sie ja ähnlich, aber … »Und was ist mit Ann? Hat sie kein Recht darauf, ihren Bruder kennenzulernen?«

»Nein. In diesem speziellen Fall hat sie ihre Bedürfnisse zurückzustellen. Die Unversehrtheit der menschlichen Seele wiegt schwerer als ihr Recht auf Familienzusammenführung. Versteh mich nicht falsch, ich mag Ann, also das, was ich bislang von ihr kennengelernt und von Marie erfahren habe, wirklich, aber dieser eine Wesenszug, so lange im Dreck zu wühlen, bis auch das letzte Fünkchen Wahrheit ans Licht gezerrt ist, koste es, was es wolle …« Fynn schüttelte den Kopf und Marc konnte ihn gut verstehen.

Ann war wie ein Hund mit unerwünschtem Jagdtrieb. Theoretisch wusste sie genau, dass sie von bestimmten Dingen die Finger lassen sollte. Praktisch jagte sie ihnen hinterher, bis sie erlegt vor ihr lagen. Und dann hieß es, mit den Konsequenzen leben.

Neustadt in Holstein

Mit großen Augen verfolgte Marie, wie Ann ein Stück nach dem anderen auspackte. Der Platz im Auto war beschränkt, sodass sie nach wenigen Dingen innehielt, um die erst einmal zu begutachten.

Gerade hielt sie ein Foto in Händen. »Ich hatte recht.« Anns Stimme versagte. Die Tränen kamen einfach so. Das Gesicht ihrer Mutter – wie tot. Während Ann auf Jürgens Arm strahlte, wirkte sein Lächeln aufgesetzt. Susanne saß im Hintergrund, schien gar nicht zu bemerken, dass ein Foto gemacht wurde. Über ihrem Schoß wölbte sich der Schwangerschaftsbauch.

Mein Gott, was muss sie gelitten haben.

Zwei weitere Fotos von ihr, beide nur schwer zu ertragen und beide, ohne ein Anzeichen, dass Susanne die Kamera bemerkt hatte. Ann zog einen Leporello von ihrem Schoß und fächerte ihn auf. Die fehlenden Hochzeitsfotos! Außer dem einen Gerahmten, das auf Jürgens Nachtschrank stand und das frisch vermählte Paar zeigte, hatte Ann keine im Elternhaus finden können. Hier waren sie also. Warum im Schließfach? Warum nicht bei Susanne und Jürgen zu Hause?

Ann betrachtete die Gruppenaufnahmen auf Porträtpapier. Das neben Jürgen musste Stephan sein. Das Paar neben Susanne eindeutig die Eltern der Braut. Sie waren noch vor Anns Geburt gestorben. Susanne sprach nicht oft von ihnen.

Oma und Opa.

Ann studierte ihre Gesichtszüge. Beide hatten eine grobe, wettergegerbte Haut. Sie lachten glücklich in die Kamera. Gut, dass sie von dem Drama nichts mehr mitbekommen hatten. Ann ging die anderen Personen, drei Männer und eine Frau, durch. Keines dieser Gesichter kam ihr bekannt vor. Wo waren die Freunde geblieben? Warum hatten ihre Eltern den Kontakt zu ihnen verloren?

»Deine Mutter war eine wunderhübsche Braut. Du siehst ihr wirklich ähnlich.«

Ann hörte Maries Worte, war aber zu vertieft, um zu antworten. Auch die Gesichter der Blumenkinder sagten ihr nichts. Die letzte Aufnahme zeigte die ganze Gruppe vor der Kirche. Ein stimmungsvolles Bild. Sonnenstrahlen fluteten durch Wolkenlücken, direkt auf die kleine Gruppe. »Keine Ahnung, warum man so schöne Fotos in einem Schließfach versteckt, statt sie in Rahmen zu packen und herzuzeigen.«

Es folgen weitere Bilder von Susannes Eltern, von Heidi und Gerald, wie sie stolz vor dem Eingang ihres Hauses standen. Von der kleinen Susanne in einer roten Trägerhose, wie sie auf einem für sie riesigen Schwein saß, gehalten von Gerald, und aus vollem Hals lachte. Warum versteckten ihre Eltern diese Fotos?

Ann stapelte alles vorsichtig auf ihrem Schoß und zog ein schmales blaues Büchlein aus dem Rucksack.

»Was ist das?« Marie rückte näher.

»Familienstammbuch«, las Ann und klappte den dicken Deckel zur Seite. Ihr eigenes Familienstammbuch lag in ihrem Elternhaus. Ob das das ihrer Großeltern Heidi und Gerald war? Neugierig blätterte sie bis zu dem ersten Eintrag durch.

»Heiratsurkunde. Standesamt Husum. Henning Lange,

evangelisch.« Geburtsdaten, Geburtsort, Sitz des Standesamts, bla, bla, dann, in der Zeile darunter, Gesa Jessen, evangelisch. Wieder die zugehörigen Daten.

»Wer sind diese Leute?« Maries blassblaue Augen ließen ihren verwirrten Blick von den Papieren bis zu Anns Gesicht wandern.

»Keine Ahnung«, murmelte die und blätterte weiter. »Beglaubigte Abschrift aus dem Familienbuch. Wieder die beiden Namen. Henning Lange und Gesa Jessen. Und die Namen ihrer Eltern.« Auch die sagten ihr nichts. Ann nahm sich die nächste Seite vor. »Ein Kind haben sie auch. Rieke. Hier, die Geburtsurkunde.«

»Seltsam. Was machen deine Eltern mit dem Stammbuch einer anderen Familie?«

»Ich hab absolut keine Ahnung!«, wiederholte Ann und strich erstaunt über das Papier. Es wölbte sich nach vorn. Weil das darauffolgende Blatt ... Sie blätterte um.

»Oh Mann, daran hat aber einer seine Wut ausgelassen.« Marie schob sich eine Locke hinters Ohr.

»Noch eine Geburtsurkunde!« Ann schluckte. Auf dem stark zerknüllten und wieder glattgestrichenen Papier stand es Schwarz auf Weiß. »Standesamt Neustadt in Holstein. Joris Arnold ist am 7. Mai 1991 in Neustadt in Holstein geboren. Eltern: Vater unbekannt und Susanne Arnold, wohnhaft in Neustadt in Holstein.« Die restlichen Seiten waren leer.

»Okay, das mit deinem Halbbruder stimmt schon mal. Aber was bitte hat seine Geburtsurkunde in dem Stammbuch dieser Familie zu suchen?«

Ann starrte auf die Buchstaben. »Das kann eigentlich nur eines bedeuten. Es muss sich um die Familie handeln, die Joris aufgenommen hat.«

Kapitel 6

DAMALS, Husum, Nordfriesland

»Herr Lange, setzen Sie sich.« Hauptkommissar Hofmann lehnt sich zurück und betrachtet den Verdächtigen, wie er unruhig vor dem Tisch auf und ab wandert.

Gesa Jessen ist jetzt seit einem Monat verschwunden. Und einmal mehr fragt Hofmann sich, ist Lange Opfer oder Täter? Die Statistiken sprechen gegen ihn. Allzu oft ist es der nächste Angehörige und nicht der böse fremde Mann, der den Tod bringt. Gesa Jessen ist dreißig Jahre alt. Ganze zwölf Jahre jünger als ihr Mann. Wollte sie ihn verlassen? Weil er nie da ist, weil er sie in einem zugigen, heruntergekommenen Hof versauern lässt? Weil sie einen Neuen hat? Oder weil er sie mit der Arbeitskollegin betrügt?

»Ich verstehe nicht, warum Sie sie nicht suchen! Stattdessen fragen sie mich, immer wieder mich!«

»Wir suchen Ihre Frau, Herr Lange, das dürfen Sie uns glauben. Wir haben einen Zeugen, der aussagt, Ihre Frau mit einem Mann gesehen zu haben.«

»Mit einem Mann?« Henning Lange bleibt stehen und starrt ihn wie ein Wahnsinniger an. »Was für ein Mann? Wo ist der jetzt? Wo wohnt er? Was hat er mit meiner Gesa gemacht?«

»Wir haben dem Zeugen Fotos gezeigt. Darunter war auch eines von Ihnen. Er kann nicht ausschließen, dass Sie dieser Mann waren.«

»Nicht ausschließen, dass ... Ich war in Elmshorn! Ich habe gearbeitet.«

»Das sagten Sie bereits. Wir finden aber niemanden in Ihrer Verwaltung, der Sie am Nachmittag gesehen hat, geschweige denn, der uns bestätigt, wie lange Sie im Haus waren.«

»Die Stempeluhr! Eindeutiger geht's doch wohl kaum. Dort ist genau verzeichnet, wann ich gegangen bin.

»Sie können gegangen sein, ohne auszustempeln, und nach der Tat wiedergekommen sein, um sich den Alibistempel abzuholen. Geht ganz einfach. Wir haben das geprüft.«

Lange stöhnt und fährt sich wütend durch die Haare. »Jetzt haben Sie einen Zeugen, der Gesa nach der Therapiesitzung gesehen hat, und gehen der Spur nicht nach! Ich fass es nicht!«

»Oh doch, wir gehen ihr nach.«

»Wo hat dieser Zeuge die beiden, meine Frau und diesen Mann, gesehen?«

»Vor der Praxis von Frau Steinmetz. Sie sind zusammen weggegangen.«

»Wie zusammen? Hat er sie gezwungen?«

»Nein, es habe sehr locker und einvernehmlich ausgesehen. Irgendwie vertraut.« Hofmann beobachtet Langes Reaktion.

Der lässt die Schultern hängen und starrt vor sich hin.

»Herr Lange, haben Sie Ihre Frau nach der Sitzung abgepasst? Mit Ihnen wäre sie arglos mitgegangen. Was ist dann passiert? Hat es Streit gegeben?«

»Hören Sie doch auf! Hat ihr ominöser Zeuge mich wirklich erkannt?«

»Dafür ist das Ganze leider zu lange her. An Details, den Mann betreffend, kann er sich nicht mehr erinnern. Aaaaber«, Hofmann zieht das Wort in die Länge, »von der Statur und Haarlänge her, kann er nicht ausschließen, dass Sie es gewesen sind.«

»Statur und Haarlänge, na klar. Die ist bei mir ja auch so ungewöhnlich. Dreiviertel der nordfriesischen Männerwelt sieht so aus. Haben Sie den Kerl überprüft, Ihren sogenannten Zeugen? Ist der überhaupt glaubwürdig? Hat er Gesa wirklich gesehen oder will der sich nur wichtigmachen?«

Hofmann ist klar, sie haben nichts, womit sie Henning Lange festsetzen können. Keine stichhaltigen Beweise. »Wie geht es Ihrer Tochter?«

»Wie soll's der schon gehen? Beschissen!«

»Wissen Sie schon, wie es weitergehen soll, sollte Ihre Frau nicht wiederkommen?« Die Frage: unsensibel. Eine Unverschämtheit! Hofmann weiß, wie schwer sie für einen traumatisierten, verzweifelten Menschen zu ertragen sein muss, für einen Täter aber ... Ein Täter hat alles geplant. Auch die Zeit danach.

Henning Lange schweigt. Er wirkt verloren.

Hofmann schiebt das aufkommende Mitleid zur Seite. Das kann er sich nicht leisten. »Herr Lange! Wie geht es mit Ihnen und ihrer Tochter weiter? Haben Sie vorgesorgt? Wir können Ihnen ein paar Adressen an die Hand geben, von Menschen, die Sie unterstützen können. Für Ihr Kind ist es jetzt wichtig, dass es von einem stabilen Umfeld umgeben ist.«

»Ich habe eine Tagesmutter eingestellt. Die Tochter einer Bekannten von Lene. Sie bleibt, bis Gesa wieder ...«

»Gut. Das ist gut. Und Ihre Arbeit? Können Sie noch ein bisschen aussetzen?«

Henning Lange schüttelt den Kopf. »Ich muss wieder los. Wir brauchen das Geld, ich kann nicht ewig krankfeiern und am Ende den Job verlieren. Mein Arbeitgeber war schon mehr als kulant. Wenn nur die Entfernung nicht wäre. Rieke, die Tagesmutter ... ich weiß nicht.«

»Ich schicke jemanden vom sozialen Dienst bei Ihnen vorbei. Die finden eine Lösung.«

Henning Lange sitzt zusammengesunken auf dem Stuhl und schweigt.

Auch Hofmann fühlt Frust und Trauer in sich aufsteigen. Diese Frau ist verschwunden, ohne irgendeine Spur zu hinterlassen. Der einzige Tatverdächtige, den sie haben, ist ihr Mann. Auch mögliche Motive gibt es reichlich. Doch nichts von alldem lässt sich auch nur ansatzweise beweisen. Sie stehen mit leeren Händen da. Und obwohl die Wahrscheinlichkeit hoch ist, dass er dem Täter gegenübersitzt, nagt der Gedanke an ihm, einen Unschuldigen zu verdächtigen. Einen Mann, gezeichnet von Angst und Ungewissheit, allein mit einem schutzbedürftigen Säugling, der seine Mutter so sehr bräuchte. Einen Mann, der nicht weiß, wie es weitergehen soll. Und dann ist es da, das Mitleid.

Rerik

»Und ihr habt alles wieder zurückgelegt?« Fynn sah Marie tadelnd an, als er die beiden Frauen an der Tür von Marcs Wohnung empfing.

»Alles. Ann ist wieder rein in die Bank und hat die Sachen zurück in das Schließfach geräumt. Danach sind wir zu ihrem Elternhaus und haben die Karte, die PIN und den Schlüssel zurück in die Folie gesteckt und sie wieder an die Rückwand des Bettes geklebt. Da müsste schon jemand die Kameraaufnahmen der Bank auswerten, ansonsten wird nie einer erfahren, was wir getan haben. Ist doch so, Ann, oder?« Marie warf ihren Hoodie auf die Garderobe und folgte ihrem Freund in die Wohnung.

Marc saß auf dem Sofa und versuchte, Anns Gesicht zu lesen.

»Sie ist schon die ganze Fahrt über so schweigsam.«

»Hat es sich wenigstens gelohnt?« Fynn machte nach wie vor keinen Hehl daraus, dass ihm die Sache missfiel.

Marie rutschte unruhig auf dem Sessel hin und her. Sie wollte ihrer Freundin ja den Vortritt lassen, aber wenn die den Mund nicht aufmachte ... »Fotos von Susanne mit Babybauch und von Joris als kleiner Bub. Schon ganz schön niedlich. Und dann noch Hochzeitsfotos von Jürgen und Susanne. Mit lauter Leuten drauf, die Ann nicht kennt. Keinen Schimmer, warum sie die im Schließfach aufbewahren. Aber das Beste kommt noch!«

Marie machte eine bedeutungsschwangere Pause, in der sie sich mit einem schnellen Blick auf Ann vergewisserte, dass es okay war, die Neuigkeiten zu präsentieren. Doch die wirkte vollkommen abwesend. Und Marc hatte nur Augen für Ann. Na, zuhören würde er ihr hoffentlich!

Marie wandte sich Fynn zu. »Wir haben ein Familienstammbuch gefunden. Aber nicht das von den Arnolds, von Susanne, Jürgen und Johanna, sondern das von der Familie, die Joris bei sich aufgenommen hat.« Mit Freude sah sie, wie ihrem Freund vor Staunen die Kinnlade herunterklappte.

Kurze Zeit sagte niemand etwas.

»Wem gehört es? Wie lauten die Namen?« Fynns Stirn lag in tiefen Falten, als glaube er seiner Freundin kein Wort.

»Ann hat alle Seiten fotografiert.«

Nachdem ihre Mitbewohnerin sich immer noch nicht rührte, fügte Marie noch hinzu: »Die Namen sagen uns, also Ann, aber nichts. Was ja irgendwie auch zu erwarten ist.«

»Und die Familie, die diesen Joris aufgenommen hat, braucht ihr Stammbuch nicht mehr, weil ...?« Fynn zog die Augenbrauen hoch und sah einen nach dem anderen provozierend an.

Fynn und Marc hatten noch von ihrem Tag, von der Haffrundfahrt erzählt, bevor sich die beiden Gäste verabschiedeten.

»Sehen wir uns morgen?« Marie schickte ihr diesen für

sie typischen Dackelblick. In Worte gefasst hieß der: *Dir geht's doch gut, oder muss ich mir Sorgen machen?*

»Klar.« Sie umarmten sich. »Danke fürs Mitkommen.«

»War doch Ehrensache!« Sie sprang zu Marc herüber und umarmte auch ihn. »Pass gut auf sie auf!«, flüsterte sie so laut, dass es doch jeder mitbekam.

Fynn hob den Arm. »Dann bis morgen. Wir könnten uns Stand-up-Paddle ausleihen.«

Marie hakte sich überschwänglich bei ihrem Freund ein. »Das ist eine ziemlich gute Idee. Ich weiß schon …« Dann waren sie durch die Tür und nicht mehr zu verstehen.

Ann ging zurück ins Wohnzimmer, ließ sich aufs Sofa fallen und starrte auf ihr Handy, das mit schwarzem Bildschirm auf dem Tisch lag.

Marc folgte ihr.

Eine Zeit lang sagten sie nichts.

»Fynn hat recht. Meine Eltern dürften nicht im Besitz dieses Familienstammbuchs sein.«

»Kopien vielleicht?«

Ann schüttelte wie in Zeitlupe den Kopf. Dann schloss sie für einen langen Moment die Augen.

Sie spürte, wie er den Rolli näher an sie heranschob. Seine Hand legte sich auf ihre. Ann öffnete die Lider und suchte in seinem Gesicht nach Halt. Das war doch alles Irrsinn! Sie wollte nicht glauben, worum ihre Gedanken gerade kreisten. Wie ein Schwarm Stare, die sich zu immer neuen Formen zusammentaten. Und sie stand weit weg und konnte nur zusehen. Tief durchatmend griff sie nach ihrem Handy. »Die Geburtsdaten.« Sie rief die Fotogalerie auf und hielt ihm das Handy hin.

Marc zoomte die Tage und Jahreszahlen heran, dann wieder heraus, swipte zum nächsten Foto und wiederholte den Vorgang.

Sie sah seine Kiefermuskeln arbeiten und wie die in Falten

gelegte Stirn sich plötzlich glättete, als er begriff, worauf sie hinauswollte.

DAMALS, irgendwo in Deutschland

Zitternd und mit hängendem Kopf steht sie vor ihm.

»Ich versteh es nicht, erklär's mir! Hatten wir nicht eine Abmachung?«

Gesa weiß um die hektischen roten Flecken, die sich auf seinem Gesicht ausbreiten, wenn er so wütend ist und sie minutenlang anschreit. Aus der Zeit, als sie es noch gewagt hat, ihn anzusehen. Sie hat schnell gelernt, dass es gesünder ist, das nicht zu tun. *Er wird sich wieder beruhigen. Gleich ist es geschafft. Einfach still stehen bleiben. Nicht provozieren. Ist gleich vorbei.*

»Was muss ich noch tun, damit dein Spatzenhirn begreift, was passiert, wenn du so was tust?« Er stößt sie hart gegen die Schulter.

Sie strauchelt, kann ein Hinfallen gerade noch verhindern.

Er seufzt theatralisch. Stuhlbeine kratzen über den Boden. Er setzt sich. »Gesa, du weißt, wie sehr ich dich mag. Du hast mir die Hand gereicht, dir Sorgen um mich gemacht. Du hast meine Seele gerettet. Ich würde nie etwas tun, das dir schadet. Aber du musst dir auch helfen lassen!«

Sie versucht, die Worte an sich abprallen zu lassen. Sie dürfen ihr Innerstes nicht erreichen. Sonst kann sie die Tränen nicht aufhalten. Ihr Zusammenbruch wiederum würde ihn zu unkontrollierten Handlungen animieren. Aktion, Reaktion. Er hat es ihr mehrfach erklärt.

»Setz dich!«

Mit gesenktem Kopf zieht sie einen Stuhl heran und befolgt seine Anweisung.

»Näher!«

Sein Körpergeruch lässt sie die Luft anhalten. Er duscht täglich. Und doch wird ihr in seiner Nähe übel.

»Noch näher!«

Sie rutscht weiter an den Tisch heran, bis sie, trotz ihres gesenkten Kopfes, seine Hände sehen kann. Sie sind locker auf dem Tisch abgelegt. Daneben liegt ein einfaches Tafelmesser. Ihre Muskeln versteifen sich.

Messer, Scheren – alle spitzen Gegenstände sind normalerweise eingeschlossen. »Zu deiner Sicherheit«, wie er immer wieder betont.

»Du musst lernen, die Therapieprozesse anzunehmen, Gesa.« Seine Stimme ist gefährlich sanft. »Und die erste Regel lautet, das Haus nicht zu verlassen. Um zu sich selbst zu finden, muss man alles Störende über Bord werfen. Keine Ablenkung. Volle Konzentration auf die Regeln. Du willst doch gesund werden, Gesa?«

Sie weiß, dass es besser ist, nicht zu antworten. Auch das hat sie gelernt.

»Ich tue das nicht gern. Aber du zwingst mich dazu. Regeln nicht zu befolgen, bedeutet Strafe. Auch das habe ich dir schon so oft erklärt, Gesa.«

Ihre Augen fixieren das Messer, als ob es sich dadurch in Luft auflösen könnte.

Die Schnelligkeit, mit der er es aufnimmt und zusticht, lässt ihr nicht einmal Zeit, zurückzuschrecken.

Rerik

»Was gibt's denn Eiliges?« Fredde stand noch etwas atemlos vor ihr, als Ann die Wohnungstür aufriss.

»Komm rein!« Nervös beobachtete sie, wie er den Fahrradhelm abnahm und an die Garderobe hängte, seine Jacke auszog, ebenfalls hinhängte und sich anschickte, sie lächelnd in den Arm zu nehmen.

»Alles gut bei euch?«

Sie spürte seinen fragenden Blick.

Er folgte ihr in die Wohnung. Im Vorbeigehen klatschte er sich mit Marc ab und setzte sich zu ihm an den Küchentisch.

Ann rannte konzentriert vor ihm auf und ab. »Du musst mir noch mal helfen.«

»Klar, wobei?«

Sie nahm ihr Handy, tippte Bild und Kontakt an, und drückte auf *Senden.* »Ich hab dir ein Foto mit drei Namen geschickt. Ist ein Auszug aus einem Stammbuch, mit Geburtsdaten, Geburtsort, et cetera. Kannst du die bitte durch eure Datenbank laufen lassen?« Sie wusste, wie flehend sie klang.

Fredde rief die Nachricht auf und studierte das Foto. »Henning Lange, Gesa und Rieke Jessen? Wer soll das sein?«

Ann merkte, wie ihre Beine zu kribbeln begannen. Sie blieb stehen und rieb sich immer wieder über die Oberschenkel.

Fredde sah verwirrt von ihr zu Marc.

»Ann hat in einem ...« Er stockte kurz. »... Versteck ihrer Eltern ein Familienstammbuch gefunden. Von Henning Lange, seiner Frau Gesa Jessen und ihrer Tochter Rieke. Vielleicht magst du dir das Geburtsdatum des Mädchens kurz anschauen?«

Fredde zog das Foto größer und lachte. »Das ist ja witzig. Ihr habt am selben Tag Geburtstag.«

Ann hörte auf zu reiben. »Nicht nur am selben Tag, sie ist im selben Jahr geboren wie ich.«

»Okay ... schräg!«

Ann warf Marc einen hilfesuchenden Blick zu.

»Jetzt die Daten des Mannes!«, forderte der seinen Freund auf.

Fredde las den Tag und Monat laut vor und schloss mit »1948.« Dann sah er verständnislos auf.

»Das Geburtsdatum und -jahr meines Vaters«, presste Ann hervor und setzte sich. Gott, war ihr schlecht!

»Die Daten von Gesa Jessen stimmen genau mit denen von Anns Mutter überein.«

Es dauerte einen Moment, bis ihr Gast zu verstehen begann.

»Scheiße!« Fredde zog das Foto groß, zögerte und ließ das Handy sinken. »Aber das heißt ja, Johanna ist eigentlich ... Nein, das kann nicht sein.« Er kratzte sich den Kopf. »Oder doch?«

»Ist dir der Zweitname aufgefallen?« Marc wies auf Freddes Handy. »Der Zweitname der Tochter?«

Während Fredde nachschaute, presste Ann beide Hände an ihren Kopf, um die rasenden Gedanken auszubremsen. »Johanna. Rieke Johanna Jessen«, murmelte sie.

DAMALS, Husum, Nordfriesland

Hauptkommissar Johann Hofmann geht schweren Schrittes den Flur entlang. Als er die Tür des Verhörraums öffnet, springt ihm ein aufgebrachter Mann entgegen, Henning Lange. Ein Kollege ist bei ihm, will ihn maßregeln, doch Hofmann wiegelt ab. »Herr Lange.«

»Kommissar Hofmann, ich kann nicht mehr! Sagen Sie mir, dass Sie noch in irgendeine Richtung ermitteln! Bitte!«

»Nach wie vor halten alle Polizisten die Augen auf, Ihre Frau ist in der Vermisstendatenbank verzeichnet und wir werden jedem noch so kleinen Hinweis nachgehen, wenn er sich ergibt. Aber leider tut sich da nichts. Ich würde Ihnen gern bessere Nachrichten bringen.«

Lange bricht auf dem Stuhl in sich zusammen. »Wie hoch sind die Chancen, sie nach acht Wochen lebend zu finden?«, flüstert er.

Hofmann setzt sich neben ihn. »Das kommt drauf an. Wenn sie freiwillig gegangen ist, sehr hoch.«

»Glauben Sie immer noch, sie hätte Rieke zurückgelassen?«

Nein, ich glaube, Ihre Frau ist tot, denkt Hofmann. »Das kann ich nur schwer beurteilen. Sie hat kaum Freunde oder Nachbarn da draußen, die mir von ihr erzählen könnten. Und Ihre Arbeitskollegen berichten, sie habe einen überforderten Eindruck auf sie gemacht. Sie selbst sagten, Gesa leide unter Wochenbettdepressionen. Ich habe mich erkundigt. Diese Frauen schaffen es oft nicht, eine Beziehung zu ihrem Kind aufzubauen. Insofern, ja, manchmal passieren solche Dinge, dass Mütter ihre Säuglinge im Stich lassen.«

»Nicht meine Gesa! Sie hat eine innige Beziehung zu Rieke. Sie würde sie nie alleinlassen.«

Hofmann seufzt.

»Was werden Sie jetzt tun? Wirklich nur warten, bis irgendwann, irgendwo ihre Leiche angespült wird?«

»Es tut mir leid, ohne neue Hinweise haben wir nichts, dem wir nachgehen können.« Hofmann fragt sich, was er verbrochen hat, dass ihm so kurz vor seiner Rente dieser Fall in den Schoß fällt.

Rostock

Der Besuch in Hamburg war außerordentlich erfolgreich gewesen. Ein Puzzleteil fiel neben das andere, ach, was sagte er, eine ganze Armada hatte gleichzeitig ihren Platz gefunden und die größten Lücken im Bild geschlossen. Und was er sah, war noch viel besser als das, was er sich erhofft hatte. Da machte es auch nichts, dass er seine Johanna für weitere vierundzwanzig Stunden allein lassen musste. Er war *so* kurz vor seinem Ziel!

Er betrat das Zimmer, ohne Licht zu machen. Die Vorhänge waren wie immer zugezogen. Er ließ seine Tasche fallen und legte sich angezogen aufs Bett.

Er hatte einen Namen! Susanne Arnold.

Sein Mund lächelte verzückt, während er die Augen schloss. Und er hatte eine Adresse! *Neustadt in Holstein also.* Er schnaubte abwertend, wenn er daran dachte, wo er überall nach ihr gesucht hatte. Aber das Warten hatte sich gelohnt. Jetzt bekam er zwei. Zwei zum Preis von ... nichts. Bezahlen mussten andere.

Rerik

Die Nacht war weit fortgeschritten. Ann saß vor ihrem Rechner und grübelte. Seit Stunden malträtierte sie das Internet mit den Namen. Gesa Jessen, Henning Lange, Rieke Johanna Jessen. Aber es wollte ihre Geheimnisse einfach nicht preisgeben. 1991 war das Internet für die breite Bevölkerung noch kein Thema gewesen. Social Media gab es nicht. Nachrichten wurden nicht geteilt. Geschichtlich Relevantes wurde nachgetragen, aber private Schicksale? Sie hatte sogar nach alten Zeitungseinträgen gesucht. Das *Husumer Wochenblatt*, die *Husumer Nachrichten* und *Husumer Tageszeitung* konnte man im Kreisarchiv auf Mikrofilm einsehen, nicht aber online.

»Willst du nicht endlich schlafen kommen?« Marcs zerknautschtes Gesicht tauchte im Türrahmen auf. Mit kleinen Augen und wirr abstehenden Haaren blinzelte er sie an.

Ann gähnte. Er hatte recht. So kam sie nicht weiter. Also schlurfte sie ins Bad. Einmal Katzenwäsche und Turbozähneputzen, dann lag sie neben ihm und starrte in die Dunkelheit.

»Frag deinen Vater!« Auch Marc gähnte herzhaft.

»Wie soll ich ihm erklären, woher ich die Namen habe?«

Ihr Freund drehte sich zur Seite. »Einen Tod wirst du sterben müssen«, murmelte er.

Anns Körper war hundemüde, ihr Geist aber spuckte unentwegt Bilder und Gedankenfetzen aus. Die Diskussion mit den Jungs, stundenlang waren sie einer These nach der anderen nachgegangen. Fredde und Marc waren sich einig, es war die absolute Ausnahme, dass Menschen, ganze Familien neue Identitäten bekamen. Waren sie also Teil eines Zeugenschutzprogramms? Weshalb? Ihr Vater war in der Stadtverwaltung tätig gewesen, ein Beamter in einer absolut unwichtigen, harmlosen Funktion. Und ihre Mutter, die Apothekerin … Falls die beiden diesen Jobs überhaupt nachgingen!

Ann kicherte hysterisch in die Dunkelheit hinein, als sie sich ihre Eltern als Spione vorstellte. Verdeckte Ermittler! *Oh Mann, du guckst echt zu viele Agentenfilme!* »Aus welchem Grund könnte man noch falsche Identitäten bekommen?«, hatte sie Fredde gefragt.

»Wenn es nicht anders möglich ist, dich zu schützen«, war seine Antwort gewesen. »Wenn du gegen einen Gegner aussagst, der weit vernetzt und verbreitet ist. Thema Bandenkriminalität.«

Ann hatte das Internet nach passenden Fällen durchforstet. Ohne Erfolg. Und irgendwie konnte sie sich das auch nicht vorstellen. Ihre Eltern und Bandenkriminalität! Was war mit der Vergewaltigung? Was war mit Joris? Gab es da überhaupt einen Zusammenhang?

»Als Schutz vor sexueller Verfolgung bekommst du keine neue Identität«, hatte Fredde bekräftigt und ihr den Zahn gezogen. »Dann würde ja jede von einem Stalker verfolgte Frau ihre Identität ändern.«

Die Worte ihres Vaters fielen ihr wieder ein. Jürgens Mutter war bei einem Autounfall gestorben, da war er neun gewesen. Sein Vater, der ihn nicht wollte, den er zwar ausfindig machte, aber nicht ansprach, und der verstarb, ohne seinen Sohn kennengelernt zu haben. Was für eine Geschichte! Alle tot, wie praktisch. Keine Spuren, die man mehr verfolgen, keine Menschen, die man befragen konnte. Ob Anns Vater sie wieder einmal angelogen hatte? Was konnte sie ihm überhaupt noch glauben?

Ihre Augenlider wurden schwer. Ungewohnt klingende Worte, die im Nebel verschwanden. *Rieke. R i e k e.*

DAMALS, irgendwo in Deutschland

Er hat schon oft gesagt, es täte ihm leid, dass sie sich so quält. Dass er sie bald zu ihrer Familie zurückbringen wird. Gesa glaubt ihm nicht mehr. Eigentlich. Doch sie weiß, wenn er ihr einen Hoffnungsschimmer hinwirft, wird sie versuchen, ihn zu ergreifen, nur, um dann noch tiefer zu fallen.

Ihre Finger streichen über die tiefe Kerbe, die das stumpfe Messer in der Tischplatte hinterlassen hat. Er hätte sie erstechen, zumindest schwer verletzen können.

Dann wäre es jetzt vorbei.

Dass er es nicht getan hat, spricht nicht für, sondern gegen seinen Charakter. Auch das ist etwas, das sie schmerzhaft lernen musste. Solange er Gefallen an dem Spiel findet, wird er sie nicht lebensgefährlich verletzen. Nicht *lebensgefährlich.* Vielleicht irgendwann, wenn er genug von ihr hat. Sie weiß nicht, ob sie es bis dahin aushält.

Rerik

»Fährst du mit mir nach Husum?« Anns Finger knibbelten nervös an der Käseverpackung.

»Wir wollten uns heute mit Fynn und Marie am Strand

treffen.« Er sah sie aus müden Augen an und schenkte Tee nach.

Ihr Blick ging zur Uhr. Viertel nach acht. »Sie können mitkommen. Husum ist bestimmt schön.«

»Ann, sie sind erst vor zwei Tagen angekommen und hatten eine weite Anfahrt.«

»Ich hab nachgesehen. Bis nach Husum sind es nur drei Stunden.«

»Ja, hin. Und drei Stunden zurück. Und bei Stau auch noch mehr.«

»Ich kann hier nicht rumsitzen und warten, bis Fredde endlich dazu gekommen ist, in diese scheiß Datenbank zu gucken!« Sie atmete tief aus. »Entschuldige! Mir fehlt einfach Schlaf.«

»Hmmh.« Er gähnte und nahm einen Schluck Kaffee.

Anns Handy klingelte. Leider war es nicht Freddes Nummer, die ihr angezeigt wurde. Ihr Mund formte ein lautloses »Papa.« Brummend und klingelnd wanderte das Smartphone langsam über den Tisch. Sie klemmte beide Hände zwischen ihre Oberschenkel. Ihr Oberkörper wippte leicht vor und zurück.

Marc griff zu und drückte *Annehmen.* »Jürgen, guten Morgen. Ja, Ann ist unter der Dusche.« Er lauschte. »Nein, kein Problem, wir waren schon wach. – Hmmh ... ach ja. Okay, ich sag's ihr. Sie meldet sich bei dir. – Ja, euch auch. Tschüss.«

Ann hörte auf zu wippen.

»Um zehn stellt sich eine Betreuungskraft bei Rose vor. Er fragt, ob du dabei sein willst. Ich hab gesagt ...«

»Ich hab gehört, was du gesagt hast.« Ihr Körper begann erneut, vor und zurück zu pendeln. »Ich kann ihn jetzt nicht sehen. Ich weiß nicht, wie ich mich ihm gegenüber verhalten soll. Ich weiß nicht, was echt ist und was Fassade. Ich weiß ja nicht mal, wer ich bin!«

Er drückte sich aus dem Rollstuhl hoch und neben sie auf

die Bank. Dann zog er sie zu sich, bis sie fast vollständig in seinen Armen und in den Stofflagen seines Hoodies verschwunden war. »Du bist die, die du immer warst. Es ist nur ein Name, Ann.«

Neustadt in Holstein

Da war es also. Das Zuhause von Susanne. Ein besonderer Moment! Bis vor Kurzem hätte er sich nicht träumen lassen, in absehbarer Zeit bis hierher zu kommen, ach überhaupt irgendwann vor ihrer Tür zu stehen.

Aus sicherer Entfernung betrachtete er das Einfamilienhaus. Gepflegt, kleinbürgerlich, spießig. Was hatte er erwartet? Sie war mit einem Beamten verheiratet.

Den Einstieg zu versuchen, war viel zu riskant. Das Haus wirkte zwar irgendwie verlassen, dic Rollläden waren zu Zweidrittel heruntergelassen, aber wer wusste schon, aus welchen Gründen? Zugegeben, um zu verhindern, dass die Sonne die Räume aufheizte, für die Nord-Ost-Seite eher ungewöhnlich. Aber eben auch nicht unmöglich. Und er wollte es auf den letzten Metern nicht versauen. Er würde sich also entscheiden müssen. Entweder, er suchte sich hier einen Schlafplatz oder er nahm den weiten Weg noch einmal auf sich und begnügte sich für heute mit der Observation des Objekts. Er würde sehen, wie sich der Tag entwickelte.

Einen grünen Daumen konnte man Susanne nicht gerade attestieren. Der Vorgarten enthielt lediglich pflegeleichte immergrüne Pflanzen. Die vier Fenster – zu gern wäre er hinter ihren Scheiben durch die Räume flaniert. Er war wie angefixt. Schön war das, und gleichzeitig gefährlich. Wie ausdauernd er während der Suche nach ihr gewesen war, und wie schwer es ihm nun fiel, sich zurückzuhalten! Dabei war es überlebenswichtig, die Kontrolle zu behalten!

Er ging ein paar Schritte, änderte die Position und achtete

darauf, aus dem Blickfeld der umstehenden Häuser zu verschwinden. Niemand sollte sich wundern, warum er so lange in dieser Straße, vor diesem Haus herumlungerte. Als er eine geeignete Stelle gefunden hatte, ließ er die neue Perspektive auf sich wirken.

Wie es wohl gewesen wäre – das Leben mit ihr? Schwer vorstellbar ... Zu kurz, das, was sie gehabt hatten. Sie hatte es kaputtgemacht. Sie hatte ihn fallen lassen, ihn sich selbst überlassen. Immer wieder fragte er sich, ob sie ihn erkennen würde, nach all dieser Zeit. Ob sie sich fragte, was aus ihm geworden war? Dass sie an ihn dachte, das wusste er. Egal, wie sehr sie sich dagegen wehrte, er würde für immer ein Teil von ihr sein. Ein Samenkorn, das sich tief in ihren Eingeweiden eingenistet hatte. An manchen Tagen konnte sie seine Existenz vielleicht verdrängen, doch entfernen ließ sie sich nicht. Solange sie atmete, erhielt sie sie am Leben. Eine unglaublich schöne Vorstellung.

Wieder ließ er den Blick über die Hausecke wandern, die Fenster, das Dach, die Bepflanzung, den Zaun, die schmale Einfahrt zur Garage, in der kein Auto parkte, den gepflasterten Weg, der zur Haustür führte, den Briefkastenschlitz. Er stockte, kniff die Augen zusammen. Etwas Dickes Weißes klemmte im Schlitz. Wenn es das war, wofür er es hielt ...

Erneut zügelte er seine Ungeduld und wartete ab.

Erst zwei Stunden später trat er aus seinem Versteck. Noch immer lag die Straße in sonntäglicher Ruhe vor ihm. Bis auf ein paar Jogger und Gassigänger, zwei Autos und eine einen Rollator schiebende Seniorin, war bislang nicht viel passiert. Susanne hatte sich eine sehr ruhige Gegend ausgesucht.

Er öffnete den Schnürsenkel seines rechten Schuhs und schlenderte los. Über die Straße, den Pfad zu ihrem Haus entlang, bis vor ihre Haustür. Zuallererst ein schneller Blick auf den Namen am Türschild. Ja, die Adresse stimmte immer noch, hier war er goldrichtig. Direkt vor dem Briefkasten ging er in die Hocke, tat, als binde er den Schnürsenkel. Tatsächlich, im Schlitz steckte eine Zeitung! Vorsichtig zupfte er daran, bis der Titel und das Datum zu erkennen waren. Die Samstagsausgabe der *Lübecker Nachrichten.* Die Zeitung von gestern also.

Entscheide dich jetzt! Bevor jemand auf dich aufmerksam wird, weil du so lange vor dieser Haustür kniest, ermahnte er sich.

Extrem vorsichtig zog er die Zeitung ganz heraus, hielt mit den Fingern die Klappe des Briefeinwurfs hoch, beugte sich ganz tief hinunter und linste durch den Schlitz. Weitere Zeitungen und Briefe! Er schob die Samstagsausgabe wieder hinein, genauso, wie er sie vorgefunden hatte, schnürte den Senkel und erhob sich.

Waren die Vögel ausgeflogen? Konnte er wirklich so viel Glück haben? Besonders günstigen Zufällen hatte er schon immer skeptisch gegenübergestanden. Er verließ sich lieber auf sein Können. Also zog er das Basecap tiefer ins Gesicht und hob den Finger, um zu klingeln. Was würde er machen, wenn *sie* die Tür öffnete? Einen beliebigen Namen nennen und fragen, ob sie wüsste, wo er das Haus der Familie finden könne.

Und wenn sie mich erkennt?

Wie hoch ist die Wahrscheinlichkeit? Unser letztes Beisammensein ist so lange her.

Auch Wahrscheinlichkeiten lieferte er sich nicht gern aus. Er war der, der auf Nummer sicher ging!

Sein Finger verharrte zitternd vor dem Klingelknopf. Es sprach alles dafür, dass die Arnolds im Urlaub waren. Vielleicht nur übers Wochenende. Heute war Sonntag. Falls Susanne überhaupt arbeitete, würde auch ihre Woche an einem Montag beginnen. Das wiederum hieße, der Wagen konnte jeden Moment um die Ecke kommen und die Einfahrt hinauffahren.

Dein Zögern kostet Zeit!

Mein Zögern rettet mir unter Umständen den Arsch!

Er ließ den Finger sinken und sah sich unauffällig um. Die dichten Büsche und Hecken boten an den meisten Stellen einen guten Schutz vor neugierigen Blicken. Nur an wenigen konnte man bis zum Eingang sehen, zum Beispiel von seinem Versteck aus. Also schlich er einmal ums Gebäude, stellte sicher, dass er aus dem Obergeschoss der anderen Gebäude nicht zu sehen war, und blickte vorsichtig durch die Fenster. Wohnzimmer, Esszimmer, Küche, alles dunkel. Die Stecker von Toaster und Kaffeemaschine waren ausgesteckt. Das war der Moment, in dem er das Besteck zum Knacken der Schlösser aus der Seitentasche seiner Jacke holte.

Kapitel 7

Rerik

Obwohl Marie sich sichtlich bemühte, wollte keine richtige Stimmung aufkommen.

Ein paar Kids hatten ihren Ball auf Anns Strandlaken geschossen. Der Junge, der auf sie zu gerannt kam, um ihn zurückzufordern, hatte einen dicken Sonnenbrand auf den Schultern. Vollkommen abwesend, und ohne ihn anzusehen, warf Ann ihm den Ball entgegen.

Natürlich hatte Marc recht gehabt. Es machte keinen Sinn, an einem Sonntag nach Husum zu fahren. Das Kreisarchiv hatte geschlossen und eine Adresse, an der ihre Elt…, an der Gesa Jessen und Henning Lange gewohnt hatten, besaß sie nicht.

Rieke

Immer wieder fühlte Ann dem Klang dieses Namens nach. Doch da war nichts! Nichts Vertrautes, kein Wiedererkennen. Dabei konnte sich ihr Gehirn doch sogar an den Namen *Eigil* erinnern. Jahrzehntelang hatte er sie begleitet, sie hatte sogar imaginäre Gespräche mit ihm geführt. Warum rührte es sich bei *Rieke* nicht? War alles ganz anders? Handelte es sich bei Gesa Jessen, Henning Lange und Rieke Johanna Jessen also gar nicht um die ehemaligen Identitäten der Familie Arnold, um ihr wahres Ich? Aber welche Erklärung gab es dann für die Übereinstimmung der Geburtsdaten? Für den Besitz und das Verstecken des Familienstammbuchs?

»Ich verspreche dir, ich setz mich gleich morgen an den Rechner und check die Datenbank.« Fredde beugte sich mit besorgtem Blick zu ihr hinüber. »Wenn ich während meiner Freischicht auf der Wache auftauche, lassen die Kollegen mich nicht einen Moment in Ruhe. Das wäre zu auffällig, weißt du?«

Ann nickte.

Isabelle und Marie lieferten sich ein Beachball-Duell, das mehr von Kreischen und Lachen begleitet wurde als von gezielt fliegenden Bällen.

Der Bildschirm von Anns Handy leuchtete auf. Eine Nachricht von Jürgen.

Rose findet die Dame unerträglich vorlaut und neugierig. Sie lehnt sie ab. Schade, dass du nicht dabei warst. Ich werde weitersuchen. Sehen wir uns heute noch?
Kuss Papa

Trotz allem huschte ein Lächeln über Anns Gesicht. Das war so typisch für Oma.

Oma.

Das Gefühlschaos übermannte sie. Wie sollte sie mit alldem umgehen? Was entsprach der Wahrheit? Und warum hatte sie das Gefühl, sie wäre die Einzige, die im Unklaren gelassen wurde? Selbst Johann und Rose, die nicht mal zur Familie gehörten, waren eingeweiht. Wahrscheinlich.

Als sie aufsah, traf ihr Blick den ihres Freundes. Am liebsten wäre sie aufgestanden und mit ihm zusammen abgehauen. Raus aus Rerik, raus aus Deutschland. Einfach nur weg. So weit wie möglich.

Wieder sprang ihr Handy an. Wieder eine Nachricht von Jürgen. Ann las auf dem Sperrbildschirm, ohne das Gerät in die Hand zu nehmen.

Bringe deine Mutter gleich zurück nach Hause. Wollen in einer Stunde los. Sehen wir uns vorher noch?
Kuss Papa

Dann erlosch der Bildschirm.

Neustadt in Holstein

Es hatte lange gedauert, viel länger als sonst. So war das, wenn man etwas ganz besonders gut machen wollte. Dieses Mal war es ganz besonders wichtig, dass niemand nachvollziehen konnte, wie er hineingelangt war. Vor allem nicht *sie*!

Aber jetzt war er drin. In ihrem Zuhause! Er atmete die Luft, die *sie* sonst atmete. Das Gefühl war unbeschreiblich. Besser als jede Droge, die er bislang konsumiert hatte.

Im Wohnzimmer suchte er nach Dingen, die ihr gehörten, nach etwas, das ihm erzählte, wer sie heute war. In den Bilderrahmen auf dem alten Mahagonieschrank steckten Fotos von Johanna. Als Säugling, als Jugendliche bei der Konfirmation und auf einem Gruppenfoto mit Susanne, dem Beamten und einem älteren Ehepaar. Ob das die Oma war, von der Ilenia ihm berichtet hatte? Die in Rerik lebte?

Sein Blick glitt den Schrank entlang. Kein einziges Foto des ungeliebten, verstoßenen Sohnes! Sie hatte ihn aussortiert, aus ihrem Leben verbannt. Das machte ihn wütend. Welche Mutter trennte sich freiwillig von ihrem Fleisch und Blut? War die Frau, die ihn von dem Gruppenbild anlächelte, also egoistisch und gefühlskalt? Er würde es bald herausfinden. Und er würde dafür sorgen, dass sie sich ihrem Sohn gegenüber erklärte. Doch bis es so weit war, musste er so viele Informationen wie möglich zusammentragen und die Familienzusammenführung akribisch vorbereiten.

Seine mit Einmalhandschuhen geschützten Finger arbeiteten sich ruhig durch Schränke und Schubladen. Bis drei Uhr wollte er sich Zeit lassen. Das Wetter war wunderschön. Der Sonntagsausflügler, der Urlauber kam bei solchen Bedingungen in der Regel im späten Nachmittag nach Haus. In der Regel.

Schon vor Wochen hatte es sich fremd angefühlt, das kleine quietschende Metalltörchen von Roses Vorgarten aufzuschieben und durch das lieblose Grün bis zu ihrem Haus zu schreiten. Während ihrer Kindheit, ihrer Jugend und ihres jungen Erwachsenendaseins war der Garten eine Oase aus Blumen, Insekten und Früchten gewesen. Die roten Apfelbäckchen und der schelmische Humor ihrer Oma, das tiefe Lachen ihres Opas, ihre warme, herzliche Art ... wunderbar. Ann hatte sich unfassbar geborgen gefühlt. Jetzt kam ihr all das vor wie ein Traum. Die guten Seelen, das Lachen und die Wärme schienen den Ort verlassen zu haben. Wenn sie überhaupt jemals echt gewesen waren.

Sie zückte ihren Zweitschlüssel, klingelte, um ihr Kommen anzukündigen, und betrat das Haus.

»Rose?« Sie fand die alte Frau in der Küche.

»Ann, Liebes, jetzt hast du deine Eltern knapp verpasst. Dein Vater bringt deine Mutter zurück nach Hause. Sie muss morgen arbeiten. Dann will er umdrehen und zurückkommen. Ich hab ihm gesagt, das braucht er nicht. Aber du kennst ihn ja.« Ihre faltigen Hände strichen Butter auf eine Schnitte Vollkornbrot. »Er will mir unbedingt so eine Gesellschafterin aufschwatzen. Ich sag dir, die Dame, die sich bei mir vorgestellt hat, das war vielleicht eine! Die hörte sich selbst am liebsten reden. Hat mir von all ihren Krankheiten erzählt. Ohne Punkt und Komma geplappert. Da würde ich ja verrückt! Also, wenn er mein Ableben beschleunigen will, dann muss er mir so eine ins Haus setzen!«

Rose war ja richtig aufgekratzt. Der Besuch von Jürgen und Susanne schien sie aus ihrer Lethargie geholt zu haben. Gebrechlich wirkte sie immer noch. Deshalb nahm Ann ihr die Teetasse und den Teller ab und folgte ihr ins Wohnzimmer.

»Schmier dir doch auch eine Schnitte, Kind! Und mach dir Tee!«

Ann schüttelte den Kopf. »Ist mir noch zu früh.« Sie sah Rose zu, wie die mit Mühe ein Stück von ihrem Brot abbiss. »Du hast mir erzählt, dass Mama vergewaltigt wurde, damals. Und dass daraus mein Halbbruder Joris entstanden ist, der zur Adoption freigegeben wurde.«

Rose kaute energisch. »Ja, und ich habe dir gesagt, dass ich dir nicht mehr über den schrecklichen Vorfall berichten kann.« Sie schluckte. »Und außerdem ich habe dir das Versprechen abgenommen, niemals mit deiner Mutter darüber zu reden.«

»Das habe ich nicht. Weder mit ihr noch mit Jürgen.«

»Und dabei bleibt's!« Roses Augen wurden hart.

»Papa hat mir erzählt, dass Stephan und er nicht deine leiblichen Söhne sind. Von seinem Vater, der ihn nicht wollte, und seiner Mutter, die bei einem Unfall starb, als er neun war.«

Rose schnitt ihr Brot in handliche Streifen, ohne aufzusehen.

»Das ist in Ordnung. Ich komm gut damit klar. Für ihn muss es schlimm gewesen sein, in so jungen Jahren seine Mutter zu verlieren und zu einer Pflegefamilie ziehen zu müssen, zu wildfremden Menschen. Er hat mir auch erklärt, wie es dazu kam, dass ich erst jetzt davon erfahren habe. Erst war ich zu klein, dann hat man es vergessen und dann, als die Beziehung zwischen meinen Eltern und mir so angespannt war, wollte man nicht noch mehr Misstrauen schüren.«

Sie fixierte die alte Frau. »Aber zwischen uns, Rose, zwischen dir und mir, war die Beziehung nie angespannt. Wir haben uns immer gut verstanden. Dachte ich jedenfalls. Gerade in der letzten Zeit habe ich Stephan so oft erwähnt. Warum also ... warum hast du mir nie erzählt, dass Jürgen und Stephan nicht deine, nicht eure Söhne sind?«

Das Zittern der von Arthrose gezeichneten Hände nahm zu. Doch Rose blieb stumm.

»Mama hat mir oft vorgehalten, dass ich mit meiner Art alles kaputtmachen würde. Das meine Schnüffelei nur Unglück und Trauer bringe. Aber wisst ihr was? Ihr mit euren elendigen Geheimnissen, mit eurer penetranten Art des Schweigens seid viel schlimmer!«

»Ich musste es Johann versprechen«, murmelte Rose.

»Johann ist seit über fünfzehn Jahren tot, Oma. Aber ich, ich lebe noch!«

»Du verstehst das nicht.«

»Nein, wie auch? Es redet ja niemand mit mir.« Ann atmete tief durch. »Warum wollte Opa nicht, dass ich erfahre, dass ihr nicht meine leiblichen Großeltern seid? Was wäre dabei gewesen, es mir zu sagen? Zu erklären, dass die Blutsverwandten tot sind, ihr mich aber liebt, als seien wir verwandt? Jedem Kind wäre diese Offenbarung vollkommen egal gewesen. Ich hätte euch trotzdem genauso liebgehabt. Warum also?«

Roses ohnehin buckeliger Rücken wirkte noch runder. Ihr Kinn klebte ihr an der Brust. Ann hatte keine Chance, ihr in die Augen zu sehen.

»Ich werde mein Versprechen nicht brechen. Es tut mir leid, Ann.«

»Aber das hast du doch schon, indem du mir von Joris und der Vergewaltigung erzählt hast!«

»Ich dachte, es wäre die einzige Möglichkeit, dich von weiteren Fragen, vom Herumwühlen im Dreck abzuhalten. Ich dachte, die Gesundheit deiner Mutter wäre dir wichtig. Wichtiger als all der Dreck. Da habe ich mich wohl geirrt.«

»Weißt du, ich verstehe, dass ihr Mama schützen wollt, das verstehe ich wirklich. Das will ich auch. Aber mittlerweile habe ich das Gefühl, dass mein ganzes Leben eine einzige Lüge ist. Dass ihr, Johann, Papa, Mama und du, mir von Geburt an was vorgespielt habt. Was ist so schlimm daran, wenn ich die Wahrheit kenne? Und damit meine ich, die ganze Wahrheit, Oma! Was? Vertraut ihr mir nicht? Glaubt ihr, ich zerbreche daran? Glaubt ihr, ich verurteile euch wegen dem, was damals passiert ist?«

DAMALS, irgendwo in Deutschland

Er ist schon die ganze Zeit so seltsam aufgeregt.

Davor war er weg, bestimmt zwei Stunden. Oder drei? Gesa kann es nicht genau sagen. Sie besitzt weder eine Uhr noch ein Handy.

Wie immer hat er sie in dieser Kammer eingesperrt. Mit einer großen Flasche Wasser, natürlich aus Plastik, und einem Eimer als Toilettenersatz. Der Rest der Kammer ist leer. Die Löcher in den Wänden zeigen, dass sie ehemals mit Regalbrettern bestückt waren. Sitzend und an der schmalen Wand lehnend, fehlt nur noch ein kleines Stück, und die Zehen ihrer ausgestreckten Beine könnten die Tür berühren.

Als Gesa das erste Mal in der Kammer eingesperrt war, hat sie noch geschrien und wie wild mit dem Eimer an Wände und Türen geschlagen, in der Hoffnung, man könne sie draußen vielleicht hören. Mittlerweile weiß sie, wie einsam das Haus liegt. Und er hat Hebel gefunden, um sie von solchen Aktionen abzuhalten. Aktion, Reaktion.

Die Tür der Kammer steht weit offen, aber sie darf sie nicht verlassen. Noch nicht. Erst, wenn er die Worte sagt. So sind die Regeln.

»Tritt ein!«

Zwei Schritte vor. Warten.

»Setz dich. Ich hab dir was mitgebracht!«

Sie lässt sich auf dem Esszimmerstuhl nieder, möglichst weit weg von ihm.

»Was soll das? Ich hab doch gesagt, ich hab dir was mitgebracht. Also setz dich gefälligst her!«

Das nächste Mal, wenn er sie in die Kammer sperren will, will sie vorbereitet sein. Tag und Nacht denkt sie darüber nach, welchen Gegenstand sie hineingeschmuggelt bekäme. So klein, dass er es nicht bemerkt, so effektiv, dass sie damit die Tür öffnen könnte.

Alles Spitze ist weggeschlossen.

Gesa setzt sich neben ihn. Wenn er auf diese Art und Weise lacht, wirkt er wie ein Kind.

Er hält ihr einen Stofflappen hin.

Als Gesa erkennt, um was es sich handelt, dreht sich der Boden unter ihren Füßen. Riekes Lätzchen! Das mit den kleinen Marienkäfern. Sie hört sich »Rieke« flüstern, will danach greifen.

»Das hab ich für dich getan! Ich weiß doch, dass du sie vermisst.« Er lässt das Stück Stoff in die Höhe schnellen. »Ich denke, ein kleines Dankeschön hab ich verdient, oder?«

Gesa möchte schreien. Sie spürt, die Tränen fallen. »Bitte, darf ich es haben?«

»Anerkennung, Gesa! Du solltest deinen Mitbürgern Respekt und Anerkennung entgegenbringen!«

»Vielen Dank!«, flüstert sie.

»Vielen Dank, dass du extra für mich bis nach Ockholm gefahren bist, um mir dieses besondere Präsent zu besorgen.«

Gesa plappert den Satz nach, als sei sie ein Papagei.

Lachend wirft er ihr das Lätzchen an den Kopf.

Ihre Finger betasten den Stoff, streichen über jeden einzelnen eingestickten Käfer. *Riekes Lätzchen!* Sie wischt sich die Tränen aus dem Gesicht und riecht vorsichtig daran. Es riecht nach ihr! Es riecht nach ihrer Tochter. Ihr Körper reagiert mit einer solchen Wucht, dass sie japsend nach Luft ringt.

»Ts, ts, wer wird denn hier so'n Drama machen? Wenn du dich nicht im Griff hast, muss ich dir das Geschenk wieder wegnehmen.«

»Nein, bitte, lass es mir!« Sie presst den Stoff an ihre Brust, die sich schmerzhaft in Erinnerung bringt.

»Du weißt, wie großzügig ich bin.«

Gesa nickt vehement. »Ja, das bist du.«

Er grinst großmütig und macht eine einladende Geste. »Nur zu, dann drück dir den vollgespuckten Lappen ins Gesicht!« Er steht auf, holt die vorbereiteten Teller aus dem Kühlschrank und stellt den ersten in die Mikrowelle.

Da erst registriert Gesa, dass es kein frisch gewaschenes Lätzchen ist, sondern ein mit kleinen Flecken übersätes, gebrauchtes. Wie ist er da rangekommen? Wie nah war er Rieke? Der Gedanke schnürt ihr die Kehle zu. Das Herz schlägt ihr bis zum Hals.

Neustadt in Holstein

Im Schlaf- und Badezimmer hatte er die meiste Zeit verbracht. Wieder einmal musste er feststellen, dass Gerüche es am ehesten schafften, Erinnerungen anzuzapfen. Der Duft nach Vanille! Unglaublich, dass sie ihn immer noch trug. Er schwebte sanft über dem Blazer, der im Schlafzimmer der Arnolds an einem Bügel vor dem Kleiderschrank hing. Und an dem Sprühkopf ihres Parfumflakons. Es hatte so vertraut gerochen! Nach echten Erinnerungen. Fast wäre er emotional geworden, aber, so gut ihm der Rundgang auch gefallen hatte, so sehr musste er sich nun beeilen, um wieder unsichtbar zu werden. Eines nur, das würde er noch tun. Das Wie war dabei nicht die Frage, nur über das Wo war er sich noch nicht im Klaren.

*

Jürgen hatte die ganze Fahrt gebraucht, um die richtigen Worte zu finden, den richtigen Zeitpunkt. Um das Schweigen erträglicher zu machen, hatte er das Autoradio aufgedreht, während Susanne aus dem Fenster gesehen hatte.

»Ann hat die Nachricht sicher zu spät bemerkt. Sie wäre gekommen, um sich zu verabschieden.«

»Du warst immer schon gut darin, das Verhalten deiner Tochter zu rechtfertigen.«

»Sie ist durcheinander. Sie hat gerade erfahren, dass Rose und Johann nicht ihre Großeltern sind.«

»Warum hast du es ihr erzählt? Du weißt doch, was sie tut, wenn sie glaubt, da gäbe es noch mehr.«

»Eben drum. Sie war kurz davor, Stephan anzurufen, um ihn in Roses Betreuungsfrage einzubeziehen. Was glaubst du, wäre dann passiert?«

»Sie wird nicht aufhören, Jürgen.«

Er warf einen schnellen Seitenblick auf seine Frau. Sie kratzte nervös an ihren Nagelhäuten. Ihr Gesicht hatte wieder diesen gefährlichen Ausdruck. »Natürlich wird sie das. Mag sein, dass sie versucht, was über meinen Vater oder meine Mutter herauszufinden. Soll sie. Da gibt es nichts.«

»Richtig. Und das wird sie stutzig machen. Du hättest es ihr nicht erzählen dürfen.«

»Und dann? Was, wenn sie es geschafft hätte, Stephan zu kontaktieren? Dann hätte sie noch viel mehr Fragen gehabt. So hab ich ihr eine plausible Lösung geboten.«

»Du hättest Stephan dazu überreden können, Rose …« Verzweifelt schlug sie die Hände über den Kopf.

Er spürte, wie ihn die alte Frustration erfasste. Seine Frau entglitt ihm immer mehr und er konnte nur hilflos zusehen.

»Susanne, bitte! Es hat sich nichts geändert. Der Weg zu Informationen über meine Eltern geht nur über mich. Ich hab alles im Griff.«

»Deine Tochter wird nicht aufhören. Und ich kann das nicht noch mal durchstehen.«

Beruhigend legte er seine Hand auf ihren Unterarm. »Das musst du nicht. Du siehst Probleme, wo keine sind. Glaub mir!

Mach einen Termin für uns bei Dr. Nieheim.« Er lächelte ihr aufmunternd zu, wohlwissend, dass das nicht mehr reichte.

Eine Stunde später schob Jürgen Susannes kleinen Koffer in den Flur. »Soll ich ihn dir schnell nach oben tragen?«

»Nein. Ich würde sagen, du machst dich direkt wieder auf den Weg.«

Er legte seine Hände an ihre Wangen. »Kommst du klar? Du weißt, ich bleibe bei dir, wenn dir das lieber ist.«

»Verschwinde, sieh zu, dass bei Rose alles läuft!« Susanne bedachte ihn mit einem schnellen Kuss.

»Wirklich?«

»Fahr vorsichtig!«

Sie winkte ihm zum Abschied. Dann schloss sie die Tür, drehte den Schlüssel zweimal herum und brachte ihren Koffer nach oben. Jürgen hatte recht. Sie durfte sich nicht verrückt machen, nicht wieder in alte Muster verfallen. Dafür gab es keinen Grund.

Die Tür ihres Schlafzimmers stand wie immer offen. Das Tageslicht schaffte es kaum durch den schmalen Bereich zwischen Rollladen und Fensterrahmen. Der große Baum tat sein Übriges. Susannes Hand tastete nach dem Lichtschalter. Sie drückte, aber es tat sich nichts. Nervös fuhr sie sich durchs Haar und steuerte das Bad an. Hier betätigte sie sämtliche Schalter. Den der Deckenbeleuchtung und den vom Spiegelschrank.

Sie hasste es, wenn er sie allein ließ. Beinahe hätte sie sich krankschreiben lassen, um bei ihm in Rerik zu bleiben. Ihr Mann war ihr Halt, der Anker, der sie an Ort und Stelle hielt. War er in ihrer Nähe, kam sie zur Ruhe. Tagsüber, mit Menschen um sich herum, zum Beispiel in ihrer Apotheke, kam sie gut zurecht. Die Arbeit lenkte sie ab. Abends sah das ganz anders aus. Da fühlte sie sich selbst in ihrem Zuhause nicht vollkommen sicher. Obwohl das totaler Quatsch war, das wusste sie selbst.

Erst als die Lampen in allen Räumen und im Flur brannten, traute sie sich zurück ins Schlafzimmer. Ohne einzutreten, langte ihr Arm um die Ecke. Die Hand drückte einmal, zweimal ... Endlich wurde es hell.

Verdammter Schalter! Wie oft hatte sie Jürgen nun schon gebeten, das alte Ding auszutauschen?

Nachdem der Koffer ausgepackt war, begab sie sich ins Erdgeschoss. Auch hier aktivierte sie alle Deckenleuchten. Schon besser. Die Stille des Hauses war das Nächste. Unerträglich präsent versetzte sie Susanne in Unruhe. Wenn sie allein war, besser gesagt, wenn sie wusste, sie würde über längere Zeit, auch über Nacht, allein sein, ließ sich das Fehlen gewohnter Geräusche kaum aushalten. War Jürgen im Haus, konnte es ihr nicht still genug sein.

Susanne schaltete den Fernseher ein. Es war ihr egal, was lief, Hauptsache sie hörte menschliche Stimmen. Zu laut durften sie jedoch nicht sein, damit sie alles in ihrer Umgebung mitbekam. Erst jetzt machte sie sich daran, die Jalousien hochzuziehen. Der frühe Abend schenkte ihr viel Sonne und einen blauen Himmel. Irgendwie würde sie die Zeit überstehen. Das tat sie immer. Die erste Nacht war die schlimmste.

Sie ging in die Küche und griff nach dem Rollladengurt. *Im Gefrierschrank müsste doch eine Portion Gemüsebällchen sein. Ein bisschen Reis dazu ... ja, ich glaub das wär das Richtige.* Mit jedem Zug ihrer Arme hob sich die Jalousie ein wenig mehr, wurde es heller im Raum. Doch plötzlich war es, als hätte jemand einen immensen Sog aktiviert, der sie mitten hineinkatapultierte in eine Zeit, die sie mühsam begraben und weggeschlossen hatte. Es war ihr unmöglich, den Blick abzuwenden. Das konnte nicht sein. Das war einfach nicht möglich! Sie wollte schreien, doch ihr Hals war wie zugeschnürt. Sie wollte fliehen, doch die Beine gehorchten nicht.

Nein!

Irgendwo zwischen Rerik und Husum

»Fredde!« Ann reichte Marc das Handy, damit sie sich aufs Fahren konzentrieren konnte.

»Hey, Marc hier, ich stell dich mal auf laut.«

»Sag Ann, sie soll liebevoll mit meiner alten Kiste umgehen!«

»Es ist echt super, dass wir uns den Volvo noch mal ausleihen dürfen.«

»Kein Ding, dann wird er endlich mal auf Strecke gefahren. Wie weit seid ihr?«

»Jungs, bitte!«, quengelte Ann. »Fredde, was hast du rausgefunden?«

»Okay, also ich mach's kurz. In unserer Datenbank ist nix zu finden. Kein Eintrag über eine Gesa Jessen, nichts über einen Henning Lange und dasselbe gilt für Rieke Johanna Jessen.«

Ann warf Marc einen enttäuschten Blick zu.

»Heißt im Klartext, kein Zeugenschutzprogramm, keine neue Identität durch die Staatsanwaltschaft.«

»Aber Moment! Kannst du dir da sicher sein? Kann bei euch einfach jeder sensible Inhalte aus Zeugenschutzakten einsehen?«

»Nein, natürlich nicht. Aber es gäbe interne Vermerke, die die Person als solches kenntlich machen. Die Zeugen sollen ja vor der Tätergruppe geschützt und nicht für Polizei und Staatsanwaltschaft unsichtbar werden.«

»Vielleicht sind wir doch auf dem falschen Dampfer und tun deinen Eltern unrecht?«, meinte Marc und riskierte einen Blick zur Rückbank, auf der Fynn und Marie gebannt zuhörten.

Aus dem Handy kam ein zweifelndes Geräusch.

»Ja, Fredde?«

»Ich hab im Melderegister von Husum nachsehen lassen. Es gab tatsächlich eine Gesa Jessen, verheiratet mit Henning Lange und deren Tochter Rieke. Lebten in Ockholm, direkt an der Nordseeküste. Ich schick euch gleich die letzte Meldeadresse. Die Geburtsdaten passen, der Zeitpunkt der Hochzeit auch.«

»Warum sagst du lebten?«

»Laut Datensatz der Stadt sind sie unbekannt verzogen. Die Hofstelle der Familie stand lange leer und verfiel, hat dann mehrfach den Besitzer gewechselt und wird nun von einer Schäferei genutzt. Und noch etwas ist seltsam. Man hat Henning und Gesa mehrfach aufgefordert, ihren Personalausweis erneuern zu lassen. Ist immer an die alte Meldestelle gegangen, da nichts anderes vorlag. Es wurde aber nie ein neuer beantragt. Auch für Rieke nicht.«

»Weiß man, wo Gesa und Henning gearbeitet haben?«

»Wo nicht, aber als was. Er war als Stadtinspektor im allgemeinen nichttechnischen Verwaltungsdienst geführt, dürfte aber mittlerweile in Rente sein, und bei Gesa stand als Berufsbezeichnung pharmazeutisch-kaufmännische Assistentin.«

»Das sind sie! Gesa ist Susanne und Henning ist Jürgen.« Anns aufgerissene Augen blickten Marc ein wenig zu lange an, sodass er ins Lenkrad griff, um sie auf der Straße zu halten.

Marie quiekte vor Schreck.

»Sie sind also untergetaucht. Aber warum?« Anns Zähne malträtierten ihre Unterlippe.

»Und wie sind sie an die neuen Identitäten gekommen, wenn nicht durch die Staatsanwaltschaft?«, hörten sie Fredde fragen.

»Geht eigentlich nur über illegale Quellen.« Marc zuckte entschuldigend mit den Schultern.

»Okay, die Polizei will oder kann ihnen nicht helfen, also werden sie selbst tätig und tauchen unter.« Ann schüttelte den Kopf. Ihr Vater war der korrekteste Mensch, den sie kannte. Strafzettel wurden sofort beglichen, nie war er mit einer Rechnung in Verzug, trennte akribisch den Müll und wies das Finanzamt darauf hin, wenn es sich zu seinen Ungunsten verrechnet hatte. Wie sollte er an einen Dokumentenfälscher kommen? »Noch mal die Frage: Warum?«

»Wegen der Vergewaltigung?«

»Rose sagt, der Täter ist verbrannt. Angst vor ihm kann nicht der Grund gewesen sein.«

»Ist auch die Frage, ob man wegen einer Tat, so schwer sie auch gewesen sein mag, sein altes Leben weggeschmissen hätte. Familie, Freunde, Arbeit ...« Marc ließ seine Finger rhythmisch über das Armaturenbrett laufen.

»Und wenn sie doch wussten, wer es gewesen ist? Wir kennen die Umstände dieses ominösen Brandes nicht, bei dem der Täter umgekommen sein soll. Was, wenn deine Mutter den Brand gelegt hat, wenn sie an seinem Tod beteiligt war? Eine einflussreiche Familie, die eins ihrer geliebten Mitglieder verliert, die der Schuldigen das Leben zur Hölle macht und sich rächen will?«, tönte Freddes Stimme aus dem Handy. »Das kann durchaus lebensbedrohlich sein. Je nachdem, mit welchem Clan man sich anlegt.«

»Das könnte auch die seltsamen Reaktionen deiner Mutter erklären, immer dann, wenn du durch deine Mordermittlungen öffentliches Interesse auf dich gezogen hast. Du siehst ihr echt ähnlich. Und du hast mehrfach mit großflächigem Konterfei in den hiesigen Zeitungen gestanden. Susanne hat noch immer Angst, gefunden zu werden«, stimmte Marc zu.

DAMALS, irgendwo in Deutschland

So müssen sich Tiere in Käfigen fühlen. Die Freiheit vor Augen und doch unerreichbar. Nicht zu wissen, wann die Qual endet, ob es überhaupt so etwas wie Zukunft gibt. Gesa kann nicht mehr. Sie hält das Ganze nicht eine Minute länger aus. Und doch verstreicht die Zeit, ohne sich um ihre Befindlichkeiten zu kümmern.

Was sie nicht versteht, ist, wie jemand wie *er* so unentdeckt agieren kann! Kein einziger Anruf in all der Zeit. Kein Besuch. Nicht einmal ein Paketdienst fährt dieses Haus an. Ganz selten sieht sie ihn mit Post unter dem Arm ins Haus kommen, die er dann sofort in ein Zimmer einschließt, zu dem sie keinen Zugang hat. Die Briefe wirft der Bote garantiert in einen Kasten vorne an einer Straße, von der sie nicht mal weiß, ob sie existiert. Briefkasten wie Straße sind reine Spekulation. Vor ihrem Fenster sieht sie nur Bäume und einen langen Weg ins Nirgendwo.

Aber trotzdem! Was ist mit dem Schornsteinfeger? Den Männern von den Gas- und Wasserwerken, die kommen, um die Zähler abzulesen? Irgendjemand musste sich doch mal hier rausbemühen! Und wovon lebt dieser Kerl eigentlich? Wie kann er es sich leisten, dieses Häuschen zu unterhalten, Essen zu kaufen, ohne arbeiten zu gehen?

Sehnsüchtig sucht ihr Blick den Wald ab. Wenn sie die Chance bekäme ... Wie schnell wäre sie zwischen den dünnen Stämmen unsichtbar?

»Träumst du, Gesa?«

Sie zuckt zusammen. Als er sie von hinten umschlingt, versteift sich ihr Körper. Sein Atem, so nah an ihrem Ohr, widert sie an.

»Ich muss dich leider noch mal allein lassen. Aber du musst nicht traurig sein. Wir machen nachher da weiter, wo wir heute Morgen aufgehört haben.« Er schiebt sie in die Kammer, schlägt die Tür zu und schließt ab. »Bis gleich. Vorfreude ist die schönste Freude.«

In diesen Momenten wünscht sie sich ein Messer, einen Hammer, irgendetwas, um ihm den Garaus zu machen. Sie ist sich sicher, sie hätte den Mut dazu.

Schritte auf dem Holzparkett, eine Tür, die zuschlägt, ein Wagen, der wegfährt.

Mit zitternden Händen zieht Gesa den feinen Draht aus ihrem BH. Sie hat ihn geradegebogen und unter den dicken Stoff des Abschlussbundes geklemmt, der unter ihren Brüsten verschwindet. Gemacht aus einer Büroklammer, die sie vor vielen Tagen, weit hinten, unter der Anrichte des Esszimmers entdeckt hat. Allein sie darunter hervorzuholen, ohne, dass er etwas mitbekam, war ein strategischer Drahtseilakt. Dann das richtige Versteck zu finden ... Sie weiß nie, wann er das nächste Mal über sie herfällt. Und sie musste den Draht bei sich haben, an ihrem Körper. Falls er sie wieder wegsperrt.

Du hast es geschafft!

Sie reißt sich die Hose herunter und holt das kleine, dünne Stück Papier aus ihrer Unterhose. Auch das hat sie in einem unbemerkten Moment an sich genommen und vor ihm versteckt. Das erste Mal seit Langem schöpft sie Hoffnung. Sie zieht sich wieder an und glättet das Papier. Es ist nicht groß, auseinander gefaltet in etwa so breit und hoch wie der Briefumschlag eines Behördenbriefs.

Er ist zu klein. Es wird nicht klappen.

Wie herum soll sie es durchschieben? Längs? Quer? Oh Gott, wenn sie es überhaupt schafft, den Schlüssel herauszuschieben, was, wenn er neben dem Papier landet? Sie hofft, dass der Schlüssel schwer genug ist, sodass er gerade herunterfällt und nicht unkontrolliert und von der Tür wegspringt.

Also los!

Sie geht in die Hocke, misst mit den Augen immer wieder die Lage des Schlosses ab, zieht eine gedankliche Linie, bis nach unten und schiebt das Papier leicht schräg durch den Türschlitz. Nach mehreren Korrekturen beschließt sie, es zu versuchen. Zuerst ein Blick in das Schlüsselloch. Doch so sehr sie sich bemüht, sie kann nicht erkennen, wie der Bart steht, wie sehr er verdreht ist. Wenn sie den Schlüssel erst großartig drehen muss, wird sie es nie schaffen.

Gesa schickt ein Stoßgebet zum Himmel und führt den Draht in das Loch.

Die Zeit verstreicht. Sie stochert, dreht, drückt, verkantet und bohrt. Aber sie weiß nicht einmal, ob sie dem Ziel auch nur einen Millimeter näherkommt. Ihre schweißnassen Hände verlieren die Klammer immer wieder. Und die Zeit verrinnt.

Mit einem Mal schiebt der Draht ins Leere. Einen Wimpernschlag später ertönt ein helles *Klack*.

Gesa wirft sich auf den Boden und versucht, durch den Schlitz unter der Tür zu blicken. Sie presst ihre linke Gesichtshälfte auf die Holzdielen, hält sich das rechte Auge zu. Keine Chance! Das Papier versperrt ihr die Sicht.

Sie geht in die Hocke und knetet ihre Finger. Dann beginnt sie, langsam zu ziehen. Ist da ein Widerstand? Ist das Papier etwas schwerer, weil es einen Schlüssel mit sich zieht?

Bitte, bitte! Gesa schickt ein Gebet nach dem anderen in den Himmel.

Millimeter für Millimeter zieht sie das Papier zu sich heran. Sollte der Schlüssel wirklich richtig gelandet sein, darf sie ihn nicht verlieren, auch nicht, wenn er nicht mittig, sondern nur zum Teil auf dem Papier liegt.

Und – er muss durch den Schlitz passen!

Wie oft in den letzten Tagen, seit der Plan gereift war, hat sie darüber nachgedacht? Immer, wenn er sie für kurze Zeit nicht beachtete, saß sie im Blickfeld der Tür und nahm mit den Augen Maß. Einmal, nur ganz kurz traute sie sich, ihn aus dem Schloss zu ziehen, fühlte, wie schwer er war, betastete seine Dicke. Für einen Test, ob er unter der Tür hindurchpasste, dafür reichte die Zeit nicht.

Ein Viertel des Papiers liegt vor ihr. Noch immer kein Schlüssel. Der Gedanke, den sie seit Stunden zu verdrängen versucht, schiebt sich immer mehr in den Vordergrund. Wenn sie es nicht schafft, was dann? Der Schlüssel liegt auf der anderen Seite der Tür – auf dem Boden. So winzig der Draht war, ihn und das Papier wird sie nicht verschwinden lassen können. Nicht in einer leeren Kammer, ohne Ritzen und Verstecke. Und er wird sie filzen. Die Leibesvisitation wird an Erniedrigung und Gründlichkeit ihresgleichen suchen.

Gesa müht sich hoch, geht ein paarmal durch den Raum, um Beine, Arme und Finger zu lockern. Wie viel Zeit ihr wohl noch bleibt? Sie hat keine Ahnung, wie lange er schon fort ist.

Sie versucht, ruhig und gleichmäßig zu atmen. Dann macht sie sich erneut ans Werk. Langsam, nicht zu ruckartig!

Was, wenn der Schlüssel nicht auf dem verdammten Papier liegt? Er liegt drauf. Er muss einfach!

Als der erste winzige Streifen Metall zu sehen ist, schreit Gesa laut auf.

Noch ein Stück, noch ein kleines Stück!

Und dann hält sie ihn in den Händen! Kurz denkt sie an ihren Schrei. Wenn er ihn nun gehört hat?

»Dann ist es eh zu spät«, murmelt sie, schließt auf und rennt los. Haus- und Nebeneingangstür sind verschlossen. Also öffnet sie ein Fenster. Und zwar auf der Rückseite des Hauses. Sie wird nicht den Fehler machen und ihm in die Arme laufen.

Als sie den Wald erreicht hat, ihr die ersten dicken Stämme Schutz bieten, möchte ihr Herz vor Glück zerspringen.

Kapitel 8

Husum

Während Marie und Fynn durch Husum schlenderten, nahmen Marc und Ann sich die Ausgaben der hiesigen Tageszeitungen vor, die das Kreisarchiv für das Jahr 1990 gesammelt hatte. Nach mehreren Stunden zäher Suche wurde Marc in einer Augustausgabe fündig.

»Ich hab was. Ach du Scheiße!« Er machte Platz, sodass sie mitlesen konnte.

Ockholmerin vermisst: Die Polizei bittet um Mithilfe, so die Headline.

Husum. Die 30-Jährige wird seit drei Wochen vermisst. Sie ist Mutter eines wenige Monate alten Säuglings.

Die 30 Jahre alte Ockholmerin Gesa Jessen wird seit Montag, den 9. Juli vermisst. Die psychisch labile Mutter verließ demnach gegen vierzehn Uhr fünfzig die Therapiepraxis Dr. Henriette Steinmetz in der Süderstraße. Die Vermisste ist etwa 170 cm groß, schlank, hat braune, schulterlange Haare und ist wahrscheinlich mit einer Jeanslatzhose sowie einer dünnen gelben Sommerjacke bekleidet. Die Kriminalpolizei fragt: Wer hat Gesa Jessen seit dem 9. Juli im Stadtgebiet oder Umland gesehen?

Wer kann Angaben zum Aufenthaltsort der Vermissten machen?

Hinweise nimmt die Kriminalpolizei der Direktion …

Es folgten die Adresse, Telefonnummer und ein Foto der dreißigjährigen Gesa.

Ann starrte auf das Bild ihrer schüchtern lächelnden Mutter.

»Psychisch labil? Dann muss das nach der Vergewaltigung gewesen sein. Sie hat eine Therapiepraxis aufgesucht und dann ...«, überlegte Marc laut.

»... war sie drei Wochen verschwunden?« Anns tiefe Stirnfalten verrieten ihre Verwirrung. »Lass im Internet mal nach dieser Praxis von Dr. Henriette Steinmetz suchen!«

Während Marc suchte, ging Ann die weiteren Artikel und Ausgaben durch. Immer, wenn über Brände berichtet wurde, hielt sie inne und las jede Zeile genau durch. Zum Glück für die damalige Husumer Bevölkerung hatte es keinerlei Brände mit Todesfolge gegeben.

»Die Frau praktiziert sogar noch. In denselben Praxisräumen«, murmelte Marc, ohne von seinem Handy aufzuschauen.

»Dann werden wir ihr später einen Besuch abstatten.«

»Du weißt, dass sie dir nichts über ihre Patienten erzählen wird?«

Ann zuckte mit den Schultern. Mittlerweile war sie in der Mitte des Septembers angekommen. Nichts schien zu passen.

Endlich! Nach weiteren anderthalb Stunden schrie sie leise auf. »Hier, ich glaub ... Das gibt's doch nicht!«

Der Artikel stammte von Anfang November.

Entführungsdrama: Täter bis zur Unkenntlichkeit verbrannt. Hat Opfer das Feuer selbst gelegt?

Entführungsdrama nahe Oldersbek:

Seit vier Monaten wurde nach der 30-jährigen Gesa J. verzweifelt gesucht. Die Mutter eines wenige Monate alten Säuglings verschwand nach einem Besuch bei ihrer Psychotherapeutin

spurlos. Für die Kriminalpolizei, Direktion Husum, war die Sachlage von Beginn an schwierig. Sowohl Suizid als auch ein freiwilliges Untertauchen der labilen Gesa J. konnte nicht ausgeschlossen werden. Im Fokus stand auch ihr zwölf Jahre älterer Ehemann Henning L.
Die großangelegte Befreiungsaktion der verschleppten Gesa J. ereignete sich am späten Mittwochabend. Das im idyllischen Grün gelegene Haus, in dem sich normalerweise Feriengäste aufhalten, brannte lichterloh, als Feuerwehr und Polizei eintrafen. Ob Gesa J. selbst das Feuer gelegt hat, ist bislang unklar. Während das Opfer mit einer Rauchvergiftung ins Krankenhaus gebracht wurde, kam der Entführer Dietmar V. in den Flammen seines Hauses um. Der Neunundfünzigjährige vermietete sein Anwesen die überwiegende Zeit des Jahres an Feriengäste, während er selbst sich in Thailands Nachtleben vergnügte. Wie er an das Opfer Gesa J. kam, ist bislang unklar.
Die Polizei ermittelt.

»Dietmar V. also.« Ann strich sich die Haare aus dem Gesicht. »Warum sagt Rose dann, der Mann wäre nie identifiziert worden?«

»Damit du gar nicht erst auf die Idee kommst, es gäbe etwas, das man recherchieren könnte?«

Ann blies zweifelnd Luft aus ihren Wangen. »Und warum findet Fredde nichts über Gesa in der Polizeidatenbank? Ich meine, sie war vier Monate verschwunden!«

»Ich weiß nicht, vielleicht wurden die Daten mittlerweile gelöscht? Das Ganze ist fast dreißig Jahre her!«

»Wäre das rechtens?«

»Klar. Wenn keine neuen Ermittlungen zu oder über die Person, keine Verwicklungen in kriminelle Machenschaften hinzukommen, kann nach zehn Jahren gelöscht werden. Wird innerhalb dieses Zeitraums auch nur ein Eintrag hinzugefügt, verlängert sich die Speicherung um weitere zehn Jahre.«

»Vier Monate, Marc. Was hat der Typ vier Monate mit meiner Mutter gemacht? Laut Zeitungsbericht war sie nicht freiwillig dort.«

»Falls deine Oma mit der Vergewaltigung nicht auch gelogen hat, würde ich mal tippen, dass die nicht vor Gesas Verschwinden, sondern währenddessen stattgefunden hat.«

»Weshalb war sie dann bei dieser Psychologin? Und wer ist Dietmar V.?«

Die beiden sahen die restlichen Zeitungen durch, fanden aber nichts mehr, das mit ihrem Fall zu tun hatte.

Also machten sie sich auf den Weg zu Henriette Steinmetz.

Es war bereits später Nachmittag, als sie vor der Praxis hielten. Das zurückliegende Gebäude empfing sie mit schlichter Eleganz. Weiße Sprossenfenster, cremefarbener Putz, Milchglasfront im Eingangsbereich. Eine schicke Stadtvilla. Ann schob Marc durch die Tür.

Die Dame hinter dem Tresen lächelte freundlich. »Was kann ich für Sie tun?«

»Wir würden gern mit Frau Dr. Henriette Steinmetz sprechen.«

Die Arzthelferin sah in ihren Computer. »Einen Termin haben Sie aber nicht, oder?«

Ann schüttelte den Kopf.

»Dann tut es mir leid. Dann müssten Sie noch einmal wiederkommen. Sollen wir gleich einen Termin machen?«

Wieder schüttelte Ann den Kopf. »Das geht leider nicht. Wir haben eine mehrstündige Anfahrt hinter uns. Ich komme nicht wegen eines Therapiegesprächs. Trotzdem müsste ich sie wirklich dringend sprechen.«

»Sie ist in einer Sitzung. Und danach schließen wir für heute.«

»Perfekt, das passt doch gut. Wir warten gern.« Ann steuerte das Wartezimmer an.

Die Arzthelferin folgte ihnen protestierend. »Um was geht es denn?«

»Um eine ehemalige Patientin von ihr.« *Ich glaube zumindest, dass sie die Behandlung eingestellt hat.*

»Frau Doktor wird mit Ihnen nicht über ihre Patienten sprechen, ehemalig oder nicht!«

»Das muss sie auch nicht. Bitte, wir müssen einfach nur kurz mit ihr reden. Es dauert auch nicht lange.«

Mit einem zweifelnden Blick und einem tiefen Seufzer entfernte die Frau sich.

»Gut, dass wir beide so harmlos aussehen«, konstatierte Marc.

»Wir? Harmlos? Bonnie und Clyde sind nix gegen uns.« Ann schenkte ihm ein schiefes Grinsen.

»Auch wieder wahr.«

Plötzlich hörten sie Stimmen. Erst eintöniges Gemurmel, das immer häufiger aufgebracht klang, dann energische Töne, die wie Befehle wirkten. Dann erschien eine kleine weißhaarige Frau im Türrahmen. Die Brille auf der Nasenspitze, betrachtete sie ihre Überraschungsgäste streng über den Brillenrand hinweg. »Ja? Was wollen Sie?«

Ann sprang auf und streckte ihr die Hand entgegen. »Johanna Arnold, entschuldigen Sie bitte, dass wir Sie so überfallen, aber wir sind nur noch wenige Stunden in der Stadt. Ich würde gern mit Ihnen über den Fall Gesa Jessen sprechen.«

Der Gesichtsausdruck der Ärztin blieb unverändert.

»Sie war Patientin von Ihnen, bis sie im Juli 1990 spurlos verschwand, direkt vor Ihrem Haus, nachdem sie bei Ihnen in der Praxis war.«

Ann erkannte sofort, dass der Groschen gefallen war. Frau Steinmetz wusste, von wem sie sprach. »Ganze vier Monate war die Frau verschwunden, bis sie bei dem Brand eines Ferienhauses wieder auftauchte. Ein Entführungsopfer des

Hausbesitzers Dietmar V.« Fragte sich Henriette, was Ann damit zu tun hatte? Mit Sicherheit.

»Vielleicht erinnern Sie sich noch, Gesa hatte eine kleine Tochter, gerade mal drei Monate alt. Rieke.« Ann holte tief Luft. Es fiel ihr seltsam schwer, die drei kleinen Worte laut auszusprechen. »Das bin ich.«

Nach kurzem Überlegen bat Henriette sie in einen Besprechungsraum.

»Schlimme Geschichte, damals. Wie geht es Ihrer Mutter?« Die Ärztin bot Ann einen Stuhl an und setzte sich den beiden gegenüber.

»Gut. Ja, ich denke schon.« Ann zog das Handy heraus, fand ein paar Fotos ihrer Eltern und hielt der Therapeutin den Bildschirm hin. »Wussten Sie, dass meine Eltern unsere Namen, unsere Identitäten ändern ließen?«

»Wirklich? Nein, das wusste ich nicht.«

»Sie leben seit der Entführung als Susanne und Jürgen Arnold in Neustadt in Holstein. Mich haben sie von Rieke Johanna Jessen in Johanna Arnold umgetauft. Natürlich war ich noch zu klein, um mich an irgendetwas von dem ganzen Wahnsinn erinnern zu können.«

»Warum erzählen Sie mir das?«

»Weshalb war meine Mutter damals bei Ihnen in Therapie?«

Die Ärztin gab einen Unmutslaut von sich. »Das kann ich Ihnen nicht sagen. Um mit Ihnen darüber sprechen zu können, bräuchte es eine Einwilligung Ihrer Mutter.« Scheinbar erwartete sie, Ann würde etwas Dementsprechendes aus der Tasche ziehen. »Und egal, was sie mir jetzt vorlegen, da ich weder Ihre Identität noch den Wahrheitsgehalt Ihrer Geschichte überprüfen kann, werde ich Ihnen nicht weiterhelfen können.«

»Was Sie aber können, ist, mir von dem Verbrechen erzählen, dass vor Ihrer Haustür passiert ist.«

»Davon haben wir hier in der Praxis nichts mitbekommen.«

»Aber von dem danach. Die Polizei wird Sie aufgesucht und befragt haben. Bitte, Sie würden mir sehr helfen, wenn Sie mir von den damaligen Ereignissen erzählen würden!«

»Ihre Eltern können Sie nicht fragen? Was ist mit Ihrem Vater?«

»Ich weiß nicht, was von dem, was sie erzählen, stimmt. Hören Sie, ich habe gerade erfahren, dass mein ganzes Leben eine einzige große Lüge ist. Ich heiße nicht Johanna Arnold und bin auch nicht in Neustadt in Holstein geboren, sondern – Trommelwirbel – ich bin die Rieke aus Ockholm. Meine Mutter heißt Gesa und nicht Susanne, mein Vater Henning, statt Jürgen. Meine Großeltern sind gar nicht meine Großeltern und einen Halbbruder habe ich plötzlich auch. Und meine Eltern? Schweigen! Das Einzige, was ich weiß, ist, dass meine Mutter bei Ihnen in Therapie war. Dass sie vor Ihrer Tür entführt wurde und dass von da an nichts mehr war wie zuvor. Also bitte …!«

Henriette Steinmetz hatte Ann staunend zugehört. »Wir haben uns nicht wirklich gewundert, dass sie weg sind, um woanders neu anzufangen, nach alldem. Dass sie ihre Namen geändert haben, davon wussten wir nichts. Merkwürdig …« Sie atmete tief durch. »Ich erinner mich noch gut. So etwas vergisst man nicht. Sie war bei mir gewesen. Die üblichen fünfzig Minuten. Als sie mich verlassen hat, war sie nachdenklich, aber guter Dinge. Ich weiß das deshalb immer noch so genau, weil ich das erstens so oft zu Protokoll geben musste und mich zweitens wochenlang gefragt habe, ob mir an ihrem Verhalten irgendetwas hätte auffallen müssen. Die Polizei hat überall nach ihr gesucht. Sie hatten Angst, dass sie sich etwas antut.«

»Weshalb?«

Dr. Steinmetz quittierte Anns Frage mit einem *Sie-wissen-doch-Blick.* »Es gingen viele Gerüchte herum. Dass ihr Mann etwas mit ihrem Verschwinden zu tun haben sollte, das hielt sich hartnäckig. Die beiden hatten es nicht leicht. Gesa hatte den Tod ihrer Eltern zu verkraften. Dazu noch der kleine Säugling und der baufällige Hof. Das war schon ein ordentliches Päckchen. Also liefen die Ermittlungen der Polizei wohl sehr in Richtung Suizid oder Familiendrama. Die Fragen der Ermittler haben auf mich zumindest den Eindruck gemacht.«

»Wissen Sie, was es mit dem Brand und diesem Dietmar V. auf sich hatte, von dem die Zeitungen berichtet haben?«

Sie schüttelte den Kopf. »Nur das, was in den Medien verbreitet wurde. Angeblich ein alleinstehender Mann, der zwei Drittel des Jahres im Ausland verbrachte und währenddessen sein Haus an Feriengäste vermietete. Können Sie da nicht besser die Polizei fragen? Die haben bestimmt Akten über den Fall.«

»Ich werde es versuchen. Was war danach? Nach dem Brand? Es gab doch bestimmt eine psychologische Betreuung! War meine Mutter weiterhin bei Ihnen in Behandlung?«

»Erst war sie im Krankenhaus, bekam Hilfe durch die Staatsanwaltschaft und Behörden. Aber später, ja.«

»Was heißt später?«

»Ein paar Wochen danach.«

»Sie war schwanger, richtig?«

Die Ärztin nickte.

»Von dem Entführer, diesem Dietmar V.? Hat sie Ihnen erzählt, was passiert ist? Hat Sie Ihnen von der Zeit mit diesem Mann berichtet? Hat er sie die ganze Zeit dort gefangen gehalten? Wurde sie von ihm vergewaltigt? Was ist mit dem Brand? Wissen Sie, wie es dazu gekommen ist?«

»Ich kann verstehen, wie sehr Sie nach Antworten suchen, aber ich darf mit Ihnen nicht über Dinge sprechen, die meine Patienten mir anvertraut haben. Es tut mir leid.«

Ann schloss die Augen und atmete einmal tief durch. »Sie

wussten nichts von ihrer Namensänderung. Das heißt, meine Mutter hat den Kontakt zu Ihnen irgendwann abgebrochen. Warum?«

»Das weiß ich nicht. Sie kam einfach nicht mehr. Meine Hilfen haben versucht, sie zu erreichen. Da meinte man, die Familie wäre umgezogen. Zur Sicherheit habe ich den zuständigen Kommissar kontaktiert. Der konnte es mir bestätigen.«

»Hat er gesagt, wohin?«

»Meine Güte, ich habe keine Ahnung. Ich glaube nicht.«

»Können Sie sich an den Namen des ermittelnden Kommissars erinnern?«

Henriette stützte den Ellbogen auf und ließ das Kinn in ihre Hand sinken, sodass ihre Finger die Lippen bedeckten. Sie schien intensiv nachzudenken. Dann schüttelte sie den Kopf. »Tut mir leid, das ist einfach zu lange her. Vielleicht, wenn ich den Namen sehen würde?«

»Hätte sie das Kind abgetrieben, wenn man sie eher gefunden hätte?«

Ann erntete einen tadelnden Blick. »Ist Ihre Mutter nach wie vor in psychologischer Behandlung?«

»Nein. Wobei, wer weiß? Wahrscheinlich würde sie mir nicht einmal *das* erzählen. Also sollte ich wohl ehrlicherweise antworten: Ich habe keine Ahnung.«

»Es tut mir leid, aber ein solch traumatisches Erlebnis wirkt sich leider oft dramatisch auf die Art und Weise aus, wie wir mit unseren Mitmenschen umgehen und unser weiteres Leben meistern. Wie ist Ihre Beziehung zu Ihrer Mutter?«

»Puh ... angespannt, würde ich sagen. Kühl, distanziert würde auch passen.«

»Sie waren vier Monate getrennt. Während einer Phase, die für die Bindung zwischen Mutter und Kind extrem wichtig ist. Und danach ... ich denke nicht, dass Ihre Mutter in der Lage war, sich um sie zu kümmern, so sehr sie Sie auch geliebt hat und es bestimmt auch heute tut.« Sie schien zu überlegen. »Ist sie je wieder arbeiten gegangen? Oder gab es weitere Kinder?«

»Außer meinem Halbbruder, nein. Und ja, sie arbeitet, seitdem ich mich erinnern kann, als Apothekerin.«

»Häufige Krankmeldungen?«

»Nein.«

»Das ist gut. Das spricht dafür, dass sie für sich einen Weg gefunden hat.«

Ja, indem sie unser Leben in eine dicke Lüge eingewickelt hat.

»Und Ihr Vater? Leben die beiden noch zusammen?«

»Jepp. Er tut einfach alles für sie. Die beiden sind unzertrennlich. Er ist der, der immer klein beigibt, der hinter ihr aufräumt, sie in Schutz nimmt, egal, wie sie sich verhalten hat.«

»Das ist schön. Ich meine, dass er zu ihr gehalten hat. Viele Ehen wären daran kaputtgegangen.«

»Und er? Finden Sie nicht, dass er ein bisschen auf der Strecke bleibt? Nach alldem, was ich erfahren habe, musste er mit der Ungewissheit ihres Verbleibs klarkommen, der Angst, sie nie wiederzusehen, den massiven Anschuldigungen durch die Polizei und Bevölkerung, und der Tatsache, dass seine Frau ein Kind von einem anderen Mann, einem Täter, erwartet. Ach ja, und dann war da ja noch ich, der drei Monate alte Säugling, der seine Mutter vermisste und für den er nun ganz allein verantwortlich war. Wow, das nenn ich mal ne fette Liste.«

»Sie haben eine enge Bindung zu Ihrem Vater.«

»Wenn er nicht gerade damit beschäftigt war, das Lügenkonstrukt aufrecht zu erhalten oder sich um Susanne zu kümmern, war er für mich da, ja.« Ann wusste selbst, wie ungerecht das klang. War nicht ihre Mutter das Opfer? Und doch waren die Emotionen gegenüber ihrem Vater stärker. Vielleicht, weil sein Schmerz greifbarer war. Susannes Leid konnte sie nicht ermessen, nicht nachfühlen. Die vier Monate waren für Ann wie eine schwarze, unbeschriebene Tafel.

»Sie sagten, Sie hätten gerade erst erfahren, dass Ihre Eltern ihr Leben unter einer falschen, oder sagen wir neuen Identität führen. Wer hat es Ihnen gesagt? Ihr Vater? Vielleicht sollten Sie eine Familientherapie in Erwägung ziehen.«

Ann lachte verbittert. »Wer mit mir gesprochen hat? Wer mich ins Vertrauen gezogen hat? Wer die Lügerei beendet hat?«

Marc legte ihr beruhigend die Hand auf den Unterarm.

»Niemand! Nach und nach bin ich draufgekommen, dass da was nicht stimmt mit unserer perfekten Familienidylle. Doch glauben Sie mal nicht, auf meine Fragen hätte ich Antworten oder gar die Wahrheit bekommen! Nein! Stattdessen wurde ich als Spinnerin dargestellt, die überall dreckige Geheimnisse sieht.«

Henriette Steinmetz seufzte. »Ich denke, es wäre wirklich eine gute Idee, mit der Polizei zu sprechen. Ich weiß nicht, wie die Ermittlungen damals ausgegangen sind. Es gibt sicher eine Erklärung für den Identitätswechsel. Vielleicht kann die Staatsanwaltschaft helfen und einige Ihrer Fragen beantworten. Geben Sie Ihren Eltern eine Chance. Sie haben viel durchgemacht.«

Vor der Tür der Praxis setzte Ann sich auf Marcs Schoß und vergrub ihren Kopf in seiner Halsbeuge. »Bin ich ein Monster, weil ich ihnen vorhalte, mich nicht ins Vertrauen gezogen zu haben?«

DAMALS, irgendwo in Deutschland

Gesa hat nicht nachgedacht. Sie ist einfach losgerannt. Mit der dünnen Jacke, der einzigen, die sie hat. Der kalte Wind bläst ihr gnadenlos ins Gesicht, Füße, Nase, Finger nichts spürt sie mehr. Egal. Einfach nur weiter. Immer geradeaus, nur nicht im Kreis. Das ist ihre größte Sorge – irgendwann wieder vor dem Haus zu stehen und von ihm in Empfang genommen zu werden. Sie muss ein Haus finden. Ein bewohntes Haus. Und damit jemanden, der ihr hilft.

Sie stolpert aus dem Wald auf eine asphaltierte Straße. Sehnsüchtig blickt sie in beide Richtungen. Wie gern wäre sie ihr gefolgt, hätte das nächste Auto angehalten und sich retten lassen. Doch die Angst ist zu groß. Was, wenn er sich nähert? Eine einzelne Person auf der einsamen Landstraße, weithin sichtbar ... Das wäre ihr Ende. Also bleibt sie dabei: Immer geradeaus und ab, über die Straße, wieder in den schützenden Wald. Der Untergrund erschwert das Vorankommen. Dazu die tauben Füße. Immer wieder stolpert sie. Doch nichts kann sie stoppen. Egal, was passiert, sie weiß, sie wird einfach immer weiterrennen. Nur nicht zurück in die Hölle.

Husum

Nachdem sie Fynn und Marie eingesammelt hatten, lenkte Ann den Wagen zu der Adresse, die Fredde ihnen geschickt hatte. Der alten Meldeadresse von Gesa Jessen und Henning Lange. Dem Ort, an dem ihre Eltern gelebt hatten, bevor das alles geschehen war.

»Wie war euer Tag an der Nordsee? Gefällt euch Husum?«, fragte Marc, als selbst die sonst so aufgekratzte Marie betretend schwieg.

»Ja. Die meiste Zeit sind wir am Hafen herumflaniert, haben uns die niedlichen Geschäfte angesehen. Hättet ihr gedacht, dass die in einer Stadt an der Nordsee ein Weihnachtshaus haben?«

»Ach, der Weihnachtsmann lebt gar nicht am Nordpol?«

Marie lachte und schlug ihm spielerisch auf den Hinterkopf. »Das ist ein Museum, du Banause. Ein echt schickes Gründerzeithaus, in dem man das ganze Jahr über Sammlungen anschauen kann, die zeigen, wie in den verschiedenen Epochen Weihnachten gefeiert wurde. Echt lustig. Und einen total niedlichen Tante-Emma-Laden haben die auch. Also historisch eingerichtet. Da kannst du Baumschmuck und Weihnachtsdeko kaufen. Auch mitten im Sommer.«

Marc versuchte, sich zu ihr herumzudrehen. »Hast du?«

Fynn grinste. »Du kennst doch Marie. Ich hatte Mühe, sie da wieder rauszukriegen.«

Seine Freundin kramte in ihrem Rucksack und präsentierte nach und nach ihre Beute. »Hab gar nicht so viel geshoppt. Aber dieses Glitzerschwein mit Flügeln musste einfach mit.« Stolz hielt sie eine Christbaumkugel in Schweineform hoch.

»Zeig ihnen den Emoji-Kackhaufen.« Fynn verdrehte spielerisch die Augen.

»Nicht dein Ernst!« Marc hielt sich lachend den Kopf.

»Wir sind da.« Ann fuhr langsam auf den Hofplatz. Eine Stallanlage, die wirkte, als wäre sie erst vor Kurzem erbaut worden. Zu großen Rollen aufgewickelte Weidezäune stapelten sich an ihrer Seite. Links daneben ein Einfamilienhaus. Weit entfernt von alt und baufällig. Ob das das Haus war, in dem das Ehepaar Jessen/Lange mit ihrer Tochter Rieke gewohnt hatten? Hatte der Schäfer es für seine Familie wieder hergerichtet?

Hinter ihnen kam ein Pick-up in den Innenhof gefahren und parkte vor dem Wohngebäude. Ein etwa vierzigjähriger Mann stieg aus und kam auf sie zu.

Ann kurbelte das Fenster herunter, was ihn zu amüsieren schien.

Lächelnd betrachtete er den alten Volvo. »Kann ich Ihnen helfen?«

»Das wäre schön. Wir sind auf Erinnerungstour, sprich auf den Spuren meiner Familie. Hier müsste einmal ein Hof gestanden haben, der der Familie Jessen gehört hat. In den Neunzigern.«

»Oh, das kann gut sein. Als wir das alles hier vor gut zehn Jahren übernommen haben, war von dem Haupthaus aber schon nicht mehr viel übrig. Der Hof stammte ursprünglich aus den Dreißigern und war leider sehr marode. War wohl nie viel Geld da, um alles instand zu halten. Na ja, die Gegend gehörte auch nicht unbedingt zu den wohlhabendsten. Der Besitzer hieß aber nicht Jessen, sondern Kopmann.«

»Das kann sein. Das Ganze wurde wohl mehrfach veräußert. Heißt also, das Haus dort drüben«, Ann nickte zum Wohngebäude, »ist erst später entstanden?«

Der Mann nickte. »Ja. Den alten Bestand konnte man nur noch abreißen. Stand auch nicht unter Denkmalschutz.« Er wandte sich von ihnen ab und wies auf einen kleinen gemauerten Schuppen mit Holztür und alten Schindeln. »Das ist das Einzige, was erhalten blieb. Meine Frau nutzt ihn für ihre Gartengeräte, quasi ein Gewächshaus. Wobei, nein, zur Pflanzenaufzucht ist er nicht zu gebrauchen.« Er lachte. »Viel zu kalt da drin.«

Sehnsüchtig folgten Anns Augen der Linie, die sein Finger beschrieb. Albern, aber sie wünschte sich, die Wände zu berühren.

»Sie dürfen gern hineinsehen, wenn Sie wollen.«

»Wirklich? Das wäre echt ... Ich war noch zu klein, ich kann mich leider an nichts erinnern. Trotzdem ist es was Besonderes, wenn man weiß, dass die Mutter hier aufgewachsen ist, die Großeltern hier gelebt haben.«

»Klar, versteh ich gut. Nur zu!«

Ann stieg aus und drehte sich zu Marc. Der winkte, sie solle vorausgehen. Also folgte sie dem Eigentümer, während Fynn den Rolli aus dem Kofferraum holte und ihn neben der Beifahrertür platzierte, damit auch Marc an der Führung teilnehmen konnte.

Kurz vor dem kleinen Gebäude blieb Ann stehen. Ganz

langsam streckte sie die Hand aus und berührte das kalte, gekalkte Mauerwerk. Ein paar blöde Steine nur, trotzdem war der Gedanke, dass Mitglieder ihrer Familie, die sie nie kennengelernt hatte, die Steine aufeinandergesetzt hatten, bewegend. Sie folgte dem Mann in den etwa drei mal fünf Meter großen Raum. Es war dunkel und kühl. Ein kleines rostiges Metallfenster mit vier einfachen Glasscheiben zeigte in den Garten.

»Gehört das noch zur ursprünglichen Substanz?« Sie fuhr mit dem Zeigefinger an dem Rahmen entlang, bis hin zur Schließe.

»Ich denke schon.«

Ob das ihr Opa gebaut hatte? Oder dessen Vater? Solche Schuppen wurden früher meist von den Bauern selbst errichtet. »Darf ich Fotos machen? Von dem Fenster und dem Schuppen? Und eine Totale, wie es hier heute aussieht? Für meine Eltern.«

»Sicher. Es tut mir leid, dass nicht mehr erhalten ist.«

»Sie haben mir wirklich sehr geholfen, vielen Dank!«

DAMALS, irgendwo in Deutschland

Der Wald ist nicht so groß wie erhofft. Vor Gesa liegen riesige abgeerntete Felder. Zu allen Seiten braunes, mit Regenwasser vollgesogenes Erdreich. In ihren leichten Turnschuhen wäre es zu mühsam, sie käme nicht weit. Nirgends etwas, das ihr Schutz bietet. Trotzdem ist sie gezwungen, den Ackerweg entlangzulaufen. Als einzige Erhebung weithin sichtbar. Gesa weiß nicht, wie lange sie schon auf der Flucht ist. Und ob sie es wirklich immer geschafft hat, die Richtung beizubehalten. Sie hat mehrere Straßen überquert, ist über Wiesen gerannt und Zäune gestiegen. Menschen ist sie nicht begegnet.

Dann endlich, erscheinen in der Ferne die Umrisse eines

Silos. Dort muss ein Hof sein. Ihre müden Beine schöpfen wieder Kraft. Zwei Stallgebäude und ein Wohnhaus kommen in Sicht, dazu ein kleiner und der große Silo. Die letzten zweihundert Meter muss sie sich nun doch querfeldein über einen Acker mühen. Alles andere hätte einen riesigen Umweg bedeutet. Sie nähert sich dem Hof von hinten. Aufgeregt umrundet sie den ersten Stall.

»Hallo? Ist hier jemand? Ich brauche Hilfe!« Sie hört Hunde bellen. Eindeutig zwei. Als sie um die Ecke biegt, steht sie vor ihnen. Sie auf der einen Seite des Zauns, die beiden zähnefletschenden Ungetüme auf der anderen. Erleichtert atmet sie durch und geht die Elemente entlang.

»Hallo? Hallo, ist hier jemand?« Sie schreit gegen das immer lauter werdende Gebell an. Der eine Hund springt gegen das Gitter. Das, wie Gesa nun entdecken muss, umschließt das gesamte Wohngebäude und den Innenhof. Das Tor zur Straße ist geschlossen. Auf dem Platz steht ein Trecker. Keine Autos. Ihr Rufen, das Bellen, nichts davon lockt Menschen vor die Tür. Der Hof wirkt verwaist.

Gesa sinkt zu Boden, betrachtet die aufgebrachten Hunde, die nicht müde werden, sie zu verbellen. An denen kommt sie nicht vorbei. Sie wäre so gern in dieses Haus gelangt, hinein ins Warme, Trockene, hin zum Telefon, um Hilfe zu holen. Sie wäre da irgendwie reingekommen, zur Not hätte sie ein Fenster eingeworfen. Wären nur die Hunde nicht! Sie geht zurück zu den beiden Stallgebäuden. Vielleicht schafft sie es in eines einzusteigen? Sich ein bisschen auszuruhen. Sie könnte warten, bis die Hofbesitzer nach Hause kommen. Doch auch hier rüttelt sie vergebens an den Toren.

Es beginnt zu regnen. Sie rennt auf die angrenzende Wiese und sucht Schutz in einem kleinen Viehunterstand. Ihre Zähne schlagen leise aufeinander, die Kälte wird schlimmer, jetzt, wo sie nicht mehr rennt. Immer wieder muss sie sich vorbeten, wie weit sie schon gekommen ist, um nicht zu verzweifeln. Ihr Blick fällt auf einen kleinen rostigen Dreibeingrill, der an der Holzwand lehnt. Sein Rost ist durch das eingebrannte Fett ganz schwarz. *Wenn sie nicht alles verbrannt haben ...*

Gesa tritt näher und versucht, die hellgrau Asche zur Seite zu pusten, doch sie ist zu feucht. Also fängt sie an, zu wühlen und tatsächlich findet sie ein paar kieselsteingroße Stücke Holzkohle. Als seien sie ein wertvoller Schatz schiebt sie sie vorsichtig in ihre Hosentasche. Sie kann hier nicht bleiben. Sie muss weitersuchen. Hoffen, dass sie jemanden findet, der sie aus diesem Albtraum erlöst. Doch bevor sie geht, will sie eine Nachricht hinterlassen. Sie muss nur noch eine geeignete Stelle finden. Eine, die die Hofbesitzer nicht übersehen können, so trocken, dass der Regen ihre Nachricht aus schwarzer Holzkohle nicht wegwaschen kann.

Husum

Die vier Fenster des Volvos waren heruntergelassen. Marie und Fynn saßen eng ineinander geschlungen auf der Rückbank und sprachen leise miteinander. Manchmal hörte Ann ihre Freundin kichern. Marc schien das langgestreckte Gebäude auf sich wirken zu lassen, wobei es auch sein konnte, dass seine Augen nur nach Halt suchten, damit der Kopf besser grübeln konnte.

Nun saßen sie schon eine Viertelstunde vor der Polizeistation von Husum und überlegten, wie sie an den Namen des Kommissars gelangen könnten, der den Fall von Gesa Jessen bearbeitet hatte. Den, von dem scheinbar kein einziger Aktenvermerk mehr in der Datenbank zu finden war.

»Wenn ich da jetzt reinrolle und meinen BKA-Ausweis zücke, um mich nach dem Ermittlungsleiter eines dreißig Jahre alten Falls zu erkundigen, haben wir garantiert ganz viel Aufmerksamkeit und ich im Nachgang ne Menge Ärger. Ob wir auch den Namen erfahren, halte ich für fraglich.«

»Warum kriegst du Ärger? Du gaukelst doch niemandem was vor. Schließlich *bist* du BKA-Mitarbeiter!«, empörte sich Marie.

»Das käme einem Amtsmissbrauch gleich. Ich darf die Marke nicht benutzen, um mir für mein Privatleben Vorteile zu verschaffen. Ein Notarzt fährt ja auch nicht mit Alarm zur Pommesbude, an der Schlange der Wartenden vorbei, und holt sich ne Mantaplatte.«

Marie lehnte sich seufzend an Fynn. »Und jetzt?«

Ann öffnete die Autotür. Ich geh da jetzt rein und frage freundlich nach. Mehr, als mich unverrichteter Dinge wieder rausschicken, können sie nicht.«

Sie stapfte los, stieg die roten Steintreppen hoch und ging durch die Glastür ins Innere.

»Hallo.« Sie steuerte den Beamten hinter der Abtrennung an, der sich zu ihr umdrehte.

»Moin, was kann ich für Sie tun?«

»Ich habe eine ungewöhnliche Bitte. Können Sie mir sagen, wer 1990 im Entführungsfall Gesa Jessen die Ermittlungen geleitet hat? Er kam von Ihrer Dienststelle.«

Der Beamte zog überrascht die Augenbrauen hoch. »Weshalb wollen Sie das wissen?«

»Ich bin die Geschädigte.«

»*Sie* sind die Geschädigte?«

Da hatte wohl jemand blitzschnell nachgerechnet und da Ann meist jünger geschätzt wurde … »Ich und meine Familie. Gesa war meine Mutter. Sie wurde vier Monate gefangen gehalten, was gravierende Folgen für sie und ihren Säugling – in diesem Fall mich – hatte.«

»Und weshalb wollen Sie nun den oder die Kommissar-« Er machte eine überkorrekte Genderpause. »-in sprechen?«

»Weil es Fragen gibt, die nur er beantworten kann. Wie Sie selbst festgestellt haben, war ich noch zu klein. Ich kann mich nicht erinnern. Und meine Eltern kann ich nicht mehr fragen.«

»Hm. Moment.« Er ging nach hinten und beriet sich mit zwei seiner Kollegen.

Ann sah reges Interesse, aber auch große Ratlosigkeit. So etwas kam bestimmt nicht allzu oft vor.

Der Beamte kam zurück. »Sagen Sie mir bitte noch einmal den Namen Ihrer Mutter!«

»Gesa Jessen.« Ann nannte ihm die Ockholmer Adresse, den Namen ihres Vaters und die Geburtsdaten. »Die Entführung fand im Juli 1990 statt.« Sie sah ihn tippen. Gern hätte sie ihm gesagt, dass seine geliebte Polizeidatenbank nichts hergeben würde, aber es war sicher gesünder, zu schweigen.

»Tut mir leid, ich finde absolut nichts in Bezug auf eine Gesa Jessen.«

»Es muss aber etwas geben.« Sie reichte ihm ihr Handy, auf dem Fotos der Zeitungsartikel gespeichert waren. »Werden die Daten so lange aufbewahrt oder kann es sein, dass sie schon gelöscht wurden?«

Interessiert las er die Artikel. »Ja, klar kann das sein. Wenn die Ermittlungsakte geschlossen wurde und der Name Gesa Jessen danach in keiner polizeirelevanten Sache mehr in Erscheinung getreten ist. Weder als Zeugin, Täterin oder Opfer ... Vielleicht fragen Sie mal bei der Staatsanwaltschaft oder dem Amtsgericht nach. Die Verwahrungszeit von Akten von Gewaltverbrechen ist dort länger. Manches wird erst nach dreißig Jahren vernichtet.«

Dreißig Jahre! Ausgerechnet.

»Danke sehr.« Ann überlegte, ob sie ihn dazu bekommen könnte, ihr die Namen der damals beschäftigten Ermittler zu nennen. Sie kannte seine Antwort, ohne dass sie die Frage ausgesprochen hatte.

Er musste ihre Unentschlossenheit bemerkt haben. »Ich kann Ihnen die Kontaktdaten der zuständigen Staatsanwaltschaft und des Amtsgerichts aufschreiben, wenn Sie wollen.«

Sie bemühte sich um ein freundliches Lächeln. »Sehr gern, danke.«

Während er schrieb, ließ sie den Blick durch den Raum gleiten. Über das Mobiliar, über Infoständer, einen Monitor, auf dem die neuesten Nachrichten liefen, und blieb an einer Fotogalerie hängen. Dieses Gesicht! Es war, als würde jemand einen Eimer mit brennender Lava über ihre Eingeweide schütten. Das Brennen in ihrer Magengrube breitete sich rasend schnell aus, kroch hoch bis in ihre Brust.

»So, bitte schön.« Er hielt ihr ein kleines Stück Papier hin. »Ich hoffe, dass Sie hiermit weiterko…« Sein Kopf folgte ihrem Blick. »Unsere Ehemaligen!«

Ann konnte nicht glauben, wer sie da aus dem dunkelbraunen Holzrahmen anblickte.

DAMALS, irgendwo in Deutschland

Die Dämmerung kommt schnell. Gesa muss sich beeilen. Bald ist es Nacht. Hier draußen bedeutet das nichts als undurchdringliche Schwärze. Eine regnerische Herbstnacht, ohne Lichtquellen, auf einer Landstraße wie dieser, irgendwo weit draußen zwischen riesigen Feldern, bietet so gut wie keine Orientierung. Gesa hätte auf dem Hundehof bleiben sollen. Warten, bis die Bewohner heimkommen. Zu spät. Zur Not muss sie sich einen Unterschlupf suchen. Aber wo? Weite, wohin sie auch sieht. Geliebtes plattes Land. Doch jetzt wünscht sie sich eine Gegend mit Hügeln und Wäldern, deren dichtes Blattwerk sie vor Regen, Wind und Kälte schützt. Und vor *seinen* Blicken.

Im diffusen, schwindenden Licht zeichnet sich eine langersehnte Silhouette ab. Ein großes Gebäude, wieder ein Hof, schätzt sie. Die Straße ist lang und gerade. Sie nimmt alle Kraft zusammen und zwingt ihren Körper in den Laufmodus zu wechseln. Fast gleichzeitig blitzen Scheinwerfer auf. Von hinten nähert sich ein Auto. Panik und Hoffnung reißen sich um sie. Am liebsten würde Gesa auf Nummer sicher gehen, sich verstecken und den Wagen passieren lassen. Nur gibt es keinerlei Verstecke. Keine Bäume, keine Sträucher, nicht mal eine Bodenmulde, in die sie sich legen könnte. Die Felder sind kahl und unbarmherzig. Und sie mit ihrer gelben Jacke leuchtet wie ein Komet am Nachthimmel.

Er ist es nicht. Nicht er. Nicht er. Die Worte hämmern im Takt ihrer Schritte durch den Kopf.

Das Licht kommt näher. Das Motorengeräusch auch. Die Strahlen haben viel Platz, sich auszudehnen, kaum Hindernisse, an denen sie sich brechen. Nur Gesa und ihre gelbe Jacke.

Nicht er.

Noch sechs Leitpfosten bis zum Hof. Die Scheinwerfer bringen ihre Katzenaugen zum Leuchten.

Gesa wagt einen Blick zurück. Zu grell! Sie kann nichts sehen. *Nur hoffen.*

Der Wagen wird langsamer. Sie spürt, wie er sich nähert. Doch immer, wenn sie hinsieht, ist da nichts als gleißendes Licht und ein flackerndes Inferno an Nachbildern auf ihrer Netzhaut. Sie schließt die Augen, dreht sich um und wedelt wild mit den Armen. Ihre Lippen formen Endlosworte. Ein wildes Durcheinander an Gebeten. Alles, woran sie sich erinnern kann. Der Fahrer *muss* anhalten!

Nicht er.

Dann ist der Wagen vorbei, kommt vor ihr zum Stehen. Die Rettung! Panisch versucht sie, Details zu erkennen. Farbe, Autotyp, Fahrer. Gleichzeitig will sie nicht hinsehen. Sie will einfach, dass es vorbei ist. *Bitte!*

Kapitel 9

Irgendwo zwischen Husum und Rerik

Es war spät geworden. Die Lichter der anderen Autos huschten vorbei oder wiesen ihr mit ihren roten Rückleuchten den Weg. Das Land ihrer Eltern. Es bestand aus weiten Flächen, unfassbar großen Feldern, vielen Wassergräben und wenigen kleinen Wäldern. Der Wind konnte ungehindert über alles hinwegfegen. Die Luft, die Erde, ihr Geruch – alles war anders. Fremd. In Anns Kopf tobten die Gedanken. Gleichzeitig meldete sich das schlechte Gewissen. Marie und Fynn schliefen aneinander gelehnt auf der Rückbank. Sie konnte nur hoffen, dass die beiden in Husum Essen waren. Und Marc? Er musste kurz vorm Verhungern sein.

Die Recherche im Kreisarchiv hatte Stunden gedauert. Dann hatten Sie sich beeilen müssen, um Henriette Steinmetz noch zu erwischen. Danach schnell nach Ockholm, der alten Heimat ihrer Eltern, weil sie ja noch so eine weite Rückreise hatten. Und dann der Abstecher zum Husumer Distrikt. Ihr Essen hatte aus ein paar Müsliriegeln und zwei Äpfeln bestanden. Für mehr war keine Zeit gewesen.

Der Vorwegweiser versprach eine Raststätte mit Fast-Food-Restaurant.

»Ich fahre hier runter. Wir müssen unbedingt was essen«, flüsterte sie.

Auf dem Parkplatz versuchte Ann, Marie sanft zu wecken, aber die schlug nach ihr, murmelte wirres Zeug im Schlaf. Auch Fynn schlief so friedlich.

»Lass sie!«, meinte Marc und schob sich in Richtung Eingang.

Ein paar Minuten später saßen sie an einem Tisch, am Rand des Raums, und packten die Papiertüte aus. Nach den ersten Bissen merkte Ann erst, wie groß ihr Hunger war. Marc schien es ähnlich zu gehen, denn auch er war vollkommen in seine Mahlzeit vertieft.

Irgendwann schob Ann die Pappbox von sich weg. Plötzlich war sie unfassbar müde. Vielleicht sollte sie aufhören.

Vielleicht sollte sie Schluss machen und nach vorn schauen. »Ich hätte große Lust, wegzugehen. Südfrankreich soll schön sein. Hm, vielleicht ein bisschen zu heiß. Dann doch eher Schweden. Wie wär's mit Stockholm?«

Er lächelte und nahm ihre Hände. »Klar. Gute Idee. Ich kann ja mal fragen, ob das BKA eine Dependance in Stockholm hat, in der ich meine Ausbildung zu Ende machen kann. Gern auch auf Schwedisch.«

Sie seufzte. »Vielleicht reicht auch erst mal Wiesbaden.« Ann starrte traurig vor sich hin. Dieser Kerl, dieser Dietmar V. hatte alles zerstört. Ihre Mutter, ihren Vater, ihre ganze Familie. Wie das Leben wohl ausgesehen hätte, wenn Gesa ihm nie begegnet wäre? Hätten Susanne ... Gesa und sie dann eine enge, vertrauensvolle Mutter-Tochter-Bindung aufbauen können? Wären sie durch die Welt gereist, statt sich in einer Stadtrandsiedlung von Neustadt in Holstein zu verstecken? Denn ja, das hatten ihre Eltern all die Jahre getan, sich versteckt. Und das taten sie immer noch. Ann hatte immer gedacht, ihr Vater wäre derjenige, der Rituale liebte, sich zu Hause am wohlsten fühlte und an dem kleinbürgerlichen Spießerdasein festhielt. Aber er hatte all das für sie getan, für Gesa, um ihr Sicherheit zu geben. Er hatte versucht, das große Loch, das sich unter ihnen aufgetan hatte, zu kitten.

»Wirst du Rose auf Johann ansprechen?« Marc schüttelte die letzten Pommes aus der Tüte.

»Du meinst auf Hauptkommissar Johann Hofmann?« Ann

dachte an das Foto ihres Opas an der Ehemaligenwand der Husumer Wache. »Schade, dass er es mir nicht mehr selbst erklären kann. Ich glaube, es wäre eine sachlich analytische Wiedergabe der Ereignisse gewesen. Genau, was ich bräuchte. Warum glaubst du, hat er ihnen falsche Identitäten verschafft? Denn es steht außer Frage, dass er das war, oder?«

Marc trank einen Schluck und zuckte mit den Schultern. »Möglich. Beziehungen zu den richtigen Quellen könnte er gehabt haben. Möglich aber auch, dass wir das große Ganze noch gar nicht überblicken. Rose könnte mehr wissen.«

»Ich weiß nicht, ob ich sie damit belasten sollte. Sie hat ihm ihr Versprechen gegeben. Wie konnte Opa das Unglück unserer Familie so nah an sich heranlassen? Er als der ermittelnde Kommissar hätte doch professionellen Abstand wahren müssen.«

»Vielleicht ging das diesmal nicht. Möglich, dass sie sich schon vorher kannten.«

»Sagt der BKA-Mitarbeiter, der weiß, dass Kommissar Hofmann die Ermittlungen nie hätte übernehmen können, wenn er eine persönliche Bindung zu den Beteiligten gehabt hätte? Laut Zeitung und Psychologin wurde mein Vater lange Zeit als Hauptverdächtiger geführt.«

»Du hast recht. Wahrscheinlicher ist, dass die tragischen Ereignisse um die Entführung deiner Mutter die Männer erst zusammengebracht haben.«

»Und dann? Was ist dann passiert? Gesa wird nach vier Monaten gerettet, ihr Entführer verbrennt. Die Schwangerschaft ist zu weit fortgeschritten. Sie muss das Kind austragen. Aber dann? Warum die falschen Identitäten. Warum fangen sie nicht als Henning und Gesa woanders neu an?«

»Ich glaube, das können dir nur deine Eltern beantworten. Oder du fragst tatsächlich beim Amtsgericht nach.«

»Und Rose? Sie hat den ganzen Tanz mitgemacht. Hat die ganze Zeit dichtgehalten und die Lüge gelebt. Weil sie es Johann versprochen hat«, murmelte Ann. »Warum war Opa das *so* wichtig?«

Ihr Handy brummte. »Eine Nachricht von Papa.« Erschrocken las Ann den Text.

Deine Mutter liegt im Krankenhaus. Keine Sorge, es geht ihr gut. Wahrscheinlich der Kreislauf. Halte dich auf dem Laufenden. Kuss Papa

DAMALS, irgendwo in Deutschland

Gesa hörte auf, sich zu fragen, was passiert wäre, wenn sie auf dem Hundehof geblieben wäre. Das Auto, es war rot. So rot wie sein Gesicht, als er sie in den Wagen gezerrt hat. Sie hat ihre einzige Chance vertan. Es wird keine zweite geben. Seine Wut ist grenzenlos, immer noch. Waren seine Taten bisher grausam, ist alles, was ihr jetzt widerfährt, sadistisch. Er will sie leiden sehen. Jede einzelne Minute. Sie soll büßen. Dafür, dass sie sich ihm widersetzt hat, dass sie es gewagt hat, ihn zu verlassen, gegen all seine Regeln zu verstoßen. Und er will sichergehen, dass sie so etwas nicht noch einmal versucht.

Je öfter er sich an ihr austobt, desto mehr versucht Gesa, sich in das Dunkel ihres Geists zurückzuziehen. Dort wird sie warten, bis es vorbei ist. Vielleicht gelingt es ihr sogar, ihren Geist, ihre Seele von ihrem Körper zu lösen. Sie könnte verschwinden, dorthin, wo er ihr nicht folgen kann. Ein wunderschöner Gedanke.

Doch sie hat nicht mit seiner Perfidität gerechnet.

Seine Aktion löst nicht die erhoffte Reaktion aus. Also lässt er von ihr ab. Nicht, um sie zu schonen, sondern, um sie auf das nächste Level zu heben. Dabei ist sie sich sicher, das Letzte längst erreicht zu haben.

Sie kann die geschwollenen Augenlider kaum heben, als er sie zur Fensterbank zerrt. »Siehst du das, mein Schatz?«

Drei Stifte, ein Kugelschreiber, ein roter und ein blauer Buntstift sind zu einer Pfeilspitze arrangiert. »Das ist von nun ab unser Zeichen. Das Zeichen, dass ich immer an dich denke. Und dass ich dich überall finde. Denk daran, jede Aktion provoziert eine Reaktion! Und damit du den Ernst der Lage wirklich verstehst, werde ich jetzt zu deinem verblödeten Ehemann und deiner süßen kleinen Tochter fahren. Mal sehen, was ich mir Schönes für sie einfallen lasse.« Sein hämisches Grinsen schwimmt vor ihren Augen.

Rieke. Henning.

»Wie gemein, dass die süßen Kleinen immer die Unfähigkeit ihrer Eltern ausbaden müssen, oder? Du hättest nicht weglaufen dürfen, Gesa. Das hättest du nicht.«

Die aufgeplatzte Lippe lässt sie nuscheln. »Ich mach's wieder gut. Bitte, tu ihnen nichts! Rieke, sie ist doch noch ein Baby ...«

»Daran hättest du denken sollen, bevor du gegen die Regeln verstoßen hast.«

Sie geht vor ihm auf die Knie. Sie selbst ist längst verloren. Sich vor ihm zu erniedrigen, hat nichts mit mehr mit dem Verlust von Würde oder Selbstachtung zu tun. Er kann mit ihr und ihrem Körper machen, was er will. Seltsamerweise fühlt sie eine Art von Stärke. Sie hat ein neues Ziel. Ihre Familie zu schützen. Um jeden Preis.

»Bitte!«, haucht sie und hält den Kopf gesenkt.

Sie hört ihn lachen. »Na gut, weil du mich so lieb darum bittest. Und weil ich ja kein Monster bin. Es ist doch gar nicht so schwer! Ich möchte nur, dass du dich an ein paar einfache Regeln hältst. Regeln sind wichtig. Die Welt funktioniert nicht ohne. Das Zusammenleben von uns Menschen funktioniert nicht ohne. Das geht den anderen nicht anders, Gesa.«

Sie hört, wie er zur Haustür geht. »Ich werde deiner Tochter einen Besuch abstatten, das darfst du mir nicht verwehren. Sie ist doch so niedlich, mit ihren dicken Speckbeinchen. Aber ich werde nur zuschauen, ich versprech's. Und vielleicht ein bisschen filmen, damit du auch was davon hast. Siehst du das hier?«

Sie hebt den Kopf ein wenig, sieht den analogen Camcorder in seiner Hand.

»Ach, und Gesa ... Ich werde dich nicht in die Kammer bitten. Die Haustür bleibt unverschlossen. Ich weiß, dass du die Regeln ab jetzt befolgen wirst und keinen Fuß nach draußen setzt. Denk immer an unser Zeichen.« Er nickt zur Fensterbank, zu den drei Stiften. »Jeden Versuch, gegen die Regeln zu verstoßen, wird deine Tochter bezahlen müssen. Du wirst nie wissen, ob ich wirklich gefahren bin. Ob ich den Wagen nicht nur um die Ecke gestellt habe, um zu sehen, wie folgsam du bist. Also tu dir und deiner Tochter einen Gefallen: Benimm dich!«

Neustadt in Holstein

Jürgen saß vollkommen übermüdet im Zimmer der Ärztin und lauschte ihren Worten. Er war die Strecke Rerik-Neustadt nun dreimal innerhalb von zehn Stunden gefahren. Zuletzt, als der Anruf kam, man habe Susanne ins Krankenhaus eingeliefert.

Sie war wohl panisch aus dem Haus gerannt, mit nackten Füßen, durch die Siedlung bis zur nächsten Hauptstraße, ohne auf den Verkehr zu achten, über sie hinweg und war dann von einer eiligst gerufenen Streife aufgegriffen worden. Für die Beamten hatte es sich nach wirrem Zeug angehört, was sie von sich gegeben hatte. Außerdem hatte sie sich geweigert, das Einsatzfahrzeug wieder zu verlassen. Sie hatte darauf bestanden, von den Polizisten auf die Wache verbracht zu werden.

»... Ihre Frau hat eine regelrechte Panikattacke erlitten. Hatte sie so etwas schon mal?«, beendete sie ihren Bericht.

»Früher. Ich dachte, wir wären darüber hinweg.«

»Ist sie deswegen in Behandlung?«

Er nickte und nannte ihr den behandelnden Arzt.

»Gut. Wir haben ihr ein starkes Beruhigungsmittel geben müssen. Sie wird jetzt eine ganze Weile schlafen. Ich denke, Sie sollten nach Hause fahren und sich ebenfalls ausruhen. Wir rufen Sie an, wenn sie ansprechbar ist. Vielleicht schafft sie das ja sogar schon selbst. Morgen früh.«

Wieder nickte er. »Danke. Ach, haben Sie heraushören können, was den Anfall ausgelöst hat? War es eher diffus?«

Was Diffuses wäre super, dachte Jürgen.

»Das würde ich nicht sagen. Sie sprach immer wieder von einem Zeichen. Und dass er wieder da wäre, sie gefunden hätte.«

Das Stöhnen ließ sich nicht unterdrücken. Jürgen vergrub sein Gesicht zwischen den Händen. *Es geht also wieder los. Nicht schon wieder! Was soll ich denn noch tun, um sie aus der Angstspirale herauszubekommen? Das alles ist so lange her. Sie hat so unfassbar viele Therapiestunden gehabt. Und es ist doch wirklich lange gut gegangen.*

Er hatte geglaubt, sie hätten es endlich geschafft. Doch dann fing seine Tochter an, nach Stephan zu fragen und er hatte ihr gebeichtet, dass Rose und Johann nicht ihre Großeltern waren. *Tja, Jürgen, ein Fehler! Ein beschissener, riesengroßer Fehler!* Nun hatte Susanne Angst, Ann könnte weiterforschen und alles nach oben holen. Nicht nur die alten Geschichten, den alten Schmerz, sondern auch *ihn.*

»Herr Arnold?«

Er schreckte hoch. Was hatte sie gesagt?

»Gibt es denn jemanden, vor dem Ihre Frau Angst haben müsste?«

»Nicht mehr. Sie ist ein ... Missbrauchsopfer, wissen Sie? Aber der Täter ist seit dreißig Jahren tot. Nur sie, sie glaubt immer noch, er könne sie jederzeit holen kommen.«

»Was sagt dein Vater?« Marc schloss die Wohnungstür hinter sich, wechselte vom Handbike in seinen Rollstuhl und schob sich ein paar Locken aus dem verschwitzten Gesicht.

»Sie schläft wohl immer noch. Er will mich anrufen, sobald er mit ihr sprechen konnte. Die bisherigen Checks haben nichts ergeben. Wie war deine Tour?«

»Super. So früh ist kaum was los. Ist schon ganz schön warm. Wird ordentlich heiß werden heute.«

»Kaffee?«

»Gleich. Ich geh erst mal duschen.«

»Die Adoptionsstelle hat mir geantwortet«, rief sie ihm hinterher.

»Aha. Und?«

»Sie werden den Fall prüfen.«

»Wow, und das schon nach einer Woche. Das kann ja was werden.«

»Behörden eben.«

»Was?«

»Vergiss es! War nicht wichtig.« Gegen das Wasserrauschen anzuschreien, machte keinen Sinn.

Ihr Handy klingelte. Eine Hamburger Nummer, der Rest sagte ihr nichts.

»Arnold?«

»Ja, die GZA Hamburg, spreche ich mit Frau Johanna Arnold?«

»Das ist richtig.« *GZA?* Die Abkürzung, wo hatte sie die schon mal gehört?

»Sie haben uns vor einiger Zeit eine formlose Bitte zukommen lassen. Es handelt sich um die Frage zum Verbleib Ihres Halbbruders.«

Natürlich! Gemeinsame Zentrale Adoptionsstelle! Das ging aber schnell. Und was für ein lustiger Zufall, wo sie gerade darüber gesprochen hatten. *Manchmal glaube ich, unsere Handys hören jedes Wort, das wir sagen …* »Ja, genau.«

»Wie kommt es, dass Sie ausgerechnet jetzt nach ihm suchen?«

Ann runzelte irritiert die Stirn. »Weil ich erst vor ein paar Monaten erfahren habe, dass es ihn gibt, also dass ich einen Halbbruder habe. Wieso? Ist das wichtig?«

»Eigentlich nicht. Nur, wie es der Zufall will, wurde kürzlich bei uns eingebrochen. Und das Einzige, das fehlt, ist die Akte Ihres Bruders.«

»Was?« Ann versuchte, die Information einzuordnen. »Aber das macht doch gar keinen Sinn … Woher wissen Sie, dass nur diese eine Akte fehlt? Sie haben doch bestimmt ein riesiges Archiv.«

»Und eine Kameraüberwachung.«

»Sie haben den Einbrecher auf Video? Kann man ihn identifizieren? Mann oder Frau?«

»Die Sache liegt nun bei der Polizei. Und solange nicht geklärt ist, wer da so ein brennendes Interesse an der Akte Ihres Halbbruders hat, und warum, liegt das Prüfverfahren auf Eis.«

»Aber, wenn die Akte weg ist …«

»Natürlich liegen die Vorgänge auch digital vor.«

»Wie lange werden solche Unterlagen eigentlich aufbewahrt?«

»Hundert Jahre, wenn man so will, ein Leben lang. Sollten Sie von jemandem wissen, der sich, außer Ihnen, noch für den Verbleib Ihres Halbbruders interessiert, wäre es hilfreich, wenn Sie sich mit der Polizei in Hamburg in Verbindung setzen würden.« Sie nannte ihr Name und Telefonnummer der zuständigen Dienststelle. »Denn, dass hier ein sehr ominöser Zufall vorliegt, steht wohl außer Frage.«

»Das stimmt. Sehr freundlich von Ihnen, dass Sie nicht *mich* verdächtigen.« Ann versuchte sich in einem scherzhaften Ton.

»Oh, das habe ich nie gesagt. Ohne Ihnen zu nahetreten zu wollen, ich kenne Sie nicht, haben wir Ihre Anfrage und Kontaktdaten natürlich an die Polizei weitergeleitet. Die wird sich sicher in den nächsten Tagen bei Ihnen melden. Einen schönen Tag noch, Frau Arnold.«

Neustadt in Holstein

Trotz der frühen Stunde gab es lebhaften Betrieb auf dem Krankenhausflur. Schwestern und Pfleger rannten geschäftig umher, das Frühstück wurde ausgegeben.

Nach kurzem Klopfen betrat Jürgen das Krankenzimmer seiner Frau. Das Bett neben ihrem war noch mit Folie bezogen. Im Raum roch es ganz leicht nach Desinfektionsmittel. Er trat an ihr Bett. Noch immer schien es, als schliefe sie. Er zog sich einen Stuhl heran und setzte sich. Sie sah so blass aus! Er betrachtete sein eigenes Spiegelbild in der Fensterscheibe. *Und ich alt!* Wie lange ihnen wohl noch blieb? Er wünschte sich so sehr ein paar glückliche Jahre, aber wer tat das nicht?

Er seufzte. Wie oft hatte er sich schon gefragt, was passiert wäre, wenn er Susanne nicht dazu überredet hätte, einen Psychotherapeuten aufzusuchen! Sie wäre dem Kerl nie begegnet.

Susanne ... Sie war seine Susanne. Die neuen Namen waren ihnen in den dreißig Jahren dermaßen in Fleisch und Blut übergegangen, dass es sich richtig anfühlte. Gesa und Henning, das klang fremd. Gesa und Henning gab es nicht mehr.

Er hatte es stets vermieden, an die vier Monate ihrer Entführung zu denken. Hatte diese dunkle Zeit ein für alle Mal weggesperrt. Jetzt aber, wo sie da vor ihm lag und er in aller Ruhe ihr Gesicht studieren konnte, kamen die Bilder. Wie

Luft, die in Wasser emporstieg. Eine Blase nach der anderen drängte an die Oberfläche und zerplatzte.

Gott, war er damals froh gewesen, als sie ihm Bescheid gegeben hatten, dass sie lebte. Er hatte noch nie so lange und hemmungslos geweint. Und dann war sie über sie hereingebrochen, die Wahrheit über das, was Susanne all die Zeit hatte ertragen müssen. Scheibchen für Scheibchen. Der Berg war immer größer geworden.

Hatte er zu Anfang noch gehofft, nach einer kleinen Regenerationsphase, in ein unbeschwertes und glückliches Familienleben zurückkehren zu können – immerhin hatten sie es sich mehr als verdient nach diesem harten Schicksalsschlag –, musste er bald einsehen, dass es in ihrem Leben für lange Zeit nur noch die Einteilung zwischen schlimmen und ganz schlimmen Tagen geben würde. Trotzdem war ihm nie der Gedanke gekommen, Susanne zu verlassen. Er hatte sie zu dieser Psychiaterin geschickt, und er hatte ein Gelübde geschworen: In guten wie in schlechten Zeiten.

»Jürgen?« Ihre Hand tastete nach seiner. In ihrem Blick lag Verwirrung.

»Susanne, Schatz, keine Sorge! Mit dir ist alles in Ordnung. Sie haben dich gründlich durchgecheckt. Wir hätten wohl einfach in unser Wellnesswochenende fahren sollen. Das nächste Mal hör ich auf dich.«

Ihre Pupillen tanzten durch den Raum. Sie versuchte zu begreifen, das war allzu deutlich.

»Irgendetwas muss dich gestern ziemlich erschreckt haben. Du bist auf die Straße gelaufen, erinnerst du dich?«

Ja, das tat sie. Ihre aufgerissenen Augen verrieten sie.

»Jürgen, oh Gott, die Stifte! Er war da, in unserem Haus!« Sie brach in Tränen aus. Er umschloss ihren zitternden Körper mit seinen Armen.

»Magst du dich vielleicht erst einmal ein bisschen beruhigen, hm? Du bist hier sicher. Das Krankenhaus ist voller

Ärzte und Schwestern und ich, ich bin hier, direkt neben dir.«

Ganz langsam wurde ihr Atem ruhiger.

»Ich hab die Rollläden hochgezogen. Nachdem du weg warst. In der Küche auch. Da lagen sie. Auf der Fensterbank.«

»Was lag da, Schatz?« Er streichelte ihr beruhigend über den Rücken.

»Drei Stifte, die einen Pfeil bilden. Unser Zeichen. Er war da, in unserem Haus. Er hat mich gefunden, Jürgen!«, hauchte sie.

Er schob sie von sich weg und sah ihr fest in die Augen. »Er ist tot, Susanne. Seit dreißig Jahren. Das weißt du doch. Daran besteht kein Zweifel, das hat es nie. Du musst damit aufhören! Du zerstörst alles, was du ... was *wir* uns so hart erkämpft haben. Und das ohne Grund!«

»Und die Stifte? Der Pfeil, er war da, Henning! Ich hab mir das nicht eingebildet.«

Oh Gott, sie hat ihn Henning genannt. Das hat sie seit über zwanzig Jahren nicht mehr. Er schloss die Augen und holte tief Luft. »Stifte, die man, ohne nachzudenken, auf eine Fläche legt, können auch zufällig eine Pfeilformation bilden. Das ist nicht ungewöhnlich. Mir zum Beispiel ist heute Morgen nichts aufgefallen.«

»Und wer soll sie auf die Küchenfensterbank gelegt haben? Ich war's nicht. Du? Bei uns liegt nie Schreibwerkzeug auf den Fensterbänken. Auf Tischen und im Büro, ja, aber doch nicht da!«

»Mag sein, dass ich das war, als ich letztens meine Arbeitstasche aufgeräumt habe. Da war noch vieles, das weggeworfen werden musste, weißt du?« Eine Notlüge. Die Angstspirale, sie durfte sie nicht wieder erfassen.

Ungläubig suchte ihr Blick in seinem Gesicht nach den Anzeichen einer Lüge.

»Pass auf. Ich fahre jetzt nach Hause und sehe mir alles

genau an. Jedes Schloss, jedes Fenster und jede Tür – und natürlich auch die Stifte auf der Fensterbank. Wenn ich auch nur den kleinsten Hinweis finde, dass da jemand in unserem Haus war, benachrichtige ich die Polizei, okay? Und du versprichst mir, dich abzulenken und dich nicht weiter in diese Sache hineinzusteigern, ja? Dr. Nieheim weiß Bescheid. Er hat mir versprochen, noch heute bei dir vorbeizuschauen.« Jürgen griff unter seinen Stuhl und zog einen Stoffbeutel auf seinen Schoß. »Sieh mal, ich hab dir ein paar Illustrierte mitgebracht.«

DAMALS, irgendwo in Deutschland

Gesa hat noch nie so sehr gehofft, dass er durch diese Tür tritt, wie an diesem Tag. Sie bangt in jeder Sekunde um das Leben, um die Unversehrtheit ihrer Tochter. Und um Henning. Wenn er Rieke was antut, wird sie ihn umbringen.

Umbringen.

Das Wort klingt mit jedem Atemzug verlockender. Die einzige Möglichkeit ihre Familie zu schützen und das Ganze hier zu beenden. Sie würde es tun. Sie wäre dazu in der Lage, da ist sie sich zu hundert Prozent sicher. Aber wie? Es muss schnell gehen. Er ist ihr körperlich überlegen. Und es muss effektiv sein. Er darf zu keiner Aktion mehr fähig sein. Vor allem nicht dazu, loszufahren und sich an ihrer Familie zu rächen. Schere, Messer, an alles, was man als Waffe benutzen könnte, kommt sie nach wie vor nicht heran. Gift besitzt sie keins. Außerdem überprüft er jeden Schritt, wenn es darum geht, Speisen und Getränke zuzubereiten.

Ihr Blick verweilt an der Küchenschrankklappe, hinter der sich die Pfanne verbirgt. Noch während sie ausholen würde, hätte er sie überwältigt. Sie bekäme das Ding nicht mal aus dem Schrank, ohne seine Aufmerksamkeit zu erregen. Er überwacht jeden ihrer Schritte. Selbst seine Abwesenheit zu nutzen, um sich, mit der Pfanne bewaffnet, hinter der Tür zu verstecken und ihn mit einem Überraschungsschlag zu erwarten, scheint ihr zu riskant. Sie müsste blind zuschlagen. Und sie hätte nur einen Versuch.

Die Stifte … sein verschissenes Zeichen! Sie geht zur Fensterbank, nimmt prüfend einen der Buntstifte in die Hand. Stumpf. Bei dem Blauen ist sogar die Mine herausgebrochen. Ob sie die Schnelligkeit und Kraft hat, ihm einen davon in den Hals zu rammen? Wahrscheinlich käme sie nicht einmal dazu, nach dem Stift zu greifen.

Ein Motorengeräusch. Sein Wagen kommt langsam die schmale Zufahrtsstraße hoch. Trotz ihrer Ungeduld muss sie sich zusammenreißen. Die Regeln. Also setzt sie sich auf den Stuhl, den er ihr zugewiesen hat, legt die Hände in den Schoß und senkt den Kopf.

Sie hört die Tür, seine Schritte. Er sagt keinen Ton, beachtet sie nicht und geht an den Kühlschrank. Das Zischen einer Flasche. Schluckgeräusche. Jetzt ist er am Sofa. Es raschelt, dann ein zufriedener Seufzer. Er wird sie weiter zappeln lassen, über Minuten oder Stunden, ganz wie es ihm in den Kram passt. Und er wird jeden Moment ihrer Qual auskosten.

Sie hat keine Ahnung, wie lange sie einfach nur dagesessen hat. Zeit fühlt sich in diesen Räumen anders an.

Sie hört ihn aufspringen. »Glaub ja nicht, dass du mit deinem vorbildlichen Verhalten alles wieder wettgemacht hast. Aber, ach, was soll ich sagen? Ich liebe es, dir eine Freude zu bereiten. Komm, setz dich an den Tisch und sieh dir an, was ich für einen schönen Vormittag hatte!«

Ihre Hände sind schweißnass, ihr Magen zieht sich zu einem Klumpen zusammen, als sie seiner Aufforderung nachkommt.

Er spult das Band zurück, stellt den Camcorder vor sie auf den Tisch und drückt auf *Play.*

Obwohl sie mit Gott gebrochen hat, weil er ihr all das antut, beginnen ihre Lippen, eigenständig zu beten.

Sie sieht den Hof. Zum ersten Mal seit – sie weiß nicht wann. Es versetzt ihr einen schmerzhaften Stich. Bilder aus einer anderen Welt. Die Linse blickt durchs Fenster. Gesa bemerkt sofort, wie fleißig Henning war. Das Loch in der Wand ist verputzt. Und gestrichen ist auch. Wahnsinn, er hat sogar die Fensterbänke ausgetauscht. Wie lange lag sie ihm damit schon in den Ohren?

Seine Frau wird entführt und er hat nichts Besseres zu tun, als den Pinsel zu schwingen? Warum sucht er nicht nach mir? Hat er mich schon aufgegeben? Und wo ist Rieke?

»Du musst jetzt stark sein, Gesa.« Eine Hand greift von hinten an ihre Schulter. »Ich hab dir ja gesagt, dein Mann verdient dich nicht. Und hier ist der Beweis.« Die Kamera ändert den Blickwinkel und da ist sie! *Rieke!*

Gesas Herz stolpert. *Mein Gott, ist sie groß geworden! Sie kann sitzen! Und wie aktiv ihr Köpfchen allen Bewegungen folgt! Sie hat sich so verändert.*

Die Tränen fließen von ganz allein.

»Er hat dich ersetzt, dein sauberer Ehemann. Durch was Junges, Unverbrauchtes.«

Ihr Baby wird aus dem Kindersitz gezogen. Die Frau, eigentlich muss man sagen, das Mädchen, das ihre Tochter auf den Arm nimmt und nach einem Bilderbuch greift, lächelt und redet auf eine fröhliche Rieke ein.

Eine lachende Rieke.

Einerseits ist Gesa unendlich erleichtert. Andererseits …

Sie hat mich vergessen. Mein Kind … es hat mich einfach vergessen.

Gesa kann sich kaum auf dem Stuhl halten. Trotzdem saugt ihr Herz jede einzelne Sekunde des Films in sich auf. Es fühlt sich an wie ein Abschied.

»Deine Tochter, sie sieht glücklich aus, findest du nicht? Ich glaube nicht, dass sie ihre Mutter vermisst.« Sein Finger wischt grob über ihre tränenfeuchte Wange. »Blagen! Sie verdienen unsere Liebe nicht. Lohnt sich also gar nicht, dein Geheule.«

»Wie lange?« Ihre Stimme bricht.

»Bitte? Sprich deutlich!«

»Würdest du mir bitte sagen, wie lange ich schon ... bei dir bin? Bitte?« Sie schnieft leise.

»Du willst wissen, wie lange es gebraucht hat, dich durch was Jüngeres zu ersetzen?« Sein Mund kommt ihr widerlich nahe. »Oder wie lange es dauert, bis das eigene Kind einen vergisst?«

Sie zwingt sich zu einem Nicken.

»Vier Monate.«

Dann ist Rieke sieben – sieben Monate. Gesa kann nicht glauben, dass sie es vier Monate an diesem Ort ausgehalten hat. Gleichzeitig fühlt es sich an wie eine Ewigkeit.

»Henning?«

»Den kann ich dir nicht bieten, aber das hier!«

Sie hört, wie er sich hinter ihr die Hände reibt. Tief im Innern hat sie gewusst, es würde einen Trumpf geben. Etwas, das sie zerbrechen und ihn in einen Höhenrausch pushen würde.

Die Kamera wackelt. Zunächst ist kaum etwas zu erkennen. Scharf, unscharf wieder scharf. Kleine Händchen, der wollweiße Strampler, den Rieke trägt. Ihr Auge, ein halber Mund. Alles viel zu nah. Dann erkennt Gesa den Ärmel. Den dicken, weinroten Pullover, den er trägt, während er gerade hinter ihr steht. Er – er hat ihre Tochter auf dem Arm gehabt. Entsetzt starrt sie auf die wackeligen Aufnahmen. Sie versucht, die Geräusche zuzuordnen. Schabende, schleifende Laute. Als reibe Stoff über das Mikro.

»Ja, ich weiß, die Filmtechnik ist verbesserungswürdig, aber mach das mal! In der einen Hand das Baby, mit der anderen filmen, und dann noch sich selbst. Ich finde, dafür ...«

»Was hast du mit ihr gemacht? Was hast du meiner Tochter angetan?« Ihre Stimme wird laut und drohend, als sie sich zu ihm herumdreht.

»Sieh mal einer an. Kaum reicht man ihr den kleinen Finger! Benimm dich, Gesa, denk an die Regeln.«

»Richtig, die Regeln! Du hast gesagt, du fährst nur hin, um zu schauen. Du hast eine Regel gebrochen!«

»Ja, du hast recht. Das war nicht nett von mir. Aber weißt du, was das Gute ist?« Er greift in ihr Haar und zieht ihren Kopf brutal nach hinten. »Ich mache die Regeln – und ich kann sie jederzeit ändern!«

»Was hast du mit Rieke gemacht?«

»Rieke, Rieke, Rieke!«, äfft er sie nach und lässt los. »Nichts hab ich mir ihr gemacht.« Sein Finger zeigt auf den Film. »Da!«

Die Aufnahme zeigt, wie seine Arme das Mädchen in die Wiege legen.

»Und die junge Frau? Wo ist sie?«

»Du meinst die Neue? Die Kleine, die deinen Platz eingenommen hat?« Sein Grinsen ist bösartig. »Was denkst du, hä?«

Als sie sich mit zusammengekniffenen Augen nach vorn beugt, ihren Oberkörper umschlingend, um nicht schreien zu müssen, hebt er theatralisch die Arme. »Ich hab's für dich getan! Du könntest ein bisschen dankbarer sein, Gesa.«

»Wo ist Henning?«

»Arbeiten, wo sonst?«

»Und wer ist jetzt bei Rieke?«

Er greift zur Kamera und beendet die Vorführung. Dann schlendert er zum Sofa und wirft sich zufrieden in die Polster. »Glaubst du, sie kommt noch nicht allein klar? – Mist, da hätte ich dran denken sollen, als ich ging, oder?«

Kapitel 10

Rerik

Während Ann die Einkäufe verstaute, zupfte Rose ein paar trockene Blätter von ihrem Kumquad-Bäumchen.

»Deine Mutter muss mehr trinken. Das sage ich ihr jedes Mal, wenn sie kommt. Sie trinkt zu wenig. Natürlich macht der Kreislauf dann schlapp.«

»Apropos trinken. Hier!« Ann schob ihrer Oma ein Glas Wasser hin. »Schön an die eigene Nase packen!«

»Papperlapapp, im Alter braucht man nicht mehr so viel.«

»Geschenkt. Ich glaub dir kein Wort. Ich mach uns Tee. Wir können uns ein bisschen unter den Kirschbaum setzen.«

Nirgends war es so luftig kühl wie unter dem Blätterdach eines großen Baumes. Auf der Terrasse, in der prallen Sonne, hätten sie es keine fünf Minuten ausgehalten. Aber so ...

»Herrlich!« Ann streckte die Arme nach hinten. »Wie geht es denn jetzt weiter mit deiner Betreuung? Nachdem du die erste Dame vergrault hast.« Sie zwinkerte Rose zu.

»Ich habe niemanden vergrault! Die Frau war fürchterlich!«

»Ja, das war sie wahrscheinlich. Trotzdem. Du brauchst jemanden.«

»Dein Vater findet schon das Passende.«

»Erst mal muss er Mama wieder auf die Beine helfen.«

»Ich komm gut klar.« Sie hob die Teetasse an ihre Lippen.

»Sicher.« Sie hatten nicht mehr viel Zeit miteinander.

Vielleicht war das ihr letzter Sommer, vielleicht aber auch das letzte Treffen überhaupt. Ann streckte ihre Hände aus und legte sie auf die ihrer Oma. »Du weißt, dass ich mir keine besseren Großeltern wünschen konnte, oder?«

Rose lächelte. Dann wurde sie schlagartig ernst. »Es tut mir leid, Kind. Ich wollte immer nur alles richtig machen. Genau wie dein Opa.«

Ansprechen? Nicht ansprechen. Ansprechen? Rose war eine der wenigen Zeitzeugen, die noch übrig waren. Außer ihren Eltern ... Ann holte tief Luft. Sie hatte einen Entschluss gefasst.

»Oma, ich weiß, du hast Opa ein Versprechen gegeben. Und ich dir auch. Ich hab meines gehalten. Und werde es auch weiterhin. Und du musst mir nicht antworten, aber zuhören kannst du mir doch ...«

Hatte Rose bislang sofort dicht gemacht und das Thema entschieden gewechselt, saß sie nun da und schüttelte milde den Kopf. »Mir war klar, dass du nicht aufgeben wirst. Johann wäre stolz auf dich.«

»Warum? Weil er Hauptkommissar im Distrikt für Gewaltverbrechen in Husum war?«

Sie wirkte nicht überrascht, strich nur mit ihrem faltigen Finger über den Rand ihrer Untertasse.

Also fuhr Ann fort. »Er hat ihren Fall übernommen, richtig? Den meiner Eltern. Die Entführung der Gesa Jessen aus Ockholm, Mutter einer drei Monate alten Tochter namens Rieke – mir.«

Nun erntete sie doch einen erstaunten Blick. Erstaunt und traurig. »Es war kurz vor seiner Rente, da wurde ihm der Vermisstenfall übertragen. Mein Gott, hätten wir damals gewusst ...«

»Er hat zu Hause davon erzählt?«

»Natürlich durfte er das nicht. Und ich könnte behaupten, er wäre erst im Alter nachlässig geworden. Die Wahrheit ist, dein Opa und ich haben immer alles miteinander geteilt.

Unsere Gespräche retten meine Seele, hat er immer gesagt. Er wusste, dass ich niemals auch nur ein Sterbenswort nach draußen getragen hätte.«

»Du vermisst ihn sehr, oder?«

»Fünfzehn Jahre sind eine lange Zeit. Es war einsam ohne ihn.« Sie tätschelte Anns Hand. »Deine Besuche waren immer ein Höhepunkt.«

»Ich wäre am liebsten hier eingezogen, weißt du noch?«

»Ja, und ich hätte mich darüber unheimlich gefreut. Aber das ging natürlich nicht.«

Eine Hummel setzte sich auf Roses Handrücken.

Ein faszinierendes Geschöpf. Drei Millionen Haare, genauso viele wie bei einem Eichhörnchen. Verrückt, dass Ann gerade in diesem Moment zufällig aufgeschnappte Infos durch den Kopf jagten. »Warum die falschen Identitäten? Opa hat dafür gesorgt, dass wir als Susanne, Jürgen und Johanna Arnold neu anfangen konnten, richtig?« Ann versuchte, das Gesicht ihrer Oma zu lesen. »Das war nichts Offizielles ... oder doch?«

Rose schüttelte den Kopf. »Die Staatsanwaltschaft hat sich geweigert. Sie war der Überzeugung, der Fall wäre abgeschlossen. Keine Gefahrenlage, die falsche Identitäten rechtfertigte. Nur das Trauma einer gebrochenen Seele.«

»Dietmar V. war tot, verbrannt.«

»Ja, doch Susanne, sie kippte von einem Ausnahmezustand in den nächsten. Das kann sich keiner vorstellen. Dazu noch die Schwangerschaft.«

Stopp, das geht zu schnell, dachte Ann und kam noch einmal auf ihre Ursprungsfrage zurück. »Warum hat Johann ihnen – uns – die Identitäten besorgt? Wo hatte er die überhaupt her? Das war doch bestimmt illegal.«

»Die erste Regel im Distrikt Gewaltverbrechen lautet, das Schicksal der Opfer nicht zu nah an dich heranzulassen. Zu viele Emotionen helfen nicht, im Gegenteil, sie stören die Objektivität und professionelle Wahrnehmung. Außerdem rauben sie dir den Schlaf und fressen dich innerlich auf. Johann hat das all die Jahre mehr oder weniger gut beherzigt. Aber dann ... Aus Ermittlungen wurde ein *Danach*, aus Mitleid Hilfsangebote, aus Hilfsangeboten tiefe Freundschaft. Und Susanne beharrte wie eine Wahnsinnige darauf, die verkohlte Leiche wäre nicht ihr Entführer. Der wäre entkommen und warte nur darauf, wieder zuzuschlagen.« Rose rieb sich mehrfach über die Augen. »Kind, das war so schrecklich damals.«

»Und Opa?«

»Er hat immer behauptet, er mache das nur, um sie vor sich selbst zu schützen, damit sie endlich zur Ruhe käme.«

»Aber ...?«

»Ich weiß, dass er ihr geglaubt hat. Zumindest hatte er Zweifel. Aber die Staatsanwaltschaft fand die Spurenlage eindeutig. Der Fall wurde abgeschlossen. Und sie hat ja recht behalten – Gott sei Dank. Es ist nie wieder etwas passiert. Aber das wussten wir damals ja nicht. Johann wollte sichergehen. Er hatte Kontakte. Er wusste, wo man an gute falsche Papiere kam.«

»Damit hat er sich strafbar gemacht. Und zwar nicht zu knapp.«

»Ja, das hat er. Das war es ihm wohl wert. Er und Jürgen haben sich besprochen. Ausgiebig. Susannes Eltern waren tot, Jürgens Mutter auch und zu seinem Vater hatte nie Kontakt bestanden. Ehrlicherweise muss man sagen, zur Zeit der Entführung hatten deine Eltern nicht gerade viele Sozialkontakte. Das meiste war noch über die Arbeit deines Vaters. Arbeitgeber kann man wechseln.«

Ann hatte nach vorn gebeugt gesessen, die Ellbogen aufgestützt und konzentriert zugehört. Nun aber lehnte sie sich schwungvoll zurück. »Opa begeht eine Straftat, riskiert seine Pension und Gefängnis, nur wegen ein paar Zweifeln? Weil er auf Nummer sicher gehen will? Und du findest das in Ordnung, lässt dich darauf ein? Mit dem allergrößten Respekt, geliebte Rose, aber das glaube ich dir nicht!«

DAMALS, irgendwo in Deutschland

Hat er Rieke wirklich sich selbst überlassen? Wie lange war die Kleine allein, bevor Henning nach Hause gekommen ist und sie gefunden hat? Gesa kann seit Tagen an nichts anderes mehr denken. Sie muss wissen, dass es Rieke gutgeht. Fast wünscht sie sich, er würde wieder hinfahren und ihr Filmaufnahmen als Beweis bringen.

»Mir ist so unfassbar langweilig mit dir.« Er lehnt an der Küchenzeile und verzieht das Gesicht.

Das und Ähnliches sagt er oft in letzter Zeit. Sie merkt es insbesondere an seiner Art, sie zu demütigen. Er verliert das Interesse. Ganz tief unter all der Hoffnungslosigkeit regt sich ein winziges Fünkchen: Er könnte sie einfach gehen lassen. Sie weiß, wie unsinnig der Gedanke ist. Sie lässt ihn trotzdem zu. Er ist zu schön, um nicht gedacht zu werden.

»Es war viel spannender, als du noch in der Formungsphase warst. Ich muss mir irgendetwas einf…« Er stockt und sprintet zum Fenster.

Gesa reckt den Hals, will sehen, was oder *wen* er entdeckt hat. Für einen kurzen Moment erhascht sie einen Blick auf ein näherkommendes Auto.

»Runter!«, zischt er.

Doch sie bleibt aufrecht stehen. Nach all den Monaten, eine Chance! Sie muss sie nur ergreifen. Sie muss jetzt unbedingt das Richtige tun. *Beeil dich, steig aus, komm näher! Aber sei vorsichtig! Lass dich nicht überrumpeln! Er wird dich töten.*

Der Wagen hält direkt vor der Tür.

Gleichzeitig springt er auf, reißt sie mit und versucht, sie in die Kammer zu schieben.

Sie schreit, wehrt sich mit aller Kraft.

Doch er ringt sie nieder, legt die Hände um ihren Hals und drückt zu. Sie strampelt und tritt um sich. Ihre Schreie ersticken. Wie von Ferne hört sie eine Autotür schlagen.

»Wer immer das auch ist, ich werde die Tür öffnen und ihn direkt töten, Gesa. Bevor er checkt, was hier los ist. Es liegt an dir! Benimm dich, sei still, dann lasse ich ihn vielleicht wieder fahren.«

Sie hört auf zu strampeln.

Er lässt von ihr ab und schleift sie in die Kammer. »Einen Laut von dir und ich mach ihn kalt. Erst ihn, dann deine Tochter! Ich schwör's dir, Gesa!« Dann drückt er leise die Tür zu und schließt ab.

Benommen kriecht sie zum Eingang, drückt ihr Ohr gegen das Blatt und horcht.

Die Türglocke, es ist das erste Mal, dass Gesa den seltsam schrillen Ton hört.

Ihr Herz hämmert wild gegen den Brustkorb. Wird er dem Fahrer öffnen? Und dann? Wenn sie schreit und gegen die Tür hämmert, wie wird der Fahrer reagieren? Wird er überhaupt die Chance dazu bekommen? So nah war Gesa ihrer Befreiung noch kein einziges Mal in den letzten vier Monaten.

Ich mach ihn kalt. Seine Worte, so brutal, so vernichtend. *Erst ihn, dann deine Tochter!* Sie kann nicht. Tränen laufen über Wangen, Kinn und Hals. Sie kann einfach nicht.

Wieder schrillt die Glocke. Dann ein Trommeln und Schlagen.

»Dietmar?«

Ein Mann, er ruft!

Dietmar? Wer ist Dietmar?

»Dietmar, bist du da?«

Das Hämmern verändert sich. Der Mann scheint sich von der Haustür wegbewegt zu haben. Geht er ums Haus?

Ein helles Klopfen. Wahrscheinlich auf eine Fensterscheibe.

»Dietmar, hallo, einer zu Hause?«

Das Monster öffnet ihm nicht. Ob er sich versteckt? Natürlich tut er das. Das ist gut. Dann muss er den Fahrer nicht töten.

Das ist nicht gut. Der Mann wird wieder fahren, ohne dich. Mach was!

Sie schließt die Augen. *Ich hätte eh keine Chance. Und der Fahrer auch nicht.* Resigniert lehnt Gesa sich mit dem Rücken an die Tür und betet, dass der Mann endlich einsteigt und fährt, bevor das Monster es sich anders überlegt. Vielleicht ist der Irre schon längst durch die Hintertür raus und auf dem Weg nach vorn, um den armen Mann zu überraschen, ihn ein für alle Mal zum Schweigen zu bringen.

Fahr! Fahr doch endlich! Worauf wartest du noch? Dietmar ist nicht hier.

Es rumst. Eine Pforte, an der gerüttelt wird. Das muss die sein, die in den Garten führt. Gesa atmet auf. Das spricht dafür, dass das Monster noch immer im Haus ist und sich versteckt.

Wieder hört sie den Mann nach Dietmar rufen. Dieses Mal um einiges gedämpfter.

Dietmar. Heißt der Irre im wahren Leben Dietmar? Ein alter Name. Viel zu alt für ihn. Also muss das hier das Haus von Dietmar sein. Warum sonst sollte der Fahrer ausgerechnet hier nach dem Mann mit dem alten Namen suchen? *Aber, wenn das hier Dietmars Haus ist, wo steckt er dann, der Hauseigentümer?*

Wieder ein Rüttelgeräusch an der Hintertür. Dann ist es still. Sehr lange. Gesa lauscht angestrengt, ob sie das typische Brummen eines Autos ausmachen kann, aber nein, nichts.

Endlich geht die Kammertür auf. Im Öffnen dreht er sich weg.

»Wer ist Dietmar?«

Den Faustschlag, der sie mit voller Wucht ins Gesicht

trifft und sie bewusstlos zu Boden gehen lässt, hat sie nicht kommen sehen.

Neustadt in Holstein

Jürgen ging direkt durch bis in die Küche. Im Haus war es angenehm kühl. Die Jalousien auf der Südseite hatte er heute morgen nach dem Lüften auf Zug gezogen. Seufzend öffnete er die Kühlschranktür und griff nach der Wasserflasche. Das gedämpfte Licht brach sich kurz an der Küchenzeile, bevor es mit dem Schließen wieder verschwand. Eigentlich sollte er kein eiskaltes Wasser trinken. Sein Magen würde wieder rebellieren. Er goss sich ein volles Glas ein und leerte es in einem Zug. Dann trat er zur Fensterbank und sah auf die Stifte hinunter. Es waren genau zwei. Sie lagen einfach da. Nicht ganz parallel, eben normal. So wie Stifte nun mal lagen. *Ach, Susanne!*

Er trat einen Schritt zurück, hörte ein Knirschen, fühlte etwas unter seinem Schuh und sah nach unten.

Im Halbdunkel sah er ihn liegen, den dritten Stift. Ein Stift, der normalerweise *immer* in seinem Büro lag.

Das ist verrückt. Das kann nicht sein.

Energisch schüttelte er den Kopf. Sie musste die Stifte selbst dort hingelegt haben. Er musste unbedingt mit Dr. Nieheim sprechen. Wie konnte es sein, dass Susanne einen derartigen Rückfall erlitten hatte?

Jürgen wusste nicht, was gerade in seiner Frau vorging und was die Paranoia ausgelöst hatte, aber in einem war er sich sicher: Das war nicht das Werk des Monsters. Johann und sein Team hatten das damals ein für alle Mal geklärt. Trotzdem ging er die einzelnen Fenster und Türen ihres Heims ab und untersuchte sie auf Einbruchsspuren. Er hatte es Susanne versprochen.

»Oma?« Ann fixierte Rose. »Was war der wirkliche Grund für das professionelle Untertauchen meiner Familie? Die gefälschten Papiere, den Job kündigen, erst einmal einen neuen Arbeitgeber finden, jeglichen Kontakt zu alten Freunden abbrechen, in der Fremde neu anfangen, die Identität nicht nur auf dem Papier, sondern in der Realität wechseln, die Lüge verinnerlichen und leben … das alles ist unfassbar schwierig. Das macht man nicht wegen ein paar Zweifeln. Also, warum?«

Die alte Frau schüttelte den Kopf. »Ich kann dir nicht mehr sagen. Das ist das, was Johann mir erzählt hat. Wenn da mehr war, weiß ich es nicht.«

Eine Lüge! Warum tut sie das? Sie hat doch schon zugegeben, dass Johann und sie sich alles erzählt haben …

»Und Johanna, du darfst niemandem davon erzählen, hörst du? Dein Personalausweis ist zwar echt, aber deine Vita beruht auf einem Identitätsschwindel. Das ist Betrug.«

»Richtig. Wie ist das eigentlich mit meinen Eltern? Was ist passiert, als ihr Personalausweis nach zehn Jahren abgelaufen war?«

»Sie haben einen Neuen beantragt, ganz normal. Identifikationsnachweise hatten sie ja. Geburtsurkunden, Führerscheine … Dein Opa machte keine halben Sachen. Er wusste, dass so etwas nur funktioniert, wenn die Lüge uns nicht nach kurzer Zeit um die Ohren fliegen würde. Er hat das sozusagen an der Basis geregelt.«

»An der Basis?«

»Genaueres weiß ich auch nicht.«

Ann pustete eine kleine Fliege von ihrem Unterarm. »Wie ist die Polizeiaktion damals abgelaufen? Der Einsatz, bei dem Mama befreit wurde.«

»Deine Mutter hätte es beinahe geschafft, sich selbst zu befreien. Eine Zeit lang, bevor sie gerettet werden konnte, war es ihr gelungen zu fliehen. Sie muss sich bis zu einem Bauernhof durchgeschlagen haben. Der Landwirt hat ihre Nachricht gefunden. Sie hatte sie mit Kohle an irgendeine Wand gemalt. Wahrscheinlich, weil sie niemanden angetroffen hat. Das Monster muss sie irgendwie, irgendwo gefunden und zurückgebracht haben. Was genau passiert ist, hat sie nie erzählt.« Rose versank in Schweigen.

Ann schenkte Tee nach. »Und dann?«

»Der Landwirt ist hingefahren. Zu dem Ferienhaus. Deine Mutter hatte geschrieben, sie werde in dem Haus mit den blauen Fenstern gefangen gehalten. Da gab es wohl nur eines, das ihm einfiel.«

»Warum hat er nicht gleich die Polizei gerufen?«

»Er dachte an einen dummen Jungenstreich. Um sicherzugehen, ist er hingefahren. Zu Dietmar V.«

»V steht für was?«

»Das weiß ich nicht. Wirklich nicht«, beteuerte Rose als Antwort auf Anns zweifelnden Blick.

»Er ist also hingefahren. Und dann?«

»Soweit ich mich erinnern kann, hatten die beiden Männer nicht viel miteinander zu tun. Besonders seit Dietmar V. das Haus nur noch selten selbst bewohnte, es die meiste Zeit an Feriengäste vermietete und den Großteil seines Lebens im Ausland verbrachte. In Thailand, wenn ich mich richtig erinnere. Das Ferienhaus und der Bauernhof lagen mehrere Kilometer auseinander. Trotzdem, sie waren im weitesten Sinn Nachbarn. Also ging der Landwirt nachschauen. Dietmars Auto habe vor der Tür gestanden. Der Bauer habe geklingelt und geklopft, es habe aber niemand aufgemacht.«

So gebrechlich und verwirrt Oma ab und zu wirkt, so gut kann sie sich an die damaligen Abläufe erinnern. Erstaunlich. Ein Zeichen, wie oft Johann und sie darüber gesprochen haben, wie tief die Spuren sind, die das Ganze auch bei ihr hinterlassen hat.

»Wenn man für mehrere Monate ins Ausland fährt, ist es

nur logisch, den Wagen am Haus stehen zu lassen und mit einem Taxi zum Flughafen zu fahren. Alles andere wäre zu kostspielig«, bemerkte Ann.

Rose nickte. »Das war es auch nicht, was den Landwirt stutzen ließ. Es war der Blick durchs Fenster. Er sprach von gebrauchtem Geschirr, Essen, das auf dem Tisch stand, und zerwühlten Betten. Was ihn endgültig ins Wanken brachte, war ein zum Trocknen aufgehängter BH, den er wohl durch den Blick ins Schlafzimmer entdeckte.« Sie schien Anns zweifelnden Blick zu bemerken. »Denk immer daran, ich war nicht dabei. Ich kann dir nur erzählen, was dein Opa mir berichtet hat.«

»Klar, aber hätte der BH nicht von einem Feriengast stammen können?«

Rose zuckte mit den Schultern. »Sicher.«

»Von Dietmar und Mama war nichts zu sehen?«

»Nicht laut seiner Aussage. Er hat sich noch weiter umgeschaut. Das Wetter war mies, regnerisch und kalt, nichts bei dem man gern spazieren ging.«

»Dieser Dietmar oder auch sein Feriengast hätten einfach nur auf dem Klo sitzen können. Manche verbringen Stunden dort.«

»Deswegen ist der Bauer auch nicht direkt zur Polizei gegangen, sondern wieder nach Hause.«

Ann hob fragend die Augenbrauen.

»Er hat mit anderen über den dämlichen Scherz gesprochen. Dass er hoffte, das Geschmiere rückstandsfrei von der Wand zu bekommen. Irgendwer hat ihn dann gedrängt, doch zur Polizei zu gehen. Deine Mutter hatte nämlich ihren Namen hinterlassen. Der Bauer hatte ihn nicht erkannt, seine Freunde, Verwandten ... was weiß ich, aber schon. Das Schicksal deiner Mutter ging damals durch Zeitungen und Regionalnachrichten.«

Ann beugte sich gespannt nach vorn. «Und dann?«

»Dann ist dein Opa flott geworden.«

DAMALS, irgendwo in Deutschland

Gesa muss sich immer wieder übergeben. Sie schwankt, wie ein Bootsmann nach drei Wochen schwerer See. In ihrem Kopf treibt irgendwer unter lautem Schlagen Zimmermannsnägel durch die Schädeldecke.

Der rufende und klopfende Mann ist gefahren und nicht wiedergekommen. Kurz hat Gesa gehofft, er hätte die Polizei verständigt. Aber warum hätte er das tun sollen?

Seit der unangemeldete Besuch weg ist, ist alles anders. Das Monster scheint kein Interesse mehr daran zu haben, ihr Schmerzen zuzufügen. Seit dem Faustschlag hat er sie nicht angefasst. Er lässt sie links liegen. Die meiste Zeit sperrt er sie ohne ein Wort in die kleine Kammer. Oft vergisst er, ihr Wasser mitzugeben. Das ist der Unterschied. Vor dem Besuch des rufenden Mannes machte er so etwas, um sich an ihrer Qual zu erfreuen. Gezielt. Immer gerade so lange, wie es brauchte, ihren Willen zu brechen. Jetzt scheint er abwesend und sie Luft für ihn. Sie sollte sich freuen, doch die Angst unterbindet jede Art von Erleichterung. Was kommt nach der Gewalt? Nur selten ein Happy End.

Sie hört ihn vor der Kammertür herumrennen. Schabende, schleifende Geräusche, als schiebe er schwere Dinge durch den Raum. Immer wieder fragt sie sich, was ein krankes Hirn wie seines vorhaben könnte. Wenn er Angst hat, sein Treiben könnte entdeckt worden sein, warum haut er dann nicht ab?

Vielleicht tut er das. Doch vorher beseitigt er alle Spuren. Die aussagekräftigste Spur – bin ich.

Ist es jetzt so weit, wird er sie töten? Erneut überkommt sie eine Welle der Übelkeit. Sie reißt den Eimer an sich. Mittlerweile kommt nur noch Galle.

Plötzlich kriecht ein scharfer bestialischer Gestank zu ihr durch. Sie kann nicht anders, als sich nochmals zu übergeben. Bevor sie die Ursache analysieren kann, wird er von einem anderen signifikanten Geruch überdeckt. Benzin! Ihr Herz setzt einen Schlag lang aus. *Nein!*

»Nein!« Wie wild fängt sie an zu schreien und gegen die Tür zu hämmern.

Die schwarze Kohlespur aus Buchstaben hat sich tief in Hauptkommissar Johann Hofmanns Gedächtnis eingebrannt. *Ich, Gesa Jessen, werde gefangen gehalten. Nachbarhaus. Bungalow. Blaue Fenster. Polizei holen. Bitte. Brauche dringend Hilfe. Er bringt mich um.*

Laut Spurensicherung ist die Kohlespur nicht frisch. Hofmann erinnert sich, wie wütend er den Bauern angeblafft hat, warum er sie nicht eher gerufen hat. Der wusste nicht, wie lange die Nachricht an der Hauswand gestanden hatte, bis er sie entdeckt hat. Der überdachte Teil der Anlage gehöre nicht zu den Bereichen, die er täglich abschreite, so der Bauer. Und dann habe er an einen dummen Streich geglaubt.

Johann schüttelt den Kopf. Wie viele Tage oder Wochen eher hätten sie kommen können?

Das Funkgerät knackt. Die Funkrufnummer wird durchgegeben, dann die Meldung, dass die Kollegen auf ihrem Platz sind.

»Vorrücken«, sagt eine andere Stimme.

Hofmann reibt sich die verschwitzten Hände. Er weiß, die kleinen Gruppen werden sich nun auf das Objekt zubewegen.

Er selbst sitzt außer Sichtweite in einem Einsatzfahrzeug, um auf das erlösende *Gebäude gesichert* zu warten und das Spektakel über Funk mitzuhören. Das Gelände ist nicht einfach. Das Ferienhaus von Dietmar V. liegt auf einer von Wiesen und Feldern umsäumten Ebene, mitten in einem kleinen Waldgebiet. Irgendwann würden die Einsatztruppen die Deckung der Bäume verlassen müssen. Wenn Gesa Jessen und ihr Entführer, der, so wie es aussah, Dietmar V.

hieß, wirklich dort sind, hat er mit ihr als Geisel ein extrem gutes Druckmittel in der Hand.

Dem Zugriff ist ein Observationseinsatz vorausgegangen. Nachdem die Feldstecher stundenlang keinerlei Veränderung am Objekt ausmachen konnten, wurde beschlossen, einen Vorstoß zu wagen.

Das Ferienhaus ist weitgehend eingekreist. Die Jalousien des Objekts sind heruntergelassen. Eine rote Limousine parkt auf einem kleinen Schotterplatz neben dem Gebäude.

Dann geht alles ganz schnell. Der Funkverkehr überschlägt sich. Erst ist von starker Rauchentwicklung die Rede, dann von Flammen, die aus weiten Teilen des Gebäudes schlagen.

Hofmann springt aus dem Wagen und rennt los. Als er Sichtkontakt hat, brennt das Haus bereits lichterloh. Er rennt immer weiter darauf zu, sieht, wie schnell die extreme Hitze um sich greift. Sollte Gesa Jessen sich wirklich in diesem Haus befinden, hat sie keine Chance. Er hört, wie nach der Feuerwehr gerufen wird, wie die einzelnen Einheiten ihren Status durchgeben. Eine von ihnen meldet, sie sei ins Haus eingedrungen. Durch die Glasfront der Terrasse.

Hofmann erreicht die Vorderseite, sprintet in sicherem Abstand um das Gebäude herum und sieht, wie die Kollegen eine leblose Person bergen. Eine Frau. Eilig wird sie aus dem Gefahrenbereich gebracht. Er verfolgt, wie besprochen wird, ob sie es riskieren können, noch einmal hineinzugehen. Nein. Die Hitze ist einfach zu stark. Der Brand weitet sich rasend schnell aus. Obwohl das Material nass ist, obwohl es leicht nieselt.

»Konnten Sie sehen, ob sich noch eine weitere Person im Haus befindet?« Johann Hofmann läuft mit den drei Einsatzkräften mit, die die Frau zwischen sich tragen. Noch ist er sich nicht sicher, ob es die Vermisste ist.

Einer der Männer schüttelt den Kopf. »Keine Chance. Wir

hatten großes Glück, an sie herangekommen zu sein. Ein paar Minuten später …«

Sie legen die leblose Frau ab. Der Größte von ihnen sucht nach Lebenszeichen. Nach ein paar Sekunden nickt er zufrieden. »Sie lebt.«

Während die Bewusstlose in die stabile Seitenlage gebracht wird, studiert Hofmann ihr Gesicht. Und dann ist klar: Sie haben Gesa Jessen! Und sie lebt!

Rerik

»Später hat die Feuerwehr im heruntergebrannten Haus eine Leiche gefunden. Sie war bis zu Unkenntlichkeit verkohlt.« Rose rieb sich die Unterarme, als friere sie. Dabei war es bestes Ostseebadewetter.

»Dietmar V.«

Die alte Frau nickte. »Er muss es selbst angezündet haben. Das Gebäude war mit Brandbeschleuniger getränkt. Deine Mutter hat großes Glück gehabt. Hätten dein Großvater und der Einsatzleiter des Spezialteams nicht entschieden, das Haus zu stürmen, wären sie nur ein bisschen später gekommen …«

»Und dann haben sie bemerkt, dass Mama schwanger war. Von diesem Irren.«

»Nicht sofort. Susanne kam mit einer Rauchvergiftung ins Krankenhaus. Gott sei Dank war sie relativ schnell wieder ansprechbar. Dort wollte man sie natürlich gründlich untersuchen, aber sie ließ sich nicht anfassen. Nicht einmal von einer Ärztin.«

»Konnte man ihr kein Beruhigungsmittel geben?«

Rose zuckte mit den Schultern. »Scheinbar nicht. Ich denke, sie wollten keine Gewalt anwenden. Stattdessen haben sich Psychologen bemüht.« Sie schüttelte den Kopf. »Ich habe so etwas noch nicht gesehen. Mal wirkte sie wie ein wildes Tier, wollte immer wieder wissen, ob das Monster wirklich tot sei, dann war sie so abwesend, dass man sich fragen musste, ob sie noch atmet. Es hat fast zwei Wochen gedauert, bis sie sie ganz behutsam einmal komplett untersucht hatten. Da war sie in der siebzehnten Woche.«

Rose seufzte. »Ich habe deine Mutter vor dieser schrecklichen Tat nicht gekannt, aber sie hatte wohl nicht mehr viel mit dem Menschen gemein, den dein Vater einmal kennengelernt hat. Die Zeit danach war sehr schwer. Deine Mutter fand einfach nicht zurück ins Leben. Es war, als sei sie immer noch gefangen. Sie litt unter Angstzuständen, hatte Schlafstörungen und Depressionen. Dass sie dazu verdammt war, das Kind auszutragen, machte es nicht besser.«

»Und ich? Wie war sie mit mir? Hat sie sich gefreut, ihr Kind wiederzusehen?«

Rose tätschelte Anns Hand. »Bestimmt. Ich war ja nicht dabei. Ich kam erst später dazu. Viel später.«

»Warum der Neuanfang unter neuem Namen?«

»Susanne war besessen von dem Gedanken, das Monster hätte alle ausgetrickst und wäre gar nicht bei dem Brand umgekommen. Sie hat sich und alle um sich herum wahnsinnig gemacht. Ständig glaubte sie, ihn gesehen oder gespürt zu haben. Es durften keine drei Stifte auf einem Tisch liegen. Das ertrug sie einfach nicht.«

»Drei Stifte?«

»Dietmar V. hat, immer, wenn er sie im Haus allein ließ, einen Pfeil aus drei Stiften gelegt, als Zeichen, dass er an sie denkt und sie überall finden wird.«

»Mein Gott, wie krank! Und dann ist Opa auf die Idee gekommen, ihr eine neue Identität zu schenken?«

»Johann und Henning waren mittlerweile gute, sehr gute Freunde geworden. Johann konnte den Fall nicht abschließen, sich umdrehen und gehen. Dafür war eure Geschichte ihm einfach viel zu nahegegangen. Und mir auch. Wir waren uns einig, wir würden euch helfen, euch unterstützen, wo es nur ging. Eines Tages kam dein Vater in die Klinik und deine Mutter war bei der hauseigenen Friseurin gewesen. Sie hatte sich die Haare radikal kurz schneiden und hellblond färben lassen. Sie war kaum wiederzuerkennen. Das war das erste Mal, dass man sie lächeln sah. Und sie wollte nicht mehr Gesa genannt werden. *Gesa gibt es nicht mehr*, sagte sie. *Die ist mit all den schrecklichen Dingen verbrannt.* Zuerst war es nur eine vage Idee. Wir überlegten, ob sie einen anderen Vornamen annehmen könnte, eine Art Künstlernamen, weißt du? Aber dann wurden die Ermittlungen abgeschlossen.«

Rose stockte. »Egal. Auf jeden Fall glaubte Johann, deiner Mutter nur dann eine Chance auf Sicherheit und Heilung bieten zu können, wenn sie ein ganz neues Leben beginnen durfte. So kam das ...«

»War ich viel bei ihr?«

»Wie meinst du?«

»Du sagst, sie war in Kliniken, war seelisch instabil, wo war ich in der Zeit?«

»Natürlich haben die Ärzte, dein Vater, wir, alle haben versucht, euch wieder zusammenzubringen. Deine Mutter hat sich sehr bemüht. Sie war immer so glücklich, wenn sie dich gesehen hat, dich im Arm halten konnte, aber du ...«

»Ich nicht? Du meinst, ich wollte nicht bei ihr sein?«

»Für dich war sie eine Fremde. Die noch dazu starken Stimmungsschwankungen unterworfen war. In dem Entwicklungsstadium, in dem du dich befandest, sind ein paar Monate eine lange Zeit. Du wolltest immer nur zu deinem Vater.«

Wieder tätschelte Rose ihre Hand. »Mach dir keine Gedanken, Kind. Darauf hattest du keinen Einfluss. Selbst für uns Erwachsene war es schwer, mit den Phasen deiner Mutter umzugehen. Das Trauma wog einfach zu schwer. Du warst viel bei mir. Und Susanne kam tatsächlich etwas zur Ruhe, als deine Eltern die Verbindung zu ihrem alten Leben gekappt hatten. Ein paarmal träumte sie sogar davon, das Baby zu behalten und es zu lieben, als sei es Hennings. Das waren zwar immer nur kurze Phasen, zumeist machte ihr die Schwangerschaft extrem zu schaffen, aber immerhin. Sie dachte an so etwas wie Zukunft.«

»Wir sind nach Neustadt gezogen. Papa ist bei der Stadt angefangen. Und dann kam Joris zur Welt.«

»Ja, Susanne hat sich gequält, weil sie es nicht schaffte, den Jungen zu lieben. Sie hatte einen schlimmen Rückfall. Sie gab sich die Schuld. Sie war so verzweifelt. Auch für deinen Vater war es schwer, das kannst du dir sicher vorstellen. Das Kind eines anderen Mannes, des Mannes, der seiner Frau unsägliches Leid zugefügt hatte, zu lieben ... Er hätte es versucht, wenn Susanne Joris gegenüber Muttergefühle entwickelt hätte, da bin ich mir sicher. Dein Vater tat alles, was deine Mutter glücklich machte. Aber so? Es musste eine Entscheidung getroffen werden. Für Susanne und vor allem für Joris.«

»Er wurde weggegeben.«

»Zunächst in eine Pflegefamilie. Zwei Jahre später, deine Mutter hatte gute Fortschritte gemacht, meinte sie plötzlich, sie sei stark genug, Joris eine gute Mutter zu sein. Der Gedanke, ihn weggegeben zu haben, ließ ihr damals keine Ruhe. Sie glaubte, nur dann vollkommen gesund zu werden, wenn sie es schaffte, das Kind des Monsters zu lieben. *Der Junge kann doch nichts dafür, was mir passiert ist,* meinte sie. *Es wäre mein Triumph über ihn, Rose, mein Beweis, dass ich ihn besiegt habe.*«

»Hat Mama je darüber gesprochen, was er all die Monate mit ihr gemacht hat? Außer die Vergewaltigung, meine ich.«

Rose schüttelte den Kopf. »Nicht mit mir oder Johann. Soviel ich weiß auch nicht mit deinem Vater. Ich glaube, sie versuchte einfach, zu vergessen. Vielleicht mit den Psychiatern. Aber das weiß ich nicht.«

»Wie lange war Joris bei uns?«

»Oh, er kam immer nur zu Besuch. Unter den strengen Augen des Jugendamtes und der psychologischen Betreuung deiner Mutter. Irgendwann blieb er über Nacht, dann ein Wochenende, irgendwann auch mal eine ganze Woche. Susanne wollte es so sehr. Ihr beiden, du und Joris, ihr mochtet euch. Ihr habt schön miteinander gespielt. Doch sie fand einfach keinen Zugang zu ihm. Wir wussten nie, wann sie sich verstellte und was echt war. Am Ende wussten wir, dass sie sich und uns etwas vorgemacht hatte. Dann fing sie an und projizierte destruktive Gefühle auf den Jungen. *Er wird ihm immer ähnlicher, Rose, siehst du das? Was, wenn er so wird wie sein Vater? Was, wenn ich ein Monster zur Welt gebracht habe?*, sagte sie. Oder: *Das Monster ist zurück. Zurück in meinem Haus.*«

Rose sah Ann traurig an. »Das alles ist so lange her, aber es verliert nichts von seiner Grausamkeit. Wie viel Unglück ein Mensch bringen kann …« Sie schüttelte betrübt den Kopf.

Ann nahm all ihren Mut zusammen. Der Gedanke spukte ihr schon die ganze Zeit im Kopf herum. »Aber ihr wart euch sicher, dass Joris von dem Entführer abstammt? Ich meine, bei siebzehn Wochen …? Susanne war doch vier Monate in seiner Gewalt, oder? Da könnte es doch genauso gut sein …«

Kapitel 11

Rerik

Er hatte wieder angefangen zu arbeiten. Er brauchte das Geld. Allein, um die ständigen Fahrten zwischen Rostock, Rerik und Neustadt zu bezahlen. Eine Kündigung galt es zu vermeiden. Also war ein weiteres Krankfeiern vorerst tabu. Mann, hatte der Chef sich angestellt, nur, weil er ihm kein ärztliches Attest hatte vorlegen können! Sogar mit Kündigung hatte er ihm gedroht. Dabei war doch mehr als deutlich, wie groß der Mangel an Arbeitskräften war. Sonst hätte man einen wie ihn nie eingestellt. Egal. Musste er seine Aktivitäten eben auf die Tag- und Abendstunden verlegen.

Trotz der durchschnittlich drei Stunden Schlaf, die er sich gönnte, strotzte er nur so vor Energie. Das Spiel, so wie es sich entwickelte, gefiel ihm außerordentlich gut. Besser, als er es sich je hätte träumen lassen.

Er verlagerte sein Gewicht auf das andere Knie und zoomte noch näher heran. Seine Hand zitterte leicht. Nicht schlimm, die Technik des Camcorders würde das wieder ausgleichen und ihm perfekte Filmaufnahmen liefern. Seine linke Schulter drückte sich weiter in das immergrüne Buschwerk. Die beiden hatten sich echt ne Menge zu erzählen, Johanna und die alte Frau. Laut der Informationen, die er von Ilenia Barbieri, der Bedienung des *Casa di Mare*, erhalten hatte, tippte er mal auf die Großmutter. Ein Lächeln huschte über sein Gesicht. Wie schön! Er liebte Familientreffen.

Dieses Mal war es kein Problem gewesen, Johanna zu folgen. Sie war einkaufen gewesen und hatte ihr Fahrrad wie ein Maultier vollgepackt, sodass sie es am Ende schieben musste.

Und nun saß er hier, gut getarnt, und sah den beiden Frauen beim Teeplausch zu. Erneut schob er den winzigen Schieberegler der Kamera nach links, so weit, bis der maximale Zoom erreicht war. Das Gesicht der alten Frau füllte nun den gesamten Bildschirm. Wem sah sie ähnlich? Ihr oder ihrem unfähigen Ehemann? Es wäre zu schön, wenn er *ihre* Mutter gefunden hätte. Ihre Freude, beim Anblick dieser Bilder wäre sicher besonders groß. Die vom Alter gezeichnete Mutter in Liebe vereint mit dem Wertvollsten, das Eltern besaßen, dem eigenen Kind. Wie rührend! Allein die Vorstellung ... herrlich!

Da, jetzt tat sich etwas! Johanna erhob sich und brachte Geschirr ins Haus. Dann kehrte sie zurück und half ihrer Großmutter beim Gang durch das unebene Gelände. Er stoppte die Filmaufnahmen. Die Entscheidung fiel ihm nicht schwer. Er würde Johanna ziehen lassen und der Oma einen Besuch abstatten. Alte Leute freuten sich immer über ein wenig Gesellschaft.

Neustadt in Holstein

Jürgen kannte diesen Blick. Und er hasste ihn. Susanne bemühte sich um Fassung, tat, als ginge es ihr gut, als hätten ihr der Zuspruch und die Gespräche geholfen und alles wäre wieder wie vorher. Doch die Art, wie sie durch ihr eigenes Heim schlich, sprach eine deutliche Sprache. Sie fühlte sich nicht sicher.

»Ich habe jedes Schloss und jeden Riegel überprüft. Keinerlei Einbruchsspuren.« Er stellte die kleine Tasche mit all den Dingen, die man für einen kurzen Krankenhausaufenthalt benötigte, auf dem Boden ab.

»Glaubst du wirklich, ich habe mir das eingebildet? Ist es wieder so weit? Gelte ich jetzt wieder als nicht zurechnungsfähig?«

»Nein, Schatz, das hat doch keiner behauptet. Aber kann es nicht doch sein, dass wir beide das vielleicht sogar zusammen waren, das mit den Stiften? Man schreibt etwas auf, ist in Gedanken und legt den Stift irgendwo hin. Der andere putzt oder räumt auf, will die Stifte dorthin bringen, wo sie hingehören, wird abgelenkt, weil vielleicht das Telefon klingelt und legt sie gedankenverloren an die Stelle, an der er gerade steht, auf die Fensterbank. Das passiert!«

»Und dann formieren sie sich selbst zu einem Pfeil?«

»Dass sie in dieser Anordnung lagen, kann einfach nur ein dummer Zufall sein.« Jürgen atmete einmal tief durch. »Schau mal. Wenn wir eines doch mit Sicherheit wissen, dann, dass der Irre tot ist.«

»Wissen wir das? Johann und du, ihr wart euch da so verdammt sicher. Ich konnte Einwände vorbringen, wie ich wollte, ihr habt all meine Vetos in den Wind geschlagen.«

»Johann, die Staatsanwaltschaft, der Ermittlungsleiter, der den Zugriff geleitet hat, die Feuerwehr, die Spurensicherung, alle waren sich einig, Susanne! Und das waren ... sind alles Profis, die wissen doch, was sie tun. Und du warst ...«

»Ich war ein unzurechnungsfähiges Wrack, sag es ruhig.«

»Mein Gott, du standest unter dem Eindruck des Erlebten. Bei *dem* Psycho war es doch klar ...«

»Du kennst ihn nicht. Du hast keine Ahnung.«

»*Kanntest*, Susanne! Das Schwein ist tot. Seit dreißig Jahren.« Er folgte ihr in die Küche, wo sie stehen blieb und auf die leere Fensterbank starrte.

»Er war viel jünger als dieser Dietmar V.«

Nein! Jürgen strich sich verzweifelt über den Kopf. Es ging tatsächlich wieder los. Sie stellte alles infrage, was sie sich in den letzten Jahrzehnten hart erarbeitet hatten. »Susanne, wir waren uns doch einig, dass manche Menschen jünger aussehen, als sie sind.«

»Das Foto! Er hatte keinerlei Ähnlichkeiten mit dem Foto von diesem kack Dietmar!« Ihre Stimme überschlug sich.

Er zwang sich zur Ruhe. »Sieh mal, selbst, wenn es sich bei der Brandleiche nicht um Dietmar V. gehandelt haben sollte, es war in jedem Fall dein Entführer. Die Polizei hat einen DNA-Test machen lassen. Das weißt du doch noch, oder?«

Sie schlang die Arme um ihren Oberkörper. Dann nickte sie kaum wahrnehmbar.

Er nahm sie in den Arm und drückte sie sanft an sich. »Ich bin so stolz auf dich. Lass nicht zu, dass die Vergangenheit dich noch mal kaputtmacht, Schatz. Dazu besteht absolut kein Grund. Er ist tot und kann dir nie wieder etwas anhaben.«

Er gab sie frei und füllte den Wassertank der Kaffeemaschine. »Weißt du was? Dr. Nieheim soll dich noch ein paar Tage krankschreiben. Wir fahren zurück nach Rerik, ich regele für Rose die paar Kleinigkeiten, die noch ausstehen, und du schaust im Netz nach Angeboten für eine Wellnessauszeit direkt im Anschluss. Ich finde, die haben wir uns jetzt verdient. Hm, was denkst du?«

Seine Geduld wurde schnell belohnt. Kaum war die Enkeltochter verschwunden, legte die alte Dame sich auf ihr Sofa. Ach ja, die Menschen waren so berechenbar.

Er war über die Terrasse geschlichen, hatte beobachtet, wie sie ihre Hörgeräte entfernt hatte, und sah ihr seitdem beim Schlafen zu. Er gab sich noch zehn Minuten, dann sollte die Oma tief und fest schlummern. Einen Weg ins Haus hatte er auch schon ausgekundschaftet. Es gab einen sehr vielversprechenden Kellereingang.

Das Schloss war widerspenstiger als gedacht. Geschafft hatte er es trotzdem. Bevor er jedoch einstieg, schlich er zurück zur Wohnzimmerscheibe und überzeugte sich, dass das alte Mädchen immer noch schlief. Er lächelte zufrieden. Faszinierend, wie wenig sich Senioren im Schlaf bewegten. Sie lag immer noch in derselben Position, in der sie eingeschlafen war.

Zügig huschte er zur Kellertür und hinein ins Haus. Als Erstes stattete er ihr einen Besuch ab. Vis á vis, von Angesicht zu Angesicht. Schließlich wusste er nicht, ob er später noch dazu kommen würde. Also schlich er sich ins Wohnzimmer, setzte sich in den Ohrensessel, der direkt am Kopfende des Sofas stand, und nahm das ergreifende Bild in sich auf. Er hätte nur die Hand ausstrecken müssen, um sie zu berühren. Stattdessen nahm er die Kamera und filmte. War es nicht putzig, wie die Omi schnarchte?

Vorsichtig erhob er sich und schritt durch den Raum. Fotos in Rahmen, aufgestellt, um den Besuchern zu zeigen, wer zur Familie gehörte, wen man besonders mochte. Er nahm sie in die Hand, filmte den Vorgang und stellte sie wieder zur Seite. Gern hätte er hinter das Geheimnis des Wohnzimmerschranks geblickt. Doch das schien ihm dann doch zu frech. Noch wäre er gern unentdeckt geblieben. Also verließ er den Raum und schlich ins Obergeschoss.

Wieder hingen Fotos an den Wänden, standen Rahmen auf Nachtschränkchen. In der Schublade des einen fand er eine alte goldene Armbanduhr. Auch die schaffte es auf den Chip des Camcorders. Der Rest war leider ziemlich uninteressant.

Er verließ die erste Etage, schlich die Treppe abwärts und horchte. Gab er sich Mühe, konnte er das leise Schnarchen der alten Frau ausmachen. In der Küche war alles fein säuberlich aufgeräumt. Brave Enkeltochter. Johanna hatte sogar die beiden Teetassen gespült. Mitten auf dem Küchentisch lag eine Tablettenbox. Sie bot Einteilungen für die Wochentage sowie die Tageszeiten. Es war schon irre wichtig, zur richtigen Zeit die richtigen Medikamente zu nehmen. Das konnte sonst schnell böse enden. Wie gut, dass es solche Organizer gab. Er filmte die Pillendose und zoomte in jedes einzelne Fach.

*

Der Himmel blau, durchzogen von ein paar kleinen harmlosen Kumuluswolken, das Meer verführerisch und der weiße Sand bevölkert von bunten Badetüchern und Sonnenschirmen – ein echtes Sommeridyll, so weit das Auge reichte. Doch keiner der sechs Freunde hatte Augen für die Reize des perfekten Sommertages. Sie hockten auf ihren Strandlaken und steckten die Köpfe zusammen. Ann hatte ihren Bericht soeben beendet.

»Dieser Joris stammt also wirklich von deiner Mutter und dem Entführer ab. Da gibt's keinen Zweifel?« Ann konnte Fynns Augen durch die schwarze Sonnenbrille nur erahnen.

»Laut DNA-Abgleich ja. Kein Zweifel. Sie muss direkt nach ihrem Verschwinden schwanger geworden sein. Es kann ja auch keiner mehr nachvollziehen, wann der Schwangerschaftstest genau gemacht wurde. Wie viele Tage oder Wochen nach ihrer Befreiung. Von der Zeit her würde es also passen.«

»Krass.« Fredde kratzte sich den Dreitagebart. »Und willst du das Amtsgericht einschalten? Ich mein, die Anfrage stellen, um in die Akten sehen zu können?«

Ann seufzte. »Einerseits würde ich schon gern lesen, was die damals alles rausgefunden haben. Über diesen Dietmar V. und so. Andererseits ...« Sie schüttelte den Kopf. »Nein. Hier ist Schluss! Ich weiß jetzt, was mich die ganzen Jahre über beschäftigt hat. Ich wünschte, es wären weniger schlimme Ereignisse gewesen, die sie vor mir verheimlicht haben. Ich weiß, warum meine Eltern gehandelt haben, wie sie es taten. Das reicht. Wenn ich jetzt beim Amtsgericht ein Fass aufmache und man sich dort genötigt sieht, genauer hinzusehen, oder sich zu fragen, wieso ich, Johanna Arnold all diese Dinge wissen will, wird herauskommen, was Opa damals getan hat. Dass er – als Staatsbediensteter – uns mit neuen Papieren ausgestattet hat. Mit illegalen Dokumenten. Ich würde sein Andenken beschmutzen. Und das, nach alldem, was Rose und er für uns getan haben. Nein. Es bleibt dabei. Hier ist meine Reise in die Vergangenheit zu Ende.«

Isabelle, Fredde und Marc nickten.

»Finde ich gut.« Auch Marie gefiel der Gedanke.

»Und Joris?« Fynn ließ Sand durch seine Finger rieseln. »Willst du versuchen, ihn zu finden?«

»Ganz ehrlich?« Ann ließ sich nach hinten aufs Handtuch fallen. »Momentan reicht's mir. Vielleicht irgendwann mal. Ich hab ja jetzt den Kontakt zu der Adoptionsstelle.«

»Apropos Adoptionsstelle.« Fynn klopfte sich den Sand von den Händen. »Was ist eigentlich mit dem Einbruch? Hat die Polizei schon mit dir gesprochen?«

»Ja, wir haben telefoniert. Mittlerweile sollen wohl doch Zweifel bestehen, ob wirklich nur diese eine Akte, die von Joris, geklaut wurde.«

»Also doch eher ein Zufall …« Isabelle tippte Marie auf die Oberschenkel. »Kommst du mit ins Wasser? Ich brauch ne Abkühlung.«

Marie nickte und sprang auf.

»Scheint so, es sei denn …« Ann zwinkerte in Richtung Fredde. »… ein guter Freund wollte mich mit einem besonderen Geschenk überraschen. Na, Fredde? Rück die Akte schon raus!« Sie lachte und versetzte ihm einen freundschaftlichen Stoß.

»Nur, weil ich schon einmal für dich in ein Haus eingebrochen bin, heißt das nicht, dass das jetzt zu einer Art Gewohnheit wird«, gab er zurück und bewarf sie mit Sand.

*

»Susanne! Hast du uns einen Schrecken eingejagt!« Rose

drückte sich aus ihrem Sessel hoch, um den Besuch zu begrüßen. »Geht es dir besser?«

»Bleib doch sitzen!« Susanne nahm sie in den Arm. »Ja, mach dir keine Sorgen, bei mir ist alles wieder im Lot. Sie haben mich gründlich durchgecheckt.«

»Na, Gott sei Dank. Jürgen!« Rose nahm auch ihn in den Arm. »Bald kannst du die Strecke Rerik – Neustadt aber im Schlaf, oder? Möchtet ihr was trinken?«

Jürgen lächelte. »Setz dich wieder! Wir wissen, wo alles steht.« Er ging in die Küche und rief. »Wem darf ich was mitbringen?«

»Mir gern ein Wasser, danke«, antwortete seine Frau. Und mit Blick auf das volle Glas auf dem Wohnzimmertisch fügte sie »Rose hat noch« hinzu.

»Du musst darauf achten, dass du immer genug trinkst, Liebes«, riet die alte Dame und ließ sich zurück in den Sessel fallen.

»Wie kommt denn unsere Kamera hierher?« Jürgen schaute lachend durch den Türrahmen und wedelte mit einem Camcorder.

»Was für eine Kamera?« Rose mühte sich, um einen Blick auf Jürgen zu erhaschen. »Ich weiß von keiner Kamera.«

»Liegt hier in der Küche. Ich weiß gar nicht … Wann haben wir das letzte Mal gefilmt, Susanne? Letztes Jahr, auf meinem Siebzigsten? Kann das sein?« Er verschwand wieder in der Küche.

»Ja, ich glaube schon. Hat Ann sie sich ausgeliehen?« Susanne zog zwei Esszimmerstühle heran und setzte sich.

»Bestimmt«, schallte es aus dem Nebenraum.

»Ann war heute noch bei mir. Das gute Kind. Hat für ihre alte Oma eingekauft, alles verstaut und Tee gekocht.«

Jürgen kam mit zwei Wassergläsern zurück. »Das macht sie gern für ihre allerliebste Oma.« Er reichte das eine seiner Frau, stellte das andere auf den Tisch und lief dann noch mal zurück. »Entschuldigung, ich bin einfach zu neugierig.

Wenn da der Film von meiner Geburtstagsfeier drauf ist …« Er lachte und kam mit dem Camcorder in der Hand wieder.

»Und wenn das Anns Kassette ist? Solltest du sie nicht erst fragen?«

»Hallo? Das ist unsere Kamera! Ich kann mich nicht erinnern, dass sie gefragt hat, ob sie sich das gute Stück ausleihen darf.« Er spulte ein Stück zurück und drückte auf *Play*. »Oh, es scheint so, als sei sie einmal durch Roses Haus gelaufen. Wahrscheinlich, um ein paar Erinnerungen festzuhalten.«

»Hat sie euch erzählt, was sie vorhat?« Rose beugte sich mühsam vor und griff nach ihrem Wasserglas.

»Du meinst beruflich?« Jürgen spulte noch ein bisschen zurück.

»Ja, und wo sie sich niederlassen will.«

»Wir gehen davon aus, dass sie zu Marc nach Wiesbaden zieht. Ich glaube nicht, dass er seine Wohnung in Rerik noch lange behalten wird. In einem kleinen Ostseeküstenort wird es keine Beschäftigung für einen BKA-Mitarbeiter geben.« Susanne beobachtete das Tun ihres Mannes.

Der drückte auf Abspielen und stutzte. Rose beim Schlafen? Das war aber nicht nett von seiner Tochter, die Oma ohne ihr Wissen aufzunehmen. Trotzdem musste er Lächeln, drehte den Bildschirm so, dass seine Frau ihn sehen konnte, und zog stumm die Schultern hoch.

Susanne antwortete mit einem Kopfschütteln und verdrehte die Augen.

»Dann werde ich sie nur noch selten zu Gesicht bekommen. Na ja, die Kinder müssen ihre Wege gehen, nicht wahr?«

»Noch ist sie ja hier«, tröstete Susanne.

Wieder hörten sie den Motor des Camcorders, wie er das Band ein Stück zurückspulte.

»Ha! Hatte ich doch recht. Mein Siebzigster! Guck mal Ulli und Rainer.«

»Ja, lass uns das später anschauen. Wir wollten uns doch noch um ein paar Dinge kümmern«, ermahnte Susanne ihn mit strengem Blick.

*

Kinder, die Sand in Eimer füllten oder Wassergräben gruben, der Duft nach Sonnencreme. Frauen, die ihre Nasen in Bücher steckten, und Männer, die der Rötung ihrer Haut nach in der Sonne eingeschlafen waren. Dazu Wellen, die sanft den Strand hochzüngelten. Für viele war ein hochsommerlicher Strandtag das größte Vergnügen. Er hasste es. Menschenmassen mochte er nur, wenn er sich ihrer Homogenität bedienen und sich unsichtbar machen durfte. Er zog das Basecap tiefer ins Gesicht und schloss seine Jacke.

Er hatte lange überlegt, ob es richtig war, den Camcorder bei der Oma liegen zu lassen. Eigentlich hätte er gern gewährleistet, dass er von der Person gefunden wurde, für die die Bilder gedacht waren. Nur, hätte Johannas Mutter die Kamera finden sollen, hätte er sie im Haus der Arnolds, in Neustadt in Holstein, platzieren müssen. Dort hatte er sie ja auch mitgehen lassen. Doch die Gefahr, dass man sie wegräumen würde, ohne die Aufnahmen anzusehen, war einfach zu groß. Das wäre doch wirklich schade. Und so hegte er die Hoffnung, der Fund der Kamera in der Küche der alten Dame würde Fragen aufwerfen.

Die Alte konnte mit dem Ding garantiert nicht umgehen. Also würde sich Johanna der Sache annehmen. Und die würde, sichtlich erschrocken, ihren Eltern davon berichten. Er brauchte nur zu warten. Und bis dahin? Würde er weiterhin Informationen und Eindrücke sammeln. Auf Gelegenheiten warten und Pläne schmieden.

Irgendwie reifte da gerade etwas in ihm. Eine Familienzusammenführung. Vater, Mutter, Sohn und Tochter. Ja … Verträumt blickte er in Richtung der bunten Sonnenschirme, sah, wie zwei Männer einen dritten den Strand entlangtrugen, während drei Frauen Taschen auf einen leeren Rollstuhl stapelten oder schulterten und ihnen hinterhereilten.

»Na, wo soll's denn hingehen«, murmelte er und klopfte sich den Sand ab. Dann folgte er der Gruppe bis zum *Casa di Mare.*

»Hallo! Lange nicht gesehen.« Ilenia Barbieri sah gestresst aus. »Es ist megavoll. Ich glaube, ich hab gerade keinen Platz für dich.«

Er merkte, wie ihr Blick immer wieder zu der Sechsergruppe ging, die auch noch wartete. »Das macht nichts.« Er wollte noch ein paar tröstende Worte hinzufügen, da war sie schon losgestürmt, um einer Gruppe von fünf wartenden Gästen zu signalisieren, dass sie mitkommen könnten.

»Hallo? Entschuldigung, aber wir warten schon länger«, beschwerte sich einer aus Johannas Gruppe. Er nannte ihn nur *Der Polizist.*

»An den Tisch gehen nur fünf«, gab Ilenia trocken zurück. Was glatt gelogen war. Er grinste. *Verscherze es dir nie mit der Bedienung deines Lieblingsrestaurants.*

Er trat ein paar Schritte zur Seite, sodass ihm ein Pflanzkübel mit einer großen Palme Schutz bot.

Ilenia hatte die Gäste abgeliefert und eilte an ihm vorbei. »Sobald einer der kleineren Tische frei wird, bist du dran.« Sie zwinkerte ihm vertraut zu.

Er formte betende Hände, als Zeichen seines Dankes, was sie zum Lachen brachte.

»Entschuldigung? Wir würden gern zahlen!«

»Wie wär's, wenn Sie erst mal zu mir kommen? Wir warten schon endlos.«

Ilenia verdrehte die Augen, wirbelte herum und eilte lächelnd zu den Herrschaften, die sich so charmant beschwert hatten.

Versonnen verfolgte er dem Strom der Touristen. Mit jeder Minute schien der Haffplatz voller zu werden. Die ersten

Familien verließen den Strand, um zu duschen und das Essen für die übermüdeten, quengelnden Kinder auf den Tisch zu bringen. Oder aber fein herausgeputzt wieder hier zu sein, um die Restaurants zu bevölkern. Andere gönnten sich schnell noch einen dicken Eisbecher, ein Stück Kuchen oder ein frühes Abendessen.

Morgen würde er einen neuen Versuch wagen, nach Neustadt reisen, zu ihrem Zuhause, und schauen, ob sie aus dem Urlaub zurück war, ob er das Glück hatte, sie anzutreffen. Er wollte sie beobachten, ihre Gestik und Mimik studieren und sein Gehirn nach bekannten Bildern suchen lassen. Er freute sich unfassbar auf den Moment, auf den ersten Augenblick, wenn sie live vor ihm stehen würde. Zunächst würde er sich sattsehen. Er hatte so lange darauf gewartet.

Ein Kind schrie wie am Spieß, riss ihn aus seinen schönen Gedanken. Die Mutter redete auf das Blag ein. Sein genervter Blick folgte den beiden entlang der Tische und dann ... Es war, als träfe ihn der Schlag. Das konnte doch nicht ...? Oder? Doch, kein Zweifel, sie war's!

Er war unvorbereitet. Nie hätte er gedacht, ihr zufällig zu begegnen. Er war sich immer sicher gewesen, Art und Zeitpunkt würden durch ihn bestimmt, wären durch ihn gezielt herbeigeführte Punkte. Er würde sie ausfindig machen und aufsuchen, wann es ihm in den Kram passte. Er, der immer alles unter Kontrolle hatte. Nicht sie. Und nicht so ein doofer Zufall.

Sie schlenderte auf das *Casa di Mare* zu. An ihrer Seite ihr dämlicher Mann.

Er musste aufpassen, dass er nicht zu sehr starrte. Ob sie ihn erkennen würde? Das hatte er sich schon so oft gefragt. Jetzt könnte er es ausprobieren. Aber nein, lieber im Hintergrund bleiben und beobachten.

*

»Mama, Papa, was macht ihr denn hier? Ich dachte, ihr wärt in Neustadt.« Ann wandte sich überrascht ihren Eltern zu.

»Hallo zusammen!« Jürgen lächelte in die Runde und reichte jedem die Hand. »Na, habt ihr Hunger?«

»Ja, aber irgendwie werden wir hier ständig übersehen.« Fredde rannte hinter einem Kellner her. »Entschuldigung, haben Sie einen Moment?«

»Geht's wieder? Was war denn los?« Ann war nah an ihre Mutter herangetreten.

»Nichts.«

»Wahrscheinlich der Kreislauf«, beruhigte Jürgen. »Wollt ihr nicht morgen zum Frühstück kommen? Rose würde sich sicher sehr freuen und wir wären endlich mal wieder alle zusammen.«

Marc nickte.

»Warum nicht, klar. Wisst ihr schon, wie lange ihr bleibt?« Ann beobachtete Fredde, wie er mit dem Kellner diskutierte.

»Zwei, drei Tage. Bis ich alle Anträge, Telefonate und Besuche hinter mir habe. Morgen früh habe ich einen Termin bei einer Seniorenbetreuungsfirma. Nachmittags kommt der Medizinische Dienst wegen der Beurteilung von Rose. Da geht's um die Pflegestufe.«

Ann nickte. »Sag Bescheid, wenn ich helfen kann.«

»Apropos Rose.« Jürgen zog Ann zur Seite. »Es ist übrigens nicht sehr nett, heimlich Filmaufnahmen von deiner Großmutter zu machen, wie sie schnarchend auf dem Sofa liegt.«

Ann starrte ihn verständnislos an. »Wer hat Rose wo gefilmt?«

»Na du! Beim Mittagsschlaf auf ihrem Sofa in der Liebesschlucht.«

»Warum sollte ich? Wann soll das denn gewesen sein?«

»Keine Ahnung. Auf jeden Fall nach meinem Geburtstag, die Aufnahmen der Feier sind nämlich auch auf dem Band.

Du hättest ruhig fragen oder zumindest Bescheid sagen können, dass du die Kamera mitnimmst.«

»Auf dem Band? Ach, du meinst, Oma wurde mit eurem Camcorder gefilmt? Papa, das war ich nicht. Warum auch? Wenn ich etwas filmen will, mach ich das hiermit.« Sie wedelte mit ihrem Handy.

Verdutzt sah ihr Vater sie an. »Aber ... Es kann gar nicht anders ... Die Kamera liegt immer bei uns im Schrank. Also, deine Mutter und ich waren das bestimmt nicht. Wer sollte sonst ...?«

»Du bist dir sicher, dass du den Camcorder nicht doch irgendwann mit nach Rerik gebracht hast? Ist vielleicht schon länger her.«

»Mag ja sein. Das erklärt aber nicht, wie deine schlafende Oma auf die Kassette kommt.«

»Kommt ihr?« Fredde stand vor einem Tisch, der just von den Servicekräften abgeräumt und gesäubert wurde, und wedelte mit den Armen.

»Wir sind ja morgen früh bei euch. Dann schaue ich mir dein ominöses Video mal an. Du hast es doch hier, oder?«

Jürgen nickte.

»Wir reden morgen, Papa, tschüss.« Sie gab ihm einen flüchtigen Kuss auf die Wange und eilte zu den anderen.

*

Er sah, wie Johanna von ihrem Vater zur Seite gezogen wurde. Und ihre Mutter? Er fand, sie wirkte irgendwie verloren. Sie wartete, bis das Vater-Tochter-Gespräch beendet war, scheinbar, ohne sich dafür zu interessieren. Während der Herr Papa ein Küsschen bekam, ging sie leer aus.

Hättest du uns doch nicht aufgegeben!

Die Jahre nachholen konnten sie nicht, wohl aber ein paar gute miteinander verbringen. Schneller als gedacht, musste er in die konkrete Planung einsteigen. Jetzt, wo er nicht nur ihren Unterschlupf, sondern sie selbst, in Fleisch und Blut, gefunden hatte. Er brauchte ein Heim, einen Ort, an dem er sich mit ihr vereinen konnte. Den zu finden, würde nicht einfach sein. Neustadt spukte ihm im Kopf herum. Er hatte darüber nachgedacht, ihr eigenes Haus zu seinem zu machen. Doch dafür musste er ihren dämlichen Mann aus dem Weg räumen. Er wollte sie ganz für sich. Das stand ihm zu. Die Sache mit dem Ehemann machte das Unterfangen unnötig kompliziert. Unerfreulich. Risikobehaftet. Störanfällig.

Johannas Eltern schlenderten weiter.

Er hängte sich in sicherem Abstand dran.

Okay. Zuallererst brauchte er einen geeigneten Ort. Dann einen wasserdichten Plan, wie der Ehemann kaltzustellen wäre. Und erst dann konnte er sich ihr widmen. Vielleicht wäre es klug, Johanna als Lockvogel zu benutzen. Abwägend wippte sein Kopf von rechts nach links. Eines nach dem anderen.

Vom Haffplatz aus ging das Pärchen in Richtung Seebrücke. Hand in Hand flanierten die beiden über die Holzbohlen.

Er ließ sie ziehen, suchte sich ein Plätzchen, von dem aus er den Aufgang beobachten konnte, das ihn jedoch vor ihren Blicken schützte. Schließlich würde das Ehepaar Arnold denselben Weg zurück nehmen müssen und ihm dann entgegenkommen.

Während sie die Seebrückenromantik genossen, ließ er sich die Optionen der möglichen Unterkünfte durch den Kopf gehen.

Da wäre zunächst das Haus der Arnolds in Neustadt. Vorteile: Es lag in einer ruhigen Gegend, am Ende einer Sackgasse. Ihm stand ein komplett eingerichtetes Gebäude zur Verfügung. Wie er gesehen hatte, war es nicht ungewöhnlich, wenn den ganzen Tag die Rollläden heruntergelassen waren. Nachteil: Er wusste nicht, wie viele Besucher routinemäßig vorbeikamen. Die Putzfrau, die einmal die Woche durchfeudelte, der Gärtner, Freundinnen zum Kaffeeklatsch oder andere Störenfriede. Aber gut, das ließe sich recherchieren. Und das musste er auch, gründlich recherchieren. Er durfte nichts überstürzen, auch, wenn er es kaum abwarten konnte. Nichts wäre ärgerlicher als eine misslungene Aktion durch übereiltes Handeln.

Option zwei: Das Haus der Großmutter. Vorteile: ruhige Gegend und eine Frau, deren Sozialkontakte wahrscheinlich auf ein Minimum zusammengeschrumpft waren. Problematisch wären Dinge wie ein täglich wiederkehrender Sozialer Pflegedienst. Auch das ließe sich schnell herausfinden. Nachteile: Er hätte eine weitere Person, um die er sich kümmern müsste.

Dann doch lieber Option drei: ein einsam gelegenes Objekt, das aus dem kollektiven Gedächtnis verschwunden war. Doch das zu finden, war äußerst schwierig. Er seufzte. Er hatte noch eine Menge zu organisieren.

Die Arnolds flanierten in seine Richtung. Er zog das Cap tiefer ins Gesicht.

In der Zwischenzeit aber würde er so viel wie möglich an ihrem Leben teilhaben. Still und genügsam. So weit entfernt, wie es sein musste, und so nah, wie es sein durfte. Er würde sie ganz neu kennenlernen und sich auf den Moment freuen, der sie beide wiedervereinte.

Kapitel 12

Rose hatte richtig rote Wangen vor Freude. Ihre Augen glänzten fast wie früher, und ein beseeltes Lächeln umspielte ihren Mund. »Das hätten wir schon viel eher machen sollen!«

Ann und Marc hatten für ein paar Obst- und Käsevarianten gesorgt, Fynn und Marie darauf bestanden, die Brötchen mitzubringen, und Jürgen zauberte eine große Pfanne Rührei.

»Danke für die Einladung. Es wäre aber auch okay gewesen, wenn ihr, so als Familie ...«, meinte Marie.

»Nach all den Jahren solltest du uns besser kennen. Du bist immer willkommen, das weißt du doch«, zerstreute Jürgen ihre Bedenken. »Was für dich natürlich auch gilt.« Er nickte Fynn zu.

Marie strahlte.

Und Fynn? Ann fand, er wirkte nachdenklich. Sein Blick wanderte des Öfteren verstohlen zu Susanne. Kein Wunder. Marie, Ann, Marc und er kannten sich erst seit einem knappen Jahr. Seitdem hatte er vieles über Anns Familie gehört. Und jetzt saß er der Frau gegenüber, die er gar nicht kannte, über deren grausame Vergangenheit aber schon so viel gesprochen wurde. Als Außenstehender musste das echt strange sein. Das war es ja schon für Ann!

»Das muss gefeiert werden.« Sie lief in die Küche und kam mit einer Flasche Sekt zurück. »Papa?«

Der verstand den Wink und eilte los, um Gläser zu holen.

Ann ließ den Korken mit einem lauten Knall herausspringen und schenkte allen ein.

Selbst Susanne lächelte entspannt.

Jürgen hob sein Glas. »Auf die Familie!«

In diesem Moment beschlich Ann ein nicht greifbares Gefühl. Es war, als halte die Zeit für einen Moment den Atem an. Das Seltsame war, die anderen schienen es auch zu spüren. Sie sah es an ihren Blicken. Alle, bis auf Marie, die die Zeit wieder in ihre Bahnen lenkte, indem sie gerührt den Arm mit dem Sektglas hochriss. »Und auf die Freundschaft.«

Sie hatten sich zwei Stunden treiben lassen. Von einem Gespräch zum nächsten. Als Rose sichtlich ermüdete, führte Ann die alte Dame zu ihrem Sofa und half ihr, sich hinzulegen. Die anderen räumten ab. Susanne und Marie begannen, sich um den Abwasch zu kümmern. Fynn schob Marc auf die Terrasse. Ann schüttelte den Kopf. Wie sehr sie doch immer noch in alte Muster verfielen. Die Herren der Schöpfung zogen sich zu Männergesprächen zurück, während die Frauen sich um den Haushalt kümmerten. Sie wollte ihrem Freund gerade ein paar Kommentare dalassen, als ihr Vater um die Ecke bog.

»Und?«

»Sie ist direkt eingeschlafen.«

Rose fing bereits an, leise zu schnarchen.

»Ihre Kraftreserven sind schnell verbraucht.«

»Hast du das Leuchten in ihren Augen gesehen?«

Jürgen nickte. »Das heute hat ihr gutgetan. Einsamkeit ist nichts für uns Menschen.« Er nahm sie in den Arm. »Deinem alten Herrn hat das übrigens auch gutgetan.«

»Aber du und Mama, ihr seid doch nicht einsam, oder?« Sie versuchte, sein Gesicht zu lesen. »Papa? Oder? Ihr könntet mehr unter Leute gehen, reisen. Mama könnte die Frührente beantragen. Ihr seid auf das Geld doch nicht angewiesen.«

Er lächelte. »Mach dir keine Sorgen. Es ist alles gut, wie es ist. Wir kommen schon auf unsere Kosten.«

Rose gab einen besonders lauten Schnarchlaut von sich.

Die beiden schüttelten lachend den Kopf.

»Was ist denn jetzt mit diesem ominösen Schnarchvideo von Oma? Bekomme ich das mal zu sehen?«

Jürgen öffnete den Wohnzimmerschrank, nahm den Camcorder heraus und hielt ihr das Gerät hin.

»Weißt du mittlerweile, wie das Ding nach Rerik gekommen ist?« Ann klappte den Bildschirm zur Seite.

Ihr Vater zuckte mit den Schultern. »Keine Ahnung. Ich war es nicht, da bin ich mir sicher. Ich weiß nur, ich hatte es zuletzt an meinem Geburtstag. Danach ist es an seinen angestammten Platz in den Schrank gewandert. Und Susanne? Sie käme nie auf die Idee. Außerdem bestreitet sie, die Kamera in die Hand genommen zu haben. Ich weiß nicht mal, ob sie weiß, wie man sie bedient. Sie hat sich nie dafür interessiert. Also, wenn du dir die Kamera nicht ausgeliehen hast …« Ratlos zog er die Augenbrauen hoch.

»Sicher, dass es eure ist? Vielleicht hatte Rose Besuch und irgendjemand hat sie hier liegen lassen?«

»Da sind Aufnahmen meiner Feier drauf. Außerdem erkenne ich die kleine Macke an der Seite des Gehäuses wieder.«

»Spuky.« Ann ließ das Band laufen. »Dein Geburtstag.« Sie drückte auf Schnelllauf. Dann stutzte sie, stoppte das Band und drückte auf *Play*. »Oma und ich im Garten.« Sie sah sich selbst, wie sie Rose gebannt zuhörte. Die alte Dame wirkte bestürzt. »Das war gestern, hier im Garten. Da haben wir Tee getrunken und ne ganze Weile gequatscht.« Auf ihrer Stirn bildeten sich tiefe Sorgenfalten. »Papa? Was ist hier los?«

Jürgen starrte auf die Aufnahme. Gerade zoomte der Filmende so nah heran, dass Roses Gesicht den gesamten Bildschirm einnahm.

»Außer uns war da niemand.« Niemand, den sie wahrgenommen hätte. Ann ging in das Kameramenü und ließ sich Tag und Aufnahmezeitraum anzeigen. Sie hielt Jürgen die Informationen hin.

»Zu dem Zeitpunkt waren Susanne und ich noch in Neustadt.« Ihr Vater war blass vor Schreck.

»Fuck!« Irgendjemand hatte sich also im Garten versteckt und heimlich Filmaufnahmen von ihr und Rose gemacht. Warum?

Die nächsten Sequenzen stammten aus dem Innern des Hauses. Rose, wie sie schlief.

»Der Typ war hier! Im Haus! Der hätte wer weiß was machen können! Wie ist er hier reingekommen?«

»War die Terrassentür noch offen?«

Ann schüttelte den Kopf. »Die habe ich geschlossen, bevor ich gefahren bin. Hundert pro! Fehlt irgendwas?«

Jürgen zuckte verzweifelt mit den Schultern.

Seine Tochter kniff die Augen zusammen, malträtierte ihr Hirn, um das alles zu begreifen. Währenddessen zeigten die Filmaufnahmen, wie Bilderrahmen in die Hand genommen wurden, leider, ohne dass die Hand im Bild gewesen wäre, und wie der Kameramann die Treppe zum Obergeschoss hochging.

»Ich fass das nicht! Der stiefelt seelenruhig durch Roses Haus, während sie unten schläft. Wer ist das?«

Dann brach die Aufnahme ab.

»Und wie ist er an die verdammte Kamera gekommen?«

»Wir müssen das der Polizei melden.«

Jürgen nickte. Hob aber gleichzeitig abwehrend die Hand.

Ann begann, vor ihrem Vater auf und ab zu laufen. »Damit ich das richtig verstehe. Da gibt es jemanden, der es geschafft hat, in den Besitz eurer Kamera zu kommen, die, laut deiner Aussage, bei euch zu Hause im Schrank liegen müsste. Er begibt sich in Roses Garten, versteckt sich, um heimliche Filmaufnahmen von Oma und mir zu erstellen, wartet ab, bis Oma eingeschlafen ist, bricht ein, nur, um dann seelenruhig durch ihr Haus zu spazieren und in ihren Dingen herumzuwühlen. Und statt zu verschwinden und sich an seinem Werk zu erfreuen, lässt er den Camcorder hier liegen, sodass er gefunden werden muss. Wozu? Das ist doch Psycho!«

»Deine Mutter, sie hatte die letzten Tage das Gefühl, bei uns sei eingebrochen worden.«

»Was? Das sagst du mir erst jetzt?«

»Weil ich bislang geglaubt habe ... Ich bin das ganze Haus abgegangen, habe sämtliche Fenster und Türen kontrolliert. Nirgendwo Einbruchsspuren.«

»Und wie kommt Mama dann darauf?«

»Es gab einige Dinge, die anders lagen. Meinte sie. Also, es war alles ziemlich diffus.«

Deshalb der Klinikaufenthalt.

»Hier seid ihr!« Susanne betrat flüsternd das Wohnzimmer. »Ihr hättet ruhig mal das Handtuch schwingen können. Egal, jetzt sind wir fertig. Lasst uns in den Garten gehen, sonst wecken wir Oma. Ist alles in Ordnung?«

»Ja, ja.« Jürgen bewegte sich auf die Terrassentür zu.

»Ihr habt euch nicht noch mal Oma beim Schnarchen angesehen, oder?«, sagte sie mit Blick auf den Camcorder. »Also wirklich, Ann. Lösch das! Wozu hast du die Kamera überhaupt mitgenommen?«

Jürgens alarmierter Blick.

»Ich ... ich wollte noch mal alles festhalten. So in Ruhe, bevor ... Wenn ich demnächst nach Wiesbaden gehe, wer weiß, wann ich das nächste Mal hier bin.«

»Hm.« Susanne schob sich an ihrem Mann vorbei nach draußen.

Ann und ihr Vater standen voreinander wie zwei Kämpfer, die versuchten, die Stärken und Schwächen des anderen einzuschätzen.

Er weiß es. Ganz unbewusst hatte Ann Jürgens Rolle eingenommen und das Unerklärbare auf sich genommen, sich schützend vor Susanne gestellt. *Sie darf es nicht erfahren. Nicht nach alldem, was sie durchgemacht hat.* Warum hätte Ann das tun sollen, als jemand der nichts von der Entführung und dem Missbrauch wusste?

Die beiden taxierten sich. Es schien, als warteten sie, bis der andere den ersten Schritt machte.

»Ich weiß es, Papa.«

»Was?«

»Alles.« Ann zog ihr Handy heraus und hielt ihm die Fotos von der Schäferei aus Ockholm hin. »Ich war dort.«

*

Für morgen hatte er eine anderthalbstündige, geführte Wanderung durch die ehemalige Wohnsiedlung Rerik-West gebucht. Wustrow war das Zauberwort. Die Halbinsel, vom Haffplatz nur einen Steinwurf entfernt, die so viel für ihn zu bieten hatte. Eine ganze Siedlung mit leerstehenden Gebäuden. Einsamkeit. Areale, die nicht betreten werden durften. Was für ein glücklicher Umstand! Bevor er sich allein auf Erkundungstour machen wollte, konnte es nicht schaden, sich anzuhören, was die Touristenführer zu sagen hatten. Außerdem bekam er so mit, durch welche Teile der Insel die Führungen liefen und welche im Verborgenen bleiben durften. Strom und fließendes Wasser würde es nicht geben. Sollte Wustrow für ihn infrage kommen, müsste er Vorsorge treffen.

Ferner brauchte er Zugriff auf ein Auto und ein Boot. Beides musste so beschafft werden, dass die Ausleihe möglichst nicht auffiel. Was das Auto anging, hatte er schon so eine Idee. Ilenia Barbieri kam jeden Morgen aus Kühlungsborn. Ihr Wagen stand stundenlang an einer der Einfahrtsstraßen des Ortes, da man hier keine Gebühren zahlen musste. Wenn er es schaffte, sich ihren Schlüssel auszuborgen, hätte er genug Zeit, sein Vorhaben durchzuführen. Der Zeitplan müsste nur präzise stimmen. Es würde ein paar Trockenübungen brauchen und er würde genug Puffer einbauen müssen.

Schwieriger war es da schon, abzuschätzen, wie es mit den Aufenthaltsorten der Arnold-Frauen aussah. Johanna war, laut Ilenia, gerade erst zu ihrem Freund nach Rerik gezogen. Das war gut. Ihre Mutter hatte ihren Lebensmittelpunkt in Neustadt. Wollte er eine echte Familienzusammenführung, musste er dafür sorgen, dass sie vor Ort blieb.

Zur Not locke ich sie wieder her. Da wird mir schon was Schönes einfallen. Fehlten nur noch die Männer. Vater und Sohn. *Sohn.* Allein der Klang des Wortes gefiel ihm.

Er hob den Kopf. Begleitet von einem hohen Quietschen kam der Bus vor ihm zum Stehen.

Vorerst würde er sich nach Rostock zurückziehen. Die heutige Nachtschicht würde ihm genug Raum bieten, über seine Pläne nachzudenken.

*

»Was machen wir?« Ann lief unruhig in der Wohnung umher. »Irgendwas müssen wir machen.«

»Wir warten, bis Fredde hier ist.« Marc goss Rotwein in die Gläser und reichte ihr eins. Dann rollte er zu seinem Wohnzimmerschrank und holte Chips aus dem unteren Fach.

Anns Handy brummte. Nervös riskierte sie einen Blick. Nicht ihre Eltern. Gut.

Marc sah, wie Maries Name verschwand und der Handybildschirm dunkel wurde. »Du solltest dich bei Fynn und Marie melden. Wir können sie nicht ewig hinhalten.«

»Ich weiß. Aber in all das hineinziehen können wir sie auch nicht. Nicht, solange wir nicht wissen, was dieser Psycho vorhat und wer da Spielchen mit uns spielt.«

»Dein Vater muss die Polizei einschalten. Wollen Susanne und er in Rerik bleiben?«

»Ganz ehrlich? Er weiß es nicht. Er kann weder Rose noch Susanne allein lassen. Wenn der, der den Film von uns gemacht hat, zuerst in das Haus meiner Eltern in Neustadt eingestiegen ist, und dann hier in Rerik bei Rose, dann können sie sich nirgends sicher fühlen. Ich versteh's nur nicht.«

Die Türglocke! *Fredde, endlich!* Ann rannte los, um ihn hereinzulassen. Die Begrüßung fiel knapp aus. Ann setzte ihn sofort ins Bild und redete wie ein Wasserfall auf ihn ein.

»Okay, langsam! Rose und du, ihr seid heimlich gefilmt worden. Im Garten deiner Oma. Mit der Kamera deiner Eltern, die eigentlich in Neustadt im Schrank liegen sollte. Ihr wisst aber nicht von wem. Die Kamera inklusive Film hat dein Vater in der Küche deiner Oma gefunden. Soweit korrekt?« Fredde gab Marc eine Gettofaust und ließ sich ins Sofa fallen.

Ann nickte. »Der oder die Unbekannte ist durch Roses Haus, hat sie beim Schlafen gefilmt, war in all ihren Räumen und hat herumgeschnüffelt.«

»Und hat euch den Beweis, den Film, dagelassen? Krass! Wurde außer der Kamera in einem der Häuser etwas entwendet?«

»Sieht nicht so aus. Aber ...« Ann sah erst Marc, dann Fredde an. »Oma Rose hat erzählt, meine Mutter sei damals, nach ihrer Rettung voller Angst gewesen, dass ihr Entführer wiederkommen könnte. Sie wollte einfach nicht wahrhaben, dass er verbrannt war. Es gab da wohl ein Zeichen, drei Stifte, die zu einem Pfeil gelegt wurden. Als Zeichen, dass er immer an sie denkt und sie überall finden wird. Fredde, du kannst dich erinnern, dass meine Mutter vor zwei Tagen plötzlich ins Krankenhaus eingeliefert wurde?«

Er nickte und nahm das ihm gereichte Weinglas von Marc entgegen.

»Sie hatte eine Panikattacke, ist vollkommen aufgelöst durch Neustadt gelaufen. Sie behauptet, auf der Fensterbank hätten drei Stifte gelegen. Zusammen sollen sie die Form eines Pfeils ergeben haben.«

»Quatsch!« Fredde klappte die Kinnlade nach unten.

»Hat es schon früher derartige Vorfälle gegeben?« Marc reichte die Chips herum.

»Nein. Papa sagt, die ersten Monate nach Mamas Rettung wären hart gewesen. Sie hätte unter Wahnvorstellungen gelitten. Man hätte man ihr nichts glauben können. Sie hätte ja selbst nicht zwischen Angstbildern und Realität unterscheiden können. Aber später ...«

»Okay. Und der Typ, der ihr das angetan hat, ist definitiv tot?«

»Seit dreißig Jahren. Eindeutig identifiziert.«

»Wie?«

»Man hat die DNA von Joris mit der der Leiche verglichen.«

»Okay, das *ist* eindeutig.« Fredde nahm einen großen Schluck Wein. »Das ist echt schräg.«

»Wisst ihr, was ich mich frage?« Marc fuhr sich durch seine blonden Locken. »Warum gerade jetzt? Wenn wir deinem Vater glauben, und die letzten dreißig Jahre ist nichts vorgefallen, es gab niemanden, der seltsame Zeichen gelegt oder ihnen durch andere Aktionen Angst gemacht hat, dann drängt sich die Frage nach dem Zeitpunkt geradezu auf. Warum jetzt? Jetzt, wo du, Ann, die Wahrheit herausgefunden hast, fangen die Psychospiele an.«

»Eine verdammt gute Frage!« Fredde verschränkte die Arme über seinem Kopf und lehnte sich nachdenklich zurück.

»Du meinst, unsere Nachforschungen könnten das ausgelöst haben?«

»Ein Trittbrettfahrer?« Freddes Oberkörper schoss nach vorn.

»Wem sind wir bei der Recherche begegnet? Mit wem haben wir über den Fall gesprochen?«, fragte Marc.

»Warte!« Ann schloss die Augen, um sich zu konzentrieren. »Rose erzählt mir von Joris. Dass er das Kind eines Missbrauchs ist. Ich suche bei ihr und bei uns zu Hause nach Hinweisen und stelle fest, dass es keine Fotos von Stephan und Jürgen im Kleinkindalter gibt. Daraufhin gibt Papa zu, dass sie nur Pflegebrüder sind und Rose und Johann nicht seine leiblichen Eltern.«

»Du fährst nach Neustadt und wirfst einen Blick in das Bankschließfach, findest das Familienstammbuch von Henning und Gesa und die Geburtsurkunde von Rieke und Joris«, fuhr Marc fort.

»Dann sind wir zusammen nach Husum. Erst ins Kreisarchiv.«

»Stopp! Hat irgendjemand mitbekommen, was ihr euch angesehen habt?« Fredde schwenkte sein Glas, der Rotwein schwappte bedenklich hin und her.

Ann sah Marc an. »Klar. Die Dame vom Archiv. Sie hat uns geholfen, die richtigen Mikrofilme zu finden.«

»Könnt ihr euch an ihren Namen erinnern?«

»Puh, irgendwas mit Per… oder Par… Keine Ahnung. Lässt sich aber rauskriegen.« Marc machte sich Notizen.

»Weiter!« Fredde beugte sich konzentriert nach vorn.

»Dann sind wir zu der Psychiaterin. Henriette Steinmetz.«

»Ha!« Fredde klopfte sich laut auf den Oberschenkel. »Ich fress n'Besen, wenn die nicht die Finger drin hat. Das ist doch die, vor deren Praxis deine Mutter damals verschwunden ist, richtig? Frau Doktor weiß genau, vor welchen Dingen deine Mutter die meiste Angst hat, schließlich wird sie diverse vertrauliche Gespräche mit ihrer Patientin geführt haben.«

Wieder tauschten Marc und Ann Blicke aus.

»Aber sie war *vor* der Entführung ihre Psychiaterin, danach nicht mehr. Und warum sollte sie ausgerechnet jetzt ein Interesse daran haben, meine Eltern zu ängstigen? Das hätte sie doch auch eher tun können.«

»Hätte sie nicht«, warf Marc ein. »Erinnerst du dich, wie

du sie gefragt hast, ob sie wüsste, dass deine Eltern andere Namen, andere Identitäten angenommen hätten?«

»Sie hat mit Nein geantwortet.«

»Also, halten wir mal fest: Deine Eltern tauchen unter und erst, als ihr der ehemaligen Psychiaterin deiner Mutter erzählt, unter welchem Namen sie heute unterwegs sind –«

»Haben wir das? Ihre Namen genannt?«, unterbrach Ann Fredde.

Marc zog entschuldigend die Augenbrauen hoch. »Ich denke nicht, bin mir aber nicht sicher.«

»Ach kommt! Du hast dich doch mit Sicherheit vorgestellt. Da musste die Gute nur noch die Vornamen herausfinden, den Nachnamen hatte sie ja schon.«

»Fredde, ich glaub das nicht. Die Frau steht kurz vor der Rente.«

»Wir behalten den Gedanken im Auge.« Marc ergänzte die Liste um einen weiteren Punkt.

»Danach sind wir zur Husumer Polizei. Nein, halt, erst waren wir an der Schäferei in Ockholm, da, wo Mamas Elternhaus stand.«

»Wir haben mit dem jetzigen Besitzer gesprochen. Er wusste aber nichts über die Familie, die dort mal gewohnt hat.«

»Und dem haben wir echt nicht viel erzählt. Nur, dass wir ein bisschen auf den Spuren unserer Vorfahren wandeln«, gab Ann zu bedenken.

»Trotzdem. In Nordfriesland sind doch alle irgendwie miteinander verwandt.«

»Sind sie das?« Marc schüttelte den Kopf.

»Ja, da gibt's viel Gegend und ne Menge Deichschafe, aber wenig Leute.«

»Fredde!«, entrüstete sich Ann.

»Was? Vielleicht lohnt es sich, den Kerl zu durchleuchten. Ein Nachfahre des Täters mit Rachegedanken? Die Nachfolgegenerationen hatten es bestimmt nicht gerade leicht, mit einem Blutsverwandten, der Frauen gefangen gehalten und misshandelt hat. Blutschande. Ein super Motiv. Und bei einem Psycho in der Ahnengalerie ist es nicht unwahrscheinlich, dass es weitere gibt, die nicht ganz richtig ticken.« Fredde wedelte mit der Hand vor seinem Gesicht herum.

»Ich bin gerade sehr froh, dass du Dienst in der Wache schiebst und nicht im Gericht sitzt, mein Freund.«

»Nach der Schäferei haben wir die Wache in Husum besucht. Da hab ich entdeckt, dass Opa Johann mal Ermittler bei dem Distrikt für Gewaltverbrechen in Husum war und den Vermisstenfall Gesa Jessen bearbeitet hat.«

»Mit wem habt ihr da gesprochen?«

»Mit einem Polizisten, der sich wiederum mit zwei anderen abgestimmt hat. Der gab mir den Tipp, beim Amtsgericht nachzufragen. Hat mir sogar noch die Kontaktdaten aufgeschrieben.«

»Wie viel hast du erzählt?«

»Du beschuldigst deine eigenen Kollegen?«

»Ich beschuldige niemanden«, rechtfertigte Fredde sich. »Aber ausklammern werde ich auch keinen.«

»Ich habe ihnen den Fall Gesa Jessen in Erinnerung gerufen, indem ich ihnen, nein, stimmt nicht, nur dem *einen* Beamten, die Zeitungsberichte aus dem Kreisarchiv gezeigt habe. Ich hab mit keinem Wort erwähnt, dass meine Eltern unter falschen Identitäten leben. Ich bin ja nicht bekloppt.«

»Hm. Hast du dich ausweisen müssen?«

»Ja, schon.«

»Mit Perso?«

Ann nickte.

»Dann wissen sie auch, wo du gemeldet bist, können herausbekommen, wer deine Eltern sind und wo sie leben.«

Ann atmete tief durch. »Dein Ernst?«

Marc erweiterte die Auflistung.

»Dann kam eigentlich schon mein Gespräch mit Rose in

ihrem Garten. Das, was der oder die auf Film festgehalten hat.«

»Das ist verdammt wenig Vorlauf, gab Marc zu bedenken.«

»Hm?« Freddes Gesicht glich einem Fragezeichen.

»Zwischen den Filmaufnahmen und unserer Recherchetour durch Husum lag gerade mal ein Tag. Wenn das der Auslöser gewesen sein soll, ist da aber einer richtig flott geworden. Hat herausbekommen, wo die Arnolds wohnen, wo Rose zu Hause ist und ist dann noch passend zu der Teaparty von Ann und ihrer Oma gekommen.«

»Und die Geschichte mit den Stiften, die zu einem Pfeil gelegt wurden, war am selben Tag wie unsere Husumtour, vergesst das nicht«, stimmte Ann zu.

»Was ist mit Joris?« Marc ließ Ann nicht aus den Augen.

»Du meinst, mein Halbbruder bricht bei uns ein und ...?«

Ihr Handy brummte und tanzte langsam über die Tischplatte. Wieder war es Maries Nummer, die Ann aus den Augenwinkeln aufleuchten sah.

»Wann hast du die Adoptionsstelle angeschrieben und um Vermittlung gebeten?«

»Vor über einer Woche. Aber sie haben gesagt, sie würden nicht ...«

»Und wenn sie ihn doch kontaktiert haben und er abgelehnt hat? Zum Schein abgelehnt, um sich dann selbst auf den Weg zu machen?«

»Fredde hat recht. Wir haben keine Ahnung, was dein Halbbruder von alldem weiß. Wir wissen nicht, wie er aufgewachsen ist, wie er heißt oder wo er wohnt. Und er hätte gute Gründe, deine Mutter und ihre Familie zu hassen.«

»Und der Einbruch in die Adoptionsvermittlungsstelle? Wie passt das? Joris ist der Einzige, der diese Akte jederzeit einsehen darf. Er muss dafür nirgendwo einbrechen.«

»Wir wissen nicht, ob der Einbruch überhaupt was mit der Sache zu tun hat.«

Ann versuchte, sich vorzustellen, dass Joris ganz in ihrer Nähe gewesen war, im Garten ihrer Oma, und ihre Gestik, Mimik und Gesichtszüge studiert hatte. Hätte sie ihn nicht bemerken müssen? Hätte sie nicht spüren müssen, dass er dort irgendwo im Gebüsch saß? Immerhin waren sie Geschwister. *Eigil.* Mein Gott, wie lange hatte sie sich einen gedanklichen Schlagabtausch mit ihrem imaginären Ich geliefert! Sie schüttelte den Gedanken ab.

»Und jetzt? Was machen wir wegen der Einbrüche bei meinen Eltern und Rose, wegen der heimlichen Filmaufnahmen? Wenn wir Anzeige bei der Polizei erstatten, müssen wir ihnen die gesamte Geschichte erzählen. Inklusive der Sache mit den falschen Identitäten. Ganz zu schweigen davon, dass sie uns erst mal kein Wort glauben werden und uns für verrückt halten, hätte das ein heftiges Nachspiel.«

»Es ist verdammt schwer, die Gefahrenlage richtig einzuschätzen.« Fredde stellte das Glas ab und rieb sich mehrfach nervös über den Kopf. »Bleibt es bei den eher harmlosen Einbrüchen und Spielchen oder könnte er gewalttätig werden? Wie weit würde dein Halbbruder gehen?«

»Am Ende des Films hat er die Pillendose meiner Oma aufgenommen.«

»Nicht gut. Gar nicht gut.«

Ann stand auf und sah aus dem Fenster. Draußen war es mittlerweile stockfinster. Im Licht der Straßenlaterne tanzten die Motten. »Ich kann mir nicht vorstellen, dass Eigil Mama was antun würde«, murmelte sie.

»Du kennst ihn nicht. Du weißt nicht, wie sein Leben bis hierher verlaufen ist. Vielleicht lief es nicht gut für ihn. Dann fragt man sich doch, warum die eigene Mutter einen weggegeben hat.«

»Aber wenn er herausgefunden hat, warum, dann müsste er es doch verstehen.«

»Müsste er? Wir wissen nicht, wie viel Wut er in sich trägt.«

Sein Vater war ein Monster.

*

Das Schild, das sie am Zaun der Halbinsel Wustrow empfing, war Musik in seinen Ohren. *Lebensgefahr. Betreten strengstens verboten, munitionsbelastetes Gebiet.* Über einen langen, schmalen, mit Kopfsteinpflaster versehenen Weg gelangte die Gruppe zu den Gebäuden der sogenannten Gartenstadt, die sich östlich vor dem Militärkomplex auftat. Der Touristenführer erzählte aus der Geschichte dieses Lost Places, der nach dem zweiten Weltkrieg von den Sowjets genutzt wurde.

Langgestreckte, dreigeschossige Gebäude reihten sich leicht versetzt aneinander. Ihr Zustand war schlechter, als er gedacht hatte. Die aus roten Ziegeln oder grauen Betonplatten bestehenden Satteldächer wiesen große Löcher auf. Aus einem ragte gar die Krone eines Baumes. Der ehemals weiße Putz klebte in Fetzen auf gelbem Klinkerstein und in den meisten Fenstern fehlten die Scheiben. Wenn die Rahmen überhaupt noch in ihren Löchern steckten. Umgeben waren die ehemaligen Wohnhäuser der Offiziere und ihrer Familien von purer Wildnis. Sträucher, Wiesenkräuter, Bäume und Ranken überwucherten Plätze, Wege und Fassaden.

Er ließ sich zurückfallen und versuchte, einen Blick in die Räume hinter den Fassaden zu erhaschen. Bauschutt von eingestürzten Mauern oder Dächern, der auf weiß verstaubten Holzdielen lag, in Fetzen herabhängende Tapeten, in manchen fensterlosen Rahmen wehten alte Blümchengardinen.

Er schloss wieder auf, hörte wie einer der Teilnehmer eine Frage stellte.

»Wie gewährleisten Sie, dass niemand Unbefugtes hier herumrennt? Für die Kids und Jugendlichen muss so ein Ort doch wahnsinnig spannend sein. Aber wenn hier noch so viel gefährliche Munition herumliegt ...«

»Es gibt einen Wachdienst.«

Das könnte sein Unterfangen unnötig erschweren.

Sie gelangten zu einem Gebäude mit Erker und gemauertem Rundbogen. Man sah gleich, dass es eine Sonderstellung genoss. »Hier sehen Sie das Haus des Nazi-Kommandanten«, erzählte der Guide und ging weiter auf die Geschichte der Siedlung während des zweiten Weltkrieges ein.

»Darf man hinein? Kann man sich so ein Haus mal von innen ansehen?«, fragte eine kleine Frau in blauem Leinenkleid.

»Nein, das wäre lebensgefährlich. Die meisten Gebäude sind stark einsturzgefährdet.«

Ihr Schmollmund signalisierte deutlich ihre Enttäuschung.

Auch er wäre zu gern im Haus des Kommandanten umhergestreift.

Nachdem sie durch ein rotes Schild erneut auf die Explosionsgefahr hingewiesen wurden, gelangten sie zum Tower, einem der wenigen Gebäude, das aus der sowjetischen Besatzungszeit erhalten geblieben war.

»Den einzigen Zweck, den dieser Tower erfüllte, war, den Westen abzuhören. Flugzeuge wurden von hier aus nie geleitet. Die sowjetischen Besatzer hatten sogar vierzehn Flugzeugattrappen aufgestellt, als Beweis für den Westen, dass es sich um einen echten Flugplatz handelte, und nicht um eine Abhörstation. Wie Sie sehen, grasen auf dem ehemaligen Fake-Rollfeld heute Rinder.«

Der Tower war in ähnlich schlechtem Zustand wie die restlichen Gebäude der Halbinsel. Dem Turm, mit seinen großen rundum angelegten Rahmen, fehlten ebenfalls alle Scheiben.

An meisten aber störte ihn, dass die Touristen und ihre Führer extrem nah an den Gebäuden entlangflanierten. Und das mehrfach am Tag. Die fehlenden Fenster würden es einfach machen, durch Rufen auf sich aufmerksam zu machen. Nicht einmal vor Regen waren sie geschützt. Dazu der

Wachdienst ... Lohnte es sich überhaupt, Wustrow als Ort für sein Vorhaben in Betracht zu ziehen?

Noch wollte er diesem besonderen Fleckchen Erde eine Chance geben. Wieder ließ er sich zurückfallen. Zeigte scheinbar reges Interesse an der Flora und Fauna und dann ... Waren die anderen weg. Einmal unachtsam, schon hatte man den Anschluss verloren. Er würde ziemlich umherirren müssen, bevor er sie wiedergefunden hätte.

Als sie vor einer Weile von der Geisterstadt zu den militärischen Anlagen gegangen waren, war ihm ein kleines Gebäude aufgefallen. Viel war nicht zu erkennen gewesen. Ein Stück Fassade, ein halber Fensterrahmen. Alles andere verdeckten dicht stehende Bäume. Um hinzugelangen, musste man sich durch hohe Vegetation schlagen und unter einem Viehzaun durchkriechen. Der Guide hatte erzählt, dass fünfundneunzig Prozent der Insel von militärischen Altlasten befreit worden wären. Zudem grenzte ein großes Naturschutzgebiet an die ehemalige Siedlung, das komplett sich selbst überlassen wurde. Dort würde bestimmt niemand umherlaufen. Kein Tourist, kein Guide und auch kein Wachmann. Es lohnte sich also, einen genauen Blick auf die bauliche Substanz abseits der Touristenwege zu werfen.

Es dauerte nicht lang, da hatte er das Haus erreicht. Wobei, das Wort Haus war eindeutig zu hoch gegriffen. Ein winziger Bungalow mit einem Fenster und einer Tür. Es wirkte ein bisschen wie eine Kontrollstation. Unterstützt wurde der Eindruck von den Resten zersprungener Waschbetonplatten, die vor dem Gebäude durch die Vegetation blitzten, und der rostigen, eingewachsenen Schranke.

Leider fehlte auch an diesem Gebäude das Fensterglas. Aber das winzige Dach war intakt. Die Bäume schienen es geschützt zu haben.

Er drückte die Tür auf. Ein Schleifen und Scharren. Das Holz hatte sich verzogen. Er brauchte Kraft. Der kleine quadratische Raum war leer. An der rechten Wand fanden sich Metallwinkel, dort, wo mal eine Tischplatte angebracht gewesen war.

Er maß den Raum mit Schritten ab, inspizierte den Fenster- und Türrahmen, prägte sich alles gut ein und verließ den Bungalow. Südlich von ihm konnte er die Ostsee aufblitzen sehen. Er schätzte die Entfernung auf mindestens zweihundert Meter. Es ging durch unwegsames Gelände. Diesen Ort für das Wiedersehen zu wählen, würde verdammt viele Schwierigkeiten mit sich bringen.

Als er zurück auf dem zugänglichen Gelände war, musste er sich beeilen. Seine Gruppe hatte längst den Rückweg angetreten.

*

Ann wechselte die Hand, mit der sie das Handy hielt. »Eine andere Möglichkeit gibt es nicht«, schloss sie ihren Bericht.

In der Leitung blieb es still.

»Papa?«

»Warum sollte Joris das tun? Und wie sollte er von dem Zeichen mit den Stiften erfahren haben?«

»Ich weiß es nicht, Papa. Ich hab es ja auch rausgekriegt. Es ist die einzige logische Erklärung. Es hat erst angefangen, nachdem ich mich an die Adoptionsstelle gewandt habe. Es tut mir leid.«

»Mir tut es leid, dass ich dich all die Jahre angelogen habe. Aber … du warst zu klein, um es zu verstehen und dann? Wir waren froh, nicht mehr darüber reden, uns nicht mehr damit beschäftigen zu müssen. Außerdem hatten wir Johann das Versprechen gegeben. Zu niemandem ein Wort. Er hat seine Freiheit, seine Karriere für uns aufs Spiel gesetzt.«

»Das ist ein Punkt, den ich immer noch nicht ganz verstehe. Wenn der einzige Gefährder zweifelsfrei umgekommen ist, wozu dann falsche Identitäten? Um Mama zu beruhigen, hätte doch bestimmt auch etwas anderes, weniger Illegales gereicht. Der Umzug in eine andere Stadt, ein Künstlername, keine Ahnung. Irgendetwas, das einen Kommissar nicht wegen Dokumentenfälschung hinter Gitter bringen konnte.«

»Ja, ich weiß nicht. Johann war die treibende Kraft. Er hat alles in die Hand genommen, hat sich um alles gekümmert. Wir waren, wir *sind* ihm immer noch sehr dankbar. Wäre er nicht gewesen, ich glaube, wir hätten deine Mutter verloren.«

»Gab es je Zweifel an dem Ergebnis des DNA-Tests? Zweifel darüber, ob der Täter wirklich umgekommen ist?«

»Nein. Das der überlebt hat, können wir ausschließen. Die Einsatzkräfte hatten das Haus umzingelt. Und dann brannte es lichterloh. Die hätten gesehen, wenn da jemand herausgerannt wäre. Dann noch der DNA-Abgleich ... Da waren sich alle sicher. Johann persönlich hat bestätigt, dass von dem Irren keine Gefahr mehr ausgeht. Ich weiß noch, wie erleichtert alle waren.«

»Gut, pass auf, wir müssen von jetzt an wachsam sein. Behalte eure Umgebung im Blick! Männern in meinem Alter, die eure Nähe suchen, die sich an eurem oder Roses Haus herumtreiben, solltest du besondere Beachtung schenken. Wir wissen nicht, was Joris vorhat. Vielleicht könntest du die Adoptionsvermittlungsstelle in Hamburg kontaktieren? Dir könnten sie eher Auskunft geben als mir. Und Papa, du solltest dir überlegen, ob du nicht doch mit Mama darüber sprechen willst. Die Bedrohung gilt ihr. Ich finde, sie sollte davon erfahren. Denn, wenn Joris so weit geht, dass uns nichts anderes übrigbleibt, als die Polizei zu verständigen, wird sie sich eh erklären müssen.«

Kapitel 13

Susanne hörte, wie ihr Mann in Roses Bad ging und hinter sich abschloss. Er hatte keine Ahnung, dass sie das Telefonat belauscht hatte.

Warum sollte Joris das tun? Und wie sollte er von dem Zeichen mit den Stiften erfahren haben?, das waren die Worte ihres Mannes gewesen.

Sie tippte auf sein Handy, das er auf dem Esstisch liegen lassen hatte, entsperrte es und ließ sich die Liste der letzten Anrufe anzeigen. Ann! Natürlich.

Mir tut es leid, dass ich dich all die Jahre angelogen habe.

Er hatte es ihr also erzählt. Alles? Wie lange wusste sie schon Bescheid?

Johann persönlich hat bestätigt, dass von dem Irren keine Gefahr mehr ausgeht.

Ja, das hatte Hauptkommissar Johann Hofmann. Egal, was Susanne ihm erzählt hatte. Sie hatte ihn und die anderen Polizisten angefleht, ihr zu glauben. Sie wusste, das Monster war entkommen. Ihr Entführer hatte sie alle ausgetrickst. Doch niemand wollte ihr glauben. Alle waren froh, dass es vorbei war. Doch das war es nicht.

Die falschen Identitäten hatten ihr Kraft geschenkt, Kraft, sich ihr Leben zurückzuerobern. Und mit der Zeit hatte sie wirklich geglaubt, es wäre vorbei. Doch jetzt fing alles von vorn an. Das Monster war wieder da. Und es hieß nicht Joris.

Susanne ging in die Küche, befüllte eine Karaffe mit kaltem Wasser, schnitt zwei Scheiben Zitrone hinein und trat zurück auf die Terrasse. Noch versteckte sich die Morgensonne hinter der Hausecke.

»Du bist ein Schatz, vielen Dank.« Rose schob ihr das Glas hin.

Susanne goss ihr und sich etwas ein. »Wie sieht dein Plan für heute aus?«

»Ich muss zum Neurologen. Mein Hausarzt hat mir ein paar Untersuchungen aufs Auge gedrückt. Nervenbahnen in den Gliedmaßen durchmessen, Demenztest und so einen Quatsch.«

»Das ist kein Quatsch. Wir können dich fahren.«

»Das ist lieb. Ich kann mir aber auch ein Taxi nehmen.«

Jürgen bog um die Ecke.

»Wann hast du den Termin mit der Seniorenbetreuungsfirma? Rose muss zum Arzt gebracht werden.«

»Elf Uhr fünfundvierzig.«

»Um elf muss ich beim Neurologen sein.«

»In?«

»Rostock.«

»Perfekt, das kriege ich hin.« Jürgens Lächeln strahlte Optimismus aus.

Sie hatte sich schon oft gefragt, warum er bei ihr geblieben war. Ob es seine Schuldgefühle waren? Oder Mitleid? Liebe war es nicht. Nicht die einer romantischen Partnerschaft. Vielleicht die eines guten Freundes oder Bruders. Verantwortungsgefühl. Das traf es wohl eher. Jürgen hätte es mit seinem Gewissen, mit seinem Selbstbild nie vereinbaren können, eine traumatisierte Frau wie sie im Stich zu lassen. Liebe empfand er einzig und allein für seine Tochter. Auch das hatte ihr das Monster genommen. Das Geburtsrecht einer innigen Bindung.

Immer wieder hatte Susanne darüber nachgedacht, was gewesen wäre, wenn sie stärker gewesen wäre. Wenn sie ein tiefes Loch gefunden und all den Müll entsorgt hätte. All die fürchterlichen Gedanken, Gefühle, Bilder und Ängste. Wenn sie sich hätte befreien können. Ein ganz normales Leben führen, statt sich so unauffällig wie möglich zu verhalten, nie zu reisen und sich hinter der neuen Identität zu verstecken. Aber Körper und Geist ließen sich nur bedingt verbiegen.

Also war sie zu Susanne geworden, einer Frau, der man Distanziertheit und emotionale Kälte vorwarf. Einer Frau, die kein Verständnis für ihre Tochter aufbringen konnte, erst recht nicht, als sie den Beruf der Journalistin wählte und berufsmäßig in anderer Leute Dreck herumwühlte. Einer Frau, die nichts mitmachte, die von ihrem Mann beschützt und verteidigt wurde, egal was sie tat. Die sich jedoch nie erklären durfte. Die schreckliche Frau und der arme Mann.

Ein armer Mann, das war er wirklich, ihr Jürgen. Eine tragische Figur. Fast so tragisch wie sie selbst. Gern hätte Susanne behauptet, dass ihre unendliche Liebe zu ihm sie gerettet habe, dass er der Grund war, weshalb sie heute ein glückliches Leben führte. Aber so war es nicht. Er war der Grund, warum sie noch lebte, ja, das schon, aber so bitter die Erkenntnis war, es lag daran, dass sie nicht allein sein konnte und dass er sie nicht alleine ließ. Sie brauchte ihn als beständige Größe, um im Strudel des Lebens oben zu bleiben. Und er brauchte sie, um an ihr seine Schuldgefühle abzuarbeiten. Das war das ganze Geheimnis. Sie waren eine untrennbare Symbiose eingegangen, in der jeder seine Rolle zu erfüllen hatte. Mehr war es nicht.

Und jetzt? Das Monster hatte sie gefunden. Er war in ihrem Haus in Neustadt gewesen. Und er würde es wieder tun, vielleicht gerade jetzt, in diesem Moment. Der Anblick der drei Stifte – ihres Zeichens – hatte sie unfassbar getriggert. Das ließ sich nicht leugnen. Ihr Körper hatte einfach reagiert. Und sie hatte wenig dagegenzusetzen gehabt. Nüchtern betrachtet schien es jedoch vollkommen sinnlos zu sein, vor ihm Angst zu haben. Was konnte er ihr noch nehmen, das er nicht schon genommen hatte?

Susanne beobachtete still, wie Rose und Jürgen miteinander sprachen und sie dabei wechselseitig anlächelten. Sie zwang sich zurückzulächeln.

Vielleicht sollte sie damit beginnen, sich auf den Moment des Wiedersehens vorzubereiten und es endgültig beenden? Für die Behörden war das Monster schließlich längst gestorben. Es wurde Zeit, dass Realität und Akten übereinstimmten. Ob er wusste, dass Jürgen und sie in Rerik waren? Ob er ihnen folgte?

*

»Kann ich dich kurz sprechen?« Ann war durch die kleine Reriker Wache geeilt und blieb vor Freddes Schreibtisch stehen. Sein Kollege Lutz saß am Nachbartisch und telefonierte. Dabei hob er grüßend die Hand.

»Gibt's was Neues? Ist was passiert?«

Ann schüttelte den Kopf.

»Ja, warte, lass mich eben den Satz zu Ende schreiben.« Freddes Zeigefinger suchten ungelenk nach den richtigen Buchstaben.

»Ich warte draußen.«

Während sie zum x-ten Mal die Vor- und Nachteile ihres Vorhabens durchging, beobachtete sie die Surfkursteilnehmer, wie sie sich auf dem Salzhaff abmühten.

Fredde stieß hinter ihr die Tür zur Wache auf. »Okay, erzähl!«

»Es gab zwei Einbrüche, richtig? Den bei meinen Eltern in Neustadt und den bei Rose. Es wurde etwas geklaut, nämlich die Kamera. Es wurden heimliche Filmaufnahmen gemacht, von mir und Rose, sogar, während sie schlief. Und eine traumatisierte, psychisch labile Frau wurde in eine gefährliche Panik versetzt, und zwar vorsätzlich. Wie viele Straftaten haben wir?«

»Einbruch in mindestens zwei Fällen, Diebstahl und eine Art der Nachstellung.«

»Psychische Körperverletzung ja wohl auch.«

»Die kennt das Strafgesetzbuch nicht.«

»Wie bitte?«

»In schweren, anhaltenden Fällen, die direkt auf eine andauernde psychische Gewalt zurückzuführen sind, wird von einem Tatbestand ausgegangen, alles andere ... Also nur, weil deine Mutter sich erschreckt hat und panisch aus dem Haus gerannt ist, liegt vor dem Strafgesetzbuch noch keine Körperverletzung vor.«

»Und was wäre gewesen, wenn sie vor ein Auto gelaufen wäre?«

Er hob entschuldigend die Schultern an. »Wären weiterhin nur der Einbruch und Diebstahl relevant.«

»Aber er hat es mit voller Absicht getan. Er wollte sie in Panik versetzen und das Trauma reaktivieren. Er wollte ihrer Seele schaden. Zählt das nicht?«

»Stalking, Mobbing, Bedrohungen, das alles ist strafbar. Subtile psychische Gewalt ist echt ein schwieriges Thema. Wenn dir einer die Faust ins Gesicht schlägt und die Nase bricht, ist das eine Handlung, die sehr präzise eingeordnet werden kann. Es gab einen tätlichen Angriff, mit eindeutigen Folgen – der Schädigung des Opfers. Bei psychischer Gewalt sind die Grenzen diffuser, die Wahrnehmungen der Beteiligten auch. Selbst die Auswirkungen reichen von bis.«

»Ist ja auch egal, was ich eigentlich sagen wollte: Joris hat schon ziemlich viele Grenzen überschritten. Wir können nicht einfach warten, bis ihm die nächste kranke Idee kommt.«

»Okay, was willst du tun? Wir kennen weder seinen Nachnamen noch seinen Aufenthaltsort. Wie er aussieht, wissen wir auch nicht.«

»Eben. Entweder wir erstatten offiziell Anzeige gegen ihn, gegen Joris, meinen Halbbruder. Die Adresse können sich die Beamten von der Adoptionsstelle geben lassen.«

Erstaunt zog Fredde die Augenbrauen hoch.

»Was? Die Polizei ist verpflichtet, einer Anzeige nachzugehen. Sie können Joris für uns aufspüren. So bekommt der Geist ein Gesicht.«

»Bevor die Kollegen deinen Halbbruder aus der Versenkung holen, müsstest du ihnen erst mal glaubhaft versichern, dass nur er für die Einbrüche infrage kommt. Hieße: Komplett die Hosen runterlassen. Es käme alles auf den Tisch! Deine Eltern würden befragt werden und die Sache mit den falschen Pässen käme auch raus.«

»Ich weiß. Dokumentenfälschung verjährt nach zehn Jahren. Außerdem ist Opa tot.«

»Deine Eltern sind es aber nicht. Susanne müsste sich der ganzen Geschichte erneut stellen.«

»Das muss sie eh, wenn Joris weitermacht. Und das wird er. Warum sollte er jetzt aufhören?«

»Oder?«

»Was?«

»Du sagtest, *entweder* du würdest Joris anzeigen. Was ist die Oder-Variante?«

»Ergun.«

Fredde stieß einen Laut aus, der zeigte, wie verrückt er die Idee fand.

»Warum nicht? Er hat uns schon mehrfach geholfen. Vielleicht hat er einen Tipp, wie wir vorgehen sollten? Und als Hauptkommissar im Rostocker Distrikt kommt er an Informationen, die uns verwehrt bleiben. Er könnte sich die damalige Ermittlungsakte des Vermisstenfalls Gesa Jessen besorgen.«

»Ich wünsch dir viel Spaß dabei, ihn zu überzeugen. Der kriegt nen allergischen Schock, wenn er deinen Namen auch nur hört.«

»Mag sein. Und am Ende wird er uns doch helfen.«

Fredde fuhr sich nervös durch die Haare.

Ann konnte ihm die Zerrissenheit ansehen.

Er ging ein paar Schritte aufs Wasser zu, nur, um dann

wieder umzudrehen. »Dein Vater sollte echt mit deiner Mutter reden.«

»Ich weiß. Hab ich ihm auch schon gesagt.«

Sie fing seinen nachdenklichen Blick auf. »Und? Was denkst du? Anzeige oder Ergun?«

*

Jürgen atmete auf. Eine Sorge weniger, zumindest für den Moment. Rose hatte sich bereiterklärt, den Nachmittag in einer Senioreneinrichtung zu verbringen. Schnupperbesuch in der Tagespflege. Dort war sie hoffentlich sicher. Natürlich war sie das. Viele Menschen, Pfleger, die sich kümmerten, was sollte schon passieren?

Eine weitere Frau hatte er zu etwas überreden müssen, seine Frau Susanne. Es war beschlossene Sache: Bei einem Strandspaziergang würde er ihr schonend beibringen, dass Ann Bescheid wusste und Joris ihre Nähe suchte und schräge Psychospielchen spielte. Natürlich nicht mit diesen Worten.

»Können wir?« Susanne rückte ihren Sonnenhut zurecht. Das knielange gelbe Sommerkleid passte wunderbar zu ihrer sonnengebräunten Haut. »Hast du dich eingecremt?« Sie wedelte mit der Sonnencreme.

»Ja, ja.«

»Du lügst.«

»Was?« Er zuckte leicht zusammen.

»Eincremen! Nimm das nicht auf die leichte Schulter! Du weißt doch am allerbesten, was eine Krebsdiagnose bedeutet.«

Nervös drückte er einen viel zu dicken Klecks aus der Flasche und fing an, das weiße Zeug auf Armen, Beinen und im Gesicht zu verteilen. Er wollte es einfach schnell hinter sich bringen.

Sie stiegen die hölzernen Treppen des Strandzugangs *Liebesschlucht* hinunter. Hätte er nach links gesehen, hätte er die Seebrücke und den immer voller werdenden Strand auf sich wirken lassen können. Doch das hatte er nicht. Er suchte nach den richtigen Worten.

Sie streiften ihre Sandalen ab und wandten sich nach rechts. Auch der Abschnitt bis zur *Teufelsschlucht* war gut besucht. Sie umrundeten Badelaken und wichen spielenden Kindern und Sandburgen aus.

Ob Susanne spürte, wie aufgewühlt er war? Sie wirkte wie immer, in sich gekehrt und distanziert.

Er wartete, bis sie den letzten Strandzugang passiert hatten, die Lücken zwischen den Sonnenhungrigen größer wurden und sich immer mehr Treibholz und vom Meer rundgewaschene Kiesel unter den Sand mischte.

»Ich glaube dir«, begann er zaghaft.

Sie blickte erstaunt auf. »Was glaubst du mir?«

»Dass jemand bei uns in Neustadt eingestiegen ist und die Stifte auf die Fensterbank gelegt hat, um dich zu erschrecken.«

Ihr Gesicht wandte sich ab, hin zur wie ein blanker Spiegel daliegenden Ostsee.

»Es tut mir leid, Schatz, aber ich fürchte, wir müssen uns mit dem Gedanken anfreunden, dass es Joris ist, der auf diese seltsame Art Kontakt zu uns sucht.« Er konnte ihren Ausdruck nicht sehen. »Susanne?«

Abrupt löste sie ihren Blick von der Meeresoberfläche und ging weiter. »Das ist Quatsch.« Ihre Stimme war unerwartet ruhig und sachlich. »Wie kommst du darauf?«

Jetzt kam der schwierigste Teil. »Ann hat –«

»Ann, natürlich! Wer auch sonst«, unterbrach sie ihn. »Seit wann weiß sie Bescheid? Hast du es ihr gesagt?«

»Nein, sie hat es allein herausgefunden.«

»Allein. Du meinst, sie hat gewühlt, bis der ganze Dreck an die Oberfläche gespült wurde. Und jetzt? Was hat sie vor? Joris ausfindig machen?«

»Sie hat es versucht. Die Adoptionsstelle hat eine Kontaktaufnahme ihrerseits abgelehnt. Offiziell abgelehnt. Wir können uns aber vorstellen, dass sie ihn doch informiert haben. Denn seitdem passieren diese seltsamen Dinge.«

»Diese? Was ist noch passiert?« Sie blieb stehen.

Wahnsinn, wie gefasst sie war. Er hatte mit einem Zusammenbruch, mindestens aber mit einer Panikattacke gerechnet.

Was nicht ist, kann ja noch kommen. »Du erinnerst dich an den Camcorder und die schlafende Rose? Es gibt weitere Filmaufnahmen von Ann und ihr. Joris muss sie gemacht haben. Er muss die Kamera bei seinem Einbruch bei uns mitgenommen und hierhergebracht haben. Er hat sich in Roses Haus geschlichen, gefilmt und uns den Camcorder dagelassen. Weiß Gott, warum. Er ist krank, Susanne. Wir werden diese Dinge melden müssen. Weiß der Himmel, was er sonst noch vorhat.«

»Du meinst, er ist hier? In Rerik?«

Jürgen nickte. »Aber keine Angst, ich bin ständig in deiner Nähe.«

Noch immer blieb seine Frau seltsam ruhig. Entspannt würde er nicht sagen, aber eben ohne die erwartete unkontrollierbare Angst. Jürgen analysierte jedes noch so kleine Zucken ihrer Gesichtsmuskeln.

»Er war in Roses Haus, während sie geschlafen hat?«

Wieder nickte er. »Das ist mindestens Einbruch. Wir haben beschlossen, die Polizei nach ihm suchen zu lassen. Dann soll er sich erklären. Das geht so nicht.«

»Und wenn ich dich bitte, es nicht zu tun?«

»Was meinst du?«

»Die Polizei einzuschalten. Der Junge hat es schwer genug gehabt. Wer weiß, wie es ihm in den letzten fünfundzwanzig Jahren ergangen ist. Und wir sind schuld an seiner Misere. Wenn er jetzt noch von der Polizei gesucht wird. Wegen Einbruchs und Diebstahls ... Wir ruinieren ihm seine Zukunft.«

»Das hat er selbst geschafft.«

»Geben wir ihm eine Chance! Noch ist nichts Schwerwiegendes passiert.«

»Du willst ihn einfach weitermachen lassen? Und wenn er gefährlich ist?«

»Er ist vielleicht wütend, enttäuscht, aber doch nicht gefährlich.« Sie setzte ihren Weg fort.

Er konnte es nicht fassen und eilte ihr schließlich nach. »Was willst du tun?«

»Ihn zu uns einladen. Ich werde ihn erkennen, wenn ich ihn sehe, das verspreche ich dir. Keine kennt ihn so gut wie ich.« Sie machte kehrt und lief dieselbe Strecke wieder zurück.

Es hatte sich nichts geändert. Susanne schüttelte innerlich den Kopf über so viel Dummheit. Jürgen hatte nie begriffen, zu was das Monster fähig war. Joris! Niemals steckte er hinter den Einbrüchen, Zeichen und Filmaufnahmen. Nein, das Monster knüpfte genau da an, wo sie vor dem Brand aufgehört hatten. Es filmte ihre Liebsten. Eine offene Drohung. *Befolgst du meine Regeln nicht, werde ich sie leiden lassen, deine Tochter, deinen Mann, die alte Frau.* Doch dieses Mal würde sie ihm zuvorkommen. Die Ausgangsposition hatte sich geändert. Im Gegensatz zu ihm wusste sie, was auf sie zukam.

Sie musste zuallererst Ann, Jürgen und Rose aus der Schusslinie bekommen. Dafür musste sie sich ihm anbieten. Nicht so offensichtlich, dass er Lunte roch, aber eben so, dass er nicht widerstehen konnte. Dass er meinte, das Glück spiele ihm in die Karten. Um es endgültig zu beenden, brauchte es zudem das geeignete Werkzeug. Das in ihren Besitz zu bringen, stellte die erste große Herausforderung dar. Und ihre Bewacher loszuwerden.

»Ruf Ann bitte an. Jetzt!«

Jürgen schnaufte, hatte scheinbar Schwierigkeiten, mit ihrem Schritt mitzuhalten.

»Was soll ich ihr sagen?«

»Dass sie nichts unternehmen darf. Oder hat sie schon mit der Polizei gesprochen?«

»Nein, ich denke nicht.«

»Du denkst? Jürgen, du weißt genau, wie sie tickt. Ein Wunder, dass wir nicht schon längst abgeführt und wegen Besitzes falscher Identitäten verhaftet wurden.«

»Du tust ihr Unrecht. Sie ist mit den Informationen bislang sehr sensibel umgegangen, um dir nicht zu schaden.«

Wer's glaubt ... »Gut, dann ruf sie jetzt an. Und stell das Handy auf laut!« Sie beobachtete jeden seiner Handgriffe.

»Ann? Ja, Papa hier. Hast du schon mit der Polizei gesprochen?«

»Nein, noch nicht. Du mit Mama?«

»Ja, habe ich – gerade.«

»Oje. Wie hat sie's aufgenommen? War es sehr schlimm?«

»Nein, sie war, *ist* sehr tough. Wir haben uns gut unterhalten. Aber sie hat einen Wunsch. Also *wir*, wir denken, es wäre besser, die Polizei vorerst rauszuhalten. Nicht wegen der falschen Identitäten oder so, sondern aus Rücksicht auf Joris.«

»Was? Das darf doch nicht ... Papa, wir wissen absolut nicht, wie der tickt. Was, wenn er doch gefährlich ist?«

»Ist er nicht. Er hätte Rose und Mama längst etwas tun können. Hat er aber nicht. Wir würden zuerst versuchen wollen, Kontakt mit ihm aufzunehmen. Obwohl er keinerlei Schuld trägt, hat das Schicksal auch ihm übel mitgespielt. Es ist nur fair, wenn wir ihm eine Chance geben. Vielleicht lässt sich alles klären und er braucht sich nicht wegen Einbruchs und Diebstahls zu verantworten. War ja gar kein richtiger Diebstahl, er hat die Kamera ja zurückgegeben.«

»Und wie wollt ihr das schaffen mit der Kontaktaufnahme?«

Jürgen sah Susanne fragend an. Doch sie hatte nicht vor zu antworten.

»Wenn sie, als leibliche Mutter, über die Adoptionsvermittlungsstelle gehen würde, sind die Mitarbeiter vielleicht eher gewillt, uns zu helfen. Und natürlich halten wir die Augen auf. Es scheint doch so, als wäre Joris hier in Rerik. Deine Mutter ist sich sicher, dass sie ihn erkennt.«

Aus dem Handy drang Stille. Sekundenlang.

»Ann?«

»Hört Mama mit?«

»Wir machen einen Strandspaziergang. Sie ist ein Stück vorgelaufen, du kennst sie doch.«

»Ich habe kein gutes Gefühl dabei, Papa.«

»Können wir uns auf dich verlassen, Ann?«

»Sobald er auch nur eine weitere kranke Sache durchzieht, bin ich bei der Polizei.«

»Danke, Schatz. Es wird alles gut.« Er drückte auf *Verbindung beenden.*

Susanne schenkte ihm ein Lächeln. »Das glaube ich auch, dass alles gut wird. Lass uns ein Eis essen gehen.«

Während sie die einzelnen Strandzugänge passierten und die Seebrücke Meter für Meter näherrückte, ließ Jürgen das Gespräch mit Susanne Revue passieren. Nie im Leben hätte er mit dieser Reaktion gerechnet. Hatte er sie all die Jahre unterschätzt? Hatte sie das Trauma längst abgeschüttelt, den Umstand von Joris' Adoption verarbeitet? Wie man sich irren konnte. Er hatte alles dafür getan, die Sache unter Verschluss zu halten. Nichts sollte daran erinnern. Nichts das fragile Konstrukt eines normalen Lebens zum Einsturz bringen können. Und dann das!

Sie näherten sich dem Ausgang *Seebrücke*, klopften den Sand von den Füßen und schlüpften in die Sandalen.

»Wollen wir bei Fredde vorbeischauen? Vielleicht haben die fleißigen Gesetzeshüter ja auch Lust auf ein Eis? Liegt doch fast auf dem Weg.«

Jürgen konnte sein Erstaunen nicht verbergen, das wusste er. Was war mit Susanne los?

»Klar. Wir nehmen einfach vier Becher Gemischtes mit. Sollten wir mehr brauchen, gehe ich noch mal los.« *Hoffentlich arbeitet Fredde heute überhaupt,* dachte er und steuerte das Ende der Schlange an, die sich vor der Eisdiele gebildet hatte.

Als sie ein paar Minuten später die Tür der Reriker Wache aufstießen, war das Hallo groß. Fredde strahlte übers ganze Gesicht.

Jürgen verteilte die Eisbecher. Einen für die Kollegen Lutz und Christian und je einen für Fredde und Susanne.

»Jetzt haben Sie selbst gar keinen«, monierte Fredde und biss genüsslich in die Waffel.

Jürgen klopfte sich auf den Bauch. »Ich muss auf meine schlanke Linie achten.«

»Sie verpassen was. Hmmmh, eine großartige Idee. Vielen Dank!«

»Ich hoffe, die Sorten sind okay?«

Fredde nicke begeistert. »Mehr als okay.«

Christian und Lutz winkten zum Zeichen ihrer Zustimmung und ihres Dankes von ihren Schreibtischen aus, waren aber schnell wieder hinter ihren Monitoren verschwunden. Eines der Telefone klingelte.

Susanne und Jürgen hatten sich vor Freddes Arbeitsplatz niedergelassen. Schnell war ein Gespräch über die Vorzüge des Dienstes an einer Wache direkt am Meer im Gange.

»Es gibt aber auch Nachteile«, beteuerte Fredde und setzte einen gewichtigen Blick auf. »Ist ja nicht so, als ob wir hier Urlaub machen. Bei nur knapp zweitausendzweihundert Einwohnern und weit über vierhunderttausend Feriengästen im Jahr sind die Straftaten, die von Auswärtigen verübt werden, natürlich hoch. In einem normalen Inlandsdorf könnte man sagen, ich kenne meine Pappenheimer, aber hier ... Keine Chance.«

»Mussten Sie die schon mal einsetzen?« Susanne wies auf sein Holster und die Waffe, die darin steckte.

»Die Waffe? Nein, zum Glück nicht. Gezogen hab ich sie aber schon. Einmal. Ein Besoffener. Der fuchtelte mit so ner Holzlatte rum. Der hätte jederzeit zuschlagen können.«

Susanne nickte. »Ich stell mir das echt schwer vor, wenn man sich entscheiden soll, auf einen Menschen zu schießen.«

»Das ist es auch. Ich bin echt froh, dass ich das noch nie musste – mich entscheiden.«

»Wenn ihr die nie benutzt, wie wisst ihr dann, dass sie noch funktionieren?«

»Oh, wir müssen schon regelmäßig zum Schießtraining. Und gereinigt und gepflegt werden die Schätzchen auch.«

»Seit wann interessierst du dich für Waffen?« Jürgen zwinkerte Fredde zu. »Muss ich Angst haben?«

Susanne ignorierte seine Flachserei. »Ich könnte das nicht. Allein, immer eine geladene Waffe bei mir zu tragen! Nein. Ich hätte Sorge, sie könnte losgehen und jemanden verletzen. Und absichtlich auf jemanden zielen? Niemals!«

»Im Regelfall ist die gesichert. Da kann nichts passieren.«

»Und dann bewegt man sich falsch und die Sicherung springt raus.« Susanne schüttelte entsetzt den Kopf.

»Das kann nicht passieren.« Fredde zog die Waffe hervor und demonstrierte den Arnolds, wie Waffen ge- und entsichert wurden.

Susanne hob abwehrend die Hände. »Könnten Sie die bitte wieder einstecken? Meine Neugier ist gestillt, danke. Hauptsache, ihr bewahrt die Dinger auch sicher auf. Es gibt so viele Verrückte auf der Welt.«

»Das werden die Jungs schon«, mischte Jürgen sich ein. »Da gibt es einen Waffenschrank, Tresor oder Ähnliches.«

»Und der Schlüssel liegt dann unter der Fußmatte?« Wieder hob sie die Hände. »Entschuldigung, aber ich finde es schlimm, dass wir so etwas überhaupt brauchen. Wenn man in den Medien hört, wie leicht man in Deutschland an Waffen kommt.«

»Keine Angst, hier bei uns jedenfalls nicht«, beruhigte Fredde sie.

»In den Fernsehkrimis wird oft gezeigt, dass die Polizisten ihre Waffen mit nach Hause nehmen. Der größte Quatsch, oder?« Susanne schüttelte den Kopf.

»Nu ist aber gut mit der Diskussion über Waffen, Susanne. Ich glaube wir lassen Fredde und seine Kollegen jetzt mal wieder arbeiten.« Jürgen erhob sich.

»Grundsätzlich ist es Polizisten möglich, die Dienstwaffe zu Hause zu lagern und privat zu führen«, meinte Fredde an Susanne gewandt. »Dazu braucht es aber eine entsprechende Dienstanweisung. Es müssen Vorkehrungen getroffen werden, die verhindern, dass Unbefugte Zugriff haben. Hier, im beschaulichen Rerik, besteht keine Veranlassung, bewaffnet zum Dienst zu kommen.«

»Na, Gott sei Dank.«

»So, dann hätten wir das ja jetzt auch geklärt. Fredde, machen Sie's gut!«

»Ihnen noch einen schönen Tag. Und danke für das Eis!«

Draußen vor der Wache empfing sie gleißender Sonnenschein. »Also weißt du ... Was löcherst du den armen Kerl denn so?« Jürgen erkannte seine Frau nicht mehr wieder. Erst ihre emotionslose Reaktion auf die Enthüllung, dass Joris in Rerik war und hinter den seltsamen Vorfällen steckte, und jetzt dieser Spontanbesuch auf der Wache. Das sah ihr gar nicht ähnlich.

»Wo wir schon mal da waren? Ich hätte schon gern gewusst, ob Fredde scharfe Waffen und Munition zu Hause lagert. Schließlich geht unsere Tochter bei ihm ein und aus. Und wir wissen ja wohl beide, was so ein Projektil anrichten kann. Oder möchtest du da mal ein Gespräch mit Marc führen?«

Betreten sah er sie von der Seite an. Wo sie recht hatte, hatte sie recht. Ob sie Angst gehabt hatte, Joris könnte über Fredde an eine Waffe gelangen? Traute sie ihrem Sohn also doch etwas Schlimmeres zu als einen schnöden Einbruch und ein paar Psychospielchen? Möglich wär's. Sie hatten den Jungen zuletzt gesehen, als er drei gewesen war. Er konnte sich in jede Richtung entwickelt haben. Auch zu einem wirklich unangenehmen Menschen. Das konnte auch Susanne nicht abstreiten.

Sie beschlossen, zum Haffplatz zurückzugehen, dann am Rathaus, der *Kösterschün*, dem Museum und der Bibliothek vorbei durch die Strandstraße zu laufen, um dann den schattigen Waldweg zurück zur *Liebesschlucht* zu nehmen, wo Roses Haus stand.

Sie hatten *Des Küsters Scheune* gerade passiert, als ihnen eine Gruppe junger Leute entgegenkam. Wie selbstverständlich nahmen sie den gesamten Bürgersteig ein. Jürgen ärgerte derartiges Verhalten immer sehr. Merkten die denn nicht, dass hier auch noch andere Menschen unterwegs waren? Und tatsächlich mussten Susanne und er auf die Straße ausweichen.

Jürgen drehte den Kopf, um sicherzugehen, nicht auch noch von einem Auto angefahren zu werden. Deshalb hatte er ihn nicht sofort bemerkt. Den Mann, der plötzlich mit hochgerissenem Arm auf Susanne zustürmte.

Und dann ging alles ganz schnell.

Kapitel 14

Der Plan stand schneller, als er gedacht hatte. Und das verdankte er Ilenia. Er hatte von Anfang an geahnt, dass sie ihm nützlich werden könnte.

Bevor er gestern Abend nach Rostock zurückgekehrt war, war er auf einen Sprung bei ihr vorbeigegangen. Im *Casa di Mare* waren nur noch wenige Gäste gewesen, sodass sie Zeit für ein Gespräch gehabt hatte. Er hatte ihr erzählt, dass er gern nach Rerik ziehen würde. Rostock wäre ihm zu groß, zu voll, zu laut. Dafür müsste er eine Arbeit finden, die ein Ungelernter wie er ausüben könnte. Gern nachts, denn das wäre er gewohnt. Schnell war das Thema auf den Wachdienst von Wustrow gekommen. Und Ilenia kannte sich aus. Ein guter Freund von ihr hatte lange dort gearbeitet.

Ihre Geschichten waren lustig und voller versteckter Informationen gewesen. Sie hatte erzählt, wie der befreundete Wachmann sie und ein paar Kumpel auf die Insel geschmuggelt hatte und sie nachts die Gartenstadt unsicher gemacht hatten. Um von den anderen Wachleuten nicht entdeckt zu werden, schließlich hatte man Ärger für den Freund vermeiden wollen, waren sie genauestens instruiert worden, welche Wege und Gebäude sie wann zu meiden hatten. Ilenia kannte die Tour der Wachleute also bis ins Detail. Sie wusste, dass auch diese die Gebäude im Normalfall nicht betraten, da man auf Eigenschutz bedacht war. Außer bei verdächtigen Sichtungen natürlich, da machten sie eine Ausnahme.

Ferner hatte Ilenia erzählt, dass die Patrouillen den Strand absuchten. Nach Spuren von Booten und Anlandungen. Mit all diesen Informationen im Hinterkopf, hatte er einen Entschluss gefasst. Er brauchte ein Ruderboot, Holz und Nägel, ein Vorhängeschloss, ein paar Liter Trinkwasser und einen Eimer. Um die Familienzusammenführung zu einem perfekten Erlebnis werden zu lassen, war er gezwungen, die Spreu vom Weizen zu trennen.

*

»Ich denke, es wäre gut, wenn du herkommst.« Fredde stand neben dem Streifenwagen und besah sich den Mann, der mit hängenden Schultern und gesenktem Kopf auf der Rückbank saß. Verletzt war er Gott sei Dank nicht. Die Blaulichter des Rettungswagens spiegelten sich in den Scheiben, während die Menschentraube um sie herum ständig wuchs. Anns Mutter, die noch vor einer halben Stunde bei ihm in der Wache gesessen und über die Sicherung von Dienstwaffen diskutiert hatte, stand mit verschränkten Armen vor dem Wagen. Der erste Schreck schien überwunden.

Weiter hinten sicherte der Kollege die Straße. Fredde gab ihm ein Zeichen. Umstehende Zeugen mussten befragt werden.

Er selbst ging zum Rettungswagen hinüber, der mit geöffneten Flügeltüren einen großen Teil der Dünenstraße blockierte.

Sein fragender Blick ließ den Sanitäter Bericht erstatten.

»So wie es aussieht, keine Frakturen oder Brüche. Wir nehmen ihn trotzdem mit zum Röntgen.«

»Spricht was dagegen, den Geschädigten vor Ort zu befragen?«

Der Sanitäter zuckte mit den Schultern. »Nur zu. Solange Sie sich beeilen. Wir würden gern wieder einrücken, um den Wagen für den nächsten Einsatz klarzukriegen. Läuft ja nicht bei jedem so glimpflich ab.«

Fredde nickte. Er wandte sich dem Mann zu, der auf der

Trage saß und dem noch immer die Zornesröte im Gesicht stand. Er rieb sich den Ellbogen. In den letzten Minuten hatte er all seine Wut abgelassen, indem er seinem Angreifer lauthals jeglichen Intellekt abgesprochen hatte.

»Wie geht es Ihnen, Herr …« Fredde sah auf seine Notizen. »Herr Hartung?«

»Na, wie's einem so geht, wenn man unvermittelt attackiert und zu Boden geworfen wird und sich unter einem Neunzig-Kilo-Typen wiederfindet.« Er schnaubte entrüstet. »Der hat doch nicht alle Tassen im Schrank!«

Fredde nickte verständnisvoll. »Ich kann Sie gut verstehen. Da ist der Schreck erst einmal groß. Ich würde gern nachvollziehen, wie es dazu kommen konnte.«

»Das würde ich auch gern. Fragen Sie den Irren!«

»Das werden wir. Er sitzt bereits im Einsatzfahrzeug. Würden Sie mir bitte noch einmal genau schildern, was passiert ist?«

»Ich wollte zu den anderen.«

»Ihren Freunden, der Gruppe, die dort drüben steht?« Fredde wies auf drei Männer und zwei Frauen, die gerade von Lutz vernommen wurden.

»Ja, wir wollten zusammen runter zum Strand. Also bin ich über die Straße auf sie zu. Und dann hat sich auch schon dieser Alte auf mich gestürzt. Einfach so. Aus heiterem Himmel. Echt krank. Bin voll auf meinen Ellbogen gekracht. Das gibt ne fette Prellung.«

»Wo war das ältere Pärchen, als Sie die Straße überquert haben? Kam der Angreifer von hinten oder der Seite angerannt? Von wo hat er sich auf Sie gestürzt?«

»Spielt das eine Rolle?«

»Wir brauchen den genauen Ablauf – bitte!«

»Der kam nicht gerannt, sondern wir sind aufeinander zu. Die beiden kamen mir quasi entgegen.«

»Das heißt, Ihre Freunde befanden sich hinter dem Mann, der Sie angegriffen hat?«

Herr Hartung nickte.

»Sind Sie ruhig gegangen oder gelaufen?«

»Na, gekrochen bin ich nicht, wollte ja so schnell wie möglich zu den anderen.«

»Als Sie auf Ihre Freunde zugelaufen sind, sind Sie somit unweigerlich auch auf das Paar zu gerannt.«

»Ja schon, aber das ist doch kein Grund, über mich herzufallen.«

»Nein, das ist es nicht. Ich versuche lediglich, zu verstehen. Haben Sie im Laufen irgendetwas gemacht, was das Paar als Bedrohung hätte auffassen können?«

»What? Nein! So'n Quatsch. Ich hab die doch nicht bedroht.«

»Das behauptet auch niemand. Ich frage, ob es etwas gab, dass jemand missverstehen konnte. Haben Sie etwas gesagt, Ihren Freunden etwas zugerufen?«

»Er hat den Arm gehoben, gewinkt und uns ein paar Worte zugerufen. Eine Begrüßung halt. Hey, wie geht es dir?« Eine Frau mit langem dunkelbraunem Haar stand vor dem Einstieg und blickte den Verletzten besorgt an.

»Die wollen mich mitnehmen, so'n Scheiß.« Er verzog schmerzhaft das Gesicht. »Zum Röntgen.«

»Lass das abklären! Ich komm mit ins Krankenhaus.«

»Wollen Sie Anzeige erstatten?«

»Und ob ich das will. Der Kerl sollte nicht frei draußen rumrennen«, wetterte Hartung.

Die Frau, von der Fredde vermutete, dass es sich um seine Frau oder Freundin handelte, nickte energisch.

»Ich möchte Sie in keiner Weise beeinflussen, eine Anzeige zu erstatten ist Ihr gutes Recht und absolut verständlich. Zufällig kenne ich die beiden, das ältere Pärchen, von einem früheren Fall. Die Frau wurde von einem Unbekannten angegriffen und schwer misshandelt. Sie können sich vorstellen, dass das bei beiden, bei ihr und ihrem Mann, tiefe Spuren hinterlassen hat. So wie Sie beide mir den Fall schildern, kann ich mir gut vorstellen, dass er gedacht hat, Sie würden sich auf seine Frau stürzen. Sie sagen selbst, Sie wären direkt auf die beiden zugelaufen, hätten den Arm gehoben und etwas gerufen. Ich bin mir sicher, es handelt sich hierbei um ein unglückliches Missverständnis. Der Mann, der Sie angegriffen hat, ist noch nie auffällig geworden. Natürlich werden wir ihn zu dem Vorfall eingehend befragen. Die Aussagen werden Ihrem Anwalt zur Verfügung gestellt.«

Opfer und Freundin tauschten ein paar Blicke aus.

Fredde hoffte, die beiden würden sich das mit der Anzeige noch einmal überlegen. Mehr konnte er nicht tun. »Gut, dann wünsche ich Ihnen alles Gute, Herr Hartung. Und gute Besserung.«

Als er aus dem Rettungswagen sprang, hielt ein Fahrrad mit quietschenden Bremsen neben ihm. Ann sprang völlig außer Atem vom Sattel.

»Was ist passiert?«

»Dein Vater hat sich auf einen wildfremden Mann gestürzt und ihn zu Boden gerissen.«

»Was? Warum?«

»Ich nehme mal an, um deine Mutter zu schützen. Werden wir hoffentlich gleich erfahren. Wir treffen uns an der Wache.« Während Ann das Fahrrad langsam an dem Einsatzfahrzeug vorbeischob und durch die Fenster auf ihren Vater starrte, ließ Fredde Susanne einsteigen. Dann sammelte er seinen Kollegen ein, der gerade den Rettungswagen passieren ließ und die Sicherung der Straße aufhob, und fuhr los.

Auf der Wache besorgte Fredde erst einmal jedem eine Tasse Kaffee. Jürgen Arnold war immer noch völlig in sich zusammengesunken. Susanne saß neben ihm, als hätte sie einen Stock verschluckt, und schwieg.

In diesem Moment wurde die Tür der Wache aufgestoßen und Ann kam hereingestürmt. Sie hockte sich neben ihren Vater. »Papa! Was machst du denn?«

»Ann?« Fredde bemühte sich um ihre Aufmerksamkeit, doch sie schien wie in einem Tunnel. »Ann, du kannst nur bleiben und zuhören, wenn du dich nicht einmischst. Mit keinem Wort, hörst du? Sonst muss ich dich leider bitten zu gehen.«

»Hm? Ja, klar.« Sie zog sich einen Stuhl heran und setzte sich hinter ihre Eltern.

»Herr Arnold, Jürgen, würden Sie uns bitte schildern, wie es zu dem Vorfall kommen konnte?«

»Ihr habt ihn doch gesehen. Er hätte es sein können.«

»Wer? Wen glauben Sie, erkannt zu haben?« Fredde ahnte, was nun kommen würde. Aber er musste die Befragung gewissenhaft durchführen.

»Joris.«

Seine Frau schüttelte den Kopf, als rede er den größten Quatsch.

»Wie kommst du denn darauf?«, rutschte es Ann heraus. Sie schlug sich die Hand vor den Mund und murmelte: »Entschuldigung.«

»Was hat Sie annehmen lassen, bei Herrn Hartung handele es sich um den Sohn Ihrer Frau?«

Jetzt starrten Jürgen und Susanne ihn an.

Okay, sie wussten also nicht, dass ich die Geschichte kenne. Fredde versuchte, die Fassungslosigkeit der Arnolds zu ignorieren und die Befragung professionell weiterzuführen. »Also? Was veranlasste Sie zu der Annahme?«

»Wir wissen, dass er in Rerik ist. Er bricht in unsere Häuser ein, verfolgt und bedroht uns, hinterlässt uns unheimliche Filme.« Jürgen Arnold hob den Kopf und bedachte ihn mit einem seltsamen Blick. »Aber das wissen Sie natürlich längst.« Dann holte er hörbar Luft. »Der Mann, vom Alter her hätte er es sein können. Ich hatte auf die Straße gesehen und als ich mich umdrehte, kam er plötzlich schreiend direkt auf uns zu gerannt. Dazu hatte er drohend den Arm gehoben. So schnell konnte ich nicht sehen, ob und was er in der

Hand hielt. Es war ein Reflex. Ich musste doch was tun, bevor er sich auf Susanne stürzt und sie …«

Fredde sah Ann, wie sie ihr Gesicht hinter ihren Händen vergrub.

»Gut, ich würde sagen, Sie gehen jetzt in Ihre Unterkunft. Sollten Sie Rerik verlassen, teilen Sie uns bitte mit, wo wir Sie in den nächsten Wochen antreffen können. Falls Herr Hartung Anzeige gegen Sie erstattet, wird Ihnen diese schriftlich zugesandt. Sie sollten sich einen Anwalt nehmen, Herr Arnold.«

Während Susanne und Jürgen die Wache verließen, folgte Ann Fredde in die Küche, wo er die Tassen abstellte.

»Kannst du das nicht irgendwie verhindern? Dass er angezeigt wird?«

»Ich hab im Rettungswagen mit dem Geschädigten gesprochen und ihm erklärt, dass dein Vater die Situation missverstanden und als Angriff gewertet hat, somit deine Mutter nur beschützen wollte. Mehr kann ich nicht tun. Das hätte ganz schön ins Auge gehen können, Ann. Stell dir mal vor, der Hartung wäre mit dem Kopf aufgeschlagen oder hätte mit Gegengewalt geantwortet. So was darf kein zweites Mal passieren.«

Ann nickte.

»Es wäre sicher von Vorteil, wenn dein Vater sich offiziell bei Herrn Hartung entschuldigen würde«, fuhr Fredde fort.

»Ich spreche mit ihm. Das macht er bestimmt. Oh Mann, seit der Geschichte mit der Kamera dreht Papa vollkommen am Rad.«

»Hast du Ergun schon kontaktiert?«

»Wie denn? Ich war noch nicht mal an der Wohnung angekommen, als du mich angerufen hast. Außerdem haben meine Eltern beschlossen, die Polizei vorerst rauszulassen.«

»Tja, würden sie die Einbrüche anzeigen, wäre es offiziell. Die ganze Geschichte käme auf den Tisch. Kann ich verstehen, wenn sie das nicht wollen.«

»Darum geht es nicht. Angeblich wollen sie Joris schützen. Susanne glaubt nicht, dass er gewalttätig werden könnte. Und das, ohne ihn zu kennen.«

»Also machen wir nichts und warten ab. Auch gut. Dann sollte dein Vater sich aber besser im Griff haben.«

»Das werden wir nicht.«

Er sandte ihr einen fragenden Blick.

»Nichts machen und abwarten.«

»Nicht?«

»Wer sich so schräg verhält wie mein Halbbruder, bei dem weiß man nicht, wozu er noch fähig ist. Diese Einbrüche, das heimliche Filmen und Beobachten, Zeichen zu legen, von denen man genau weiß, was sie auslösen können, das ist weder normal noch in irgendeiner Weise lustig. Wenn ich eines garantiert nicht machen werde, dann ist es warten. Wenn er sich im Nachhinein als harmloser Spinner herausstellen sollte, auch gut.«

»Heißt?«

»Ergun.«

Sie griff nach ihrem Handy, holte einmal tief Luft und tippte auf den Kontakt »Akyol Ergun«.

Fredde konnte spüren, wie angespannt sie war, besonders, als der Anruf unbeantwortet blieb, nicht einmal ein Anrufbeantworter ansprang.

»Er wird sehen, dass ich es probiert habe.«

Vor Marcs Wohnung angekommen, lehnte Ann das Rad an die Hauswand und schloss es ab. Bevor sie den Schlüssel ins Türschloss steckte, checkte sie noch schnell ihr Handy. Noch immer keine Reaktion von Ergun. Fredde hatte wahrscheinlich recht, der Kommissar überlegte vermutlich gerade, wie er einer Kontaktaufnahme aus dem Weg gehen konnte. Dabei könnten sie seine Hilfe so gut gebrauchen. Sie stieß die Pforte auf, durchquerte den Flur und öffnete die Wohnungstür. Marc schien Besuch zu haben, die Stimmen waren bis in den Flur zu hören. Neugierig bog Ann ins Wohnzimmer.

Marie und Fynn saßen Arm in Arm auf dem Sofa.

Die beiden hatte sie total vergessen. »Hey, ihr zwei!« Sie hob grüßend die Hand. Der Blick, mit dem Marie sie bedachte, sagte alles. Ihre Freundin war enttäuscht. Klar war sie das.

»Es tut mir leid, aber ich war gerade bei Fredde auf der Wache. Papa hat da was echt Dummes gemacht.« Sie fasste den Vorfall für die anderen kurz zusammen. »Und jetzt müssen wir abwarten, ob der Typ Jürgen anzeigen wird.«

Augenblicklich war sämtliche Enttäuschung aus Maries Gesichtsausdruck verschwunden. »Oh nein! Aber warum hat er das gemacht?«

Ann und Marc tauschten einen schnellen Blick. Sie würden es nicht schaffen, Marie und Fynn aus allem rauszuhalten. Nicht, wenn sie weitere Schritte unternahmen, um Joris aus der Deckung zu locken. Anlügen kam nicht infrage. Also erzählte Ann in kurzen Worten von dem Einbruch in ihr Elternhaus, vom Auslegen der Stifte, dem Kameradiebstahl und den heimlichen Filmaufnahmen.

Maries Augen wurden immer größer. »Du meinst, der schreckliche Mensch, der damals deine Mama gefangen gehalten hat, ist gar nicht tot, hat sie gefunden und will sie in Panik versetzen?«

Ann schüttelte den Kopf. »Nein, der damalige Täter kann es nicht sein. Der ist definitiv tot. Wir glauben, dass nur einer dafür infrage kommt. Joris.«

»Dein Halbbruder?«

»Wieso? Was sollte der für einen Grund haben, deine Eltern zu terrorisieren?« Fynns Stirn lag in tiefen Falten.

»Wir kennen Joris' Kenntnisstand nicht. Vielleicht hasst er Susanne, weil sie ihn weggegeben hat. Er muss irgendwie herausbekommen haben, was damals passiert ist, muss an die Info von den zu einem Pfeil gelegten Stiften gelangt sein.«

»Wie soll er das gemacht haben?«

»Keine Ahnung, aber ich hab's ja auch geschafft. Die Einbrüche und Psychospielchen haben erst angefangen, nachdem ich mich mit der Adoptionsvermittlungsstelle in Verbindung gesetzt habe.«

»Könnte Zufall sein.«

Nachdem alle schwiegen, fuhr Fynn fort. »Ach kommt, Leute! Wie soll der Typ das gemacht haben? Ohne Zugriff auf das Bankschließfach, ohne mit Rose oder einem anderen Zeitzeugen zu sprechen? In seinen Adoptionsunterlagen wird bestimmt nicht gestanden haben, dass seine Mutter mit einem Symbol aus Stiften terrorisiert wurde.«

»Und wenn er Zugriff auf die Ermittlungsakte hat? Wenn er den Fall Gesa Jessen ganz gemütlich vom Schreibtisch aus untersuchen konnte?«, warf Marc ein.

»Dann wäre Joris entweder beim Amtsgericht oder bei der Kripo beschäftigt.« Marie wickelte eine ihrer roten Locken um ihren Finger.

»Und wie ist Joris Arnold, Sohn von Susanne Arnold und einem Unbekannten darauf gekommen, sich die Akte Gesa Jessen anzuschauen?«

Ann kniff die Augen zusammen. *Fynn hat recht. Konnte Joris überhaupt an derart sensible Informationen herankommen?* »Wenn es nicht Joris war, der die Filmaufnahmen gemacht hat ...« Ann sah von einem zum anderen.

Wir brauchen diese verdammte Akte von Mamas Entführung!

Rostock

Das Haus, in dem Hauptkommissar Akyol Ergun lebte, kam eher unscheinbar daher. Der schmutzig graue Putz hätte eine Auffrischung vertragen, im Vorgarten blühte so einiges, das Oma Rose zu ihren Glanzzeiten im eigenen Garten ausgerupft hätte.

Ann klingelte.

Die Tür öffnete sich und Zeynep empfing sie mit ihrem strahlenden Lächeln. »Ann, wie schön, komm doch rein!« Sie bereitete ihre Arme aus und drückte sie sanft an sich. Ein dezenter Hauch von Jasmin, den man nur wahrnahm, wenn sie einem so nah war wie in diesem kurzen Moment.

»Danke, dass ihr so kurzfristig Zeit für mich habt.«

»Für dich doch immer! Wie geht es Marc und den anderen?« Zeynep schritt voran und führte sie in ein kleines Wohnzimmer. Ein mit geometrischen Mustern reich bestückter Orientteppich und ein Sofa, dessen Sitzfläche so tief war, dass Ann überlegte, wie man sich eigentlich anlehnen sollte, dominierten den Raum. Kleine bunte Lampen, an messingfarbigen Ketten hingen von der Decke und erhellten den ansonsten dunklen Raum mit warmem Licht. Vor den Fenstern hingen schwere dunkelrote Vorhänge, überall lagen Kissen. »Setz dich. Ich bringe Tee«, meinte Zeynep und verschwand im Nebenraum.

»Gut. Es geht ihnen gut. Ich soll euch grüßen«, rief Ann, um Zeyneps Frage zu beantworten.

Die kam mit einem Tablett zurück und verteilte kleine tulpenförmige Gläser auf dem dunkel gebeizten Holztisch.

Ann konnte immer noch nicht fassen, dass sie bei Ergun zu Hause auf dem Sofa saß. Zeynep hatte ihn garantiert dazu überredet.

»Frau Arnold!« Der Kommissar betrat den Raum und blieb vor dem Couchtisch stehen. Erguns Haar und Bart waren wie immer akkurat gestutzt.

Ann sprang auf und hielt ihm die Hand hin. Sie versuchte, in seinem Gesicht zu lesen, wie unangenehm es ihm war, sie in den eigenen vier Wänden zu empfangen. »Ich freue mich, Sie zu sehen. Danke, dass ich herkommen durfte.«

»Ehrlich gesagt, weiß ich noch nicht, ob ich mich freue.«

»Akyol!« Zeynep machte eine ärgerliche Handbewegung in Richtung ihres Mannes. »Das meint er nicht so, du kennst ihn.«

»Unsere letzte Begegnung endete mit einer Messerattacke und einem Krankenhausbesuch.«

Ann spürte, wie sie errötete. Ja, der Kommissar hatte schon einiges aushalten müssen, seitdem sie sich kannten.

»Sie endete mit der erfolgreichen Festnahme einer sehr gefährlichen Person«, erwiderte Zeynep und goss Tee in die Gläser. Dann lass ich euch mal allein.« Lautlos verließ sie den Raum.

»Was ist es diesmal?«

Ann holte tief Luft. »Mein Name ist Rieke Johanna Jessen. Als ich ein Jahr alt war, entschieden sich meine Eltern dazu, falsche Identitäten anzunehmen. Besorgt wurden diese von einem Hauptkommissar aus Husum, einem Mann, den ich nur als Opa Johann kannte, der in Wahrheit aber nicht mal mit mir verwandt war. Auslöser für die Flucht in ein neues Leben war die Entführung meiner Mutter im Juni 1990. Sie wurde vier Monate gefangen gehalten, physisch wie psychisch missbraucht und geschwängert. Sie trug das Kind aus und gab es zur Adoption frei. Die Entführung endete mit einem verheerenden Brand, bei dem der Täter angeblich ums Leben kam.«

Ann machte eine erzwungene Atempause. Mit Ergun war es wie immer. Das Gesicht verschlossen wie eine Auster saß er einfach da und ließ die Worte auf sich niederrieseln. Er hatte nicht einmal mit der Wimper gezuckt. Den Kerl konnte wirklich gar nichts schocken.

»Das Ganze ist dreißig Jahre her, und alle dachten, die Gefahr sei vorbei. Nun aber sind Dinge passiert, die vermuten lassen, dass der Terror von Neuem beginnt. Meine Mutter wird bedroht, unserer Familie wird nachgestellt. Es gab Einbrüche. Ich muss wissen, was in der Ermittlungsakte steht. Bitte, ich brauche Ihre Hilfe.«

»Da hat sich ja einiges getan in Ihrem Leben.«

Dieser Mann machte sie fertig. »Auf das meiste hätte ich gern verzichtet.«

»Warum wenden Sie sich nicht an die zuständige Polizei? Warum kommen Sie damit direkt zu mir, Frau Arnold?«

»Meine Eltern glauben, mein Halbbruder Joris könnte dahinterstecken. Sie glauben, er hatte es schwer genug und wollen ihm nicht schaden.«

»Das Kind, das zur Adoption freigegeben wurde.«

Ann nickte. »Aber das ist eigentlich unmöglich, weil ...« Sie begann, Ergun alles von Anfang an zu erzählen, ließ kein Detail aus.

Als sie ihren Bericht schloss, war fast eine ganze Stunde ins Land gegangen. »Ich brauche diese Akte. Ich muss wissen, was getan wurde, um zu beweisen, dass der verbrannte Leichnam wirklich der Entführer meiner Mutter war.«

»Sie glauben, er hat ihre Eltern aufgespürt und will dort weitermachen, wo er vor dreißig Jahren aufgehört hat?«

»Ich möchte es zumindest ausschließen. Wenn wirklich zweifelsfrei bewiesen ist, dass er der Tote in dem brennenden Haus war, können wir uns auf Joris konzentrieren. Auch hier fände ich es unbeschreiblich beruhigend, wenn wir wüssten, mit wem wir es zu tun haben und wie weit er gehen würde. Ein Name, eine Adresse wäre ungemein hilfreich.«

»Einsicht in Adoptionsunterlagen müssen von der Staatsanwaltschaft verfügt werden. Da bin ich machtlos.«

»Aber die Unterlagen des Vermisstenfalls Gesa Jessen, die könnten Sie anfordern, oder? Ich verlange gar nicht, selbst hineinzusehen. Es reicht mir, wenn Sie sicher sind, Ergun.«

Der Kommissar fuhr sich über den Bart. »Das ließe sich sicherlich machen.«

Ann musste Namen und Daten notieren, dann verabschiedete sie sich. »Es wäre gut, wenn Sie die Informationen schnell herausbekommen könnten. Ich weiß nicht, wann er das nächste Mal zuschlägt, und ob es bei Panikmache bleibt.«

Ergun nickte nur und schloss die Haustür. Ann stand eine Weile da und starrte auf die Maserung des Türblatts. Sie hasste es, auf die Arbeitsergebnisse anderer warten zu müssen, ohne selbst tätig werden zu können. Sie beschloss, Rose einen Besuch abzustatten.

Rerik

Jürgen drehte nun vollends am Rad. Susanne tigerte rastlos durch Roses Ess- und Wohnzimmer. Seit der Attacke auf den jungen Mann mitten in Reriks guter Stube schwankte er zwischen Resignation, schlechtem Gewissen und einer unangenehmen Anhänglichkeit. Er ließ sie nicht einen Moment aus den Augen. Sobald sie das Haus betraten, kontrollierte er jedes einzelne Zimmer, die Fensterbänke, schaute sogar unter die Betten und in die Schränke.

Das machte sie wahnsinnig.

»Schatz, setz dich doch zu uns nach draußen.« Sein hochroter Kopf erschien in der Terrassentür. »Ich habe alle Büsche und Verstecke kontrolliert. Wir sind allein. Also, keine Angst …«

Susanne schloss die Augen. *Aufhören! Lass es einfach sein!*

»Das ist lieb, danke. Du solltest dein Gesicht eincremen. Ist es nicht zu heiß draußen für Rose?« Widerwillig folgte sie Jürgen in den Garten.

»Wir sitzen unterm Kirschbaum.«

Kaum hatte Jürgen sich niedergelassen, äußerte Susanne ihre Bitte. Sie musste mit Rose allein sein, einen kurzen Moment nur. »Das Wasser ist ja warm.« Susanne verzog das Gesicht, als sie an ihrem Glas nippte. »Wärst du so lieb und würdest uns kaltes holen?«

Jürgen sprang wie erwartet auf. »Klar.«

»Am besten aus dem Keller.«

Ihr Blick begleitete ihn bis zur Terrassentür. »Sag mal, die Sportwaffen deines Mannes habt ihr damals aber weggetan, oder?«

Rose schien überrascht über Susannes plötzlichen Themenwechsel. »Die Sportw… Wieso?«

»Rose, bitte antworte einfach! Gibt es in diesem Haus noch irgendwo Waffen und Munition?«

»Ich weiß nicht, warum du mich plötzlich so angehst.«

»Weil mein Mann heute einen Mann niedergeschlagen hat, im festen Glauben, wir würden überfallen. Dabei wollte der Arme einfach nur an uns vorbei zu seinen Bekannten gehen. Jürgen ist momentan nicht ganz er selbst. Ich möchte nicht, dass er Zugang zu irgendwelchen gefährlichen Waffen hat«, meinte Susanne etwas sanfter und legte ihre Hand auf Roses Unterarm.

»Keine Angst. Die sind sicher verschlossen.«

»Das heißt, du hast sie noch?« Susanne tat erschrocken. »Wo?«

»Na, ordnungsgemäß im Waffenschrank.«

»Und der Schlüssel?«

»Nu hör aber auf, Susanne! Du glaubst doch nicht wirklich, dein Mann könnte eine Waffe nehmen und wild um sich schießen.«

»Wenn er glaubt, ich wäre in Gefahr … Da wäre ich mir nicht so sicher. Also wo, Rose?«

»Ganz hinten, in der Küchenkramschublade.«

Die Frauen sahen Anns Vater heraneilen.

»Kein Wort zu Jürgen! Er würde eh nur abstreiten, durch den Wind zu sein«, ermahnte Susanne die alte Dame.

*

Die Sonne verschwand zunehmend hinter dem schmalen Wolkenstreifen, der Meer und Himmel trennte. Er ruderte in einem großen Bogen um die Halbinsel herum. Ein Angler, der sich die guten Stellen des Salzhaffs ansah, bevor er am frühen Morgen wiederkam, um sein Glück zu versuchen. Letzte Motorjachten kreuzten seinen Weg, um zu ihren Ankerplätzen zurückzukehren. Niemand beachtete ihn.

Auch auf Wustrow war er keiner Menschenseele begegnet. Er hatte sich Zeit gelassen, sowohl bei der Auswahl der perfekten Stelle zum Anlanden als auch bei der Überwindung des Zauns. Die üppige Vegetation hatte ihm ausreichend Schutz geboten. Von der Gartenstadt und dem Tower hatte er sich ferngehalten. Das Boot war gut versteckt gewesen, die Schleif- und Fußspuren akribisch verwischt worden. Der Raum war perfekt vorbereitet. Das gestohlene Ruderboot würde er an einsamer Stelle zurücklassen. Der Bootsverleiher würde einen Jungenstreich vermuten. In so einer wunderbaren Nacht kamen verliebte Teenies schon mal auf dumme Gedanken.

Für heute gab es nur noch eine Schwierigkeit: den letzten Bus nach Rostock nicht zu verpassen. Noch brauchte er den Job bei der Zeitung.

*

»Schläfst du?« Ann lag an ihren Freund angeschmiegt im Bett und starrte in die Dunkelheit.

»Hmmh ja.«

»Ich weiß nicht. Ich schwanke ständig hin und her. Klar, wir fragen uns, wie Joris das alles herausbekommen haben soll, ohne Kontakt zu unserer Familie, ohne Mamas wahren Namen zu kennen? Andererseits könnte er über Quellen verfügen, auf die wir gar nicht kommen. Vielleicht zu dem Fälscher, der damals die Papiere ausgestellt hat, was weiß ich! Aber wie wahrscheinlich ist das?« Ann stöhnte leise.

»Andererseits kann ich mir nicht vorstellen, dass Opa Johann und die Staatsanwaltschaft meine Eltern in so einem wichtigen Punkt, wie dem Tod des Entführers, angelogen haben könnten. Und wieso sollte der Irre, oder das Monster, wie Rose immer sagt, dreißig Jahre warten, bevor er wieder in Erscheinung tritt? Weil er so lange gebraucht hat, sie zu finden? Was hat sich jetzt geändert, das ihn auf ihre Spur gesetzt haben könnte? Und warum hat er Mama dann nicht einfach entführt, wenn er Zugriff auf sie hat? Warum warnt er uns, indem er uns seine Spuren hinterlässt? Ist das nicht noch viel unwahrscheinlicher? Was denkst du?«

Sie drehte eine seiner lockigen Haarsträhnen um ihren Finger, immer und immer wieder.

«Marc?«

»Hmmh …«

»Ich werd noch bekloppt. Ich hoffe, Ergun beeilt sich und lässt sich nicht von behördlichem Schneckentempo ausbremsen. Wenn es auch nur eine klitzekleine Möglichkeit gibt, dass der Kerl überlebt haben könnte, müssen wir sofort die Polizei einschalten. Dann braucht Mama umgehend Polizeischutz.«

*

Obwohl die Sonne noch sehr niedrig stand, war Marie warm. Ach was, nicht warm, sondern heiß. Sie schnaufte bei jedem Schritt mehr, während Fynn leichtfüßig neben ihr herlief.

»Als ich meinte, ich könnte auf ein paar Kilos verzichten und müsste mal wieder irgendwas Sportliches machen, hatte ich dabei nicht an unseren Urlaub gedacht.« Sie lächelte gequält.

»Ach komm! Wir joggen auch ganz langsam. Und nur eine kleine Runde.«

»Meine Straßensneaker sind auch echt das falsche Schuhwerk.«

»Um etwas schneller spazieren zu gehen?«

»Ganz schön gemein, Herr Gaertner!«

»Komm, nur noch ein paar Meter.«

»Das hast du vor zehn Minuten auch schon gesagt.« Marie stoppte abrupt, stützte sich mit den Händen auf den Oberschenkeln ab und versuchte, ruhiger zu atmen. »Ist das nicht Anns Mama dahinten?«, presste sie hervor und wies in Richtung Steilküste.

Fynn schirmte die Sonne mit der Hand ab. »Sieht ganz so aus.«

»Wo will die denn so früh hin?«

»Wahrscheinlich braucht sie einfach mal frische Luft und Ruhe, um einen klaren Kopf zu kriegen. Kann ich gut verstehen, nach alldem.«

»Eben: nach alldem. Da rennt man doch nicht frühmorgens allein an den Steilklippen rum. Sollte sie wirklich beobachtet und verfolgt werden, hat der Täter doch superleichtes Spiel.«

Sie sahen, wie Susanne in dem kleinen Wäldchen verschwand.

»Hast du bemerkt, wie oft sie sich umgedreht hat?« Maries Augen waren weit vor Sorge. »Wir müssen hinterher und auf sie aufpassen.« Beim Aufrichten zuckte sie zusammen.

»Was ist?«

»Seitenstechen. Oh Mann, was soll das denn jetzt? Ich kann mich gar nicht gerade machen.« Sie presste die Lippen zusammen.

»Du hättest nicht so abrupt stehen bleiben sollen! Bleib du hier. Ich laufe hinterher. Ohne dich bin ich eh schneller.« Er zwinkerte ihr aufmunternd zu und gab ihr einen Kuss. Dann rannte er los.

*

Jürgen merkte gleich, dass er nicht ausgeschlafen war, als das Licht des Morgens durch seine halb geschlossenen Lider strömte. Der Nacken steif, ein stechender Schmerz hinter der linken Schläfe und die Akkus nicht einen Deut aufgeladen! Das konnte ja ein toller Tag werden.

Seine Hand tastete sich auf die andere Seite des Bettes. Susanne war scheinbar schon aufgestanden. Also hievte er seine schweren Beine über die Bettkante und setzte sich auf. Kaffee gegen Kopfschmerzen, ob das half? Einen Versuch war es wert. Also schlurfte er nach unten in Roses Küche. Doch da war niemand. Nur eine einsame, halb ausgetrunkene Tasse. Er ging weiter, schaute in jedes Zimmer. Rose lag friedlich in ihrem Bett, schlief noch tief und fest. Also suchte Jürgen den Garten ab. Nichts.

Und schon war die Angst wieder da. Susanne und er hatten eine Abmachung. Bis sich geklärt hatte, wer für die Einbrüche verantwortlich war und was derjenige vorhatte, ging sie nirgendwo mehr allein hin. In Jürgens Schädel hämmerte es schmerzhaft. Das konnte doch nur eines bedeuten ... Sie war gegen ihren Willen entführt worden. Aus ihrem Bett heraus. Obwohl er neben ihr gelegen und geschlafen hatte. Er wusste, wie unsinnig das war, gleich, nachdem die Gedanken sich geformt hatten. Er hätte was bemerken müssen. Es sei denn, man hatte ihn betäubt. Deswegen die Kopfschmerzen!

Jürgen beeilte sich, schlüpfte in die Kleidung von gestern, hielt sich nicht lange mit Zähneputzen und Waschen auf, riss das Handy vom Ladekabel und lief aus dem Haus. Draußen blieb er abrupt stehen. Susanne, sie hatte ihm eine Nachricht geschrieben.

Bin ein bisschen spazieren. Flipp nicht gleich aus! Es wird nichts passieren. Bleib bei Rose, ich bin gleich zurück!

Spazieren? Allein? Wie konnte man nur so leichtsinnig sein? Natürlich würde er nicht hier warten. Er würde sie suchen, und zwar auf der Stelle!

*

Susanne sah sich immer wieder verstohlen um. Obwohl die Bäume oben an der Steilküste sehr dünne Stämme hatten, standen sie doch so dicht gedrängt, dass die Strahlen der tief stehenden Morgensonne keine Chance hatten, den schmalen Weg auszuleuchten. Es war, als laufe man durch eine Blätterhöhle. Sie war allein. Rerik schlief noch, erholte sich von gestern, von einem anstrengenden Strandtag, der grellen Sonne und den nervenden Kindern.

Ein leises Knacken ließ sie herumfahren.

Aus der Ferne näherte sich ein Jogger. Noch konnte sie nur seine Statur erkennen. Ob er wirklich Frühsport trieb, würde sie gleich wissen. Sie schlüpfte durch eine Lücke zwischen drei Bäumen und kämpfte sich durch dichtes Buschwerk, hinter dem sie sich schließlich versteckte. Nach kurzer Zeit hörte sie vom Waldboden gedämpfte Schritte, die zügig näherkamen. Sie waren kaum vorbei, als sie langsamer wurden und schließlich stoppten. Ein scharrendes Geräusch von Schuhsohlen. Der Typ drehte sich auf der Stelle.

Susannes Hand zitterte leicht, als sie die Pistole aus ihrer Jackentasche zog und entsicherte. Jetzt kam es darauf an, dass sie schnell genug aus diesem Gestrüpp freikam, um das Überraschungsmoment auf ihrer Seite zu haben. Er durfte auf keinen Fall die Chance bekommen, zu reagieren. Ebenso wenig wie die, sich wieder in Luft aufzulösen, um sie weiter zu terrorisieren. Sie musste es hier und jetzt beenden. Für sich. Für Henning und Rieke.

Entschlossen brach sie aus den Büschen, riss die Waffe hoch, schrie und schoss.

Kapitel 15

Marie rieb sich die Seite oberhalb der Hüfte. Langsam ließ der Schmerz nach, sodass sie sich fast komplett aufrichten konnte. Nur die Arme hochstrecken, das ging immer noch nicht. Da hörte sie den Knall. Erschrocken hielt sie inne und lauschte. War das ein Schuss?

Nein, wer sollte denn in Strandnähe schießen? Das wäre doch viel zu gefährlich. Trotzdem setzten sich ihre Füße ganz automatisch in Bewegung, gingen in die Richtung, in die Fynn gelaufen und aus der der *Schuss* ... gekommen war.

Fynn?

Ihr Handy hatte sie, im Auto eingeschlossen, auf dem Campingplatz gelassen. Sie hatte keine Ahnung gehabt, wohin damit während des Joggens. Es zu Fynns in den winzigen Laufrucksack zu stecken, machte keinen Sinn. Würde der geklaut, wären gleich beide Handys weg.

Obwohl die Stiche wieder zunahmen, begann sie zu rennen. »Fynn?« Je näher sie dem Wald oberhalb der Steilküste kam, desto lauter rief sie seinen Namen.

Susanne blickte erschrocken auf den Mann, der vor ihr stand und erst entsetzt auf die Waffe starrte, dann langsam an sich heruntersah. Seine Hände tasteten die Brust, den Hals und auch die Arme ab. Dann sackte er auf die Knie. Sein Atemgeräusch glich dem hohen Fiepen einer defekten Druckluftpumpe.

»Fynn!« Susanne erwachte aus ihrer Starre, ließ die Waffe

fallen und war in zwei Schritten bei ihm. »Mein Gott, was machst du denn hier?«

Doch statt zu antworten, presste er die zitternden Arme vor seinen Bauch und starrte sie aus großen Augen ungläubig an.

»Fynn?« Eine Frauenstimme aus der Ferne.

Susanne drehte den Kopf in die Richtung, aus der der Ruf gekommen war. Rote Locken. Das musste Marie sein. Sie kam den Pfad entlanggerannt.

Susanne klopfte immer wieder mit den flachen Händen gegen Fynns Wangen. »Ich hab dich nicht getroffen. Du bist nicht verletzt, hörst du?«

Langsam schien etwas Leben in ihn zu kommen. »Sind Sie eigentlich wahnsinnig?« Noch war es nur ein Hauchen. Aber mit jedem Wort kehrte die Kraft in seine Stimme zurück. »Wollen Sie mich umbringen?«

»Es tut mir leid, ich dachte, du wärst ...« Sie schlug sich die Hände vors Gesicht.

»Warum, weil ich frühmorgens jogge? Das ist doch vollkommen bekloppt! Sie sind eine Gefahr für sich und andere. Warum rennen Sie hier überhaupt herum, so mutterseelenallein, am frühen Morgen, wenn noch niemand unterwegs ist?«

»Ich wollte, ich war ...« Was sollte sie ihm antworten?

»Wollten Sie sich etwa ...?«

»Was? Nein, ich will mir nichts antun. Ich brauchte nur etwas Pause von meinem klammernden Mann. Er macht mich wahnsinnig mit seiner Angst. Ich dachte, es wäre eine gute Idee, die Waffe mitzunehmen. Das würde mir etwas Sicherheit geben. Ich könnte mich verteidigen. Es tut mir leid. Ich wusste nicht, dass ich so schnell, dass ich ... Können wir das für uns behalten, bitte?« Susanne warf einen besorgten Blick in Richtung Marie, die ihre Schritte verlangsamt hatte.

»Wo haben Sie die überhaupt her? Die Waffe?« Fynn rappelte sich hoch und klopfte sich den Dreck von den Knien.

»Roses Mann war Polizist und Sportschütze.«

»Ich nehme sie an mich.«

»Was? Aber …«

»Kein Aber. Entweder so oder ich erzähl Ann, dass Sie mit einer geladenen Waffe herumrennen und auf Menschen schießen«, flüsterte er.

Susannes Blick sprang zwischen Fynn und seiner näherkommenden Freundin hin und her. »Ich verspreche, sie in den Waffenschrank zurückzulegen. Sofort, wenn ich im Haus angekommen bin. Ich mach keine Dummheiten mehr«, flehte sie leise.

Fynn schüttelte bestimmt den Kopf, nahm seinen kleinen Laufrucksack vom Rücken, ging zu der Stelle, an der Susanne die Waffe fallen gelassen hatte, hockte sich so, dass sein Rücken Marie die Sicht versperrte und ließ das Ding in seiner Tasche verschwinden.

»Hey!« Marie kam neben ihnen zum Stehen. »Alles gut hier? Habt ihr das auch gehört? Was war das, dieser Knall?«

Fynn erhob sich und wandte sich seiner Freundin zu. »Das haben wir uns auch schon gefragt. Eine Fehlzündung vielleicht?«

Susanne schwieg. Sie konnte dem jungen Mann nicht einfach Johanns Waffe überlassen. Noch dazu hatte er sie nicht einmal gesichert.

»Du bist früh unterwegs.« Die Aussage war an sie gerichtet. Marie wirkte besorgt. Hatte Ann den beiden etwa auch erzählt, was los war?

»Ich liebe es, wenn ich das Meer und die Natur für mich habe.«

»Hm.« Maries Lächeln wirkte unsicher. Sie wandte sich Fynn zu. »Können wir bitte zurück? Das Seitenstechen kommt immer wieder. Sobald ich mich in den Laufmodus begebe.«

»Ja, klar, kein Problem. Wir können Anns Mutter ja ein

Stück begleiten. Sie wollten doch bestimmt zur Liebesschlucht, oder?«

»Müsst ihr nicht. Ich finde auch allein zurück.«

»Das machen wir gern.« Marie hakte sich beschwingt bei ihr unter, kam mit dem Kopf vertrauensvoll nah an ihren heran und flüsterte: »Dann muss ich wenigstens nicht joggen.«

Susanne löste sich umständlich von ihr. »Na dann …«

*

Um kurz nach zehn meldete sich ihr Handy endlich. Ein Videocall. Hauptkommissar Ergun. Ann nahm das Gespräch entgegen.

»Guten Morgen, Frau Arnold.«

»Haben Sie die Akte?«

»Ja, ich konnte die Ermittlungsergebnisse des Entführungsfalls Gesa Jessen einsehen.« Sein Gesicht rutschte immer wieder seitlich aus dem Fokus des Bildschirms.

»Und? War der Tote aus dem Ferienhaus, die verbrannte Leiche, war das Dietmar V.?«

»Davon geht die Staatsanwaltschaft aus.«

»Was heißt, sie geht davon aus?«

»Größe und Geschlecht passten. Und Dietmar V. wurde seitdem nicht mehr gesehen. Es gab keine Kontobewegungen mehr, et cetera, et cetera.«

»Was ist mit einem DNA-Abgleich?«

»Wie das Wort schon sagt, braucht es für einen DNA-Abgleich eine Vergleichsprobe. Dietmar V.s genetischer Fingerabdruck lag nicht vor.«

»Aber über die Zähne hätte er doch identifiziert werden können. Er wird ja wohl zum Zahnarzt gegangen sein.«

»Das weiß ich nicht. Ist aber irrelevant. Die Zerstörung durch den Brand war zu groß. Es gab keinen Zahnstatus mehr, den man hätte vergleichen können.«

»Das kann ich kaum glauben. Zähne halten Temperaturen

bis tausendzweihundert Grad aus, wenn ich mich recht erinnere.«

»Der Brandbeschleuniger, der benutzt wurde, war kein normales Benzin, es handelte sich, laut Labor, um Kerosin.«

»Moment! Wenn nicht einmal die Zähne zu retten waren, wie konnte dann brauchbare DNA entnommen werden?«

»Wer sagt, dass sie das wurde?«

»Steht in der Akte nichts von einem DNA-Test, der nachweisen konnte, dass es sich bei dem Toten um den Vater meines Halbbruders handelt?«

Der zur Hälfte sichtbare Kopf des Kommissars wurde geschüttelt. »Wie schon gesagt, die Leiche war extremer Hitze ausgesetzt. Sämtliche DNA wurde zerstört.«

»Also wissen wir gar nicht, ob Dietmar V. und der unbekannte Tote ein und dieselbe Person waren. Ebenso wenig wie wir beweisen können, dass es sich bei der Leiche um Mamas Entführer handelt – scheiße.«

»Na, ganz so ist es ja nicht. Die Indizien sprechen eine eindeutige Sprache. Es gab nur zwei Personen in dem Ferienhaus: Ihre Mutter und den Täter. Von einem zweiten Mann war nie die Rede. Dietmar V. hielt sich zu der Zeit in Deutschland auf, wie die Kollegen nachweisen konnten. Und, das Allerwichtigste – die Einheiten hatten das Ferienhaus schon lange vor dem Brand umstellt. Niemand ist herausgekommen. Nicht davor, nicht während des Brandes und danach auch nicht. Im Gebäude wurden ausschließlich Ihre Mutter und die verbrannte Leiche gefunden.« Das Kamerabild wackelte. Ergun korrigierte den Aufnahmeausschnitt und war nun mit ganzem Kopf zu sehen. Er verdrehte die Augen. »Und nein, es gab keine geheimen Fluchttunnel unter dem abgebrannten Haus.«

»Aber es gab auch keinen DNA-Test, der eindeutig beweisen konnte, dass Joris der Sohn der Brandleiche ist«, murmelte Ann. »Wieso hat Opa Johann alle angelogen?«

»Weil er Ihre Eltern beruhigen wollte, nehme ich an.«

Jetzt schüttelte Ann den Kopf. »Ich glaub das nicht, Ergun. Schlüpfen Sie doch mal in seine Rolle. Sie sind ein pflichtbewusster, angesehener Ermittler mit blütenreiner Weste.«

»Da brauche ich gar nicht groß zu schlüpfen.«

Jetzt verdrehte Ann die Augen. »Ihr einziger Fehler, wenn man das überhaupt so nennen kann, ist, dass Sie den letzten Fall Ihrer Karriere emotional zu nah an sich ranlassen. Sie freunden sich mit den Geschädigten an.«

»Worauf wollen Sie hinaus?«

»Abwarten und zuhören! Der Fall, so schwierig er für alle Beteiligten war, wird gelöst, das Opfer gerettet. Der Täter ist tot. Käme Ihnen, dem unbescholtenen Ermittler, jemals die Idee, Ihren neuen Freunden falsche Pässe zu besorgen? Sie müssten Kontakte anzapfen. Illegale Kontakte aus alten Fällen. Sie machten sich angreifbar, erpressbar und natürlich strafbar. Sie riskierten alles, wofür sie die ganze Zeit gelebt und gearbeitet haben. Ihre Pension, Ihre Freiheit und Ihre Integrität. Und wofür? Angeblich nur, um dem Opfer ein bisschen emotionale Sicherheit zu schenken.«

Akyol Ergun schwieg. Seine dunklen Augen schienen ins Leere zu starren.

»Los, geben Sie's schon zu! Kein Kripo-Beamter, der nur halbwegs alle Latten am Zaun hat, würde das machen.«

»Latten am Zaun?« Seine Stirn zog sich in Falten.

»Tassen im Schrank, der noch ganz dicht in der Birne ist. Ach kommen Sie, Ergun, der noch ganz richtig im Kopf ist.«

»Sie meinen, der bei Sinnen ist.«

»Meinetwegen auch das. Niemand, der halbwegs bei Sinnen ist, würde sich auf so etwas einlassen, geschweige denn, es auch noch von sich aus anstoßen.«

»Und es ist sicher, dass Hauptkommissar Johann Hofmann die Pässe besorgt hat?«

»Das wurde von seiner Frau bestätigt. Ich wüsste auch nicht, wo Menschen wie meine Eltern mit Fälschern in Verbindung gekommen sein sollten.«

»Und daraus schlussfolgern Sie was?«

»Steht in den Ermittlungsakten irgendetwas davon, dass der ermittelnde Kommissar Zweifel am Tod des Täters hatte?«

»Nein. Aber es gibt einen Eintrag, dass er ein Vierteljahr später versucht hat, das Opfer und seine Familie in ein Zeugenschutzprogramm zu bekommen. Die Staatsanwaltschaft hat den Antrag abgelehnt.«

»Na bitte! Johann Hofmann wusste, dass der Entführer überlebt hat, oder hatte zumindest berechtigte Zweifel an seinem Tod. Er hatte Angst um Mama. Er befürchtete, der Täter könnte zurückkommen. Da ihm niemand glauben wollte, sah er keinen anderen Weg, als die kleine Familie illegal in ein neues Leben zu führen. Aber warum? Warum war er sich so sicher? Was hat er gesehen, das alle anderen nicht wahrgenommen haben? Und warum wollte ihm niemand glauben?«

»Hofmann war bei dem Einsatz damals vor Ort.«

»Und die Ermittlungsakte gibt keinen Hinweis, worüber er gestolpert sein könnte?«

»Nein. Ich kann sie gern diesbezüglich noch einmal durchsehen.«

»Mit mir zusammen?«

»Nein – auf keinen Fall! Im Gegensatz zu Ihrem Hauptkommissar Hofmann gedenke ich, meine blütenreine Weste zu behalten.«

»Dafür ist es eh zu spät. Vergessen Sie nicht, wir hatten schon mehrfach das Vergnügen. Sie haben sich illegal Einblick in Passagierlisten verschafft.«

»Das war nicht illegal.«

»Ich glaub, das würde die Staatsanwaltschaft anders sehen. Und Sie haben auf eigene Faust in Zingst ermittelt, obwohl Sie dort gar keine Zuständigkeit besitzen.«

»Kollege Nilsson aus Stralsund war mir für die Amtshilfe sehr dankbar.«

»Trotzdem nicht korrekt.«

»Ich lasse Sie nicht in die Ermittlungsakten schauen.«

»Der Fall ist dreißig Jahre alt und gilt als abgeschlossen. Aus der Polizeidatenbank wurde er schon gelöscht. Stellen Sie sich nicht so an!«

Sein Gesicht blickte verärgert in die Handykamera.

»Ergun, wenn mein Opa, wenn der damalige Ermittlungsleiter geglaubt hat, der Psychopath, der meine Mutter über vier Monate lang gequält und missbraucht hat, hätte überlebt, dann finde ich das sehr bedenklich, im Hinblick auf die neuesten Ereignisse. Nehmen Sie den Fall wieder auf! Stellen Sie meine Mutter unter Polizeischutz!«

Ergun stöhnte. »Das geht nicht so einfach. Wie Sie schon sagten, der Fall gilt als abgeschlossen. Und das, was Ihnen und Ihrer Mutter vor ein paar Tagen passiert ist, ist zwar besorgniserregend und mysteriös, aber kein Grund, die damaligen Ermittlungen anzuzweifeln. Dafür ist das alles zu dünn. Wie wäre es, wenn Ihre Eltern als Erstes die beiden Einbrüche zur Anzeige bringen würden? Dann würde in der Hinsicht wenigstens schon mal ermittelt.«

*

»Kommt doch noch rein und trinkt einen Schluck! Rose und Jürgen freuen sich bestimmt, euch zu sehen.« Susanne schloss Roses Haustür auf und rang sich ein Lächeln ab.

In Maries Gesicht stand begeisterte Zustimmung. Sie holte Luft und öffnete die Lippen, doch Fynn kam ihr zuvor.

»Sehr nett, aber wir haben noch nicht gefrühstückt. Außerdem brauche ich dringend eine Dusche. Kommst du?«, meinte er zu Marie gewandt, drehte den beiden Frauen den Rücken zu und machte sich auf den Weg.

»Ein anderes Mal gern, vielen Dank.« Marie lächelte entschuldigend und lief ihrem Freund nach.

Susanne starrte den beiden hinterher. Sie konnte Fynn auf keinen Fall Johanns Waffe überlassen. Was dachte sich der

Öko eigentlich? Auch wenn er sie mit Sicherheit nur schützen wollte – Susanne hatte wahrscheinlich wirklich den Eindruck erweckt, sie wolle sich etwas antun –, der Verbleib der Waffe bei diesem Mann war inakzeptabel. Sie musste sicher aufbewahrt werden. Und zwar in Johanns Waffenschrank, wo sie hingehörte.

Sie schloss die Haustür hinter sich. Im Gebäude war es noch immer still. Jürgen hatte wahrscheinlich nicht einmal bemerkt, dass sie weg war. Umso besser, sparte sie sich die nervtötende Diskussion. Sie ging in die Küche und begann, das Frühstück herzurichten.

*

Marc durchstöberte mit beiden Händen seinen Rucksack. Dann fuhr er am Sideboard entlang, hob Zeitschriften und Briefkuverts in die Höhe und rollte danach hinüber in den Flur, zur Garderobe, um seine Jackentaschen zu überprüfen.

»Was suchst du?«

»Den Briefkastenschlüssel.«

»Wieder mal?« Ann schmunzelte. »Nimm meinen. Hängt an meinem Schlüsselbund. Jeansjacke, rechte Seite.« Sie umschloss die dampfende Teetasse mit beiden Händen und pustete. Immer noch versuchte sie, zu begreifen, was der fehlende DNA-Test bedeutete.

Marcs Kopf erschien im Türrahmen. »Du brauchst dich gar nicht über meine Schusseligkeit lustigzumachen. Dein Schlüssel ist nicht in deiner Jeansjacke.«

»Sicher ist er das.«

»Nope.«

Sie schnaubte, stellte die Tasse ab und sah nach. Tatsächlich waren die Jackentaschen leer. Seltsam. Sie schloss die Augen, um besser nachzudenken. Wann und wo hatte sie ihn das letzte Mal gehabt? Gestern Abend. Sicher war er in ihrer Tasche. Sie ging ins Schlafzimmer. In ihrer Umhängetasche fand sich lauter unnützer Krempel, aber kein Schlüssel. Sie begann, die Taschen ihrer Jeans zu durchsuchen, als ihr Blick auf die zerwühlte Bettdecke fiel. Marcs Briefkastenschlüssel. Sie zog ihn an dem blauen Bändchen in die Höhe, lief zurück in die Küche und ließ ihn triumphierend vor seiner Nase hin und her baumeln.

»Wo war er?«

»Auf dem Bett.«

»Stimmt. Ich wollte ja heute Morgen schon mal zum Briefkasten, aber da kam mir irgendwas dazwischen. Was war es nur gleich?« Er grinste sie provokativ an, zog sie auf seinen Schoß und gab ihr einen langen Kuss. »Und dein Schlüsselbund?«

»Findet sich wieder.« Sie löste sich von ihm und setzte sich zu ihrem Tee. »Ich weiß nicht, was wir machen sollen, Marc. Ich bin den gesamten Sachverhalt von damals, also, das, was ich weiß, zig Mal durchgegangen und finde einfach keine befriedigende Antwort. Kann es wirklich sein, dass das Monster überlebt hat, dass er wieder Jagd auf Mama macht? Oder bin ich paranoid? Johann wollte sie aus der Schusslinie bringen. Das ist doch eindeutig, oder?«

»Wenn die Staatsanwaltschaft eine Bedrohungslage gesehen hätte, hätten sie dem Zeugenschutzprogramm zugestimmt. Und warum sollte der Entführer dreißig Jahre warten?«

»Was weiß ich? Weil er in der Zwischenzeit wegen anderer Vergehen im Knast war? Weil er so lange gebraucht hat, um sie ausfindig zu machen?«

»Niemand hat das brennende Haus verlassen können, ohne gesehen zu werden. Das stand in den Ermittlungsakten.«

»Und wenn sie sich geirrt haben? Wenn er einen Weg gefunden hat? Es herrschte bestimmt das totale Chaos. Flugbenzin brennt wie Hölle. Die Hitzeentwicklung muss unglaublich gewesen sein. Sie haben versucht, irgendwie auszumachen, wo Mama steckt, was sie tun können, um sie zu retten. Es musste schnell gehen. Die Einheiten der Spezialtruppe, die Feuerwehr, alles rannte durcheinander. Wer achtet da auf eine weitere Person, die im Schutz der Feuerwand im Wald verschwindet?«

»Stell dir das nicht so chaotisch vor. Die Koordinatoren der Truppe werden planmäßig vorgegangen sein. Normalerweise tun sie das.«

Ann ließ ihren Kopf nach hinten fallen und starrte an die Decke. »Ich hab einfach Angst, dass Mama recht hat.«

»Damit, dass das Monster sie ausgetrickst hat?«

»Damit, dass ich ihn zu ihr geführt habe. Seit Jahren verurteilt sie mich dafür, dass ich in fremden Leben herumschnüffele, Verbrechen aufdecke und überregional Aufmerksamkeit errege. Mein Gesicht zierte riesengroß die Regionalpresse. Wie oft wurde mir schon attestiert, wie ähnlich ich ihr sehe? Immer wieder hat sie gesagt, dass ich mit meiner Hetzjagd auf die Wahrheit Menschenleben zerstöre. Was, wenn sie recht hat? Wenn ich an alldem schuld bin, was gerade passiert?«

»Ich bitte dich, Ann. Wie groß ist die Wahrscheinlichkeit, dass er ausgerechnet einen dieser Artikel gesehen hat? Falls das Monster überhaupt noch existiert. Bitte, mach dich nicht verrückt!« Er streichelte sanft ihre Arme entlang. »Was ist mit deinem Halbbruder? Ist der jetzt ganz aus dem Rennen?«

»Ich weiß es nicht.« Ann warf Marc einen verzweifelten Blick zu. »Wie sollte er hinter die alten – die echten – Identitäten meiner Eltern gekommen sein? Das wusste niemand. Die Adoptionsstelle nicht, das Einwohnermeldeamt nicht, keiner. Außer Rose, Johann, meine Eltern und der Fälscher.«

Die beiden sahen sich lange an.

»Vergiss es. Wir kriegen nie raus, wer das gewesen ist.«

»Ich muss zu Rose. Kommst du mit?« Ann sprang auf.

Marc schüttelte den Kopf. »Es sei denn, du brauchst mich?«

Sie verneinte.

»Dann dreh ich ne Runde mit dem Handbike. Denkst du an das Mittagessen?«

»Mit Marie und Fynn? Ja. Versuche, passend wieder hier zu sein. Fehlt noch was?«

»Nee, alles da.«

Ann hielt an der Haustür inne. »Ich werde Papa überreden, Anzeige wegen der Einbrüche zu erstatten. Irgendwas müssen wir tun. Wenn er es nicht macht, mach ich's. Schließlich wurde ich heimlich gefilmt.« Sie klopfte die Taschen ihrer Jeansjacke ab. »Ach, Mist, der Schlüssel! Lässt du mich später rein? Hab jetzt keine Lust zu suchen.«

»Ja, ja, hau ab.«

Am Eingang der Straße Zur Liebesschlucht angekommen, sprang Ann vom Fahrrad und verlangsamte ihre Schritte. Ganz automatisch suchte sie die nähere Umgebung nach verdächtigen Personen ab. Aber sie war allein. Sie ging direkt durch bis in den Garten. Das Gehen wirkte dabei eher wie ein Schleichen. Ihre Augen suchten nach abgeknickten Zweigen, nach festgetretenem Erdreich und anderen Hinweisen auf einen Spanner. Sie blickte hinter Sträucher und ging die Verstecke ab, die der Garten bot. Als sie, immer noch suchend, auf die Rasenfläche trat, schrie ihre Mutter auf, die zeitgleich auf die Terrasse gekommen war.

»Verdammt, Ann! Was zum Geier machst du zwischen den Büschen?« Susanne hatte die Hand auf den Brustkorb gelegt und atmete bedenklich flach.

»Tut mir leid, Mama.« Eilig lief sie zu ihrer Mutter, wollte sie stützen, irgendwie beruhigen, doch Susanne wiegelte ab. »Ich wollte dich nicht erschrecken. Hab dich nicht gesehen, sonst wäre ich …«

»Was oder wen glaubst du in Roses Büschen zu finden?« Susannes Stimme klang gereizt.

Ann rang nach den richtigen Worten.

»Joris?«

Sie glaubte nicht, dass ihre Mutter ein echtes Interesse an einer Antwort hatte, und schwieg.

»Dein Halbbruder ist nicht hier.«

»Wer ist es dann? Wer ist bei euch in Neustadt eingestiegen, hat die Kamera geklaut und drei Stifte zu einem Pfeil gelegt, um dich in Panik zu versetzen?« Anns Herz pochte bis zum Hals. Es war das erste Mal, dass sie ihre Mutter auf die Ereignisse ihrer Entführung ansprach.

Die antwortete mit einem müden Lächeln. »Du bist schlau. Und hartnäckig. Das habe ich immer an dir bewundert. Du hättest dich wahrscheinlich nicht verkrochen und darauf gewartet, dass er dich findet. Du hättest den Spieß umgedreht und ihn aufgespürt. Und dann hätte es ein Ende gehabt. So oder so.«

»Das weißt du nicht. Niemand kann nachvollziehen, was dir passiert ist.«

»Wenn es jemand kann, dann du. Du hast ebenfalls erfahren müssen, was es heißt, einem Menschen auf Gedeih und Verderb ausgeliefert zu sein. Ich weiß nicht, was das ist, mit den Frauen dieser Familie. Wir scheinen die Monster magisch anzuziehen.«

»Papa ist das Gegenteil von einem Monster. Und Marc auch.«

Susanne zog sich einen Gartenstuhl heran. »Setz dich!«

Ann folgte ihrer Anweisung und wartete. Ihre Mutter wirkte verändert, die ganzen letzten Tage schon. Die Kälte, die Distanziertheit und Härte, sie waren immer noch da und trotzdem ... Da war noch etwas anderes, etwas Neues.

»Wir beide haben knapp überlebt. Uns beide hat es Jahre gekostet, mit den Folgen, mit den Ängsten klarzukommen. Ich hab dich lange nicht mehr gefragt, wie es dir geht. Ich hatte immer das Gefühl, es wäre besser, nicht darüber zu reden, da sonst alles zurückkäme. Und dann war da diese Wut. *Dir* hätte das nicht passieren müssen. Aber du musstest ja unbedingt diesem schwedischen Mädchen hinterherjagen.«

Susanne schüttelte verbittert den Kopf. »Ich war *so* wütend auf dich.«

Ann schwieg. Was hätte sie auch sagen sollen?

»Ich weiß, ich hätte dir eine bessere Mutter sein müssen. Ich hab mich oft gefragt, was aus uns geworden wäre, wäre ich nicht in Husum zu dieser Therapeutin gegangen.«

Ann konnte sie gut verstehen. Ein winziges Detail in einem ganzen Leben, eine einzige andere Entscheidung und all das wäre nicht passiert. »Die Vergangenheit können wir nicht mehr ändern, aber das, was jetzt mit uns passiert.« Es klang seltsam, ihrer dreißig Jahre älteren Mutter mit solchen Lebensweisheiten zu kommen, aber Ann fühlte sich genötigt irgendwas zu sagen. »Du glaubst, dass er noch lebt, nicht wahr?«

Susanne blickte sie stumm an.

»Warum?«

Ihre Mutter schloss die Augen. »Die Geräusche. Seine Art. Alles hatte sich verändert, damals, nachdem der fremde Mann am Haus gewesen und nach diesem Dietmar gerufen hatte. Ich wusste, dass er sich vorbereitete. Ich spürte es mit jeder Faser meines Körpers. Plötzlich war ich Luft für ihn. Und ich durfte nichts sehen, von dem, was er tat. Er sperrte mich fast nur noch in die Kammer. Dieser Mann hatte für alles einen Plan. Ich wusste nur nicht, ob ich Teil dessen war, was er vorhatte, oder ob er mich ...«

»Wie könnte er entkommen sein?«

»Ich weiß es nicht. Ich weiß nur, dass es nicht dieser Dietmar V. war. Sie haben mir Fotos gezeigt. Die waren zwar schon älter und oft von mäßiger Qualität, trotzdem, er war es nicht.«

»Aber wenn du das ausschließen konntest, warum hat sich die Staatsanwaltschaft auf Dietmar V. versteift?«

»Er passte ins Profil. Er hatte ein mieses Bild von Frauen. Ihm gehörte das Haus. Er war zu der Zeit in Husum und Umgebung und nicht wie sonst im Ausland. Er lebte zurückgezogen, keine Freunde, keine Verwandten und er ist seit dem Brand nicht mehr in Erscheinung getreten. Außerdem soll es keine Möglichkeit gegeben haben, das brennende Haus unbemerkt zu verlassen. Von dem mysteriösen Fremden hingegen gab es nie auch nur eine Spur. Niemand will einen Fremden in der Gegend bemerkt haben. Und da auch ich zugeben musste, keinen zweiten Mann gesehen zu haben, die gesamten vier Monate nicht …«

»Sie haben keine Spuren gefunden, weil das Feuer sie zerstört hat.«

»Er hat zugelassen, dass sie mich bekommen.«

»Wie meinst du das?«

»Er hat dieses gesamte beschissene Haus in Benzin getränkt. Normalerweise hätte ich keine Chance gehabt. Nur die Kammer hat er ausgelassen. Damit hat er ihnen ein winzig kleines Zeitfenster geschenkt.«

»Er konnte nicht wissen, dass sie es schaffen würden.«

»Nein, das konnte er nicht. Er spielt gern. Mal gewinnt er, mal verlieren die anderen. Würde ich überleben, gäbe es eine Chance auf Fortsetzung seines Spiels. Ich habe überlebt.«

»Johann hat dir geglaubt, oder?«

»Zumindest war er nicht so kategorisch dagegen wie die anderen. Andererseits hat er mir versichert, dass wirklich niemand aus dem Gebäude herausgekommen ist. Und schließlich war er dabei. Er hat alles mit angesehen.«

»Trotzdem wollte er auf Nummer sicher gehen.«

Susanne nickte. »Ihm ließ es keine Ruhe, dass ich mir so sicher war, dass keine Ähnlichkeit zwischen *ihm* und den Fotos von Dietmar V. bestand. Johann versuchte, uns in ein Zeugenschutzprojekt zu bekommen.«

»Ich versteh immer noch nicht, wieso die Staatsanwaltschaft dir nicht geglaubt hat. Ich meine, du musstest vier Monate mit dem Kerl auf engem Raum zusammenleben.

Wenn jemand wusste, wie der Kerl ausgesehen hat, dann ja wohl du!«

»Für sie war ich nicht glaubwürdig. Ich war ein seelisches Wrack. Redete angeblich nur wirres Zeug. So schwer traumatisiert, dass ich Wahrheit von Einbildung nicht unterscheiden konnte.«

»War das so?«

»Die Übergänge waren fließend. Wenn ich ehrlich bin, kann ich mich an viele Dinge nach meiner Rettung nicht mehr erinnern. Ich war damit beschäftigt, irgendwie zurechtzukommen.«

Sie schwieg und verfolgte eine Hummel, die von einer Blüte zur nächsten flog. Ihre Hände zitterten.

»Ich hatte ihnen erzählt, dass das Mädchen, das bei Hen... Jürgen wohnte, dass es umgebracht wurde. Von *ihm*. Das weiß ich noch. Wie sich herausstellte, hieß sie Sandra und wohnte nicht bei euch, dir und deinem Vater, sondern war das Kindermädchen, das es Jürgen erlaubte, wieder arbeiten zu gehen. Und – sie war nicht tot. *Er* hatte es mich einfach nur glauben lassen. Um mich gefügig zu machen. Um die Angst, dass er euch etwas antun könnte, ins Unendliche zu potenzieren. Das ist sein Spiel. Das sind seine Regeln. Er bestimmt.«

»Hast du Angst?« Ann hörte, wie belegt ihre Stimme klang.

»Das habe ich mich auch gefragt. Als ich die Stifte in unserer Küche gefunden habe, war alles wieder da. Wie nennt man das heute? Triggern, oder? Ich hatte seit vielen, vielen Jahren keine so heftige Panikattacke mehr. Mein Denken war vollkommen ausgehebelt. Ich handelte wie ein Zombie. Wie damals. Später, nach dem Krankenhausaufenthalt, waren die Hormone wieder weg, die mein logisches Denken blockierten. Und ich habe gemerkt, die Wut überwiegt. Die Frau von damals gibt es nicht mehr.«

»Was hast du vor?«

»Mir keine Angst mehr einjagen lassen.«

»Maamaaa?« Ann zog das Wort künstlich in die Länge.

»Warum sollte ich etwas vorhaben?«

»Weil wir nicht warten werden, bis er dich in die Finger kriegt.«

»Wir?«

»Lass uns Anzeige erstatten. Wegen Hausfriedensbruch, Einbruch, Diebstahl, Stalking, alles, was geht. Dann wird wenigsten schon mal ermittelt.«

»Guten Morgen!«

Die beiden fuhren herum und starrten auf die Terrassentür, durch die Rose vorsichtig hindurchstieg. Soll ich frischen Kaffee aufsetzen? Ist Jürgen auch da?«

»Der schläft noch«, antwortete Susanne.

»Jetzt noch?« Ann runzelte die Stirn.

»Das bestimmt nicht. Eure Schlafzimmertür steht offen und das Bad ist leer.« Rose setzte sich Ann gegenüber.

»Dann muss er gegangen sein, während ich ... kurz vor der Tür war.«

Anns fragender Blick ließ Susanne fortfahren.

»Ich hab einen kleinen Spaziergang gemacht. Nichts Wildes.«

»Na, super. Da kannst du dir später auf jeden Fall was anhören. War es nicht so, dass du nirgends allein hingehen solltest?« Ann schloss die Augen zu engen Schlitzen. »Was hattest du wirklich vor?«

»Spazieren gehen. Basta.«

Rose fummelte an dem Schieber ihres Tabletten-Organizers herum.

Ann goss ihr ein Glas Wasser ein.

Rose nahm eine Pille heraus und griff nach dem Glas. Ihre faltige Hand hatte die Lippen beinahe erreicht, da hielt sie inne. »Nanu?« Sie schob ihre Brille zurecht und betrachtete die Vertiefungen der Tablettenbox. »Hier ist ja alles durcheinander! War einer von euch an meinen Tabletten?«

Wie erstarrt fixierten Ann und ihre Mutter zunächst den Organizer und sahen dann hinüber zum Haus.

Ann löste sich als Erste, zog eilig das Handy heraus und rief ihren Vater an. Ohne Verzögerung sprang die Mobilbox an. Ann hinterließ ihm eine Nachricht, rief danach Marc und Fredde und zum Schluss Hauptkommissar Ergun an. Klar fragte der, ob es nicht sein könne, dass die alte Dame sich mit der Tablettensortierung vertan habe. Er bekam Anns Entrüstung zu spüren. Ihr war egal, wie hysterisch sie wirken musste. Immerhin versprach Ergun, ein paar Kollegen vorbeizuschicken.

»Wir werden die Schlösser austauschen lassen und eine kamerabasierte Alarmanlage installieren. Und zwar heute noch. Und so lange lassen wir uns gegenseitig nicht mehr aus den Augen.«

Rose unterbrach das Umsortieren der Tabletten. »Kann mir mal jemand erklären, was hier los ist?«

Kapitel 16

Da waren es nur noch vier. Zufrieden wischte er sich den Schweiß von der Stirn. Er beobachtete den Eingang des Mehrfamilienhauses. Der Krüppel mit dem Handbike war seit zehn Minuten weg. Also traute er sich aus der Deckung, steckte den nachgemachten Schlüssel ins Schloss und drehte. Er funktionierte ganz wunderbar. Behände huschte er bis zur Wohnungstür und verschaffte sich auch hier Zutritt. Ein schwacher Kaffeegeruch stieg ihm in die Nase. Gemächlich schlenderte er durch Marc Wendts Wohnung. Er suchte nach Dingen, die ihm nützlich sein konnten, griff nach Büchern, sah in Schubladen, durchstöberte die Post und ein paar Ordner.

Das war interessant! Er überflog die Kommunikation. Marc Wendt stand mit einem Neurologen aus Schwerin in regem Austausch. Laut dem letzten Schreiben gab es neue Therapieansätze, um Querschnittsgelähmten das Laufen wieder zu ermöglichen. Die Idee gefiel ihm. Das Geschäft mit der Hoffnung. Er notierte sich die Kontaktdaten des Arztes und den Namen der vielversprechenden Methodik und wandte sich der Küche zu.

Dort verweilte er lange vor ihrem Foto. Das haselnussbraune Haar, die grünen Augen mit ihren Bernsteinsprenkeln. Bald war es so weit. Er konnte es selbst kaum glauben. Er würde nicht so weit gehen und behaupten, das Schicksal hätte es gut mit ihm gemeint, dennoch, am Ende hatte es ihm in die Hände gespielt. Alles andere war seinem Können, seinem Fleiß und seiner Geduld zuzuschreiben.

Wie schon beim letzten Mal überlegte er, ob er das Foto einstecken sollte. Die Versuchung war enorm. Es zog ihn in den Bann. Doch er wollte nicht, dass Johanna und Marc es wussten. Dass sie ahnten, dass er auch in dieser Wohnung zu Besuch kam, wann immer ihm danach war. Hier sollte sie sich sicher fühlen, die Frau, die *ihr* so ähnlichsah.

Er schritt durch die Wohnung, hielt Ausschau nach dem perfekten Platz. Dem, der keine Fragen offen ließ. Er fand ihn unter dem Bett. Er legte den Schlüsselbund so, dass er nur leicht hinter dem Möbelbein hervorlugte. Selbst wenn sie unter dem Bett nachgesehen hätten, hätten sie ihn leicht übersehen können. Und wie schnell wurde eine Jacke, eine Hose aufs Bett geschmissen und rutschte der Schlüssel aus der Tasche? Zufrieden verließ er die Wohnung.

Die Sonne stand hoch am Himmel. Ein weiterer Tag, der den Großteil der Urlauber an Reriks Strände ziehen würde. Ihn nicht. Für ihn wurde es Zeit, die Zahl der Störenfriede um einen weiteren zu reduzieren. Und dafür musste er einen Anruf tätigen. Ach, wie vermisste er doch das gute alte Münztelefon.

*

Ergun hatte Wort gehalten. Zwei Beamte waren zur Liebesschlucht gekommen und hatten sich ihre Geschichte angehört. Ann hatte von dem Einbruch in Oma Roses Haus erzählt, dass sie gefilmt worden waren und der Unbekannte ein weiteres Mal im Haus gewesen sein und die Tabletten vertauscht haben musste. Dass sie sich nicht mehr sicher fühlten. Die Polizisten hatten viele Fragen gestellt, die Anzeige gegen Unbekannt aufgenommen und waren wieder gefahren.

»Die halten uns für bekloppt!« Ann schnaubte verärgert.

»Kann man ihnen nicht verdenken. Es gibt keine Einbruchsspuren. Es wurde nichts gestohlen. Ich wette, die glauben an einen Streich. Hast du gesehen, wie sie Rose gemustert haben?« Susanne räumte die unbenutzten Wassergläser ihrer Gäste ab.

»Sie halten Oma für tüddelich. Da können die Pillen schon mal durcheinandergeraten. Das hat also gar nichts gebracht! Ergun und seine blöden Ideen.«

»Sei nicht so, Ann! Er ist Polizist. Er kann sich auch nur an die Gesetze halten.«

»Vielleicht ist es doch besser, wenn du und Papa ein paar Tage wegfahrt.«

»Und wohin?«

»Macht eine Reise! Nach London oder Barcelona. Verschwindet in der Anonymität der Masse. Bleibt unberechenbar! Hauptsache weg aus Rerik und Neustadt.«

Susanne schüttelte den Kopf. »Ich werde mich nirgends mehr verkriechen.«

»Wie willst du verhindern, dass er an dich rankommt? Türen scheinen für ihn kein Problem zu sein. Gleichzeitig ist er unsichtbar wie ein Geist. Ich hab bei einer Sicherheitsfirma in Rostock angerufen. Nächste Woche könnte einer herkommen, sich alles ansehen und uns ein Angebot unterbreiten. Bis die Überwachungskameras angebracht und installiert sind ... das alles dauert noch Tage, wenn nicht Wochen. Der Schlüsseldienst kommt morgen und tauscht die Schlösser von Haus-, Terrassen- und Kellertür aus. Aber ob das irgendwas bringt?« Verzweifelt ließ sie die Arme gegen ihren Körper schlagen und schwieg.

Im Wohnzimmer hörten sie Rose murmeln. Die beiden Frauen beobachteten, wie die alte Dame versuchte, die Fernbedienung des Fernsehers in die Aufladeschale des Telefons zu stecken.

»Und wenn sie die Tabletten doch versehentlich falsch einsortiert hat?« Ann wollte ihr gerade zu Hilfe eilen, da erkannte Rose ihren Irrtum, schüttelte den Kopf und legte die Fernbedienung auf den Couchtisch.

Er ist hier. Ich spüre es. Susanne wunderte sich selbst, wie ruhig sie bei dem Gedanken blieb. *Das Diffuse, nicht Greifbare ist sein Metier, die Art, wie er eine Partie eröffnet. Ich muss zu Fynn und mir die Waffe wiederholen.* »Sag mal, wie lange bleibt Marie eigentlich noch?«

»Keine Ahnung. Ich meine, sie hätte gesagt, Urlaub hätten sie noch gut eine Woche. Wenn sich das Wetter hält, werden sie sicher bis zum Schluss bleiben.«

»Haben sie ein Pensionszimmer?«

»Nein. Sie zelten. Wieso, was ist mit den beiden?«

Susanne stöhnte innerlich. *Na, super! Johanns Waffe ungesichert in einem Zelt.* Sie musste unbedingt hin, bevor noch irgendwas passierte. Und sie brauchte das Ding zu ihrem Schutz.

»Mama? Wir haben gerade ganz andere Sorgen.«

»Sag mal, wo treibt sich dein Vater eigentlich rum? Er geht nicht ans Handy, meldet sich nicht.« Susanne zog verärgert die Stirn kraus.

Anns Handy klingelte.

Erwartungsvoll verfolgte ihre Mutter, wie sie ranging. »Ist er das?«

Ann schüttelte den Kopf und formte mit den Lippen das Wort Marc. »Ja?« Ein Strahlen wanderte über ihr Gesicht. »Echt? Oh Mann, super! Natürlich musst du das! Soll ich dich fahren?« Sie lauschte einen Moment. »Ist gut. Ich freu mich so! Schreib mir zwischendurch, ja?« Dann verabschiedete sie sich. »Marc hat ein Platz in dem Elektrostimulations-Projekt bekommen. Er soll heute noch nach Schwerin kommen.« Sie presste die Fäuste zusammen und stieß einen Freudenschrei aus.

»Das Elektrostimulations-Projekt?«

»Sie testen ein neues Verfahren, bei dem das Rückenmark unterhalb der Verletzung stimuliert wird. Wenn alles so läuft, wie es sich die Wissenschaftler vorstellen, verbinden sich die Nervenzellen der Muskeln mit den Signalen aus dem

Gehirn. Gliedmaßen könnten wieder bewusst angesteuert werden. Das ist eine Riesenchance!«

»Ich drück euch die Daumen.« Susanne sah auf die Uhr. »So langsam mach ich mir doch Sorgen. Dein Vater ist seit Stunden weg. Und das, ohne zu frühstücken.« Sie blickte auf drei dreckige Frühstücksteller und dieselbe Anzahl an Tassen.

»Er rennt bestimmt da draußen rum, sucht dich und macht sich genauso viele Sorgen.«

»Er könnte einen von uns anrufen oder wenigstens an sein Handy gehen, dann wüsste er, wo ich bin.«

»Ich fahr schnell mit dem Fahrrad ne Runde. Vielleicht sitzt er auch einfach im Café und gönnt sich ein Auswärtsfrühstück.« Ann stockte. »Obwohl ... dann wärst du hier allein. Möchtest du nicht lieber mitkommen?«

»Ich bin nicht allein. Rose und ich schaffen das schon.«

Los, mein Schatz, fahr los und fang deinen Vater wieder ein. Ich muss zum Zeltplatz, etwas Dringendes erledigen.

Doch Ann schüttelte den Kopf. »Nein. Erste Prämisse: Du bleibst keine Minute allein. Sollte dein Entführer hier wirklich irgendwo rumrennen, werden wir ihm keine Chance bieten, sein perfides Spiel wieder aufzunehmen. Ich ruf Fredde an. Er sitzt bestimmt auf der Wache und langweilt sich zu Tode. Da tut ihm ein bisschen Streifegehen gut.«

»Soll ich derweil Fynn und Marie kontaktieren? Vielleicht war dein Vater ja bei ihnen auf dem Zeltplatz, um nach mir zu fragen.«

»Gute Idee.«

»Hast du die Nummer?«

Ihre Handys wählten zeitgleich durch. Bei Marie und Fynn war Jürgen nicht gewesen. Fredde indes versprach, die Augen offen zu halten.

Nur einen kurzen Moment später gab Anns Gerät den typischen Ton einer eintreffenden Nachricht von sich. »Na endlich, Papa!« Schnell studierte sie die Zeilen.

Ann, du musst sofort zum alten Friedhof kommen. Aber sag Mama nichts. Ich glaube, ich hab ihn gefunden.

Wen?

Anns Finger flogen übers Display. Doch das Handy blieb stumm. *Ich kann sie nicht allein lassen. Ruf die Polizei!*, forderte sie ihn auf.

Und denen sag ich dann was? Nein, komm her! Mama kann nichts passieren. Ich behalte ihn im Auge. Denk dir für deine Mutter irgendeine Ausrede aus.

Papa, mach keinen Scheiß! Geh nicht wieder auf unschuldige Leute los!

Behalte ihn nur im Auge. Brauche dich hier. Hab Angst, aufzufliegen und ihn zu verlieren.

Wen behältst du im Auge?

Ungeduldig starrte Ann auf ihr Handy.

Papa? Wie kannst du dir sicher sein?

Hab ihn wiedererkannt, antwortete Jürgen.

Wiedererkannt? Wen? Und wie zum Teufel konnte das sein?

»Wo steckt er?« Susanne stand mit verschränkten Armen vor ihr und musterte ihre Tochter.

Ann zuckte kaum merklich zusammen. »Wie wir schon

vermutet haben, in einem Café. Er hat sein Geld vergessen. Ich fahr schnell hin und löse ihn aus.«

*

Da waren es nur noch drei. Alles klappte genauso, wie er es geplant hatte. Marc Wendt war auf dem Weg nach Schwerin. Die Alte aus der Liebesschlucht würde keine Gefahr darstellen. Konnte er sich jetzt also voll und ganz auf die Kleine konzentrieren! Auf das eigene Fleisch und Blut, das Liebste, was sie hatte. Ihren größten Schatz. Johanna kam eine wichtige Schlüsselrolle zu. Seinen Gedanken, sie wisse das zu würdigen, kommentierte er mit einem Lächeln.

Er rieb sich die Hände. Die Vorfreude stieg. Er brauchte nichts weiter zu tun, als zu warten.

*

Ann trat in die Pedale. Zunächst hatte sie Jürgen anrufen wollen. Der Ruf war sogar schon rausgegangen, doch dann war ihre Befürchtung zu groß geworden, das laute Klingeln des Handys könnte ihren Vater in Bedrängnis bringen, um es mit seinen Worten zu sagen, ihn auffliegen lassen. Also brach sie den Verbindungsaufbau ab und klingelte bei Fredde durch. Der ging nicht ran. Sie hinterließ ihm eine Sprachnachricht und konzentrierte sich aufs Strampeln.

Ping. Eine weitere Nachricht von Jürgen.

Sind jz. an der Schustertreppe. Gehen den Waldweg.

Das Telefon klingelte. »Papa?«

»Ich bin's.« Marcs Stimme klang aus dem Mikro. »Bin wieder auf dem Rückweg.«

»Was? Weshalb?«

»Die Nachricht kam nicht vom Neurologen aus Schwerin.«

»Ich verstehe nicht. Von wem dann?«

»Das wüsste ich auch gern.« Er klang verärgert.

»Das heißt, du bist gar nicht in dem Projekt?« Ann fuhr automatisch langsamer. »Das gibt's doch nicht. Wie krank ist das denn? Wer hätte denn was davon, solche Nachrichten zu verschicken?«

Als es in der Leitung stumm blieb, fuhr sie fort: »Hey, lass den Kopf nicht hängen! Kann es nicht sein, dass du von einer anderen Stelle für das Projekt ausgewählt wurdest und dein Neurologe nichts davon weiß?«

»Die Nachricht wurde unter seinem Namen verfasst.«

»Und die Nummer, über die sie verschickt wurde?«

»Sagt mir nichts.«

Die Enttäuschung in seiner Stimme brach ihr das Herz. »Es tut mir so leid. Wo bist du?«

»Kurz vor Rerik. War noch nicht weit.«

»Ich komm, so schnell ich kann. Muss eben noch meinen Vater aufspüren.« In knappen Sätzen schilderte sie die Situation.

»Jürgen hat ihn erkannt? Das hat er gesagt? Wen? Joris? Oder den Entführer deiner Mutter? Ich dachte, niemand außer ihr weiß, wie er aussieht? Dein Vater verrennt sich doch wieder!«

»Das fürchte ich auch. Deshalb muss ich ihn so schnell wie möglich finden.«

»Und deine Mutter und Rose sind allein im Haus? Soll ich hinfahren?«

»Das wäre super. Du bist ein Schatz!«

»Pass auf dich auf! Und schick mir deinen Live-Standort!«

»Gute Idee. Bis später!« Sie richtete sich auf und fuhr freihändig. Nachdem sie ihren Standort mit Marc geteilt hatte, versuchte sie es erneut bei Fredde. Doch der hatte offenbar Wichtigeres zu tun, als an sein Handy zu gehen.

Ping! Jürgen hatte die nächste Nachricht geschickt.

Er geht die Steilküste in Richtung Naturstrand. Wo bist du?

Schick mir deinen Live-Standort, Papa!, tippte sie.

Keine Ahnung, wie das geht.

Seine Nachrichten waren gespickt mit Fehlern oder unsinnigen Worten, die durch die Autokorrektur seines Handys ausgetauscht worden waren.

Ann passte die Wegstrecke an und legte einen Zahn zu.

*

Marc verließ den Bus und rollte die Straße Am Parkplatz entlang. Das Telefonat mit seinem Neurologen ließ ihn immer noch nicht los. Es hatte sich alles als großer Irrtum herausgestellt. Die Praxis hatte ihn nicht angeschrieben. Gut, dass er überhaupt bei ihr angerufen und sich rückversichert hatte. Sonst wäre er jetzt den langen Weg bis nach Schwerin umsonst gefahren. Er war nicht für das Elektrostimulationsprogramm ausgewählt worden. All die Hoffnung, die sich mit dem Eintreffen der Nachricht aufgetürmt hatte – zerplatzt! Wie konnte so etwas passieren? Wer schrieb im Namen eines Arztes solche Mitteilungen? Marc konnte es nicht fassen. Es musste jemand sein, der seine Situation kannte, der wusste, von welchem Neurologen er behandelt wurde. Aber wie und warum? *Warum?*

Er blieb stehen und rief die Nachricht auf …

Kommen Sie noch heute nach Schwerin! Aufgrund des Ausscheidens eines Probanden ist ein Platz freigeworden, den wir umgehend besetzen müssen. Wir würden uns freuen, wenn Sie an der Studie teilnehmen würden.

Wenn sich hier wirklich jemand einen schlechten Scherz erlaubt hatte, wozu sollte er dienen? Um behinderten Menschen psychisches Leid zuzufügen? Das erklärte immer noch nicht, wie der Verfasser an die Informationen gekommen war.

Es ist beinahe so, als wollte mich jemand unbedingt aus der Stadt haben. Und zwar genau heute. Trotz der Hitze brach ihm der kalte Schweiß aus. Der Unbekannte, der die Familie seiner Freundin terrorisierte, hatte kein Problem, in Häuser einzubrechen, ohne Spuren zu hinterlassen. Der käme sicher auch an sensible Informationen über ihn, seine Krankheiten und die behandelnden Ärzte. Der Irre hatte ihn aus der Stadt gelockt, um freie Bahn zu haben! Für was? Und ging es dabei um Susanne oder um Ann?

Während Marc mit einer Hand das Handy bediente, versuchte er mit der anderen, den Rollstuhl vorwärtszudrücken, und zwar so kräftig, wie es ging.

»Fredde?« Sein Kumpel war nach zweimaligem Klingeln drangegangen.

»Hi Marc, melden gerade Eintreffen. Verkehrsunfall auf der Neubukower Straße. Nicht schön. Zwei Schwerverletzte. Da haben sich zw…«

»Sorry, *Bro*, keine Zeit.« Marc erzählte seinem Freund von der Fake-Nachricht des Neurologen. »Da hat mich jemand aus der Stadt locken wollen.« Dann berichtete er Fredde, dass Ann unterwegs war, um ihren Vater aufzuspüren. »Angeblich hat der irgendwen wiedererkannt und verfolgt den jetzt.«

»Wie wiedererkannt? Wen?«

»Das wissen wir nicht genau. Entweder Anns Halbbruder oder den Irren, der vor dreißig Jahren Anns Mutter entführt hat.«

»Der plötzlich nicht mehr tot ist, dafür aber dir falsche Nachrichten im Namen deines Neurologen schickt? Dreht ihr jetzt alle am Rad? Anns Papa soll sich ja nicht einfallen lassen, erneut auf Passanten loszugehen. Diesmal könnte das ernsthafte Konsequenzen nach sich ziehen. Und ich werde nichts machen können, um sie abzumildern.«

»Fredde, ich weiß es auch nicht. Ich weiß nur, dass hier irgendwas ganz gewaltig stinkt.«

Er hörte Fredde geräuschvoll ausatmen.

»Also gut. Ich schick Lutz und Christian zu Rosemarie Hofmann in die Liebeschlucht. Die Anzeige wegen der Einbrüche rechtfertigt das. Ich selbst werde nach Ann und ihrem Vater suchen. Gibt's einen Anhaltspunkt, wo sie sein könnten? Ach, warte mal, sehe gerade, dass sie mir eine Sprachnachricht geschickt hat.«

Während Fredde sie abhörte, leitete Marc Anns Live-Standort-Koordinaten weiter. »Sie ist jetzt ganz in der Nähe von … dem Drecks-Erdloch im Wald. Ich mach mich auf den Weg dahin.«

»Scheiße, dass sie das Ding nicht längst abgerissen haben!«

*

OMG, er geht zu der Hütte. Was will der Kerl da? Woher kennt er den Ort überhaupt? Ann? Bleib weg! Ich schaff das schon. Hörst du? Komm auf gar keinen Fall her!

Die Buchstaben von Jürgens Nachricht schwammen vor ihren Augen. Anns Körper fühlte sich taub an. Ganz tief im Innern, als drückten sich Wellen durch mehrere Lagen dicken Stoffs hindurch, spürte sie die Angst, die ihr Leben die letzten vier Jahre bestimmt hatte.

Es war noch gar nicht so lange her, da hatte sie keinen Schritt ohne sie gehen können. Panikattacken waren gekommen und gegangen, ohne dass sie Einfluss darauf gehabt hätte. Die Nacht hatte ihren drei Dämonen gehört. Dämonen, die sie gesammelt hatte wie andere Leute Urlaubsandenken. Sie waren noch immer da, nur um einiges schwächer, blasser und weniger angsteinflößend als zuvor. Als wären sie der Schatten einer Erinnerung. Ann hatte endlich wieder durchatmen können. Die schlimmste Wegstrecke schien hinter ihr zu liegen. Endlich war sie wieder in der Lage, ein normales Leben zu führen.

Und jetzt? Raste sie die Steilküste entlang. Ihr Herz schlug ihr bis zum Hals. Der Weg war eng und uneben. Menschen traf sie nur noch selten. Sie wusste, was in ein paar Metern kommen würde. In dem schmalen, dicht bewachsenen Waldstück versteckte sich eine von Efeu berankte alte Hütte. Eine Hütte, die beinahe zu ihrem Grab geworden wäre. Ann war seitdem nie wieder hier gewesen. Laut Ergun hatten sie das Loch im Boden zugeschüttet. Die Hütte aber stand noch. Warum eigentlich?

*

Fredde sprach sich kurz mit den Kollegen ab und rannte los. Allein. Das war gegen die Vorschrift, aber anders kaum umsetzbar. Die Wache musste besetzt bleiben. Und Lutz und Christian waren auf dem Weg zur Liebesschlucht. Während Fredde über den Anleger eilte, registrierten seine sorgenvollen Augen, wie der Punkt auf seinem Handybildschirm, der Anns Standort markierte, blinkend über der Stelle verharrte, an der die zugewachsene Hütte stehen musste. Wieso ausgerechnet dort?

Er sprang in das kleine Motorboot und jagte los. Wenn er über die Seeseite käme, wäre er hoffentlich schneller. Obwohl er zunächst ganz Wustrow umrunden musste, raus aus dem Salzhaff, zwischen Kieler Ort und der Halbinsel hindurch, bis aufs offene Meer und dann rüber zur Steilküste.

Mit dem Auto war der Weg beschwerlicher. Von der befestigten Straße auf die Ackerwege, zwischen den Feldern hindurch, bis hin zum Wald. Ab da hätte er ein gutes Stück laufen müssen.

Die Gischt schäumte, während das Polizeiboot mit voller Kraft über das ruhige Haffwasser jagte. Zum wiederholten Mal versuchte Fredde, Ann zu erreichen.

*

Marc arbeitete, was die Arme hergaben. Hätte er nur das Handbike unter dem Hintern, er wäre hundertmal schneller! Immer wieder tippte er auf den Bildschirm und starrte auf das Handy, das auf seinem Schoß tänzelte. Was für ein Albtraum! Ann war genau dort, wo sie niemals hätte sein dürfen. Zum wiederholten Mal fragte er sich, wie das sein konnte. Wie es sein konnte, dass ausgerechnet ihr Vater sie an den Ort lockte, mit dem sie das schwerste Trauma ihres Lebens verband.

Marc nutzte den Schwung und gönnte seinen Armen eine kurze Pause. Gleichzeitig wies er das Handy an, seine Freundin anzurufen. Doch die nahm das Gespräch nicht entgegen. In der Ferne konnte er den Streifen Wald erkennen, der sich parallel zur Steilküste erstreckte. Der Wald, in dem sich die verdammte Hütte verbarg. Seine Armmuskeln und Hände brannten, doch er bemühte sich, die Räder noch ein wenig schneller rotieren zu lassen.

*

Sie hätte nicht herkommen sollen. Hier war niemand. Ihr Vater nicht und auch sonst kein menschliches Wesen. Nur ein riesiger Berg an grausamen Erinnerungen. Wie betäubt stand Ann vor dem Dickicht aus Efeu und starrte dorthin, wo sich das schwarze Loch des Eingangs versteckte. Unfähig, sich zu rühren. Unfähig, den Blick abzuwenden. Die Panikattacke, wie sie sie kannte, blieb aus und doch stand sie da wie gelähmt. Laut rauschend flutete das Blut ihren Kopf. Ihr Atem ging flach und hektisch. Sie wünschte sich, ihr Vater käme und durchbräche ihre Starre, sodass sie ein Bein hinter das andere setzen und davongehen könnte.

Das Knacken, der beißende Geruch und das sichere Gefühl, sich umdrehen zu müssen, kamen fast zeitgleich mit der physischen Gewalt, die sie nach hinten riss und mit der man ihr einen widerlichen Lappen aufs Gesicht drückte. Ann schaffte es nicht einmal zu schreien. Dann spürte sie einen ziehenden Schmerz in der linken Armbeuge. Angestrengt versuchte sie, den Angreifer zu erkennen. Doch die Konturen verschwammen zu einem diffusen Bild aus Farben und Helligkeitsnuancen.

Sie hörte sich brabbeln, hatte das untrügliche Gefühl, ihre Arme wehrten sich wie in Zeitlupe. *Nicht in die Hütte. Bitte, nur nicht wieder in die Hütte!*

Mit Mühe schaffte sie es, sich auf den Beinen zu halten. Ein schwarzes konturloses Etwas zog sie mit sich. An der überwucherten Hütte vorbei, durch das Dickicht, bis auf den Weg. Ann stolperte nebenher, unfähig, sich dagegen zu stemmen.

Fallen, lass dich einfach fallen! Sollte der oder die doch sehen, wie sie sie vom Fleck bekäme! Doch selbst diesbezüglich mochten ihre Beine nicht gehorchen. Ann wurde durch den Wald und über den schmalen Pfad geschoben. Dann ging es bergab, die Steilklippen hinunter. Eine ausgetretene Spur wand sich in leichten Schlangenlinien durch den weichen Sand. Mehrfach knickte Ann ein, wäre kopfüber den Abhang hinuntergerollt, hätten die fremden Hände sie nicht unsanft aufrecht gehalten. Gesprochen wurde nicht. Die Hände wollten und Ann konnte nicht.

*

Marc trieb den Rollstuhl über das feine Sand-Kies-Gemisch. Für das erste Teilstück wählte er den breiteren Fahrradweg, der, zunächst noch schnurgerade und abseits der Klippen, durch den Wald führte. Erst weit nach dem letzten Strandzugang bog er auf den schmalen, buckeligen Pfad, der allzu oft nur ein bis zwei Meter von der Abbruchkante entfernt, dazu einlud, sich zu weit vorzuwagen. Emporragende Wurzeln von Bäumen und Sträuchern erschwerten das Vorankommen. Doch endlich, endlich kam er an die Stelle, an der er sich abseits der Wege hätte in den Wald schlagen müssen, um zu der verdammten Hütte zu gelangen. Mit dem Rollstuhl unmöglich. Von Ann und ihrem Vater keine Spur. Unruhig starrte er auf den Handybildschirm. Das Ortungssignal stand und blinkte. Und markierte einen Punkt, keine vierzig Meter von ihm entfernt.

»Ann!« Marc brüllte mit jedem Mal lauter. Gleichzeitig versuchte sein Handy, eine Verbindung aufzubauen.

*

Es klingelte. Fredde hielt das Boot auf Kurs und nahm das Gespräch an. Die Kopfhörer dämpften das Brummen des Motors und Rauschen des Spritzwassers. »Ja, Lutz?«, schrie er.

»Bei Rosemarie Hofmann in der Liebesschlucht haben wir nur die Hauseigentümerin angetroffen. Susanne Arnold war nicht anwesend.«

»Weiß man, wohin sie wollte?«

»Negativ.«

»Tut mir den Gefallen, und versucht, Susanne Arnold telefonisch über ihr Handy zu erreichen. Rosemarie Hofmann kann euch die Nummer geben. Wenn ihr Frau Arnold erreicht habt, sammelt sie ein und bringt sie auf die Wache. Bittet sie, dort zu bleiben, bis ich zurück bin.«

»Begründung?«

»Sagt ihr, ich hätte noch ein paar Fragen zu den Einbrüchen. Lasst euch was einfallen.« Fredde wich der Hafffähre großräumig aus. Bald hatte er die Spitze der Halbinsel erreicht. Dann konnte er sich wieder auf die Küste Reriks zubewegen und den Strand bis hoch zu seinem Zielpunkt fahren.

*

Nachdem sie den Abhang hinter sich hatten, stolperte Ann gegen ihren Willen über das widrige Gelände des Naturstrandes. Der Sand war mit faustgroßen, rundgewaschenen Kieselsteinen und Treibholz gespickt. Obschon sie mehrmals böse umknickte, verspürte sie keinen Schmerz. Angst seltsamerweise auch nicht. Greifbare Gedanken hatten es generell schwer, durch den Nebel zu ihr durchzudringen. Manchmal formte ihr Gehirn Worte. Langsame, sich bewegende Worte. So wie jetzt gerade das Wort Boot.

Der fremde schwarze Schatten schubste sie durch kniehohes Wasser. Sie wusste, dass sie durch die Ostsee wateten. Woher sie das wusste? Keine Ahnung. Die optischen Signale ergaben keinen Sinn. Das Gefühl der Nässe schaffte es nicht bis in ihr Verarbeitungszentrum. Es war, als hätte jemand die Schaltstellen ihres Gehirns blockiert. Sie hinterfragte nichts, sie empfand rein gar nichts.

Hände, die an ihr zogen. Das Wort Grün. Sie krabbelte auf allen vieren und bekam plötzlich unfassbaren Hunger auf ein Fischbrötchen. Gleichzeitig wurde ihr schlecht, sodass sie würgen musste. Etwas Hartes stieß gegen ihre Brust. War das vor oder nachdem sie sich übergeben hatte? War das überhaupt?

Der Nebel, der sie eben noch weich und schützend umgeben hatte, zog sie immer weiter abwärts ins Dunkle. Instinktiv wusste sie, dort wollte sie nicht sein. Doch niemand wollte ihre innere Stimme schreien hören, nicht einmal sie selbst.

*

Marc hatte vergeblich versucht, sich irgendwie durchzuschlagen. Er hatte sogar überlegt, sich auf den Armen durchs Unterholz zu ziehen, es dann aber gelassen. Nun kehrte er zurück auf den Klippenpfad und rief Fredde an. Gleichzeitig entdeckte er zwei Personen, die über den Naturstrand zu einem grünen Boot stolperten. Irgendwas an den beiden wirkte seltsam. Die Hintere, ganz in schwarz Gekleidete schob und schubste jemanden vor sich her, der sich kaum auf den Beinen halten konnte. Marc kniff die Augen zusammen und schirmte sie gegen die Sonnenstrahlen ab. Die Haare, die Statur, natürlich ... das war sie – Ann!

Bei Fredde sprang die Mailbox an. Was machte der Kerl nur? Er müsste längst hier sein! Sie mussten unbedingt verhindern, dass die beiden da unten in das Boot stiegen. Wer war der Typ in Schwarz? Und was hatte er vor? Selbst, wenn er ihm den Gefallen täte und sich umdrehen würde, wäre die Entfernung zu groß, um einzelne Gesichtszüge zu erkennen. Marc verfluchte seinen Rollstuhl. Er konnte weder den Abhang runter, noch käme er über den Strand. Er war zum Zuschauen verdammt. Also brüllte er aus Leibeskräften. »Ann!«

*

Fredde raste auf die Küste Reriks zu. In großer Entfernung vorbei an Badegästen, Gummitieren und Luftmatratzen. Bald kam der Naturstrand in Sicht. Je weiter er sich von Rerik entfernte, desto weniger Menschen waren am Strand auszumachen. Ein kleines, grünes Holzboot fiel ihm ins Auge, weil es das einzige weit und breit war. Es kam genau von dem Strandabschnitt, zu dem Fredde wollte, um anzulanden. In einer Entfernung von mindestens fünfzig Metern würden sie aneinander vorbeirauschen, sollten beide ihren Kurs beibehalten. Bislang konnte er zwei Personen ausmachen. Eine, die hinten am Motor saß, und eine ...

Was macht die denn da? Sie hing auf eine vollkommen unnatürliche Weise über der Reling, ließ Kopf und Arme einfach hängen.

Sein Telefon klingelte. »Ja?«

»Fredde, Marc hier! Ann, sie ist auf einem Boot. Irgendwas stimmt nicht. Erst ist sie so komisch auf allen Vieren herumgekrochen und jetzt hängt ihr Oberkörper über dem Wasser. Es ist gerade vom Naturstrand aus gestartet. Ungefähr auf der Höhe von ... warte mal, bist du das in dem Motorboot?«

»Ja, ich seh sie. Ich versuche, ihnen den Weg abzuschneiden.« Fredde warf das Handy zur Seite und hielt auf das grüne Boot zu.

Bis hierher hatte alles wunderbar geklappt. Die Dosierung passte, Johanna ließ sich widerstandslos mitnehmen, schaffte es sogar einigermaßen unfallfrei den Hang hinunter, über diesen scheiß Hindernisstrand bis hinein ins Boot. Dass sie danach zu kotzen anfing, war dem Cocktail zu verdanken, den er ihr gespritzt hatte. Nicht schön, aber eben nicht zu ändern. Er hoffte, dass genug Wirkstoff in ihrem Blut verbleiben würde, bis er sein Ziel erreicht hatte. Würde sie zu schnell wieder clean, könnte es unangenehm werden. Und das wollte doch niemand.

Und dann kam es. Kurz nachdem er es gehört hatte. Das Motorboot. Nicht irgendeins, nein, es musste natürlich eins von der Polizei sein. Johanna ins Boot zu ziehen, dafür war es zu spät. Das war mindestens genauso auffällig, wie sie einfach nur hängen zu lassen. Mit ein bisschen Glück würden die Bullen einfach an ihm vorbeifahren. Schließlich lagen gute sechzig Meter zwischen ihnen, mindestens. Er steuerte das Boot stur geradeaus. Noch ein paar Augenblicke, dann wären die Spielverderber an ihm vorbei.

Doch plötzlich änderten die Scheißer ihren Kurs und hielten direkt auf ihn zu. Eine Stimme quäkte metallisch scheppernd über die Meeresoberfläche.

»Wasserschutzpolizei Rerik! Stoppen Sie den Motor und drehen Sie unverzüglich bei!«

Er fixierte das Steuerrad und rannte gebückt auf seinen Passagier zu. Eines war ihm sofort klar. Es gab nur *eine* Möglichkeit, die Jungs von sich abzulenken. Er musste seine Beute opfern. Ohne einen einzigen Moment des Zögerns packte er ihre Beine und warf sie über Bord. Das und das Zurückrennen zum Steuerrad hatte nur wenige Sekunden gedauert. Er drehte ab und gab Vollgas.

Ein Blick zurück zeigte, dass er Erfolg gehabt hatte. Johanna war längst nicht mehr zu sehen. Unter dem Einfluss der Droge hatte sie nicht einmal gestrampelt oder geschrien. Sie war einfach untergegangen. Selbst er hätte Probleme, sie wiederzufinden. Das Polizeiboot ließ von ihm ab und hielt auf die Stelle zu, an der die Besatzung die Ertrinkende vermutete. Und da erkannte er ihn. Im letzten Augenblick. Die Statur, die Haare. Fredde.

Marc konnte nicht begreifen, was er soeben mit ansehen musste. Die schwarz gekleidete Gestalt hatte Johanna über Bord geworfen. Sie war einfach weg, hatte nicht mal die Hand gehoben oder den Kopf über Wasser gehalten.

Nein! Nein, nein, nein! »Nein!«

Alles in ihm wollte explodieren. Er konnte nichts tun. Kam hier nicht weg. Saß in diesem verdammten Stuhl. Er hasste das, hasste seine Behinderung, seine Untätigkeit. Er hasste sich. »Fredde, du musst sie retten!« Mit zitternden Händen wählte er den Notruf.

Fredde sah die geduckte Gestalt vom Heck in die Mitte des Holzbootes gehen. Sah, wie die zweite Person in den Fluten verschwand. Die zweite Person. Ann! Das war Ann! Wo? Wo war sie verschwunden? Warum war sie einfach untergegangen? Warum sah er sie nicht? Ihr Kopf, der müsste doch zu sehen sein! Sie war eine gute Schwimmerin. Sie musste bewusstlos sein.

Fredde hörte, wie sich das Boot des Täters entfernte. Es interessierte ihn nicht. Er musste sie finden. Er musste Ann retten. Musste!

Kapitel 17

Es waren die schlimmsten Stunden seines Lebens. Marc wusste nicht, wie lange er oben an der Klippe gestanden hatte, weil es schlichtweg keine andere Möglichkeit für ihn gab, und von Weitem Fredde bei seinen Bemühungen zugesehen hatte, Ann zu retten. Sein Freund war ins Wasser gesprungen, immer wieder untergetaucht. Jedes Mal hatte Marc gebetet, er möge etwas in seinen Armen halten, wenn er auftauchte. Doch außer Freddes winzigem Kopf, der sich kaum von der Wasseroberfläche abhob, konnte Marc nichts ausmachen. Irgendwann waren andere Polizeiboote und ein Hubschrauber gekommen. Die einen hatten Taucher abgesetzt, die anderen waren immer wieder über der Stelle gekreist. Der Klang der Rotorblätter wurde von den Steilklippen zurückgeworfen. Ihren hart hämmernden Takt würde Marc nie vergessen. Und immer noch konnte er nichts anderes tun, als dastehen und zusehen.

Fredde hörte, wie Ergun die Suche koordinierte. Er war froh, den türkischstämmigen Kommissar aus Rostock an Bord zu haben. Fredde wusste, er würde nicht aufgeben. Das Team im Hubschrauber suchte mit Wärmebildkameras. Ein weiterer Suchtrupp ging den Strand ab. Doch mit jeder Minute, mit jeder Stunde schwand die Hoffnung. Fredde wollte es sich nicht eingestehen. Er konnte nicht glauben, dass es hier – so – enden würde. Wäre er doch nur eine Minute eher vor Ort gewesen! Ach was, zehn Sekunden hätten gereicht. Er hatte sie untergehen sehen. Er hätte sie im Auge behalten müssen. Er hätte sie retten können, wenn er sie nicht verloren hätte. Irgendetwas hätte er tun müssen.

Wie durch eine dicke Nebelwand hindurch hörte er die Anweisungen des Kommissars, der nach dem Kerl aus dem grünen Boot fahnden ließ. Aber weder er noch die scheiß Jolle schienen auffindbar. Fredde fühlte nichts. Er wollte einfach nur eines: eine zweite Chance.

»Herr Steinmann?« Irgendjemand schob ihn sanft vor sich her, drückte ihn auf eine Kiste, sodass er sich setzen musste. »... sich in der Lage?«

Lage? Wozu?

Fredde hob den Kopf. Ergun stand vor ihm. Der Mund des Kommissars bewegte sich, aber es kamen keine Worte heraus. Fredde schloss die Augen. *Lass mich aufwachen, lieber Gott, bitte!*

Ergun atmete tief durch. Was für eine Katastrophe! Er verbot sich, die Annahme zuzulassen, die junge Johanna Arnold wäre wirklich tot. Noch durften sie die Hoffnung nicht aufgeben. Das Team vor Ort kannte seine Aufgaben. Sie würden die Suche fortsetzen, wenn nötig die ganze Nacht. Er musste sich anhören, was Frederik Steinmann zu sagen hatte, aber der arme Kerl stand vollkommen neben sich.

Er rief den Kollegen ein paar letzte Anweisungen zu und steuerte das kleine Motorboot mitsamt dem triefend nassen Frederik Steinmann zurück zur Reriker Wache.

Als sie die Tür aufstießen, wurden sie von den betretenen Gesichtern der Kollegen Lutz und Christian empfangen.

Lutz kam Ergun entgegen. »Susanne Arnold sitzt im Verhörraum. Sie weiß es noch nicht.«

»Wie kommt es, dass sie auf der Wache ist?«

»Fredde, äh, Kollege Steinmann bat uns, sie ausfindig zu machen und herzubringen. Es ging um ein paar harmlose Einbrüche, bei denen nichts gestohlen wurde. Ganz verstanden haben wir es nicht.«

Ergun nickte nachdenklich. »Haben Sie ein Handtuch und ein paar trockene Klamotten für Herrn Steinmann?«

Jetzt nickte Lutz.

Ergun wandte sich Fredde zu. »Ich brauche Sie jetzt, Herr Steinmann. Erzählen Sie mir genau, was heute Nachmittag passiert ist!«

»Anns Vater hat gesagt, er hat ihn. Und sie wollte hin, um ihm zu helfen«, stotterte Fredde.

»Wen hat Jürgen Arnold?«

»Das wissen wir nicht. Den, der die Psychospielchen mit seiner Familie treibt, denke ich. Also Anns Halbbruder oder diesen durchgeknallten Entführer von damals. Ann meinte, der wäre vor dreißig Jahren gar nicht gestorben.«

»Und Jürgen Arnold hatte den Mann ausfindig gemacht? Wo?«

»Das weiß ich nicht. Ann hat mit ihrem Vater telefoniert oder Nachrichten ausgetauscht. So wusste sie, wo sie hinkommen musste, während er den Typen weiter beobachtete. Ann hatte Marc ihren Live-Standort geschickt. Marc ... scheiße!«

»Was ist mit Herrn Wendt?«

»Er ist oben an den Steilklippen. Er muss alles mit angesehen haben.«

Ergun nickte Christian zu. »Würden Sie?«

Der machte sich umgehend auf den Weg.

»Der Live-Standort hat uns zu der Stelle gelotst, weit hinten am Naturstrand, im Wald, bei der verdammten Efeuhütte, in der Ann ...«

»Verstehe ich Sie richtig: Jürgen Arnold ist dem mysteriösen Einbrecher bis zu der Hütte gefolgt, in der wir seine Tochter vor drei Jahren mehr tot als lebendig vorgefunden haben?«

»Scheint so. Das Signal ihres Live-Standorts gab an, dass sie bis dorthin gegangen war. Dort blieb es stehen. Marc ist hin, konnte aber nicht bis zur Hütte. Ich bin übers Wasser gekommen, das war schneller.« *Aber nicht schnell genug*, schoss es ihm durch den Kopf. »Dann hab ich das Boot gesehen.«

Er wiederholte, was er beobachtet hatte, bevor Ann ins Wasser gestoßen worden war, wie die Person in Schwarz sich ihrer entledigt hatte, sie untergegangen war und er versucht hatte, sie unter Wasser wiederzufinden.

»Sie sagen, Frau Arnold hing in unnatürlicher Körperhaltung über der Reling. Denken Sie, dass sie noch lebte?«

»Ja!« Fast trotzig starrte Fredde dem Kommissar ins Gesicht. »Ich glaube schon«, fügte er etwas leiser hinzu. »Ich weiß nicht, warum sie einfach untergegangen ist. Sie hat nicht gestrampelt, nicht gerufen, ist nicht ein einziges Mal an der Oberfläche erschienen. Aber sie muss gelebt haben. Marc konnte von den Steilklippen aus beobachten, wie sie auf allen Vieren durchs Boot gekrochen ist.«

»Hm.« Erguns Blick ruhte nachdenklich auf dem jungen Polizisten, der ein Handtuch gereicht bekam. »Konnten Sie die zweite Person erkennen? War es eine Frau, ein Mann?«

Fredde schüttelte den Kopf. »Ich war zu weit weg.«

»Aber Frau Arnold haben Sie erkannt?«

»An ihrer Statur, ihren Haaren, ja. Außerdem bekam ich die Bestätigung von Marc, der die beiden zuvor über den Strand hatte gehen sehen.«

»Was ist mit Jürgen Arnold? Wo war der während des ganzen Vorfalls?«

Fredde zuckte hilflos mit den Schultern. »Ich weiß es nicht.«

Ergun erhob sich. »Ziehen Sie sich um und trinken Sie einen heißen Kaffee! Benötigen Sie ärztliche Versorgung?«

Fredde schüttelte den Kopf.

Ergun verschwand im Verhörraum, um Susanne Arnold in Kenntnis zu setzen.

Zwei Stunden später hatte er alle Beteiligten befragt. Anns

Handy hatte man in der zugewachsenen Hütte im Wald gefunden. So hatten sie die Korrespondenz zwischen ihr und ihrem Vater nachvollziehen können. Der war nach wie vor verschwunden. Sein Handy war abgeschaltet und sendete nicht einen Mucks. Der letzte Punkt, an dem es sich eingewählt hatte, stimmte in etwa mit dem Fundort von Anns Handy überein.

Das größte Rätsel gab Ergun Anns Mutter Susanne auf. Die Frau, von der er gehört hatte, sie verstecke sich seit dreißig Jahren vor ihrem Entführer. Die, allen Ermittlungsergebnissen der damaligen Staatsanwaltschaft zum Trotz, eine neue Identität angenommen hatte und ein von Angst und Panik bestimmtes Leben führte. Diese Frau hatte seinen Ausführungen derart unbeteiligt zugehört, dass er nicht wusste, wie er damit umgehen sollte. Ihr Mann war verschwunden, ihre Tochter von einem oder einer Fremden von Bord gestoßen worden und galt vermisst. Anns Überlebenschancen schwanden mit jeder Stunde. Das alles schien Susanne Arnold nicht zu berühren. Vielleicht war der Schock auch einfach zu groß. Auf seine Frage, wo sie während der Ereignisse gewesen sei, hatte sie »Spazieren« geantwortet.

Susanne saß wie betäubt da, in diesem nichtssagenden Raum der Reriker Polizeistation, und hörte den Kommissar reden. Er war ein gutaussehender Mann mit einem ernsten Gesicht. Der Typ von Mann, dem man Achtung entgegenbrachte. Sicherlich führte er ein harmonisches Leben mit Frau und Kindern. Hier mal ein kleiner Schicksalsschlag, dort mal etwas, das nicht ganz nach Plan verlief, aber alles in allem ein Leben in ruhigem, vorhersehbarem Fahrwasser.

Schon seltsam, dass ihres immer wieder im Chaos versank. Dabei hatte sie nie viel verlangt, nie nach den Sternen gegriffen, war niemals auf Risiko gegangen.

Akyol Ergun fragte sie nach Jürgen. Ob sie wüsste, wo er sich aufhielt. Sie verneinte.

Jürgen. Sie hatte immer gedacht, sie bräuchte ihn, als Halt, als beständiges Element, das verhinderte, dass sie in ihrer Einsamkeit verrückt wurde. Eine Gewohnheit, die ihr jämmerliches Sein stabilisierte. Dabei hatte er nichts anderes getan, als ein seelenloses Monster zu füttern und zu bewachen. Sie hatte längst aufgegeben, in sich hineinzufühlen. Sie war tot. Eine emotionale Wüste. Sie war nicht einmal in der Lage, echte Sorge und Verzweiflung über den Verbleib ihrer einzigen Tochter zu spüren. War sie überhaupt noch ein Mensch? Am liebsten wäre sie aufgestanden und einfach gegangen. Aber das war nicht das, was man von ihr erwartete. Also blieb sie und beantwortete Erguns Fragen.

Die Sonne stand schon tief, als die Meldung reinkam, die Wachleute auf Wustrow hätten in einem der leerstehenden Gebäude eine eingeschlossene Person gefunden. Sie habe sich als Jürgen Arnold ausweisen können.

Ergun machte sich umgehend auf den Weg.

Der kleine Bungalow mit dem vernagelten Fenster war, trotz seiner einsamen Lage, vorschriftsmäßig abgesperrt worden. Rettungswagen und die Einsatzfahrzeuge der Polizei wirkten wie Fremdkörper in dieser Welt aus vergangenen Tagen. Mitarbeiter der Spurensicherung nahmen sich den sechs mal sechs Meter großen Raum vor.

Jürgen Arnold schien körperlich unversehrt. Er hockte auf der Stufe des RTWs und ließ sich von den Sanitätern ausfragen und versorgen.

Ergun ließ seinen Blick über das verwilderte Gelände schweifen. »Herr Arnold, können Sie mir schildern, wie Sie hierhergekommen sind? Wer Sie eingeschlossen hat?«

»Wer das war, das weiß ich nicht. Ich meine, ich hab da einen Verdacht ...«

»Und zwar?«

»Joris, der Sohn meiner Frau. Seit Tagen passieren uns

seltsame Dinge. Unsere Kamera wird aus unserem Haus in Neustadt gestohlen, Ann und Rose hier in Rerik heimlich damit gefilmt. Er legt meiner Frau Zeichen hin, um sie zu ängstigen. Und mich sperrt er hier ein. Er will sich rächen, weil Susanne ihn weggegeben hat.«

»Haben Sie den Mann sehen können, der Sie hier eingesperrt hat? Hat er mit Ihnen gesprochen?«

Jürgen schüttelte den Kopf. »Ich bin sehr früh aus dem Haus. Um Susanne zu suchen. Eigentlich sollte sie nicht allein herumrennen, solange dieser Kerl diese Sachen mit uns macht. Woher sollen wir wissen, was ihm noch alles einfällt? Na ja, jedenfalls war sie weg. Sie reagierte nicht auf meine Anrufe, also bin ich los. Erst durch den Ort, dann unten am Strand entlang. Ein, zwei Joggern bin ich begegnet, das war's. Mit mir ging die ganze Zeit ein zweiter Mann. Also nicht direkt mit mir, sondern in einem größeren Abstand hinter mir. Ich hab mir nichts dabei gedacht. Ein Spaziergänger halt.«

»Wie sah er aus?«

»Keine Ahnung. Schlank, etwas kleiner als ich. Basecap unter seinem Hoodie, Sonnenbrille. Die Kleidung war eher dunkel. Er schien harmlos. Bückte sich ab und zu nach Muscheln und Steinen. Solche Leute kennt man doch. Ich hab nicht sonderlich auf ihn geachtet, ich hab nach Susanne gesucht.«

»Und weiter?«

»Ich hab in die DLRG-Hütte reinschauen wollen. Ich weiß selbst nicht warum. Ich bin eben alles abgegangen. Die war abgeschlossen. Als ich die Stiege wieder runter bin und weiter wollte, bekam ich einen Schlag von hinten auf den Kopf. Ich muss wohl ein paar Sekunden so durcheinander gewesen sein, dass der Angreifer mir die Arme nach hinten drehen und mich fesseln konnte. Fast zeitgleich bekam ich irgendwas über den Kopf gestülpt. Es ging alles wahnsinnig schnell. Ich hab mich gewehrt, so gut es ging. Doch der Irre meinte, er hätte Susanne.«

»Also hat er doch mit Ihnen gesprochen. Wie klang seine Stimme? Jung, alt?«

»Keine Ahnung. Er hat die Worte nur gezischt. Ich glaube nicht, dass er sonderlich alt war.«

»Sprach er akzentfrei Deutsch oder gab es in der Art der Betonung oder der Wortwahl Hinweise auf einen anderen kulturellen Hintergrund?«

Jürgen schwieg. Dann schüttelte er den Kopf.

»Erinnern Sie sich an den genauen Wortlaut?«

»*Klappe halten und ruhig verhalten, sonst ist deine Frau tot. Ich hab sie. Du siehst sie nur wieder, wenn du machst, was ich sage.* So in etwa. Also hab ich getan, was er mir auftrug. Ich musste in ein Boot steigen. Lang dauerte die Fahrt nicht. Ich hab versucht, rauszubekommen, was er von uns will. Was das alles soll. Aber er befahl mir, still zu sein. Immer wieder drohte er damit, Susanne müsste meine Fehler ausbaden, würde ich mich widersetzen. Dann musste ich ihm durch wild bewachsenes Gelände folgen. Das hohe Gras strich an meinen Beinen und Händen vorbei. Er sperrte mich ein und betonte, er würde alles mitbekommen. Wenn ich es wagen würde, zu schreien oder sonst irgendwie auf mich aufmerksam zu machen, hätte das ernsthafte Konsequenzen für Susanne. Was sollte ich machen? Lange hab ich mich nicht getraut, zu rufen, nicht mal, den Sack vom Kopf zu streifen. Aber irgendwann …«

»Was für eine Art Boot war das, in dem er Sie weggebracht hat?«

»Motorboot. Klein. Ich glaube Holz. Ich konnte ja nichts sehen.«

»Und Sie denken, bei dem Mann, der Sie überfallen hat, handelt es sich um denjenigen, der am Strand hinter Ihnen gegangen ist? Der mit dem Basecap und der Sonnenbrille?«

»Würde ich sagen. Wo sollte der Angreifer sonst hergekommen sein? Da war ja weit und breit niemand. Darf ich jetzt zu meiner Frau? Ich bin so froh, dass er mich angelogen hat und sie in Sicherheit ist.«

Ergun nickte nachdenklich. »Herr Arnold, ich muss Ihnen leider noch eine besorgniserregende Sache mitteilen. Es geht um Ihre Tochter Johanna ...«

In solchen Momenten hasste er seinen Job. Zu sehen, wie seine Worte sich langsam zu einem düsteren Bild formten, das erschrockene Gesicht des Vaters, das in schierer Verzweiflung darum flehte, es möge sich um eine tragische Verwechslung handeln. Daran gewöhnte man sich nie. Und nochmals fragte Ergun sich, warum er all das nicht bei Susanne Arnold gesehen hatte.

*

Der Morgen war so jung, dass die Farben erst langsam erwachten. Fredde, Marc, Marie, Fynn, Jürgen, Susanne und Rose saßen schweigend um den Esszimmertisch herum und starrten auf die kleine, unscheinbare Anzeige in der Tageszeitung.

> ***Johanna Arnold***
> **** 9. April 1990***
> ***† 27. Juni 2019***
> ***Plötzlich und unerwartet***
> ***aus unserer Mitte gerissen.***
> ***Du wirst in unseren Herzen weiterleben.***

Es folgte eine lange Auflistung von Namen. Dazu das Schwarz-Weiß-Foto einer glücklich strahlenden jungen Frau, die ihr Leben noch vor sich hatte.

> ***Von Beileidsbekundungen am Grab bitten wir abzusehen.***

Vier Tage war es nun her, dass Susanne spazieren gegangen

war, Jürgen sie gesucht hatte und eingesperrt wurde und Ann über die Reling eines Bootes in die Ostsee geschubst worden war. Gefunden hatte man sie. Neun Stunden später. Angespült in seichtem, strandnahem Wasser in der Nähe von Riedensee.

Zur Ruhe gekommen war seitdem keiner von ihnen. Wie unter Schock hatten sie über einige wichtige und viele belanglose Dinge gesprochen. Ergun war bei Rose ein und aus gegangen, als gehöre er mit zur Familie.

Von dem Täter fehlte jede Spur. Das Boot hatten sie einen Tag später gefunden. Heimlich entwendet von einem Bootsverleih, hatte er es nach seiner Flucht versenkt und somit sämtliche DNA weggespült. In dem baufälligen Bungalow auf Wustrow, der Jürgen als Gefängnis gedient hatte, waren Fasern und Haare sichergestellt worden. Treffer in der Datenbank gab es keine. Sie wussten nicht einmal, wie lange die Proben dort schon gelegen hatten, ob sie überhaupt vom Täter stammten.

»Ich hab ständig das Gefühl, etwas vergessen zu haben.« Jürgen wirkte hilflos. Wie seit Tagen schon.

»Wir sind den Ablauf der Beerdigung jetzt so oft durchgegangen …« Fredde atmete tief durch. »Es ist alles so, wie es sein soll.«

»Ich schaff das nicht.« Marie brach zum wiederholten Mal in Tränen aus.

Fynn drückte sie an sich und wiegte sie beruhigend hin und her.

Susanne sprang auf, ging zum Fenster und starrte in den pastellblauen Morgenhimmel. Dann drehte sie sich ruckartig um und steuerte die Flurtür an. »Ich brauche frische Luft. Ich kann nicht mehr.«

Sofort waren Jürgen und Fredde bei ihr.

»Susanne, nein! Du gehst nirgendwo hin! Wir stehen das zusammen durch.« Die weinerliche Stimme ihres Mannes, sie wollte sie nicht mehr hören. Sie wollte *ihn* nicht mehr sehen.

»Lass mich! Ich kann hier drin nicht atmen.« Sie rannte zur Haustür und riss sie auf. Zwei Polizeibeamte blickten ihr entgegen.

»Gibt es ein Problem?«, fragte der eine.

Fredde schüttelte den Kopf. »Nein, die Nerven liegen nur ein bisschen blank.«

»Susanne, bitte komm wieder rein! Du weißt, was Ergun gesagt hat. Bis zur Beerdigung sollen wir alle zusammenbleiben.«

Ja, die verdammte Beerdigung. Wenn sie doch bloß schon vorbei wäre …

»Ich will keinen Polizeischutz! Ich will mich nirgendwo mehr verkriechen! Das hab ich lang genug gemacht. Jetzt ist Schluss! Soll er doch kommen!«, schrie sie und schüttelte Jürgens Arme ab.

Ein paar Meter entfernt standen Leute auf der Straße. Neugierige Menschen, die sehen wollten, was in dem Haus von Rosemarie Hofmann vorging, nachdem eine junge Frau auf so tragische Weise zu Tode gekommen war. Der Fall ging seit Tagen durch die Presse. Ein Mann zückte sein Handy.

Einer der beiden Polizisten griff belehrend ein. Was er alles sagte, bekamen Fredde, Jürgen und Susanne nicht mehr mit. Während Letztere sich widerstrebend ins Haus zurückschieben ließ, hörte man aus dem Wohnzimmer das Klingeln des Telefons.

Susanne konnte sich denken, wer es war, und sie sollte recht behalten. Marc stellte den Lautsprecher auf Mithören. Erguns Stimme ratterte Anweisungen herunter. Er war der Überzeugung, das Monster würde die Beerdigung nutzen, um sie in die Finger zu kriegen, um sich an ihrem Leid sattzusehen. Die Idee war gut. Das Spektakel würde der Psycho sich niemals entgehen lassen. Ebenso wenig, wie er sich einfach von Ergun festnehmen lassen würde. Susanne brauchte Johanns Waffe! Und zwar, bevor sie raus zum Friedhof fuhren.

Rose kam mit gekrümmtem Rücken auf sie zu. Ihr Gang wirkte unsicherer denn je. »Hätte ich auch nur einen Moment geglaubt, dass er lebt und zurückkommt ...«, flüsterte sie.

»Was dann? Rose, was hättest du dann gemacht?«

»Ich hätte euch nicht angelogen. Wir, Johann und ich, hätten nie behauptet, dass es diesen DNA-Test gegeben hat.«

»Johann wusste, dass er lebt.«

»Nein, das wusste er nicht. Keinen endgültigen Nachweis zu haben, hat ihn verrückt gemacht. Er hat alles dafür getan, dass die Staatsanwaltschaft weiterermittelt.« Rose schüttelte betrübt den Kopf. »Sie sahen es als ausgeschlossen an, dass jemand anderes außer dir die brennende Hölle verlassen hatte. Das ist es auch, was wir uns immer wieder gesagt haben. Und trotzdem. Johann wollte euch um jeden Preis schützen. *Und wenn es das Letzte ist, was ich in meiner Amtszeit tue,* hat er gesagt. Er ist sogar bis nach Asien gereist und hat falsche Fährten gelegt. Hat es so gedreht, dass sich eure Spur am anderen Ende der Welt verliert.«

»Wir müssen los.« Jürgen trat auf die beiden Frauen zu. »Wir werden das schaffen.« Es wirkte beinahe, als spreche er sich selbst Mut zu.

Die kleine Gruppe begab sich in den Flur, wo die Ersten die Haustür öffneten, um zu den Autos zu gelangen. Aus dem Augenwinkel bemerkte Susanne, wie Fynn ein paar Gläser in die Küche stellte. »Hab noch was vergessen«, murmelte sie und wand sich aus Jürgens Umarmung.

»Die Waffe! Was haben Sie ... was hast du mit der verdammten Waffe gemacht, Fynn?«, zischte sie leise, als die anderen nach draußen getreten waren.

»Warum?«

»Sie muss sicher verwahrt werden. Du kannst sie nicht einfach auf einem Zeltplatz liegen lassen.«

Der junge Mann sah ihr lange in die Augen. »Keine Angst, dort liegt sie nicht.«

»Nicht? Wo dann? Fynn! Ich will jetzt sofort wissen, wo die Waffe ist! Gib sie mir! Sie gehört dir nicht. Du darfst keine ...«

»Genauso wenig wie du.« Er schob sich an ihr vorbei.

Erstaunt sah sie ihm nach. Das war das erste Mal, dass er sie geduzt hatte.

*

Langsam trottete die Prozession vorwärts. Die Sonne brannte heiß vom wolkenlosen Himmel. Der Weg zu dem Urnenfeld führte vorbei an etlichen, aneinandergereihten Kriegsgräbern. Die Zeremonie in der kleinen Kapelle war kaum zu ertragen gewesen. Viele Einwohner Reriks waren gekommen, hatten sich hineingequetscht oder taktvoll vor dem Gebäude gewartet. In ihren Gesichtern las Susanne Mitleid und Bestürzung. Aber auch unverhohlene Neugier.

Das alles kannte sie schon. Genauso war es damals in Husum gewesen. Vor dreißig Jahren, als sie ganz überraschend wieder aufgetaucht war. Nach vier Monaten, in denen es viele Spekulationen gegeben hatte. Über sie als schlechte Ehefrau und Mutter, die einen Säugling und den liebenden Mann im Stich gelassen hatte. Selbst als klar war, dass sie Opfer einer Entführung gewesen war, hatte es Stimmen gegeben, die ihre Unschuld infrage gestellt hatten. Andere Frauen wurden ja auch nicht einfach so entführt. Da hatte es doch bestimmt eine Beziehung zwischen Täter und Opfer gegeben. Mitleid. Das war es, was sie am wenigsten ertrug.

Mit jedem Schritt weg von der Kapelle wurde ihre Wut größer. Sie ertrug das alles einfach nicht mehr. Das Korsett dieses verhassten Lebens schnürte sich immer enger um ihren Brustkorb. Sie musste raus! Weg von alldem. Tränen des Zorns benetzten ihr gerötetes, verzerrtes Gesicht. Der Pastor schwafelte was vom Leben nach dem Tod und Gott, der ein Haus für seine Verstorbene bereitet hätte. Ein Gott, der so viel Elend auf Erden zuließ, wer wollte schon mit dem unter einem Dach wohnen?

Susanne spürte ihren hektischen Atem. In ihrem Kopf drehte sich alles. Sie schwankte. Nun würde sie wohl endlich dem kritischen Blick der Trauergemeinde gerecht.

Die Urne verschwand in dem Loch. Und mit ihr die Kraft aus Susannes Beinen. Sie sackte einfach zusammen. Sie wusste nicht, wer es war, aber etliche Arme kamen zu Hilfe, um sie wieder aufzurichten. Aber Susanne wollte nicht mehr. Sollten sie sie doch einfach liegen lassen.

Ergun bemühte sich um Unauffälligkeit. Über den kleinen Knopf im Ohr hörte er die Rückmeldungen der verschiedenen Einsatzkräfte. Sie tarnten sich als Trauernde, begleiteten die Prozession, saßen im Auto auf dem Parkplatz, gossen Blumen als Friedhofsbesucher oder harkten Laub als Gärtner.

Ergun hatte im Vorfeld alle Personen, die auch nur im Entferntesten mit dem Friedhof oder der Trauerzeremonie zu tun hatten, überprüfen lassen. Zudem machte ein Kollege, getarnt als Journalist der *OZ*, so unauffällig wie möglich Fotos von jedem einzelnen Gast der Beerdigung. Sollte der Täter sich also wirklich aus der Deckung trauen und hier auftauchen, würden sie das dokumentieren. Der Geist bekäme ein Gesicht. Die Schwierigkeit war, ihn nicht nur zu sehen, sondern auch zu erkennen, vor allem, wenn er sich damit begnügte zuzuschauen. Die Masse an Menschen, die ihre Anteilnahme ausdrücken wollten, erschwerte Erguns Vorhaben enorm. Sie konnten unmöglich alle Personalien kontrollieren. Nicht auf einer Beerdigung.

Vorn am Grab brach Tumult aus. Der Kommissar drängelte sich durch. Susanne Arnold lag am Boden. Jürgen, Fredde und seine Freundin Isabelle bemühten sich, sie aufzurichten.

»Ein Schwächeanfall«, beruhigte die Stimme in seinem Ohr. Der Kollege, der ganz vorn mitgegangen war, hatte die Zielperson nicht aus den Augen gelassen. »Wie sollen wir vorgehen?«

Natürlich hatte er bemerkt, dass der Journalist der *OZ* den Fokus nicht ausschließlich auf dem trauernden Elternpaar und den jämmerlichen Überresten ihrer Tochter hatte. Der Typ machte eine Bestandsaufnahme. Es hätte ihn auch sehr gewundert, wenn nach seiner Aktion mit Johanna nicht jeder Bulle, auf den es Zugriff gegeben hatte, heute Dienst auf diesem verdammten Friedhof schieben musste. Sein Trumpf war die Größe der Beerdigung.

Er war im Dunstkreis einer Gruppe gekommen, die seinem Alter entsprach, hatte sich sogar mit diesen Menschen unterhalten, darüber, wie schrecklich das alles war. Er hatte in der Kapelle zwischen ihnen gesessen, die Hände zum Gebet gefaltet und den Kopf in Demut gesenkt. Nach der Messe war die Flut der Trauernden mitsamt der zwischen ihnen lauernden Bullen nach draußen geströmt und der Urne gefolgt. Er hatte sich zurückfallen lassen und auf den Spitzboden der Kapelle begeben, seinen Logenplatz, und von dort aus die Vorführung genossen.

Natürlich wäre es toll gewesen, die trauernde Mutter gleich von hier aus mitzunehmen. Schließlich war er nur wegen ihr gekommen. Nicht wegen ihres Mannes oder ihrer Tochter, nein, allein ihretwegen. Aber er war nicht Houdini. Er war gut, keine Frage. Auch wenn die Sache mit Johanna am Ende doch schiefgegangen war, alles andere war planmäßig gelaufen. Aber hier, auf der Beerdigung, unter den Augen der Exekutive? Nein. Er hatte Zeit. Er wusste, wo sie wohnte, konnte sich ganz in Ruhe zurückziehen, bis die Polizei sich wieder anderen Dingen widmete.

Eine dauerhafte Observierung würde es nicht geben, dafür war die Beweislage zu dünn und die Polizei zu unterbesetzt. Sein Fokus würde nun darauf liegen, sie nie wieder zu verlieren. Und irgendwann, wenn er ihr ein Haus bereitet hätte, würde er sie zu sich holen. Er lächelte. So, und jetzt wollte er sich den Höhepunkt der Veranstaltung ansehen.

»Wo bleibst du? Geh endlich hin und gib ihr den Umschlag!« Er suchte die umstehenden Trauernden ab. Die Angehörigen bewegten sich langsam vom Grab weg. Susanne Arnold schien sich zumindest wieder auf den Beinen halten zu können. Von ihrem Mann und der Rothaarigen untergehakt, ging sie um das Urnenfeld herum.

Da sah er ihn. »Na los! Jetzt oder nie.« Worauf wartete der Kerl? »Ich hab dich schließlich fürstlich entlohnt für einen so einfachen Job. Ja ... genau noch ein paar Schritte. Sag dein Sprüchlein und vergiss nicht, sie zu umarmen!« Er lachte laut auf, als er sah, wie der Tumult losbrach, wie die Mutter der Toten hektisch um sich blickte, wie Männer und Frauen aus allen Richtungen auf sie zu rannten und sich auf den armen Kerl warfen. So herrlich der Anblick auch war, es war Zeit zu verschwinden. Er drehte sich um und ... *Verdammt!*

Susanne Arnold hatte sich so weit erholt, dass sie es eigenständig vom Grab bis zum Auto schaffen würde. »Alle bleiben auf ihren Plätzen«, wies Ergun seine verdeckten Ermittler an. Er hoffte immer noch, dass der Täter sich zu einer Reaktion hinreißen lassen würde. So, wie ihm der Fall geschildert worden war, so, wie die Ermittlungsakte des Entführungsfalls Gesa Jessen aus den Neunzigern den Täter charakterisiert hatte, liebte der perfide Spielchen. Er hielt sich für extrem clever. Sein größter Lohn war der psychische Schmerz und die Angst seines Opfers. Die Beerdigung bot ihm also eine Steilvorlage.

Und tatsächlich! Ein Mann, der nicht dem direkten Umfeld

des Opfers zugeordnet werden konnte, trat auf die Zielperson zu. Jürgen Arnold riss in einer Art Abwehrbewegung den Arm hoch. Ergun sah, wie sich die Lippen des Unbekannten bewegten, er Anns Mutter ein Briefkuvert entgegenstreckte und dann versuchte …

»Zugriff!« Der Kommissar rannte los. »Zugriff, sofort!«

Die Kollegen lösten sich unmittelbar aus der trauernden Menge und stürzten sich auf den Fremden. Zwei sicherten die Zielperson, zwei den Verdächtigen.

Ergun nahm den Briefumschlag entgegen. »Kennen Sie den Mann? Was hat er zu Ihnen gesagt?«

»Er ist es nicht.« Susanne Arnold wirkte unter ihrer sonnenverwöhnten Haut leichenblass. Hektisch blickte sie um sich.

»Was hat er gesagt?«, wiederholte der Kommissar, während seine Kollegen den Verdächtigen hochzogen, sodass er ihn in Ruhe betrachten konnte. Ungepflegte Erscheinung, grobporige Haut, zerschlissene Kleidung. Er wirkte verwirrt.

»*Ich werde immer bei dir sein.* Das hat er gesagt«, stotterte Jürgen aufgeregt.

»Was ist in dem Kuvert?« Ergun betrachtete den Umschlag von alles Seiten.

Der Überbringer zuckte mit den Schultern. »Sollte das bloß abgeben.«

»Drei Stifte. Sie ergeben einen Pfeil«, flüsterte Susanne Arnold. »Man kann es fühlen.«

Tatsächlich, auch der Kommissar konnte sie durch das dünne Papier hindurch ertasten. Der Täter musste die Stifte auf eine Pappe geklebt haben. Erguns Augen scannten die Umgebung. Nun hatte er seine Reaktion. Und er war sich sicher, der Täter hatte zugesehen.

»Alles abriegeln. Keiner verlässt den Friedhof!« Er forderte die Kollegen auf dem Parkplatz auf, besonders wachsam zu sein. »Ich will von jedem Einzelnen die Personalien.«

Mit dem Rücken zum Fenster der Kapelle und angespannten Muskeln stand er da und fixierte den jungen Mann. Der Typ würde ihn wertvolle Zeit kosten. Zeit, auf die er nicht verzichten konnte. Kleine Staubpartikel tanzten durch einfallende Sonnenstrahlen. Der Rest des leeren Spitzbodens verbarg sich in friedlichem Dämmerlicht.

»Ah, noch jemand, der die Einsamkeit schätzt. Ich hab's nicht so mit Menschenansammlungen,« erklärte er und wollte lächelnd an dem Störenfried vorbeigehen.

Doch der machte einen schnellen Schritt zur Seite und versperrte ihm den Weg. »Weißt du, wer ich bin?«

Alarmiert blieb er stehen. Natürlich hatte er ihn erkannt. Ein enger Freund der Toten. »Nein, tut mir leid. Ich kenne die Familie eigentlich gar nicht. Deswegen möchte ich ihr auch nicht zu nahetreten. Ich war nur so bestürzt, deshalb bin ich hier. So wie viele andere auch.« Er versuchte, einen harmlosen Gesichtsausdruck aufzusetzen. »Wenn Sie nun so freundlich wären?« Er wies auf die alte Holztreppe hinter dem jungen Mann.

»Ich muss zugeben, ein Monster hab ich mir anders vorgestellt.«

»Bitte? Was soll das, Junge?« Die Lage wurde zunehmend unangenehm. Er hätte längst von dem Gelände runter sein sollen. Bevor die Bullen alles abriegelten. »Ich werde jetzt gehen, also tritt zur Seite. Oder soll ich die Polizei holen?« Er machte einen energischen Schritt auf den lästigen Wegelagerer zu.

Der lachte auf und streckte mit einer ruckartigen Bewegung die Arme nach vorn. »Das glaube ich kaum.« In seiner Hand schimmerte es metallisch. Eine Waffe. »Papa!«

Papa? Er starrte auf die Pistole. Dann in sein Gesicht. »Joris? *Du* bist Joris?« Das durfte doch nicht wahr sein. Er hatte seinen Sohn die ganze Zeit vor der Nase gehabt. Wie blind konnte man sein! »Sohn, lass mich dir alles erklären! Deine Mutter und ich, wir haben uns geliebt. Aber sie hätte mich beinahe umgebracht. Sie hat unser Ferienhaus angezündet. Sie wollte, dass ich verbrenne.« Er riss sein schwarzes Hemd in die Höhe und präsentierte ihm seinen vernarbten Rücken. »Sie ist eine psychisch gestörte Frau! Hat lauter Lügen über mich erzählt, von wegen ich hätte sie entführt und so. Ich musste sogar untertauchen. Von dir hat sie mir nichts erzählt. Wenn ich gewusst hätte, dass es dich gibt, ich hätte dich nie im Stich gelassen, so wie sie.«

Joris schüttelte den Kopf. »Wahnsinn! Du bist echt das manipulative Arschloch. Ich kenne die Schlagzeilen von damals. Ich weiß, was du getan hast, also gib dir keine Mühe. Hier kommst du nicht mehr raus.«

Er hob die Arme, als wolle er sich ergeben. »Kein Problem, warten wir, bis die Polizei hier ist. Was glaubst du, was passieren wird? Was wollen sie mir zur Last legen, was mir nachweisen? Dass ich auf der Beerdigung deiner Halbschwester war?«

»Susanne, sie wird dich erkennen.«

»Na und? Selbst wenn ich sie damals für vier Monate bei mir aufgenommen hätte – längst verjährt.«

»Die Einbrüche bei den Arnolds und bei Rose? Deine perfiden Filmchen?«

»Welche Einbrüche? Hast du Beweise?«

»Und Johanna? Mord verjährt nicht.«

»Das soll auch *ich* gewesen sein?« Er schüttelte grinsend den Kopf. »Unschuldig aus Mangel an Beweisen. Ich werde hier als freier Mann herausspazieren, Sohn.«

Von draußen hörte er Stimmen. Die Trauergesellschaft bewegte sich auf die Kapelle zu. Dieser Idiot hatte es doch tatsächlich geschafft, ihm seinen Abgang zu vermasseln. Scheiße!

»Was ist mit der Waffe? He? Wo hast du die her? Ich nehme nicht an, dass du im Besitz eines Waffenscheins bist, oder? Die Polizei ist bestimmt nicht erbaut davon, wenn sie dich damit erwischen. Bewaffnet auf einer Beerdigung erscheinen. Du hast Nerven, Jungchen! Wo die Bullen eh schon angefixt sind. Was wolltest du damit? Deine Mutter bedrohen? Ein wunderbares Motiv! Und so schlüssig. Gut möglich, dass der verstoßene Sohn zurückgekommen ist, um sich zu rächen. Ich als Ermittler wäre dieser These extrem zugetan. Schließlich ist der Entführer von Gesa Jessen bei ihrer Befreiung verbrannt. Als Täter für all das, was in den letzten Tagen passiert ist, bleibt also nur noch der verhasste Sohn. Der erst den Ehemann ausschaltet, dann seine Halbschwester aus dem Weg räumt und schlussendlich bewaffnet auf der Beerdigung erscheint, um den Rest der Familie auszulöschen – die Frau, die ihn verstoßen hat. Junge, es sieht nicht gut für dich aus.«

Er wusste, er würde nicht mehr unentdeckt fliehen können. Also blieb nur die Flucht nach vorn. Er holte tief Luft und begann aus Leibeskräften zu schreien. »Hilfe! Er hat eine Waffe! Hilfe!«

Joris trat einen großen Schritt auf ihn zu. Zielte direkt auf sein Herz. »Hör auf! Sofort!«

»Oder was?« Seine Hilfeschreie hallten durch die Kapelle. »Erschießt du mich?« Er umfasste die Waffe mit beiden Händen und drückte den Lauf direkt an seine Brust. Ihre Köpfe waren sich nun so nahe, dass er Joris' Atem in seinem Gesicht spüren konnte. Sein Blick fixierte die Augen seines Sohnes. Dann schob er den Lauf Zentimeter für Zentimeter zur Seite. »Sieh es ein, kein Gesetz der Welt wird mich aufhalten.«

»Du hast recht.«

Während Ergun die Kollegen anwies, die Trauergemeinschaft auf dem Vorplatz der Kapelle zusammenzuführen, um ihre Personalien aufzunehmen, hörten sie plötzlich jemanden schreien.

»Hilfe! Er hat eine Waffe! Hilfe!«

Instinktiv duckten sich einige. Die Beamten, die Susanne

Arnold sicherten, zogen sie zur Seite, versuchten auszumachen, aus welcher Richtung die Bedrohung kam.

Menschen rannten panisch auseinander.

Wieder schrie jemand um Hilfe.

»Die Kapelle!« Ergun signalisierte seinem Team, das Gebäude in den Fokus zu nehmen. »Weg von dem Fenster!« Er wies auf das kleine Guckloch oben im Spitzboden. Sofort zogen die Kollegen Susanne Arnold aus der Schusslinie.

Dann zerriss ein Knall die Friedhofsruhe.

Kapitel 18

Eine Woche später

Susanne rannte zum zehnten Mal zur Vordertür von Roses Haus und blickte aus dem Fenster. »Müssten sie nicht schon längst hier sein?«

Jürgen antwortete zum zehnten Mal das Gleiche. »Kommen bestimmt jeden Moment.«

»Oh Gott, da ist er.« Fahrig fuhr sie sich durchs Haar, zupfte den Kragen ihrer Bluse zurecht.

Das Läuten der Türglocke. Susanne stand wie angewurzelt da.

»Soll ich aufmachen?« Ihr Mann machte Anstalten, die Klinke herunterzudrücken, doch sie kam ihm zuvor.

Und dann standen sie sich gegenüber. Bewusst gegenüber. Das erste Mal seit siebenundzwanzig Jahren.

»Hallo.« Sie hatte so viele Sätze eingeübt, die sie sagen wollte. An keinen konnte sie sich erinnern.

»Hey.« Er senkte den Kopf. Sein dunkelbraunes gewelltes Haar umrahmte wild sein Gesicht. Ob es schon so lang war, dass man einen Zopf binden konnte?

Sie räusperte sich nervös. »Komm doch rein!«

Hinter ihm betrat Marie den Flur. Auch sie wirkte ungewohnt eingeschüchtert.

Sie setzten sich zu Rose an den Esstisch. Kurze Zeit schwiegen alle. Dann sprang Susanne wieder auf, griff nach der Thermoskanne, eilte einmal um den Tisch und goss jedem eine Tasse Kaffee ein. Zuletzt füllte sie die ihres Sohnes. »Wie soll ich dich eigentlich nennen?«

»Fynn. Ich heiße Fynn Gaertner. Und du? Bleibst du Susanne oder wäre dir Gesa lieber?«

»Ich ... Es tut mir leid. Es tut mir alles einfach nur leid. Ich hätte ...« Susanne rang um Worte und Fassung.

»Bevor du dir die schlimmsten Dinge ausmalst ... Ich bin in die beste Familie gekommen, die man sich vorstellen kann. Habe tolle Eltern. Den geilsten Bruder der ganzen Welt. Daran wird sich nichts ändern, nur weil wir uns kennengelernt haben. Ich bin nicht hier, weil ich auf der Suche nach meiner Mutter bin. Dieser Platz ist perfekt besetzt.« Sein Gesicht wurde ernst. »Damit will ich nicht sagen, dass ich verstehen kann, wie man sein Kind weggeben kann. Aber ich versuche, es zu akzeptieren. Zu akzeptieren, dass die Umstände alles andere als normal waren.«

Susanne knibbelte nervös an ihren Fingernägeln. »Ich hab so viele Fragen. Also nur, wenn du sie beantworten möchtest.«

»Klar. Du kannst alles fragen. Du kannst dir aber auch gern Zeit lassen. Ich hab nicht vor, mich in Luft aufzulösen.« Er griff unter dem Tisch nach Maries Hand.

Als Susanne lächelnd schwieg, meldete Jürgen sich zu Wort. »Was sagt die Polizei? Wird es weitere Ermittlungen gegen dich geben?«

»Sie haben ...«

In diesem Moment klingelte es an der Haustür.

Jürgen begann zu strahlen. »Moment!« Er flitzte los. Und kam mit Hauptkommissar Ergun zurück.

»Guten Abend miteinander. Oh, Kuchen, da sage ich nicht nein.« Sichtlich gut gelaunt setzte er sich neben Fynn und ließ sich von Jürgen ein großes Stück Käsekuchen auftischen.

»Ich hab Fynn gerade gefragt, inwieweit die Polizei noch gegen ihn ermittelt?«, setzte Jürgen erneut an.

»Das Verfahren gegen ihn wird eingestellt. Die ballistischen und kriminaltechnischen Untersuchungen haben seine Aussage bestätigt. Andreas Radke hatte Schmauchspuren an den Händen, seine Fingerabdrücke sind auf der Waffe, der Eintrittswinkel der Kugel sowie der Nachweis eines aufgesetzten Schusses bekräftigen, dass Fynn sich nur gewehrt hat. Dass sich bei der Rangelei ein Schuss gelöst hat, als er versuchte, Radke die Waffe zu entwenden, kann als tragischer Unfall gewertet werden. Trotzdem war es verdammt leichtsinnig, dass du allein zu ihm auf den Spitzboden gegangen bist, Fynn«, rügte Ergun.

»Ich hab gesehen, wie er hoch ist. Ehrlich gesagt, hätte ich selbst nicht gedacht, dass es sich um *ihn* handelt. Ich wollte nur kurz nachschauen, was der Typ da oben macht, und dann hab ich gehört, wie er mit sich selbst geredet hat, und eins und eins zusammengezählt.«

»Spätestens da hättest du Hilfe holen sollen«, gab Jürgen Ergun recht.

»Da hatte er mich schon bemerkt und mit der Waffe bedroht. Konnte ja keiner ahnen, dass der Irre, hier bei Frau Hofmann nicht nur heimliche Filmaufnahmen gemacht hat, sondern auch noch die Waffe ihres Mannes mitgehen ließ.« Fynn blickte erst in Roses Richtung, dann verweilte er einen kurzen bedeutungsvollen Moment bei Susanne.

Marie drückte sich an ihn.

»Ich hab das auf der Wache ernst gemeint, lass dich auf eine Gesprächstherapie ein! Einen Menschen zu töten, auch wenn dich keine Schuld trifft, das macht was mit einem. Du solltest das aufarbeiten«, riet Ergun.

Maries Freund nickte.

Andreas Radke. Das Monster hatte einen Namen. Einen normal klingenden, harmlosen Namen, dachte Susanne und schwieg.

»Dieser Radke, habt ihr mittlerweile was über ihn rausgefunden?« Jürgen saß vor seinem Kuchen, ohne ihn anzurühren.

»Nicht viel. Wir sind noch dran. Er ist nie straffällig geworden, hat es immer geschafft, der öffentlichen Hand zu entgehen. Was wir wissen, ist, dass er ein übles Elternhaus hatte. Sein Vater war kein Unbekannter, hat die Frau und wahrscheinlich auch den Sohn misshandelt. Eine einzige Anzeige gegen Andreas Radke gab es. Wegen Tierquälerei. Da war er neun und strafunmündig. Danach nichts mehr.«

»Ob er so was, eine Entführung und das alles, ob er so was danach noch mal gemacht hat? Immerhin war er dreißig Jahre weg.« Marie schien jedes Wort Unbehagen zu bereiten.

Ergun zuckte mit den Schultern. »Wir werden versuchen, so viel wie möglich von seinem Leben zu rekonstruieren, jetzt wo wir seine Identität kennen. Inwieweit es uns gelingt ...«

»Wie ist er ausgerechnet auf Anns Mama gekommen?«, fragte Marie vorsichtig.

Jürgens Augen baten seine Frau um Einverständnis. »Dass es ausgerechnet Susanne getroffen hat, war Zufall. Sie war zur falschen Zeit am falschen Ort. Dass er sie vor der Praxis der Therapeutin abgefangen hat, nicht. Er lungerte bewusst dort herum. Dort, wo Frauen mit psychischen Problemen zu finden sein würden. Das hat er doch gesagt, oder Schatz?«

Susanne schwieg. Sie musste ihren Sohn immer wieder ansehen.

»Ich weiß nicht, ob ich euch glauben soll, dass keiner von euch wusste, wer Fynn ist.« Ergun sah strafend in die Runde.

»Ich hätte schwören können, ich erkenne dich, wenn du mir gegenüberstehst.« Susannes Stimme glich einem Flüstern. »Wie lange wusstest du schon, wer wir ...? Das war doch kein Zufall, das mit Marie und dir!«

»Nein, war es nicht«, antwortete die. »Im letzten Sommer,

in Zingst, ist er mir in einen Laden gefolgt und hat mich angesprochen.«

»Weil ich dich klasse fand.«

»Weil du Johanna kennenlernen wolltest.«

»Ich hab's dir erklärt.«

Marie senkte den Kopf.

»Woher wusstest du, dass die beiden in Zingst sind?« Jürgen kratzte sich den Kopf.

»Sie haben es auf Instagram geteilt. Sogar, in welcher Pension sie absteigen würden. Es war nicht schwer, meine Freunde von einem kleinen Urlaub in Zingst zu überzeugen. Ich war einfach neugierig, wie meine Halbschwester so tickt. Eure Daten hab ich schon eine ganze Weile mit mir rumgetragen. Ich hatte sie mir von der Adoptionsstelle geben lassen. Ich hab sogar schon mal vor eurem Haus gestanden. Ich war eh in der Gegend. Kurz hatte ich überlegt, ob ich einfach klingeln soll.« Er strich sich eine Haarsträhne aus dem Gesicht. »Tja, stattdessen nach Zingst zu fahren und Marie anzusprechen, war die beste Idee meines Lebens. Auch wenn ich das vor einem Jahr noch nicht geahnt hab.« Er lächelte ihr versöhnlich zu. »Die Frau kann einem ja nur den Kopf verdrehen.« Er versuchte, sie zu küssen.

Halbherzig stieß sie ihn weg. »Glaub ja nicht, dass damit alles erledigt ist, Fynn Joris Gaertner! Ich bin immer noch sauer! Du hättest es mir sagen können. Wenigstens mir.« Marie zog einen Flunsch.

»Du musst das verstehen! So durfte ich euch kennenlernen, wie ihr wirklich seid. Ohne den ganzen Kram aus der Vergangenheit als Barriere zwischen uns. Und ich konnte hören, was ihr über Joris denkt. Unverfälscht.«

»Stand in den Adoptionsunterlagen, warum ich dich weggegeben habe?« Immer noch klang Susannes Stimme heiser, glich einem vorbeiwehenden Windhauch, als hätte sie Angst, Worte könnten den besonderen Moment zerstören.

»Nicht direkt. Nur dass Gewalt im Spiel war.« Er sah seiner Mutter lange in die Augen. »Bist du froh, dass er tot ist?«

Ein Geräusch von der Haustür ließ alle herumfahren. Jürgen und Marie sprangen fast zeitgleich auf.

»Na endlich,« presste Jürgen hervor und eilte in den Flur.

Auch Ergun erhob sich und wandte sich dem Eingang zu.

Susanne legte ihre Hand auf Fynns und formte die lautlosen Worte »Ich danke dir.«

»Ich fass es nicht! Ich hab doch gesagt, dass sie schon ohne uns angefangen haben. Guck dir das an, Marc!« Ann betrat lachend den Raum. Marie hatte sich sichtlich glücklich eingehakt. Direkt dahinter schob sich Jürgen durch die Tür. Marc, Fredde und Isabelle gleich hinten dran.

Direkt vor Ergun blieb Ann stehen. Einen Moment lang taxierten sie sich gegenseitig. Dann nahm sie ihn in den Arm, was er etwas steif über sich ergehen ließ.

»Wie ich sehe, konnte man Sie vollends wiederherstellen. Gut«, brachte er heraus.

»Du hast irrsinniges Glück gehabt«, meinte Jürgen und drückte seine Tochter an sich.

»Glück, dass die Polizistin mit der Reanimation weitergemacht hat, bis der Rettungswagen da war«, bestätigte Ann. »Und dass ich mich, obwohl ich so zugedröhnt war, wohl irgendwie ganz schön lange über Wasser gehalten habe, bevor ich angespült wurde. Keine Ahnung, wie das genau vonstatten ging. Die Zeit im Wasser versinkt in dickem Nebel.« Sie ließ sich abwechselnd von allen zur Begrüßung in den Arm nehmen. Am Ende stand sie vor ihrem Halbbruder.

»Fynn Gaertner also! Mein Auftritt war ja schon nicht schlecht, aber deiner! Das mit den Geheimnissen schein so'n Familiending zu sein.« Sie ließ sich in seine leicht geöffneten Arme gleiten.

»Mir hat gefallen, dass du all die Jahre mit mir gesprochen hast«, flüsterte er ihr ins Ohr, bevor sie sich wieder losließen.

»Ja, ich und mein imaginärer Freund *Eigil.* Wer konnte ahnen, dass hinter *Dem, der Angst einflößt* so ein sympathischer Bursche steckt.«

Unter das allgemeine Gelächter mischte sich der Knall eines Sektkorkens. Jürgen verteilte Gläser und erhob seines zu einem Tost. »Auf Ann! Ihre Gesundheit und die geniale und etwas makabre Idee, ihren Tod vorzutäuschen!«

»Auf Akyol Ergun, der das alles erst ermöglicht hat! Sie haben unsere Familie von einem Dämon befreit. Sie sind der Beste!«, ergänzte Ann. »Wo hatten Sie übrigens den knackigen Pastor her? Rose meinte, so was Fesches hätte die Gemeinde schon lange nicht mehr gesehen. Ich bedaure fast, bei meiner eigenen Beerdigung nicht dabei gewesen zu sein.«

Ergun hob irritiert die Augenbraue und sah Rose fragend an. »Sie finden den Kollegen Dahmke ... fesch?«

»Auf Fynn!«, rief Marie in das Gelächter hinein. »Auf seinen mutigen Einsatz. Auch wenn du es nicht beabsichtigt hast, du hast verhindert, dass der Geist zurück in die Anonymität fliehen konnte, Schatz. Dank dir hat der Terror ein Ende!« Zum dritten Mal klirrten die Gläser.

»Warum hast du es so lange für dich behalten?« Anns Frage bewirkte, dass das überschwängliche Gemurmel erstarb. Alle Augen waren auf Fynn gerichtet. »Marie und du, ihr seid seit einem Jahr ein Paar, es hätte massig Gelegenheiten gegeben. Du warst dabei, als wir meinen unbekannten Halbbruder, als wir *dich* in Verdacht hatten, für die Psychospielchen verantwortlich zu sein.«

Fynn senkte den Kopf. Obwohl er sehr leise sprach, transportierte die Stille jedes einzelne seiner Worte. »Das war nicht geplant. Zu Anfang wollte ich dich nur kennenlernen. Aus Neugier. Sehen, was du für ein Mensch bist. Ich hatte mir ganz bewusst beide Optionen offengelassen. Dir zu sagen, wer ich bin, oder einfach wieder aus deinem Leben zu verschwinden. Je nachdem. Dann hab ich mitbekommen, dass du all die Jahre keine Ahnung hattest, dass ich existiere, und von all diesen seltsamen Geheimnissen, die sich um unsere leibliche Mutter rankten, erfahren. Dazu kam, dass ich mich in Marie ... also, dass aus uns mehr als nur eine Urlaubsbekanntschaft geworden war. Ich wollte es nicht vermasseln. Irgendwie hab ich die ganze Zeit auf den richtigen Moment gewartet. Tatsächlich hab ich in den letzten Wochen mehrere Versuche gestartet, es Marie zu beichten.« Er rieb sich die Wangen und fuhr mit den Händen durch seine Locken.

»Puh, ich hab mir echt so viele Sätze zurechtgelegt, wie ich es ihr sage, und dann doch immer gekniffen. Ich hab einfach viel zu lange gewartet. Jetzt, hier im Urlaub, das wäre doch die geeignete Umgebung, hab ich gedacht. Wenn Marie mich nicht sofort zum Teufel geschickt hätte, hätte ich mit meiner Beichte direkt bei euch weitermachen können. Doch dann kamst du mit einer Neuigkeit nach der anderen an, hast Sachen rausgefunden, die mich persönlich betrafen. Und ich wusste, wenn ich euch jetzt sage, wer ich bin, dann wäre all euer Vertrauen futsch. Ihr hättet mir nichts mehr erzählt, hättet mich erst recht verdächtigt, egal wie sehr ich beteuert hätte, mit den Psychospielchen nichts zu tun zu haben.« Er schwieg.

Marie rutschte näher an ihn heran und legte ihren Kopf an seine Schulter.

»Tja, Lügen haben kurze Beine«, meinte Jürgen.

»Na, gelogen hat er ja nicht, nur einen nicht unwesentlichen Teil verschwiegen«, relativierte Fredde.

»Das Wichtigste ist doch, dass nun keiner mehr Geheimnisse vor dem anderen hat«, rief Isabelle und griff nach der Flasche. »Darauf sollten wir anstoßen! Wem darf ich nachschenken?«

Fynn sah vorsichtig hoch und bemerkte Anns Blick. Ob sie ahnte, dass er der Familienchronik ein weiteres Geheimnis hinzugefügt hatte? Sein leiblicher Vater hatte recht gehabt. Man hätte ihm nicht viel nachweisen können. Die Entführung und der Missbrauch von Gesa Jessen waren längst verjährt. Es hatte nur einen Weg gegeben, die Psychospielchen zu beenden. Sie hatten sich in die Augen gesehen und Fynn hatte abgedrückt. Gefühlt hatte er nichts. Ob das daran lag, dass er der Sohn eines Monsters war? Eine berechtigte Frage. Denn wenn Fynn ehrlich zu sich war, hatte er die Waffe nicht aus Angst behalten, Susanne könnte sich etwas antun, sondern um vorbereitet zu sein. Nur, dass ihm das vor ein paar Tagen noch nicht bewusst gewesen war.

Epilog

DAMALS, irgendwo in Deutschland

Andreas hat sich seit Tagen vorbereitet. Er weiß, der Mann wird wiederkommen, wenn Dietmar sich nicht meldet. Und das wird er nicht, denn Dietmar liegt seit Wochen in einer Gefriertruhe im Keller seines eigenen Hauses. Bis vorgestern. Da hat Radke ihn hochgeholt und auftauen lassen. Denn Dietmar soll brennen. Brennen wie die gesamte Hütte hier. Mitsamt seinem Wagen.

Gesa wird Andreas schweren Herzens zurücklassen müssen. Eine Flucht mit ihr ist schlicht unmöglich. Er hat sie mehrfach unter die Dusche gestellt und abgeschrubbt. Für den Fall, dass sie überlebt, soll sie keine Spuren an sich tragen. Ab jetzt ist die Kammer ihr neues Zuhause. Tatsächlich hat er sogar überlegt, sie laufen zu lassen, sie irgendwo anzubinden und es dem Zufall zu überlassen, ob und wann man sie findet. Denn dann hätte ihre Geschichte Potenzial für eine Fortsetzung. Ein erregender Gedanke.

Doch dann hat er sie bemerkt. Bullen. Sie schleichen durch den Wald. Es macht ihn wahnsinnig, nicht zu wissen, warum sie gleich mit einem Großaufgebot gekommen sind. Was hat er falsch gemacht? Was hat ihn verraten? Ein Bullenwagen mit zwei Idioten, die kommen, um zu sehen, ob es dem hässlichen Dietmar gutgeht, das hätte er verstanden, aber ein ganzer Trupp, der sich im Wald herumtreibt ...?

Jetzt muss er sich beeilen. Und er hasst es, sich beeilen zu müssen. Eile bedeutet Fehler. Wie gut, dass er stets bestens vorbereitet ist. Einfach aus dem Haus fliehen, kommt nicht infrage. Das Gelände ist weithin einsehbar. Sie hätten ihn in null Komma nix gefasst. Also setzt er sich eine Staubmaske auf und beginnt, das Haus mit Benzin zu tränken. Dann schlüpft er in die Uniform. Es war gar nicht so leicht, da dranzukommen. Aber mit Intelligenz und Geduld ist alles zu schaffen. Das Schwierigste würde sein, den richtigen Moment abzupassen. Das Haus müsste brennen – lichterloh. Gleichzeitig ist es enorm wichtig, zu warten, bis ein paar der Bullen hier, direkt am Objekt sind. Nur so fällt er zwischen ihnen nicht auf.

Er steht hinter der Scheibe und starrt zum Wald hinüber. Die Dämpfe des Kerosins treiben ihm die Tränen in die Augen, beißen sich durch seine Lungenflügel und vernebeln seinen Geist.

Durchhalten!

Dann, endlich, sieht er sie vorrücken. Er rennt in den Teil des Hauses, den er ausgespart hat, und hofft, dass die Tür das flüchtige Gasgemisch aufgehalten hat. Dann zündet er das Feuerzeug, öffnet die Tür, wirft und dreht sich weg. Eine Verpuffung, eine riesige Stichflamme schleudert ihn nach hinten. Entsetzt merkt er, dass sein Rücken brennt. Er wirft sich auf den Boden und wälzt sich hin und her. Wo ist das Tuch, das er in Wasser getränkt hat? Da! Er hat es fallen lassen, als er durch die Luft geflogen ist. Schnell drückt er es sich ins Gesicht.

Trotz der Hitze und des brennenden Schmerzes zwingt er sich, langsam bis zehn zu zählen, lässt das Tuch fallen, setzt sich den Helm auf und rennt mitten hinein in die Flammenhölle. An der Kammer vorbei und direkt in die Arme eines Polizisten. Schlagfertig winkt Andreas ihn heran und zeigt auf die Kammer. Zu zweit schaffen sie es, die Tür zu öffnen. Ein weiterer Uniformierter stößt zu ihnen. Sie bringen Gesa fort.

Er folgt ihnen nach draußen, bringt Abstand zwischen

sich und das Inferno, tut so, als klopfe er sich den Ruß von der Uniform und checkt die Lage. Niemand achtet auf ihn. Alle sind mit Gesa und dem Brand beschäftigt. Jetzt muss er die Nerven behalten. Er steuert direkt auf eine Einheit zu, die ihm entgegengelaufen kommt. Einer klopft ihm im Vorbeilaufen auf die Schulter und zeigt ihm einen Daumen hoch. Sie haben gesehen, wie er mit den Rettern des Opfers aus dem brennenden Haus gekommen ist.

Ruhig geht er in Richtung Einsatzfahrzeuge. Als er sich sicher ist, dass er von niemandem beobachtet wird, biegt er kurz davor ab in den Wald. Nach einigen Metern erlaubt er es sich zu rennen. Er hat es geschafft! Er ist unglaublich! Die Glückshormone puschen ihn derart, dass sich selbst der Schmerz seiner Brandverletzung wie ein Hauptgewinn anfühlt.

Bald schon, wenn er wiederhergestellt ist, wenn sich die Wogen geglättet haben und er eine neue Bleibe für sie gefunden hat, wird es ein Wiedersehen geben.

Du glaubst, es ist vorbei, Gesa? Nein, das ist es noch lange nicht!

Das Nachwort der Autorin

Nun ist es also gelüftet, das dunkle Geheimnis, das meine Hauptfigur Johanna Arnold so lange umgetrieben hat. Es handelt von einem schrecklichen Verbrechen, lange her und doch mit Auswirkungen bis in die Zukunft und auf viele Personen. Leider ist dieser Umstand keine Fiktion.

Wenn man sich dazu entscheidet, Kriminalromane zu schreiben, setzt man sich unweigerlich mit dem Schmerz von Opfern auseinander. Mit ihren verletzten Seelen. Meine Gedanken kreisen sehr viel um Themen wie das Warum und das Leben danach. Warum Täter zu Tätern werden, warum viele, die selbst Gewalt erlebt haben oder aus schwierigen Verhältnissen stammen, zu liebenden, wunderbaren Menschen heranwachsen und andere eine destruktive Laufbahn einschlagen, wird noch immer erforscht. Vieles ist wissenschaftlich erklärbar und bleibt doch für immer unerklärlich.

Und die Opfer? Kommen sie mit dem Leben davon, tragen sie tiefe Narben in sich. Ich bin ganz ehrlich, ich frage mich oft, wie es sein kann, dass Täter, die wahllos oder gezielt auf Menschen einstechen, wegen Totschlags angeklagt werden können. Dass Anwälte anbringen, ihr Mandant habe ja nicht vorgehabt, den anderen zu töten. Er habe nicht gewusst, was er mit dem Messer anrichte. Also sei es keine vorsätzliche Tat, kein Mord. Mich lässt so etwas ratlos und aufgewühlt zurück. Meines Erachtens weiß jedes Kind, dass eine Verletzung mit einem Messer tödlich enden kann. Und wenn ich aktiv an einem Messerangriff beteiligt bin, nehme ich den

Tod des anderen billigend in Kauf, mehr noch, ich lege es drauf an. Eine bewusste Entscheidung.

Die Juristen unter Ihnen werden nun aufspringen und rufen: »So einfach ist das nicht.« Aus der Sicht des Täters nicht. Aber aus der Sicht des Opfers und seiner Angehörigen. Warum ich diese Gedanken mit Ihnen teile? Ob ich mir wünsche, unser Rechtssystem ginge radikaler, härter gegen Täter vor? Nein! Auf keinen Fall. Ich bin froh, dass wir in einer Demokratie leben, die garantiert, dass jeder Fall genau durchleuchtet wird, in der man sich an gute Gesetze hält und die uns vor staatlicher und anders gearteter Willkür schützt. Die ausgebildete Juristen bereithält, die es sich nicht so einfach machen wie ich oder manch erzürnter Bürger mit seiner oft zitierten Stammtischparole.

Manchmal jedoch wünsche ich mir, den Opfern würde ebenso viel Aufmerksamkeit entgegengebracht. Ihrem Schutz, bei Stalking oder häuslicher Gewalt, und ihrem schweren Kampf zurück in ein einigermaßen lebenswertes Leben. Denn mit der Ergreifung des Täters, der Täterin, ist der Leidensweg der Opfer längst nicht vorbei. Und ja, da könnte die Regierung mehr tun, viel mehr. Aber auch wir, die Gesellschaft, sollten unser Tun reflektieren und nicht unterschätzen, was wir – im Guten wie im Schlechten – erreichen können. Lehren wir unsere Kinder, das Leben zu achten, Respekt und Toleranz oder sich mit dem Ellbogen zu verteidigen und sich durchzusetzen, koste es, was es wolle? Der, der am lautesten schreit, hat recht? Und schuld sind immer nur die anderen? Ich denke, etwas mehr kritische Selbstreflexion täte uns allen gut und würde viele Probleme lösen, bevor sie zu solchen werden.

Aber genug davon. Denn nun kommt der erfreuliche Teil dieses Nachwortes. Der Dank an viele wunderbare Menschen. Zuallererst möchte ich mich bei Ihnen, lieber Leser, liebe Leserin bedanken. Sie haben Johanna und mich auf viele spannende Abenteuer begleitet, uns auf Lesungen besucht und uns aufmunternde Kommentare per Instagram und Co. übermittelt. Es war mir eine Freude, Sie nach Neustadt in Holstein, Rostock, Wismar, Stralsund, Zingst, nach Öland, Gotland, Fårö und Rerik zu entführen. Und natürlich auf die Halbinsel Wustrow, die es tatsächlich gibt. Auch die alte Gartenstadt, den Tower, die Absperrungen und Wachmänner existieren wirklich. Nach welchem Plan letztere das Gelände gegen ungebetene Eindringlinge schützen, entzieht sich jedoch meiner Kenntnis.

Der Bungalow, in dem Jürgen Arnold gefangen gehalten wurde, ist frei erfunden. Ebenso wie die gesamte Handlung, die Familiengeschichte der Arnolds sowie sämtliche Figuren. Ähnlichkeiten sowie namentliche Übereinstimmungen sind dem Zufall geschuldet und waren nicht beabsichtigt.

Dank gebührt dem Team von Piper, das mir viel Geduld entgegengebracht hat, meinem wunderbaren Literaturagenten Peter Molden und seiner Frau, sowie Sandra Lode für die schwierige Lektoratsarbeit. Das passiert, wenn die Autorin sich am Ende des Manuskripts überlegt, es doch ganz anders zu machen. Mea culpa!

Nicht versäumen möchte ich, meinen Mann und meine Tochter mit Dank und Umarmungen zu überhäufen. Ohne eure Unterstützung hätte das kein gutes Ende genommen. Ich liebe euch.